2010年国家社科基金一般项目"翁伯托·艾柯的迷宫文本叙事研究"最终成果（编号10BWW004）

2016年"暨南社科高峰文库"出版计划项目成果

暨南社科高峰文库

联结碎片

解读艾柯的迷宫文本理论

朱桃香◎著

Connecting Fragments:

Reading Umberto Eco's Theory of
the Labyrinthine Text

中国社会科学出版社

图书在版编目（CIP）数据

联结碎片:解读艾柯的迷宫文本理论/朱桃香著. —北京：
中国社会科学出版社，2019.8
（暨南社科高峰文库）
ISBN 978 - 7 - 5203 - 5065 - 5

Ⅰ.①联…　Ⅱ.①朱…　Ⅲ.①文学理论—研究　Ⅳ.①I0

中国版本图书馆 CIP 数据核字（2019）第 204154 号

出 版 人	赵剑英
责任编辑	史慕鸿
责任校对	石春梅
责任印制	戴　宽

出　　　版	中国社会科学出版社
社　　　址	北京鼓楼西大街甲 158 号
邮　　　编	100720
网　　　址	http://www.csspw.cn
发 行 部	010 - 84083685
门 市 部	010 - 84029450
经　　　销	新华书店及其他书店

印刷装订	北京君升印刷有限公司
版　　　次	2019 年 8 月第 1 版
印　　　次	2019 年 8 月第 1 次印刷

开　　　本	710×1000　1/16
印　　　张	20.25
插　　　页	2
字　　　数	291 千字
定　　　价	108.00 元

目　　录

序

　　翁伯托·艾柯（Umberto Eco，1932—2016）是意大利博洛尼亚大学的一位教授。他精通拉丁语、英语、法语、西班牙语、意大利语等多国语言，在哲学、历史、美学、符号学、大众文化、传媒界、小说界、万维网研究等诸多研究领域都取得了巨大的成就，可以说是一位以百科全书式学者而闻名于世的知识分子和文化巨匠。他不仅能在众多学科和多国语言中穿行自如，发表和出版了许许多多令人仰叹的学术著述，而且还在文学创作方面也做得风生水起，闻名遐迩。他的迷宫小说《玫瑰的名字》（*The Name of the Rose*，1980）、《傅科摆》（*Foucault's Pendulum*，1988）、《布拉格墓地》（*The Prague Cemetery*，2010）等成为一代经典。

　　艾柯的学术生涯是从研究欧洲中世纪哲学和文学开始的。他的博士学位论文就是研究阿奎那的美学思想。他先后出版了多部有关中世纪美学与哲学研究的著作，如《中世纪美学的发展概况》（*The Development of Medie-val Aesthetics*，1959）、《中世纪的艺术与美》（*Arts and Beauty in the Middle Ages*，1986）、《托马斯·阿奎那的美学问题》（*The Aesthetics of Thomas Aquinas*，1988）等。在符号学研究方面，他也出版了多部著作，如《缺失的结构》（*The Absent Structure*，1968）、《符号学理论》（*A Theory of Semiot-ics*，1975）、《读者的作用》（*The Role of the Reader*，1979）、《符号学和语言哲学》（*Semiotics and Philosophy of Language*，1984）、《阐释的界限》（*The Limits of Interpretation*，1990）、《从树到迷宫：符号和阐释的历史研究》（*From the Tree to the Labyrinth：Historical Studies on the Sign and Interpretation*，2014）

等，在为符号学研究提出了新的话题和研究思路的同时，也开辟了新的研究疆域。

艾柯的独特之处还在于他对学术研究始终持有一种灵活而又开放的态度。他在《开放的作品》（*The Open Work*，1989）一书中就阐明了自己的这种态度。他认为，文学作品内涵丰富，应该有多种或多重的解读方法。由于文学作品与社会、生活以及个体读者心理活动等方面相互关联与互动或具有一定的互文性，所以文学作品应该是一个多层面、多方位的富有活力的意义场。从 20 世纪 50 年代开始直至他去世，他在从事研究的 60 多年中，善于对传统知识进行重新思考，对已有的理论观点和研究方法进行翻转或重组，并在此基础上演化出自己的理论。

我们国内对艾柯的研究似还处于译介阶段。他的一些著述已经开始翻译出版，如《玫瑰的名字》《傅科摆》《悠游小说林》《密涅瓦火柴盒》《美的历史》等凡十余种。这些著述的翻译出版，在很大程度上推动了艾柯理论和小说的研究。从已有的文献资料来看，国内艾柯研究主要集中在他的阐释理论、翻译理论、小说主题和符号意识的分析方面，而缺少对艾柯的理论进行较为全面的分析和研究。令人欣喜的是，暨南大学英语语言文学系朱桃香教授的《联结碎片：解读艾柯的迷宫文本理论》（此书为她的国家社科基金项目"翁伯托·艾柯的迷宫文本叙事研究"的最终成果）一书，为我们提出了对艾柯理论进行全面研究的新思路。从某种意义上可以说，运用迷宫理论及其方法是勾连和接通艾柯散在的诸多理论的一个桥梁。从迷宫的角度来阐释艾柯，可以从宏观的层面上将艾柯在不同著作中提出的理论进行联结和重构。这样一来，遍阅艾柯的著作可不是一件容易的事，不是一年两年或三年五年就可以完成的。我们在形容慢工出细活儿时常说十年磨一剑，朱桃香在阅读和研究艾柯并写成这部著作上却用了整整 12 年的时间！朱桃香在书中虽以大火烧毁圣本尼迪克特修道院，烧毁了其中的图书馆，阿德索重访废墟，收集和解读断简残篇，并据此造就了一个次一级的图书馆的例子来说明，研究者必须"火烧"艾柯思想建构的图书馆，将过火之后的理论碎片缀起，用后现代化小说书写法对其理论进行碎片化书写。但是，她实际上并没有东拼西凑式来解读或构建艾柯的思想理论，而是在广泛阅读的基础上——她不仅阅读了艾柯的理论著作，而且还阅读了他的文学批评文章、随笔和小说，理出一个脉络，然后再沿着这个脉络来进行阐释和构建。我相信，主张"开放"的艾柯一定会乐见朱桃香所做的工作。

另外，艾柯的迷宫文本理论是变动不居的，是一直在发展和变化之中的。在朱桃香看来，艾柯的这一理论从中世纪文化以及百科全书哲学文本的组织形式出发，经由乔伊斯百科全书文学文本，即迷宫文本的分析，转向艾柯对博尔赫斯和卡尔维诺的组合迷宫书写的继承和推进，抵达万维网技术对迷宫文本分形和链接的印证。这样的一条理论链条不可谓不长，也不可谓不复杂。说其长和复杂，不仅是因为理论本身所具有的历史长度和宽度，而且还因为勾连在这条理论链条上所附加的东西也不少。研究者没有超强的学术勇气和毅力恐怕是难以完成的。这需要构建一个合适的写作框架来把众多的文献材料在迷宫般的文本理论上进行融通。可想而知，朱桃香经历了怎样的一种苦思和辛劳。

朱桃香在书中注重对艾柯吸纳百科，推陈出新层面的挖掘。她从艾柯思想源头写起，把对艾柯产生过影响的各种思想或理论，如中世纪托马斯主义、以巴特为首的法国文化、乔伊斯、博尔赫斯和卡尔维诺等对他迷宫文本理论的影响，都进行了认真的梳理并在此基础上剖析了艾柯对清单和引文库范畴所进行的现代演绎。朱桃香认为，艾柯接受博尔赫斯的影响，将清单和人类文化重要思想碎片联系起来。他还在卡尔维诺尝试的乌力波混成体的启发下，将引文库和图书馆重要书籍碎片的集合联系起来，并将其看成是具有巨大叙事潜力的异托邦的图书馆。另外，艾柯还将原始思维中的清单发展为一种迷宫文本叙事路径分形和开叉的无限清单叙事法，并在创作《玫瑰的名字》这部小说时做了具体的运用。换句话说，朱桃香认为，艾柯在《玫瑰的名字》中，将引文库和副文本联系起来，将副文本发展为迷宫文本叙事路径交叉和轮转的副文本。迷宫文本是博学者玩的一种后现代碎片化、拼贴化写作的游戏——有人称之为一种高端叙事手法。迷宫文本是阐释的迷宫和组合的迷宫,具有双重和多重的阐释性;多元素拼接和可拆卸性是评判迷宫文本的双重标准。从这个意义上说,艾柯的这一理论为我们解读文本提供了一个走进和走出文本迷宫的多维地图,让我们认识到从读者的角度看,文本原本就是活动的,它具有多个解读的契机或多种解读的可能性。

写到这里不由地对朱桃香所做的工作感到敬佩。她所发掘的这些理论碎片和建构的言说框架,体现了某种独创性,不仅对艾柯研究做出了一件有益的工作,而且还对叙事理论的认识和构建提供了新的思路和方法。不过,艾柯毕竟是欧洲最负盛名的知识分子之一。他的思想庞杂,讨论时手中似乎要拉扯着无数根线索,加上中西方思维方式有别,在理论建构的过程中难免会出现一些不到位或欠周全之处。然而,瑕不掩瑜,我相信这部论著能经得住时间的检验,而且肯定会对国内艾柯研究和叙事研究有所推动并有所帮助。

乔国强

2017 年 12 月 8 日于上海外国语大学

绪　论

　　翁伯托·艾柯①（Umberto Eco，1932—2016）出生在意大利西北部皮埃蒙特大区的中世纪古城亚历山德里亚（Alessandria，Piemonte），是意大利文学巨匠和享誉世界的欧洲大知识分子。他的人生画卷就是一部史诗，个人命运始终和民族的，乃至世界的命运纠缠在一起。他亲历墨索里尼法西斯统治和"二战"期间炮弹的轰炸，战后他去都灵，去米兰，去博洛尼亚，去求学，去电台、杂志社和大学工作，著书立说，走出国门，走向世界。他笑看风云，论道天下，纵横学术江湖，在意大利乃至在全世界是出了名的千面文人、百科全书派和当代达·芬奇式通才。他集众多身份于一身：中世纪学者、哲学家、"六三集团"（Gruppo 63）重要人物、媒体人、杂志编辑、大众文化批评家、文本理论家、符号学家、美学家、文化史学家、小说家、翻译家、教授和公共知识分子。艾柯之名早就是大知识分子的象征符号，欧洲乃至全世界的知识分子会在书架摆上艾柯作品，为自己贴金，为艾柯喝彩。2016 年 2 月 19 日，艾柯先生在和胰腺癌抗争两年之后，与世长辞，享年 84 岁。全世界重要报纸和电台对这位文化巨擘的去世纷纷表达哀思和悼念，中国也不例外。"他的离去，成为中国文化界的一大新闻"②，这实属罕见。艾柯在 1993 年和 2007 年来华参加过中西文化和

---

　　① 中译名有艾可、艾克、艾科、艾柯、埃科、埃柯等，本书统一用艾柯。
　　② 韩晗：《世界文坛一日之内痛失两颗巨星》，《中国出版传媒商报》2016 年 2 月 23 日第 009 版。

战争议题的学术会议,他对中国学界对他及其书籍表现出的极大兴趣感到吃惊。他去世后,国内艾柯热更加升温了,艾柯研究将朝何处去,引人深思。在中国,虽然艾柯之名如雷贯耳,但是真正了解他的人并不多,在此有必要对其人、其作、其思及其研究作一概观。

艾柯先生的祖父本是一个孤儿,"艾柯"这一姓氏是一位市政官给他取的,是三个拉丁语单词 ex caelis oblatus 的首字母缩写,意为"上天所赐"。"回音"一说乃是望文生义,多数时候人们把这个词用到他身上,来指其作品产生的影响。其祖父是排字工,祖母性格温和幽默,育有13个孩子,艾柯的父亲古里奥(Giulio Eco)排行老大。祖父退休后,凭一技之长,为别人装订书籍。艾柯6岁时,祖父去世,留下一些还来不及装订成册的书籍。由于顾客没有索要回去,一大箱书就存放在艾柯父母家的地下室。艾柯的父亲是一个书迷,因为家贫,买不起书,只好在街上书摊蹭书看。父亲曾经做过钢铁厂总会计师,后来三次应征入伍,参加战斗,包括两次世界大战。母亲乔瓦娜(Giovana)虽然教育程度不高,但是有些写作特长。少年艾柯如饥似渴地阅读祖父留下的书,还有外婆从图书馆借来的书。可以说,艾柯继承了长辈们的优秀基因,从小爱读爱写,是一个有好奇心、有情趣的人。但是,他的童年和青少年时期是在墨索里尼法西斯统治之下度过的,他13岁时也像其他意大利少年一样,加入青年运动组织,穿着军装模样的衣服去集会。他接受的是天主教教育,做了一段时间方济各修士,短暂的修行让他接触到天主教核心思想——托马斯主义。在"二战"最后的年月,1943—1945年,艾柯的母亲带着他和妹妹到皮埃蒙特的山村生活,躲避战火①。

随着墨索里尼法西斯政府的垮台和第二次世界大战的结束,艾柯生活也发生了翻天覆地的变化,他的求知之路越走越宽广。他考上都灵大学(Turin University),没有修读完法律专业,而是违背父亲的愿望改换专业,

① 参见 www.umbertoeco.com;Umbertoeco-wikipedia;www.theparisreview.org 之 2008 年第 158 期艾柯访谈。

攻读欧洲中世纪哲学和美学理论。20 岁那年，发生了天主教行动青年团激进分子和教皇冲突事件，作为这一组织领袖的他放弃信奉罗马天主教，变成无神论者。1954 年，他在都灵大学哲学系帕莱松（Luigi Pareyson）导师指导下获得博士学位。毕业后来到意大利国家广播电视台（RAI）工作，当文化编辑，结交了一批先锋艺术家朋友。1956 年，他出版了第一本学术著作，以博士学位论文为基础的《托马斯·阿奎那的美学问题》（*The Aesthetics of Thomas Aquinas*）；同年，他到母校都灵大学任教，讲授美学，一直教到 1964 年。其间，他在 1958—1859 年服兵役；1961 年，出演过安东尼奥尼（Michelangelo Antonioni）导演的电影《夜》（*La Notte*）。1962 年，他和德国艺术教师瑞内特（Renate Ramge）结婚；婚后育有一双儿女，家庭幸福。1963 年，艾柯加入先锋文艺团体"六三集团"。他研究先锋派乔伊斯，在关于现代艺术作品形式的论战中脱颖而出，不仅成为该团体的中流砥柱，而且走出国门进行学术交流。他先后执教于佛罗伦萨、米兰、圣马力诺、博洛尼亚等地大学，创办过符号学、新闻传播专业，讲授过美学、建筑学、视觉文化、符号学等课程。1975 年，他成为博洛尼亚大学符号学教授，后来是人文高等学院院长和荣休教授。1988 年，他与法国人类学家比雄（Alain de Pichon）联合创办旅游大学——"国际跨文化学院"（the International Transcultural Institute），促进欧洲和非欧洲文化交流；同年，他在博洛尼亚大学创建"西方人类学"（Anthropology of the West）项目，从非洲和中国学者的视野审视西方文化①。此外，艾柯还编撰教材，但是学生觉得晦涩难懂。

艾柯学术上的成功，改变了他的生活境遇，也改善了他的研究和创作条件。他在法国巴黎买了公寓，在意大利拥有米兰寓所、乌尔比诺和里米尼之间 Monte Cerignone 度假别墅。别墅是他 1976 年买下的。他当时倾其所有，用 2200 美元买下无人问津、远离城市的一座带城堡的山，两片草

---

① 参见 "Italian Philosopher Umberto Eco Condemns", *Arabian 2000* 24 Nov., 2006; "Italy Salutes Umberto Eco, the Man Who Knew Everything", *The Times* (the United Kingdom) 20 Feb., 2016: 15。

地，房屋有中世纪神秘特色。他在这里放置他的部分藏书，进行创作、接待友人、过节度假①。

20世纪50年代起，艾柯开始创作。在米兰的Bompiani出版社做过15年非虚构类书籍编辑，还与他人一起共同创办过名叫La Nave di Teseo出版社②。他还是《晚邮报》《快报》《共和国报》等主流报刊专栏撰稿人，熟悉大众文化、流行文化和传媒业，发表了大量关于文化艺术和时政评论的随笔和杂文。他以媒体人的敏锐眼光，追踪理论动向，发现学术先机，著书立说，在国内外学术期刊发表论文，加上其报刊文章已有的影响力，他的历史学、流行文化、符号学、传媒学和叙事理论方面的成果迅速为国际学术界所知；1980年其小说《玫瑰的名字》（*The Name of the Rose*）和1986年让－雅克·阿诺（Jean-Jacques Annaud，1943—）执导的同名电影让他在全世界家喻户晓。难怪他常戏言，搞理论研究不能让人出大名，而写小说可以。

艾柯是典型的欧洲才子，精通六种文字——意大利语、拉丁语、英语、法语、西班牙语和德语，博览群书，谈古论今，纵横天下。他不仅在欧美重要的文学理论杂志上发表英语论文，而且在全球重要学术机构讲座，在重要场合演讲。有三十多所大学授予他名誉博士学位，他还获得了"意大利大十字功绩骑士"（a knight of the Italian order of the Grand Cross of merit）称号、"加拿大联合国教科文组织奖"（Canadian Unesco Prize）等奖项。此外，他还翻译自己的作品和其他作家的作品。他有着希腊神话中赫尔墨斯之路路通本领，能够在众多学科和多国语言中穿行自如，这种本事为他进行跨学科研究和叙事创新打下了坚实的基础。有人戏称满腹经纶的大胡子艾柯是"法国才子"③，概因他和罗兰·巴特（Roland Barthes，

---

① 参见Umberto Eco, Interview by Sue Fox, "Time and Space", *The Sunday Times* 17 Jan. , 2016：2；"Italian Leader Salutes Writer", *The Sunday Times* 21 Feb. , 2016：29。

② Cinzia Bianchi and Annamaria Lorusso, "The Umberto Eco Gaze", *Semiotica* 211（2016）：1 - 4, p. 1.

③ 韩晗：《世界文坛一日之内痛失两颗巨星》，《中国出版传媒商报》2016年2月23日第009版。

1915—1980）才情相似罢了。艾柯究竟博学到何等地步？加拿大多伦多大学卡波齐（Rocco Capozzi）教授终身研究艾柯，他为论文集《解读艾柯》（*Reading Eco：An Anthology*，1997）所写的编者序中列举艾柯涉猎的诸多领域，可以作为答案：

> 谁能回答下面这些有什么共同点？奥古斯丁、罗杰·培根、托马斯·阿奎那、圣堂武士、巴洛克、像《神探科伦坡》一样的电视连续剧、像《卡萨布兰卡》一样的电影、《夺宝奇兵》三部曲；像皮尔斯、巴赫金、德里达、福柯、波普尔和维特根斯坦一样的思想家；像但丁、坡、乔伊斯、博尔赫斯、巴特、洛特曼一样的作家；以及美学、哲学、结构主义、符号学、解构主义、大众传媒、超人、柯南·道尔、神秘文本、卡巴拉、反讽、幽默、互文性；解读经典、哲学、漫画、电脑、写作技巧；阐释符号/文本、建筑、图书馆、迷宫、印迹文本、创作畅销书的艺术、"世界百科全书"、"推理漫步"、"开放作品"和"模范读者"。①

而这些只是艾柯研究范围的冰山一角。其博学的程度仅从他文学批评集《论文学》（*On Literature*，2004）便可窥见一斑，书中探讨经院哲学、托马斯·阿奎那、但丁、博尔赫斯（Jorge Luis Borges，1899—1986）、王尔德、乔伊斯、拉伯雷、普鲁斯特、托马斯·曼、莫尔莱的贝尔纳（Bernard of Morlaix）、西勒西乌斯（Aneglus Silesius）、曼佐尼（Alessandro Manzoni）、T. S. 艾略特、牛顿、康德、伯格森、卡迪尔、莱辛、罗伯－格里耶；童话和神话；《启示录》、《安娜·卡列尼娜》、《哈姆雷特》、《堂吉诃德》和《格利佛游记》，夸美纽斯《世界的迷宫》、霍克的《迷宫的世界》、莱布尼茨和博尔赫斯宇宙的分类通向交叉小径的花园的观点，以及查尔斯·简

---

① Rocco Capozzi, ed., *Reading Eco：An Anthology*, Bloomington and Indianapolis：Indiana UP, 1997, pp. xvii – xviii. 本书稿中的英语引文的汉译没有标明译者的，为本书作者翻译。

克斯（Charles Jencks）论建筑的书籍。艾柯在《读者的作用：文本符号学探索》（*The Role of the Reader*：*Explorations in the Semiotics of Texts*，1979，以下简称《读者的作用》）一书还谈到 007 邦德系列、乔伊斯的《芬尼根守灵夜》、巴特对巴尔扎克的《萨拉辛》和格雷马斯对莫泊桑《两个朋友》的分析，乃至童话《小红帽》。

美国记者曾问起艾柯如何设法协调他众多身份——学者、教授、作者、专栏作家和小说家，他称这是"欧洲所有知识分子共同的习惯"[①]。台湾学者南方朔认为，艾柯因袭欧陆文士传统，意欲"扮演一种总体性的全人角色"[②]。艾柯符号学同行西比奥克（Thomas A. Sebeok）称他"博览群书，让智力不停地游弋在影响深远的时代，特别是拉丁语神话诗性想象"的 12—14 世纪；他还对 17 世纪的南太平洋做了想象，谈古论今，让人叹为观止[③]。从让-菲利浦·德·托纳克所编的《别想摆脱书：艾柯＆卡里埃尔对话录》（*This is Not the End of the Book*，2014）和艾柯的《植物的记忆与藏书乐》（*The Memory of Plants and the Joy of collecting Books*，2014）中可见他对书籍的狂热和专业水准。他私人藏书达五万余册，其中不乏珍本书，放在米兰寓所和山中别墅。藏书包括中世纪手稿、托勒密著述、乔伊斯评论、卡尔维诺所有小说、他自己的作品和译本。意大利《爱书者年鉴》经常刊登艾柯的文章，对古书和奇书的来龙去脉进行追踪，对其价值进行评鉴。

现在，虽然艾柯逝世了，知识巨人倒下了，但是他所写之书已然为他立起了一座纪念碑。面对这座铭刻着他中世纪哲学、开放的作品诗学、符号学、阐释学、读者理论、叙事学、迷宫小说等重要成果的纪念碑，我们除了敬仰和缅怀，还需要领会其中鲜明的辩证唯物主义思想和独特的革新

① Umberto Eco, *Travels in Hyper Reality*：*Essays*，Trans. William Weaver, NY：Harcourt Brace Jovanovich, Publishers, 1986, p. ix.

② ［意］安贝托·艾柯：《倒退的年代：跟着大师艾柯看世界》，翁德明译，漓江出版社 2012 年版，第 1 页。

③ Rocco Capozzi, ed., *Reading Eco*：*An Anthology*，Bloomington and Indianapolis：Indiana UP, 1997, p. xii.

精神。艾柯巨大的贡献还有待进一步发掘，笔者在 2006—2017 年十二年间潜心研究艾柯的迷宫文本叙事理论，旨在将这一理论成果献给这座纪念碑。

第一节　艾柯的学术和创作行旅

艾柯是学者型作家，学术是他的主业，文学创作是其学术思想的释放和延伸，互参互释，相得益彰。在 1956—2016 年六十年间，艾柯思想活跃，笔耕不辍，在意大利乃至国际上甘当学术急先锋，出版了 140 多部题材广泛、跨学科的作品，有人将之分成 8 大类 52 种。虽然他有些学术观点不尽完善，引起了争议、论战和批判，但是他敢于应战和修正，在学术界形成一道热闹又好看的风景。

一　主要理论著述和文学作品

艾柯的知识生涯前 20 年主要与学术研究有关；1980 年发表小说《玫瑰的名字》之后，文学创作和学术研究并驾齐驱。他一生中发表的主要理论著述包括：《托马斯·阿奎那的美学问题》[①]（1956）、《中世纪的艺术和美》（*Art and Beauty in the Middle Ages*，1959）、《开放的作品》（*The Open Work*，1962）、《混沌美学：詹姆斯·乔伊斯的中世纪》（*The Aesthetics of Chaosmos：The Middle Ages of James Joyce*，1965）[②]、《缺失的结构》（*The Absent Structure*，1968）、《符号学理论》（*A Theory of Semiotics*，1975）、《读者的作用》（1979）、《〈玫瑰的名字〉后记》（*Postscript to the Name of the Rose*，1984）、《符号学和语言哲学》（*Semiotics and the Philosophy of Lan-*

---

① 艾柯作品经常修订、扩展和翻译，版本多。此处列举的书名和出版时间参照 Peter Bondanella，ed.，*New Essays on Umberto Eco*，NY：Cambridge UP，2009，pp. 171 – 180。

② 英文版有两个版本：*The Aesthetics of Chaosmos：The Middle Ages of James Joyce*（1965，1982）；*The Middle Ages of James Joyce：The Aesthetics of Chaosmos*（1989）。

guage，1984）、《三个符号：杜潘、福尔摩斯和皮尔斯》（*The Sign of Three*：*Dupin*，*Holmes*，*Pierce*，1990）、《阐释的界限》（*The Limits of Interpretation*，1990）、《诠释与过度诠释》（*Interpretation and Overinterpretation*，1992，合著）、《探寻完美语言》（*The Search for the Perfect Language*，1993）、《悠游小说林》（*Six Walks in the Fictional Woods*，1994）、《谈到乔伊斯》（*Talking of Joyce*，1998，合著）、《论文学》（2004）、《从树到迷宫：符号和阐释的历史研究》（*From the Tree to the Labyrinth*：*Historical Studies on the Sign and Interpretation*，2004，以下简称《从树到迷宫》）、《一个年轻小说家的自白》（*Confessions of a Young Novelist*，2011），等等。

艾柯的理论著述主要研究中世纪美学、现代作品的意义建构、乔伊斯实验写作、符号学、阐释学、叙事学和迷宫议题。艾柯以中世纪学者身份步入学术之旅，是乔伊斯研究的先行者和专家。《托马斯·阿奎那的美学问题》是其博士学位论文，独辟蹊径对中世纪经院哲学权威阿奎那的美学思想进行研究。《中世纪的艺术和美》从中世纪经院哲学家的形上概念中剥离出他们对美的感悟——道德和谐之美和形上至善之美、比例美学、光的美学，以及阿奎那美学三标准——整体性、比例性和清晰性[①]。《开放的作品》是艾柯在"六三集团"时期的力作，反对克罗齐为首的南方保守派和结构主义意义确定论，全面讨论现代艺术作品形式结构、意义不确定性和未完成性，提出欣赏者的参与是完成作品的意义建构的首要前提。本书标志着他把注意力从中世纪转移到现代文学、当代文化、大众传媒和符号学，对雅俗文学和文艺作品进行讨论，从乔伊斯小说谈到漫画、从音乐系列谈到电视连续剧[②]。《乔伊斯的中世纪：混沌美学》是在《开放的作品》章节基础上扩充而成的，把乔伊斯（James Joyce，1882—1941）当作中世纪和先锋创作相遇的关节点来研究[③]，分析《芬尼根守灵夜》（*Finnegans*

---

① Umberto Eco，*Art and Beauty in the Middle Ages*，Trans. Hugh Bredin，New Haven and London：Yale UP，1986，pp. 5，76.

② Richard Macksey，"Fu allora che vidi il pendolo"，*MLN* 107. 5（1992）：v - vi.

③ Umberto Eco，*The Middle Ages of James Joyce*：*The Aesthetics of Chaosmos*，Trans. Ellen Esrock，Hutchinson Radius，1989，p. xi.

Wake，1939）和《尤利西斯》（*Ulysses*，1922），展示乔伊斯作品中呈现的中世纪，发掘乔伊斯像阿奎那一样建构了一本整全之书（a total work），一本宇宙大书（a Work-as-Cosmos），一本迷宫书，来统摄人类社会乃至整个历史文化，同时对现代文化加以解构①。

　　继《开放的作品》之后，艾柯在符号学和阐释学领域进行了全面而深入的研究。1968 年，艾柯出版他第一部符号学专著，即研究建筑符号学的《缺失的结构》。1971 年，他在博洛尼亚大学创立符号学课程；1974 年，他组织了第一届国际符号学会议，任学会秘书长。1975 年，他发表《符号学理论》，整合索绪尔符号论和皮尔斯符号学成果，提出了记号分类学、代码函数论、一般代码论、意指理论、符号学认识论等理论，来建构一般符号学②。艾柯把所指理论引入符号框架，把语用学和符义学打通，并对像似符（icon）进行了独特而详尽的研究③。

　　从 1975 年开始，艾柯担任博洛尼亚大学符号学系主任，后来成为符号学终身教授、人文学院教授和院长。他编辑国际符号学杂志《VS》，担任国际符号学研究协会秘书长，从 1979 年起任副会长，被公认为是继罗兰·巴特之后欧洲最重要的符号学家。在《符号学和语言哲学》一书，艾柯讨论皮尔斯的符号、符号对象和阐释项（interpretant），以及三者相互作用产生的无限衍义（unlimited semiosis）④；词典和百科全书两种语义模式⑤。《从树到迷宫：符号和阐释的历史研究》对"百科全书迷宫"概念的演变做了全方位探讨。

　　艾柯阐释理论也是在符号学框架中展开的，用作者、文本和读者符号三角来发展他的文本阐释学说。他的读者理论的影响力远远超过了伊瑟尔

---

　　① 　Umberto Eco, *The Middle Ages of James Joyce*: *The Aesthetics of Chaosmos*, Trans. Ellen Esrock, Hutchinson Radius, 1989, pp. 33 – 44.

　　② 　李幼蒸：《理论符号学导论》，社会科学文献出版社 1999 年版，第 533 页。

　　③ 　Umberto Eco, *A Theory of Semiotics*, Bloomington: Indiana UP, 1979, pp. vii – viii.

　　④ 　interpretant 的中译还有"解释符"、"解释项"；semiosis 又译"符号活动"。

　　⑤ 　Umberto Eco, *Semiotics and the Philosophy of Language*, Bloomington: Indiana UP, 1986, pp. 1 – 2.

等人。《读者的作用》一书在符号学视野之下研究开放的作品的性质和模范读者（Model Reader）① 的生产方式。开放作品是运动中的作品，模范读者根据作品中的关系场，利用皮尔斯的符号阐释项进行试推，完成读者和文本之间的阐释对话②。在《阐释的界限》一书，艾柯详细分析了乔伊斯《芬尼根守灵夜》中建立在符号的无限衍义基础之上、受到文化规约调节和限制的百科全书语义模式③。《诠释与过度诠释》是他和理查德·罗蒂（Richard Rorty）、乔纳森·卡勒（Jonathan Culler）、克里斯蒂娜·布鲁克－罗斯（Christine Brooke-Rose）1990 年在剑桥大学关于阐释的界限和可能性的辩论文集，是阐释问题在哲学、文学理论和文学批评上的交锋。

　　《〈玫瑰的名字〉后记》是艾柯针对《玫瑰的名字》的阐释而出面做出的回应，提到自己写作时，身边放着各种卡片和文本④。《悠游小说林》是关于叙事交流理论的散论，侧重读者理论。艾柯以暗喻的方式，将小说比喻成林子，博尔赫斯和卡尔维诺（Itao Calvino，1923—1985）的重要思想为林子打上了标签——小径交叉的花园，《寒冬夜行人》（1979）中所谓故事中读者的在场。小说为文本预设百科全书能力；在林中的推理漫步演绎可能世界；徘徊漫步制订虚构的规约，副文本标明人工叙述，虚构人物在文本之间迁移产生互文⑤。《一个年轻小说家的自白》是艾柯的演讲录，侧重作家理论，探讨博学作家在创作时如何将学识和虚构融通，如何制造作品无限的潜能；进一步阐述作者、文本和阐释者三者互动交流关系；探讨他钟爱的原始思维——清单文化现象，建立无限的清单和万维网之间的关联⑥。

① Model Reader 的中译还有标准读者、理想读者、典型读者等。

② Umberto Eco, *The Role of the Reader: Explorations in the Semiotics of Texts*, Bloomington and London: Indiana UP, 1979, pp. 62 – 63, 198.

③ Umberto Eco, *The Limits of Interpretation*, Bloomington: Indiana UP, 1990, pp. 143 – 146.

④ Umberto Eco, *Postscript to the Name of the Rose*, Trans. William Weaver, NY: Harcourt Brace Jovanovich Publishers, 1984, p. 45.

⑤ Umberto Eco, *Six Walks in the Fictional Woods*, Cambridge, Mass.: Harvard UP, 1994, p. 1.

⑥ Umberto Eco, *Confessions of a Young Novelist*, Cambridge, Mass.: Harvard UP, 2011, pp. 100 – 167, 150.

　　艾柯始终站在理论潮头，直接参与国际学术界重要的诗学对话，在结构主义向后结构主义转向、现代主义向后现代主义转型中占据重要的地位。1964 年，他发表论文《启示录的推迟》（"Apocalypse Postponed"），把美国漫画家舒尔茨（Charles M. Schulz, 1922—2000）的《花生》系列和 DC 动漫公司的《超人》系列和亚里士多德的《诗学》联系起来，做结构分析。1965 年，他在法国结构主义杂志《通讯》发表《詹姆斯·邦德——故事的结合方法》，开始进入以巴特为首的结构主义符号学阵营；1966 年，《通讯》第 8 期刊登了巴特《叙事作品结构分析导论》（"Introduction to the Structural Analysis of Narrative"）、艾柯的《弗莱明叙事结构》（"Narrative Structures in the Works of Ian Fleming"）等文章，巴特将语言学作为起点，视叙事作品为一个大句子，从功能层、行为层和叙述层来研究叙事作品结构，分析这个大句子在不同的叙述层次上如何分散和整合[1]，这一思想在叙事理论中举足轻重。艾柯则从流行文化、大众传媒作品中透视伊恩·弗莱明（Ian Fleming）邦德小说的深层结构。他在英文期刊上发表学术讲座论文《符号理论和读者的作用》（"The Theory of Sign and the Role of the Reader"），回顾符号理论发展史，把符号阐释的原则——皮尔斯的试推法扩展到文本阐释。

　　艾柯在讲座界有帕瓦罗蒂之称，是哈佛、耶鲁、印第安纳大学等多所世界名校的荣誉博士和客座教授，用英文讲授文学；他还到卢浮宫、亚历山大图书馆、米兰音乐电影节等处演讲。意大利报纸曾经邀请他和米兰大主教卡罗·马蒂尼（Carlo Maria Martini）用信函形式就共同话题交换意见，艾柯以非教徒身份提出问题来发表个人意见，而主教根据天主教义作答，他们从生命的起源谈到千年末日论等话题[2]。

　　艾柯还发表了不计其数的随笔和杂文，涉及文化诸多层面。具有代表

---

[1]　Gregory Castle, *The Blackwell Guide to Literary Theory*, Malden: Blackwell Publishing, 2007, p. 117.

[2]　See Umberto Eco and Cardinal Carlo Maria Martini, *Belief or Nonbelief? A Confrontation*, Trans. Minna Proctor, Introduction by Harvey Cox, NY: Arcade Publishing, 2000, p. 1.

性的随笔除了睿智而诙谐的《小记事》（Ⅰ）（1963）和《小记事》（Ⅱ）（1992）①之外，还有关于媒体文化的《启示录派和综合派》（1964）②，用符号视野解读美国仿冒和造假现象的《在超现实中旅行》（*Travels in Hyper Reality*：*Essays*，1977），关于书籍的命运和珍本书的《植物的记忆与藏书乐》（2004），关于无神论者和天主教领袖对话的《信还是不信：对谈》（*Belief or Nonbelief? A Confrontation*，1997，合著），以及《五个道德片段》（*Five Moral Pieces*，1997）、《康德与鸭嘴兽》（*Kant and Platypus*：*Essays on Language and Cognition*，1997）、《密涅瓦火柴盒》（*Minerva Matchbox*，1999）、《意外之喜：语言与疯狂》（*Serendipities*：*Language and Lunacy*，1998）、《反拨钟表：热战和媒体民粹主义》（*Turning Back the Clock*：*Hot Wars and Media Populism*，2006）③、《树敌》（*Inventing the Enemy*：*Essays*，2010），等等。

艾柯认为，学术书籍和报刊文章不存在隔阂，对时事的观察日后可以演变成他学术书籍中的理论④。他的随笔作品不乏理论书写，不可小视。他1977年的旅美札记《在超现实中旅行》将建筑符号学和文化符号学付诸实践，对美国人复制艺术品、建筑的狂热和赝品行业的兴盛，所谓"新中世纪潮"以及对加州魔教徒的大屠杀进行了文化透视，思考美国对文化、对中世纪的保护和再用问题。《植物的记忆与藏书乐》字里行间流露出艾柯对古典文献、神秘而古怪的文字和思想的嗜好。藏书家和鉴书行家艾柯如数家珍，表现出对珍本书的狂热和痴迷：他的收藏包括吉尔松《中世纪哲学精神》、帕拉塞尔苏斯作品、附有怪物插画的《纽伦堡编年史》；他曾对库拉斯《永恒的智慧剧场》版本做过鉴定，还曾受邀到巴黎校订安特尔西涅书店《奇品收藏室二》目录。他钻研基歇尔的百科全书，书籍目

---

① 英文版是 *Misreadings*（1993），*How to Travel with a Salmon*（1994）；汉译分别为《误读》《带着鲑鱼去旅行》。

② 英文版书名是 *Apocalypse Postponed*（1994）。

③ 中译本标题是《倒退的年代：跟着大师艾柯看世界》。

④ Umberto Eco, *Travels in Hyper Reality*：*Essays*, Trans. William Weaver, NY：Harcourt Brace Jovanovich, Publishers, 1986, pp. x – xi.

录——"书之书",《林迪斯芳福音书》,《一个陌生人的杰作》,马斯蒂尼亚人关于"门"的哲学。艾柯也搜集稀奇古怪的文字,比如专家给作家的退稿评语集锦,还有给音乐家的评语,艺术家、作家的日记评论、为电影写的序言。他为古书出版作序,比如,1988年纽约艾布拉姆斯出版社意大利译本《中世纪岁月》的前言《照耀天地的光辉:〈贝里公爵豪华时祷书〉的辉煌》,2000年贝内德托·波尔多内《岛屿志》复制版导言,霍华德·布洛克《上帝的剽窃者》意大利文译本导言[1]。

　　近十年来,艾柯出版了几部百科全书式的插图观念史巨著,理论性和可读性并举。《美的历史》(*History of Beauty*,2004,合著)是关于审美史的变迁的,《论丑》(*On Ugliness*,2004)则是关于审丑史的演绎的,《无限的清单》(*The Infinity f Lists*,2009,合著)是基于卢浮宫讲座的,探讨各种实用清单和艺术清单;《传说中的地方之书》(*The Book of Legendary Lands*,2013)是关于想象出来的假冒地图、怪物、岛屿、文明、文献、语言、秘密和完美世界的。其中所涉及的话题之广、书目和艺术品数量之多,给读者带来"知识和视觉愉悦"[2]。他甚至编写过百科全书的CD-Rom。艾柯喜欢画本,收藏连环漫画,中国的漫画也在他的收藏之列。笔者在密歇根州立大学图书馆发现了他早年为儿童画的两本图册:《炸弹和将军》(*The Bomb and the General*,1989)和《三个飞行员》(*The Three Astronauts*,1989);他还把曼佐尼的《约婚夫妇》(*The Betrothed*,1827)进行简写,发表儿童读物《约婚夫妇的故事》(*The Story of the Betrothed*)。他的小说也带插图,有的是他自己画的,比如《玫瑰的名字》中的图书馆平面图。

　　如果说艾柯的《开放的作品》让他在学术界一举成名,他的符号学、阐释学研究夯实了他在学术界的重要地位,那么艾柯1980年发表的《玫瑰的

---

　　[1] 〔法〕让－菲利浦·德·托纳克编:《别想摆脱书:艾柯＆卡里埃尔对话录》,吴雅凌译,广西师范大学出版社2014年版,第43、35—191页。

　　[2] Rocco Capozzi, "'History, a Theatre of Illusions': Texts and Contexts of Eco's *The Book of Legendary Lands*", *University of Toronto Quarterly* 83. 4 (2014): 847 – 860, p. 848.

名字》使他在小说界一鸣惊人，1986 年小说拍成电影后，艾柯的名字便风靡全世界了。此后，艾柯还创作了长篇小说《傅科摆》（*Foucault's Pendulum*，1988）、《昨日之岛》（*The Island of the Day Before*，1994）、《波多里诺》（*Baudolino*，2001）、《罗安娜女王的神秘火焰》（*The Mysterious Flame of Queen Loana*，2004）、《布拉格墓地》（*The Prague Cemetery*，2011）和《试刊号》（*Numero Zero*，2015）。艾柯一直写作到了他生命的最后时刻，给世人留下了丰富的理论资源和文学遗产。

艾柯的小说题材都涉及过去神秘的事情，知识含量重，他的重要理论观点在其中巧妙地得以展示。《玫瑰的名字》是向阿根廷迷宫作家博尔赫斯致敬的作品，以侦探小说形式讲述 14 世纪末意大利境内一座以迷宫图书馆闻名基督教世界的圣本尼迪克特修道院七天内发生的七宗命案。《傅科摆》仿拟博尔赫斯《图隆、乌克巴、俄比斯·特休斯》（以下简称《图隆》）根据伪百科全书发现图隆存在的线索的写作手法，讲述三个编辑炮制十字军圣堂武士神秘事件的书，引来潜伏在周围的圣堂武士暴力团的追杀。《昨日之岛》聚焦 17 世纪寻找可以把今日之岛变成昨日之岛的经线分界线的故事。《波多里诺》中，骗子叙述人讲述他的东方神秘旅行，他的谎言对东方王国的历史产生了影响，甚至改变了历史进程。《罗安娜女王的神秘火焰》是关于失去个人记忆和寻找记忆的故事。《布拉格墓地》是一个靠伪造文件为生的人讲述拟定《布拉格墓园议定书》的阴谋。《试刊号》涉及媒体报道和墨索里尼之死的真伪，叙事穿梭在真实和虚构，神秘和谎言之中。

应该说，艾柯的小说实验都是他的叙事理论的反映和补充。他是欧洲重要的叙事理论家，亲历了叙事学发展的全过程，做出了重大的理论建树。1966 年，艾柯在《弗莱明叙事结构》中把流行文化形式归纳到叙事结构，建立了结构主义与流行文化之间的纽带①。1969 年，托多罗夫在《〈十日谈〉语法》中提出"叙事学"一词，正式为这一理论命名。巴特

---

① David Walton, *Doing Cultural Theory*, Los Angeles：Sage Publications Ltd, 2012, pp. 41 - 42.

1970 年再提出叙述代码概念，将事件分为"核心"和"催化"；1973 年，热奈特提出叙述话语，布雷蒙提出叙事逻辑，解码叙述行为的意义系统；格雷马斯区分表层结构和深层结构，用"符号方阵"描绘深层结构和叙述元体系①。艾柯《从树到迷宫》一书对词典和百科全书语义模式进行了全方位研究。

　　艾柯对后经典叙事学中重要概念，比如读者理论、潜在文学、清单理论、百科全书语义模式、副文本等理论难题都进行了攻坚克难，做出重大突破。他在 1962 年《开放的作品》中就强调读者在阐释中的作用；在 1979 年的《读者的作用》、1980 年的《玫瑰的名字》中可见其读者理论的影子。1984 年的《〈玫瑰的名字〉后记》是关于他自己的小说叙事的。1994 年的《悠游小说林》、2004 年的《论文学》，以及 2011 年的《一个年轻小说家的自白》都是叙事理论专著，不断探讨理想读者对文本的接受问题、阐释的界限和过程、符号的无限衍义，等等。如果说热奈特在 1987 年版法文版论著《门槛》（Seuils）将叙事的研究扩展到了文本的周边信息，如书名、序言、题记等不显眼的文本附件，剖析它们背后的意图和对读者的导引作用，那么艾柯在《悠游小说林》《植物的记忆与藏书乐》《玫瑰的名字》等作品中对这一副文本理论进行了补充和完善。艾柯所举的副文本例子比热奈特还要早，而且他在小说中广泛使用了副文本叙事手法，来建构迷宫故事框架和融通故事线条，将副文本理论提升到新的高度。

　　艾柯还是翻译家，他不仅翻译过自己的著作和法国作家的作品，而且出版了翻译理论专著。艾柯的著作译本大部分是由外国人做的，但是也有的是艾柯本人直接翻译，或者说用其他语言重写的。译本常常有多个版本，有的只是标题不同，有的在翻译过程中作了修订，改换了标题出版，或者直接重写，但前言大部分由自己捉笔的。艾柯在 1979 年美国版《符

---

① Irena R. Makaryk, ed., *Encyclopedia of Contemporary Literary Theory*：*Approaches*，*Scholars*，*Terms*，Toronto：University of Toronto Press，1993，p. 112.

号学理论》前言中坦言，这本意大利语符号学专著在 1967 年、1968 年出版后，他又花了两年时间将它翻译成法语、德语、西班牙语、瑞士语版本；1971 年用新的标题成书；然后两次尝试将书翻译成英语，但最终放弃，于是在 1973 年干脆用英语重写，后来在美国出版。最后，他将此书再从英语翻译回意大利语①。1983 年，艾柯翻译法国乌力波②成员雷蒙·格诺（Raymond Queneau）的《风格的练习》（*Exercises de style*）。1999 年，他翻译了法国作家内瓦尔（Gérard de Nerval）的《西尔薇》（*Sylvie*），他在《悠游小说林》中论及过他翻译这部作品的心得及其小说叙述人特征。艾柯在符号学、阐释学和翻译实践的基础上，出版了《翻译经验谈》（*Experiences in Translation*，2001）和《老鼠还是耗子？作为协商的翻译》（*Mouse or Rat? Translation as Negotiation*，2003）等书。

艾柯坚守知识分子的良知，拥有强烈的社会责任感和担当精神，以国家、民族和世界的和平安宁为己任，被公认为积极的公共知识分子。他在杂文中抒发他忧国忧民忧天下的情怀，分享他对世界局势、人类的命运的看法。他多次精辟地阐述了文人、知识分子或者博学之士共同的社会责任，知识分子和公民执行社会职责的不同方式。知识分子和公民的职责不同，哲学家萨特作为公民可以上街抗议，但作为知识分子他的主业是著书立说，为社会和人民指引前进的方向③。

艾柯坚决反对知识分子在民族危难之时，装腔作势，充当摆设；强烈要求知识分子在无能为力之时要谨言慎行，避免在社会制造混乱。但是他同时呼吁，知识分子在预见到灾难即将发生之时，要敢于呐喊，向世人发出预警④；知识分子要敢于摒弃教条，追求新知。用诺伯托·博比奥在《政治与文化》中的话说，文化人要"播撒怀疑的种子，而不是收成

① Umberto Eco, *A Theory of Semiotics*, Bloomington: Indiana UP, 1979, pp. vii – viii.
② 乌力波指 Oulipo，全名是 Ouvroir de littérature potentielle，意为潜在文学工场，成立于 1960 年，由法国数学家和文学家组成。
③ 夏榆：《"我是一个经常被误读的人"》，《南方周末》2007 年 3 月 15 日第 D25 版。
④ ［意］翁贝托·埃科：《密涅瓦火柴盒》，李婧敬译，上海译文出版社 2009 年版，第 347、359 页。

已然明确事实"①。他利用卡尔维诺的暗喻来进一步说明，饱学之士应该像《树上的男爵》中的柯西莫·皮欧伐斯哥一样在高处栖居，高瞻远瞩，参与时政②。

20 世纪 60 年代初，艾柯参与组建意大利解除核武器委员会；还曾受邀前往法国参加密特朗总统和团队主办的关于知识分子如何解决当下危机的研讨会。1968 年，艾柯以非党员身份受邀参加意大利执政党主办的参政议政会议。在他看来，知识分子虽然不能直接解决危机，但是可以预见到危机，因而有责任对执政党直抒胸臆，献计献策③。2006 年，他公开谴责布什总统中东政策失误，助长恐怖主义和原教旨主义④。艾柯要么高屋建瓴，整合各方对同一命题的讨论，建构系统化的理论框架，推动学术发展；要么综合百家学说，推陈出新；要么驶向未知，聚焦有人提及过，但是没有解决的重大理论问题。他成为中世纪研究、符号学、阐释学乃至叙事学权威，与他非要把难说清楚的议题说清楚，而且不断地说下去的倔强劲头不可分。这种豪迈、勇猛而沉稳的学术个性也体现了一个公共知识分子的学术担当：拒绝陈腐，继往开来，追求真知。

二　重要学术思想和治学风格

艾柯的学术著作、随笔作品和小说创作是不分家的，联系起来看，才能看清其学术思想的整体风貌。六十年间他将阿奎那美学思想研究、大众文化、乔伊斯研究、符号学、阐释学拓展到小说写作、万维网研究，产生了不同凡响的美学思想，形成了别具一格的研究风格。他的理论和创作基本不按常理出牌，剑走偏锋，惊世骇俗，但他的每张牌都触动主流理论的神经，解决那些学人谈不清楚，或者避而不谈的重大理论和实践。

---

①　转引自［意］安贝托·艾柯《倒退的年代：跟着大师艾柯看世界》，翁德明译，漓江出版社 2012 年版，第 70 页。

②　同上书，第 69、77 页。

③　同上书，第 23—77 页。

④　参见"Italian Philosopher Umberto Eco Codemns"，*Arabia 2000* 24 Nov.，2006。

艾柯的美学理论错综复杂,版本一直在修改和完善,是名副其实的运动中的理论,尤以中世纪美学观、开放的作品理论、乔伊斯作品的混沌观、符号学、文本阐释学、百科全书思想和百科全书迷宫叙事观见长。其中,以理论碎片形式散落在各处的读者理论和百科全书迷宫叙事理论是两大理论核心和亮点,需要读者进行系统化的整合和构建。中世纪和艾柯研究学者邦德内拉(Peter Bondanella)在《翁伯托·艾柯和开放文本:符号学、小说和流行文化》(*Umberto Eco and the Open Text*:*Semiotics*,*Fiction and Popular Culture*)一书序言把艾柯从阿奎那美学到后现代小说的文化行旅比作复杂而漫长的"奥德赛"①,在学术冒险中不断实现转折和飞跃。艾柯在乔伊斯、传播理论和结构主义思潮的共同影响下,在开放的作品概念基础上颠覆了克罗齐美学。他的开放的作品理论预见了 20 世纪 60 年代中期以降现代文学理论的两大主题:艺术作品的意义具有不确定性和未完成性;读者的阐释使之成为运动中的作品,读者和文本之间的互动完成作品②。在后克罗齐时代,艾柯对作品的形式颇为关注,在关注的过程中把阐释学和读者理论向前推进了一大步。

中世纪经院哲学家阿奎那《神学大全》(*Summa Theologica*,1265—1274)旁征博引的综合运笔方式,还有乔伊斯意识流作品,与 20 世纪 60 年代以降的混沌理论相遇,让艾柯发现了无序和有序、复杂和简单、多元和单一、分裂和统一共存一体的契机,为他融通古今文化、古代智慧与现代科学、科学技术与文学艺术奠定了理论基石,启发他思考百科全书迷宫文本的叙事机制。艾柯在整个文化生涯中,一直在不同的知识和学科之间进行斡旋和综合,他认为阿奎那经院哲学和乔伊斯现代主义写作在形式上是殊途同归的,背后一定隐藏着某种统一的语言,可将其中的美学形式同时加以论说。在现代文化问题上,艾柯反对理想主义者将高雅和通俗、学

---

① Peter Bondanella, *Umberto Eco and the Open Text*:*Semiotics*,*Fiction and Popular Culture*, Cambridge:Cambridge UP, 1997, p. xv.

② Umberto Eco, *The Open Work*, Trans. Anna Cancogni, Cambridge, Mass.:Harvard UP, 1989, pp. 8 – 9.

术和非学术之间的界限截然分开，而是提倡用一种语言，将文化作为一个整体来研究。他发现的这种语言就是符号，或者建构意义的代码，可以担当贯通古今、消弭文化隔阂的重任①。为此，艾柯把欧美符号理论资源整合起来，建立起一个相对统一的符号学框架。符号思维贯穿他一生的学术研究和小说创作，他用试推法对具体的概念和范畴追根求源，清清楚楚地揭示它们从古到今的演变过程以及在当下语境中的华丽转身，由是破解了众多理论谜题。他笔下的中世纪美学思想、以读者为中心的阐释观、开放的作品诗学、阐释和叙事横组合和纵聚合两轴、百科全书迷宫思想、无限的清单叙事、副文本叙事等理论精髓都离不开他对古往今来文化实践的全面考察和创造性的阐发。

研读艾柯学术文献、随笔、杂文和小说创作，可以管窥其科学而严谨的、综合而独特的学术个性和文风。总体说来，他的学术和创作生涯呈现以下特点。

其研究选题具有挑战性和开创性。现成的、缺乏挑战性的问题不是他考察的对象，他始终站在巨人的肩膀上，在学术上做出新的发现和新的贡献。中世纪是否有美学？读者应该如何阐释文本？迷宫叙事或者说百科全书叙事究竟是什么？其他学者大都笼统地一笔带过，他却在理论上阐释得明明白白，还在实践上加以详尽的演示。在艾柯之前，索绪尔（Ferdinand de Saussure，1857—1913）为首的欧陆符号论和美国皮尔斯（Charles Sanders Pierce，1839—1914）符号学是断裂的；艾柯《符号学理论》一书将两种平行的理论加以整合，建立了符号学研究的一般框架。

其研究逻辑具有侦探风格。对于学术者规避，或者在学术界还不成立，或者难以言说的命题，若归纳法和演绎法用不上，艾柯就用侦探的方式，启用皮尔斯倡导的试推法，根据文献中的蛛丝马迹来加以逆向回溯、还原和侦破。譬如，他从中世纪经院哲学家禁欲言论中进行反向推理，从

_____

① Peter Brand and Lino Pertile, eds., *The Cambridge History of Italian Literature*, Cambridge: Cambridge UP, 1999, p.598.

他们不让人们享受美的东西的行为中可知他们知道什么是美。他把试推法在符号学中发展到了极致。但不可否认，艾柯也有逻辑论证失当之处，比如他的记号分类学的不科学、符号的意识形态性和无限衍义观有争议，遭到学界批判，但是这并不动摇他重要的学术地位。

其研究发扬辩证唯物主义联系观和发展观。作为中世纪学者和"六三集团"成员，艾柯面对人类文化史上纷繁复杂的异质文化材料，善于用一分为二、对立统一的观点分析，取其精华、去其糟粕，从中发现规律，解决冲突，推陈出新。他不仅继承阿奎那吸纳百科知识、旁征博引的中世纪简纲书写风格，而且坚持马克思主义辩证唯物主义观点，对百科学说和知识始终秉持兼容并包、综合利用的原则，对不同文化形式持平等、民主和开放的态度。不论是高雅文化，还是大众俗文化，艾柯认为都有存在的理由，其精华部分都可加以吸收和利用。

其研究具有跨学科性和临界性。他的研究是跨学科的，从中世纪、美学研究延伸到后现代建筑、披头士音乐、现代广告、邦德系列、可能世界等领域。比如，现代音乐演奏时，分节可以自由组合，他从这种形式中领悟到现代艺术作品也是具有未完成性的，欣赏者可以参与建构其形式结构。这一发现推翻了克罗齐所谓作品可以直接传送给读者的唯心主义观点，推翻了列维-斯特劳斯的意义确定论。艾柯站在后现代主义立场上，敞开胸怀，同时面对不同领域的观众讲话①。

他不仅在小说和随笔中演示符号学和叙事学，还在007系列和漫画当中示范叙事结构和符号知识，在小说中画图演示迷宫、钟摆，在旅美游记中联系欧洲建筑谈美国的复制文化。在艾柯看来，文学史不是雅俗文学分开而行的历史，大众文学的封闭作品和雅文学的开放作品是在不断交流的。

其研究侧重将古典文化进行现代转化。艾柯在从阿奎那美学到后现代

---

① Peter Bondanella, *Umberto Eco and the Open Text: Semiotics, Fiction and Popular Culture*, Cambridge UP, 1997, pp. xi – xv.

小说的漫长文化行旅中，利用中世纪哲学思维、文艺复兴古为今用精神，打通了知识和学科之间一道又一道屏障，在学术前沿冒险和创新。他擅长于在古典文献中汲取营养，结合先进知识和现代科技，不断推陈出新。比如，他从中世纪人百科全书世界观——清单原始野性思维中发现了迷宫文本的构件，即清单和目录；而在当下，清单和目录堪比万维网的搜索词。他从阿奎那旁征博引运笔方式中，发现了引文库是书写百科全书的基础，而引文碎片和后现代碎片化写作大同小异。

其小说具有论文的特点。艾柯用写论文的方法写小说，小说其实就是他所有理论思想的操演场所。在叙事理论和小说创作上，艾柯坚持理论无法言说清楚的，叙述出面。他的小说是跨界书写，是元小说，理论意识浓烈。故事情节中安插了对读者的作用、符号和阐释、文学传统在写作中的地位、各种叙事策略等话题的讨论。正所谓"当理论家艾柯变成小说家艾柯时，在某种程度上，他对小说的阐释已提前写好"①。

自评自己的作品绝不含糊。如果认为艾柯作为作者自己评论自己的小说坏了学术界的规矩，好比王婆卖瓜，自卖自夸，那就看低了艾柯的学术风范了。他是未来主义者，敢为人先，预测未来文学动向，思想狭隘的保守文人在当时根本不能准确理解他的理论和实验。例如，20世纪60年代，意大利还处于闭关锁国状态，文化界看不惯乔伊斯意识流作品，弃之如敝屣。而艾柯却从中惊喜地发现了现代艺术作品形式上的革命，著《开放的作品》一书为之欢呼，但此书却遭到文人的群起而攻之。艾柯如若沉默，只能是众口铄金，积毁销骨的下场。"六三集团"时期艾柯就此书与一干学人的论战让他出名，从此一发而不可收拾。当时，连法国的阿尔都塞等人也赶来把他批判一顿，指责他把结构主义和马克思主义混为一团。随着时间的推移，人们不得不承认，艾柯对现代艺术形式的预测是对的。另外，谁对他小说评点有误，他也亲

---

① Leo Corry and Renato Giovanoli, "Jorge Borges, Author of *the Name of the Rose*", *Poetics Today* 13. 3（1992）: 425 – 445, p. 426.

自发声，点名批判。欧洲文化史上，学术论辩可以溯源到经院论辩，开放式的辩论之风在欧洲学界没有停歇过，目的在于明辨是非，去伪存真。

第二节　国内外艾柯研究现状

由于艾柯作品被广泛翻译，他本人积极参与世界性学术对话，他的各种理论在世界范围内得以广泛传播，他的哲学思想、阐释学、语言学、符号学、叙事学、大众文化、传播学等在诸多学科得以深入研究和讨论。笔者通过检索与艾柯相关的英文文献，发现国外对他的研究主要集中在其中世纪哲学底蕴、混沌美学、门轴领域、符号学、阐释学、《玫瑰的名字》等小说百科全书式的生产方式以及对多门学科的指导意义。

一　国外艾柯研究

总体而言，国外艾柯研究主要体现在以下方面。

（一）对艾柯符号理论和阐释理论的研究

对艾柯符号学的研究。《当代文学批评》第 142 卷艾柯篇高度评价艾柯对符号学的贡献，称符号学是他 "几乎单枪匹马使之合法化的学科"[1]。他与索绪尔、格雷马斯和皮尔斯并称为世界四大符号学家。西比奥克（Thomas A. Sebeok）在为卡波齐主编的《解读艾柯》序言中称，虽然艾柯的小说家名气盖过其辉煌的学术成就，但是他最原创的贡献还是在符号学上。卡波齐在编者序中也指出，学界一致认为是艾柯把索绪尔结构主义符号学发展到了皮尔斯式哲学符号学；艾柯符号学论著纵向展示了对记号、代码、词典、所指、百科全书、暗喻和互文性等概念的总体看法；通过对

---

[1] "Eco", Jeffrey W. Hunter, ed., *Contemporary Literary Criticism*, Vol. 142, Detroit: Gale Group, 2001, pp. 60 – 139, p. 60.

读《读者的作用》和《玫瑰的名字》两部作品，不难发现艾柯在论著和小说中都在讨论中世纪至今的符号实践①。

对艾柯阐释理论的研究。艾柯符号学框架之下的阐释理论，是他开放作品诗学的精髓，而读者理论是其阐释理论的核心。他用作者、文本和读者符号三角建构其文本符号学，并提出了模范读者范畴。1980年，多勒策尔（Lubomír Dolezel）在《今日诗学》叙事理论专栏文本和读者篇评述艾柯首创的模范读者范畴，将阅读视为作品和读者之间的互动反应和交流，体现去民主化和精英化的趋势②。

1982年，小埃德·布洛克（Ed Block，Jr.）在《当代文学》杂志评论艾柯《读者的作用》一书，将沃尔夫冈·伊瑟尔（Wolfgang Iser）和大卫·布雷的现象学、读者反应理论降格到艾柯模式的"下项"，给予艾柯的读者理论至高无上的地位③。同样，在基亚伦扎（Carlo Chiarenza）看来，艾柯把创作者持有代码的特权转交给了读者，视作者和读者只是文本策略，颠覆了作者的权威④。

（二）对艾柯哲学思想和美学思想的研究

研究艾柯深厚的中世纪哲学思想。罗比（David Robey）在为《开放的作品》英文版写的序言中盛赞艾柯中世纪学术功底，称很少有虚构作品能如此成功地把这个时期或者任何时期的文化和知识世界复原出来⑤。同样，法罗纳托（Cristina Farronato）也认为，艾柯能够真正成为欧美文学界一道独特的知识风景，关键在于他深厚的哲学功底⑥。

---

① Rocco Capozzi, ed., *Reading Eco*: *An Anthology*, Bloomington and Indianapolis: Indiana UP, 1997, pp. xii – xxii.

② See Lubomír Dolezel, "Eco and His Model Reader", *Poetics Today* 1. 4 (1980): 181 – 188.

③ Ed Block, Jr., "The Role of the Reader", *Contemporary Literature* 23. 1 (1982): 97 – 99, p. 97.

④ Carlo Chiarenza, Review Umberto Eco by Teresa De Lauretis, *Substance* 11/12, 11. 4 – 12. 1 (1982/1983): 215 – 217.

⑤ Umberto Eco, *The Open Work*, Trans. Anna Cancogni, Cambridge, Mass.: Harvard UP, 1989, p. 8.

⑥ Cristina Farronato, *Eco's Chaosmos*: *From the Middle Ages to Postmodernity*, Toronto: University of Toronto Press, 2003, p. 4.

对艾柯美学思想的研究。他对"中世纪对代码的追求和代表解构趋势的阐释学"之间产生的张力，对"宇宙和混沌，秩序和混乱"之间的张力的哲学思考，囊括在"混沌美学"一词中①。这条哲学纲领贯穿他整个学术和文学生涯，成为他百科学说的总纲和主题，贯穿他处理各种文化悖论的整个过程。

（三）对艾柯理论和创作的跨界性的研究

艾柯是加勒特（Jeffrey Garrett）眼中的"知识暴食者"，罹患文学贪食症②。艾柯利用知识的包容性，摸清了各种知识和文化的接壤处和交汇点；而且在众多交叉领域，或者说，在门轴或者铰链领域，把不同的知识壁垒打通，巧妙进行转化和创新，引爆新的理念和实践。艾柯在对邦德小说的分析中演示了如何把流行形式归纳到叙事结构，建立了结构主义与流行文化之间的纽带③。邦德内拉注意到艾柯学术研究和小说实践的临界性和创新性：他从阿奎那经院哲学论述中审视美学议题，结果否定了克罗齐直觉即反映学说；他研究乔伊斯、交流理论和结构主义，提出了开放的作品概念，开启后克罗齐美学时代。后来，他在研究流行文化过程中，构建了符号学。他在小说中，边讲故事边讲授他的符号学、理想读者、阐释学等理论思想④。布沙尔（Norma Bouchard）和普拉瓦德利（Veronica Pravadelli）在其主编的《艾柯的选择：文化政治和阐释歧义》（1998）一书中也论及艾柯作品具有"门轴领域"特点和创新性：其《开放的作品》将审美理论朝接受理论发展，来展示现代作品的语义高度开放性；发展皮尔斯符号、对象、阐释项三角关系演绎的无限衍义观，建构其代码理论、符号生产理论和百科全书能力思想。其符号思想挑战了僵化的结构主义语义学，尝试用动态

---

① Cristina Farronato, *Eco's Chaosmos: From the Middle Ages to Postmodernity*, Toronto: University of Toronto Press, 2003, p. xiii.

② "Eco", Jeffrey W. Hunter, ed. , *Contemporary Literary Criticism*, Vol. 142, Detroit: Gale Group, 2001, p. 76.

③ David Walton, *Doing Cultural Theory*, Los Angeles: Sage Publications Ltd, 2012, pp. 41 – 42.

④ Peter Bondanella, *Umberto Eco and the Open Text: Semiotics, Fiction and Popular Culture*, Cambridge: Cambridge UP, 1997, pp. xi – xv.

的试推法来挖掘阐释的无限可能性；艾柯的小说，包括《玫瑰的名字》，对符号生产和阐释进行了复杂的转化，演示了他的理论简纲①。

《信还是不信：对谈》是非虚构性作品，是应出版社之约记录下他和米兰马蒂尼大主教信函交流。大主教是哲学家、神学家、《新约》专家、《希腊语新约》的编辑，精神书籍方面的多产作家，对基督徒和犹太人的关系感兴趣。他们之间能够通信畅谈表明，艾柯打通了宗教的壁垒，营造出20世纪80年代路易·马勒（Louis Malle）执导的电影《和阿德雷共进晚餐》（*My Dinner with Andre*，1981）的情景②。从中可见无神论者艾柯高尚的道德情操和人文关怀，真正做到了德艺双馨。

（四）对艾柯小说的研究

艾柯小说的研究主要聚焦其中的符号、典故和复杂的思想等方面，而对其代表作《玫瑰的名字》的研究是最为全面和深入的。鉴于本书拟以《玫瑰的名字》为例，来讨论迷宫文本理论，在此有必要对其研究概况进行重点回顾。

《玫瑰的名字》是国际畅销书，获得意大利斯特雷加、维阿雷乔文学奖和法国美第奇奖，被誉为西欧文坛的一部力作、世界性畅销书和长销书。洛奇（David Lodge，1935—）在2006年小说英文版再版前言中提到，小说当时已经翻译成35国文字，销售1600多万本。他称之为"罕见的出版现象和跨越语言学边界的文学大畅销书"："大"指的是其销量以百万起计，"文学"则指其独特的"艺术理想和风格个性"；就连出版商也意识到"书中一定有重要的东西"③。这重要的东西所指何物？从学界评论可知，《玫瑰的名字》雅俗共赏，符合不同文化水平人士口味。仅小说标题和结尾拉丁文六韵步诗就引发了一场阐释大战。小说中丰富的典故、符号

---

① Norma Bouchard and Veronica Pravadelli, eds., *Umberto Eco's alternative*: *The politics of culture and ambiguities of interpretation*, New York: Peter Lang Publishing, Inc., 1998, p. 2.

② Umberto Eco and Cardinal Carlo Maria Martini, *Belief or Nonbelief? A Confrontation*, Trans. Minna Proctor, Introduction by Harvey Cox, NY: Arcade Publishing, 2000, pp. 3 - 9.

③ Umberto Eco, *The Name of the Rose* (3rd ed.), Trans. William Weaver, NY: Everyman's Library, 2006, p. vii, ix.

意识、密集的哲学和宗教辩论、百科全书叙事手法等受到广泛的关注，一些高校甚至将该小说引入课堂，通过文本分析来教授文学理论和中世纪研究等课程。对这部小说的研究主要聚焦以下几大层面。

对小说的书名和结尾拉丁文六韵步诗的阐释。德·罗瑞提斯（Teresa de Lauretis）《华而不实的玫瑰：艾柯和自恋》（1985）指出玫瑰之名就是父亲之名，《玫瑰的名字》呈现给我们的是父亲之言的隐迹文本①。麦凯（Louis Mackey）《书的名字》（1985）推测小说的宗旨是要生产亚里士多德论喜剧的失传之书②。由于读者来信向艾柯求解结尾拉丁文六韵步诗的意义和书名的由来，他就写了《〈玫瑰的名字〉后记》来回应，"玫瑰不论取什么名字，玫瑰就是玫瑰就是玫瑰就是玫瑰"③。但是，他也详尽介绍了标题和意义、中世纪、叙事框架、叙述人、语言风格、小说的形上问题、后现代主义等。

对小说中的典故的考证和阐释。邱吉尔（John Churchill）的《维特根斯坦的梯子》分析主人公威廉利用14世纪哲学思维揭开谋杀疑案，"维特根斯坦的梯子"用典透露小说在语言和现实问题上既揭示又掩盖的悖论④。此外，还出现了专门的导读书——海夫特（Adele J. Haft）等著的《打开〈玫瑰的名字〉的钥匙》（*The Key to The Name of the Rose*，1987），还有德·罗瑞提斯的批评专著《翁伯托·艾柯》（*Umberto Eco*，1981）和科莱蒂（Theresa Coletti）的《为玫瑰命名》（*Naming the Rose*，1988），等等。

对小说跨界书写的研究。卡塞里奥（Robert L. Caserio）、坦切瓦（Kornelia Tancheva）、萨里斯（Steven Sallis）、特里福纳斯（Peter Pericles Trifonas）等人研究发现，《玫瑰的名字》是元小说，艾柯把小说当成演练他符号学和阐释学的场所。卡塞里奥《马的名字：〈艰难时世〉，符号学和超自然》（1986）一文指出，虽然在小说开头威廉不知马的名字，但是知道文

① See Teresa de Lauretis, "Gaudy Rose: Eco and Narcissism", *Substance* 14. 2 (1985): 13 – 29.

② Louis Mackey, "The Name of the Book", *Substance* 14. 2 (1985): 30 – 39.

③ Umberto Eco, *Postscript to the Name of the Rose*, Trans. William Weaver, NY: Harcourt Brace Jovanovich Publishers, 1984, p. 3.

④ John Churchill, "Wittgenstein's Ladder", *AN&Q* 23. 1/2 (1984): 21 – 22.

化中习惯使用的名字；神秘代码的发现让他找到杀人凶手；凶手使用圣约翰启示录中的预言，使罪行发生得合乎天理，而修士们犯下的主要罪行是试图控制图书馆形成的符号化文化百科全书①。卡波齐在《隐迹文本和笑：〈玫瑰的名字〉无限互文性对话欢愉》（1989）中指出，小说让我们在文学百科全书中进行旅行和知识探险，阅读赋予我们侦探、历史、宗教、医药、建筑诸方面知识；同时"通过最愉快而游戏式的虚构，对叙述的性质和阐释符号作了严肃而博大精深的探讨"②。杜阿尔特（Joǎo Ferreira Duarte）在《"危险的艺术笔触"：作为逾越的仿拟》（1999）对于书中对笑的辩论提出两种解释，抑或是僧侣误读亚里士多德喜剧理论，抑或是艾柯误读巴赫金狂欢理论；欢笑主题旨在还原喜剧理论内涵，解开失踪的文类之谜。坦切瓦在《重新打造辩论：流行文化中的图书馆符号》（2005）一文中将《玫瑰的名字》中的图书馆也视为一个巨大的象征符号，是进行文化颠覆和制造差异的意象③。萨里斯《为玫瑰命名：翁伯托·艾柯小说的读者和代码》（1986）从天真读者和批判读者、多元文本和读者阐释的层面探讨小说④，特里福纳斯《文本生产美学：和翁伯托·艾柯一起阅读和写作》（2007）指出，《玫瑰的名字》教我们如何通过语汇符号和代码生产美学文本⑤。

对小说互文现象、隐迹文本和影射技巧的研究。除了研究该小说与其他学科的作品、与博尔赫斯作品互文之外，研究者还提到它与其他文类的互文。狄龙（Sarah Dillon）在《隐迹文本：文学、批评和理论》（2007）

---

① Robert L. Caserio, "The Name of the Horse: Hard Times, Semiotics and Supernatural", *NOVEL: A Forum on Fiction* 20. 1 (1986): 5 – 23.

② Rocco Capozzi, "Palimpsests and Laughter: The Dialogical Pleasure of Unlimited Intertextuality in *The Name of the Rose*", *Italica* 66. 4 (1989): 412 – 428, p. 414.

③ See Kornelia Tancheva, "Recasting the Debate: The Sign of the Library in Popular Literature", *Libraries & Culture* 40. 4 (2005): 530 – 546.

④ See Steven Sallis, "Naming the Rose: Readers and Codes in Umberto Eco's Novel", *The Journal of the Midwest Modern Language Association* 19. 2 (1986): 3 – 12.

⑤ Peter Pericles Trifonas, "The Aesthetics of Textual Production: Reading and Writing with Umberto Eco", *Stud Philos Educ* 26 (2007): 267 – 277.

一书认为,《玫瑰的名字》是古典侦探小说的隐迹文本,新旧交结在一起。威廉是隐迹文本侦破读者,威廉的阅读行为形成隐迹文本的形式,阿德索生产的文学手稿文本是以前文学残片的隐迹启示录①。

对手稿作者意图、主要人物之间微妙的关系进行心理分析。比如,耶格尔(Robert F. Yeager)《恐惧写作,或者阿德索和有毒文本》(1985)从弗洛伊德心理学维度看待阿德索的叙述行为、威廉和佐治知识对决的性暗示意义,将书写行为、知识占有与性爱相提并论②。

把小说运用于教学的研究。甘孜(Alison Ganze)主编的《中世纪后记:用〈玫瑰的名字〉教中世纪研究课》是2006年密歇根大学会议论文集。导言提出了一个问题,小说如何才能把事实和知识像论文一样进行有效的表达?③

出现了专门研究艾柯和《玫瑰的名字》的知名网站。www. umberto-eco. com 全面介绍艾柯及其作品;http://www. csuohio. edu/English/earl/nrOindex. html 有美国克利夫兰大学安德森教授(Dr. Earl Anderson)开设的以《玫瑰的名字》为基础的《实用理论》课网页;http//en. wikipedia. org/wiki/the_ name _ of_ the_ Rose 网站有《玫瑰的名字》故事梗概、主题、对其他作品的影射等信息;在 http://www. themodernword. com/eco/eco_ biography. htmlshang 网站上有艾柯传记、演讲、报刊文章等;http://www. ide-hist. uu. se/distants/ilmh/Ren/eco/ eco-rose-comment. htm 有《玫瑰的名字》的一些评论,等等。

(五)对艾柯和博尔赫斯、卡尔维诺的对比研究

迄今为止,国外学界对三位迷宫谱系作家的哲学思想探讨甚多,而对其迷宫叙事基本是分而论之的。

---

① Sarah Dillon, *The Palimpsest*: *Literature*, *Criticism*, *Theory*, London: Continuum, 2007, pp. 76 – 81.

② Robert F. Yeager, "Fear of Writing, or Adso and the Poisoned Text", *Substance* 14. 2 (1985): 40 – 53.

③ Alison Ganze, ed. , *Postscript to the Middle Ages*: *Teaching Medieval Studies through The Name of the Rose*, NY: Syracuse UP, 2009, p. xv.

对三人文学迷宫哲学思想师承关系的研究。保罗·德曼（Paul de Man）、威尔逊（Jason Wilson）、斯坦纳（George Steiner）、马歇雷（Pierre Macherey）、巴思（John Barth）等演绎博尔赫斯短篇小说蕴含的迷宫哲学思想；皮尔茨（Kerstin Pilz）等探讨卡尔维诺打通科学和文学的界限而进行的组合迷宫叙事实验。卡波齐、拉法（Guy Raffa）等充分肯定艾柯小说是用互文制造的百科全书迷宫，具有万维网格式；凯斯雷奥、特里佛勒斯等视艾柯小说为演练符号学和阐释学的场所。格拉西亚（Jorge J. E. Gracia）和科斯梅尔（Carolyn Korsmeyer）等人编辑的文集《文学哲学家：博尔赫斯、卡尔维诺和艾柯》（*Literary Philosophers：Borges，Calvino，Eco*，2002）将三者并置，分析其小说中反映的认识论、形而上学和逻辑等哲学议题，强调古代文化对其思想的影响；确立其一脉相承的迷宫视野和迷宫谱系，将卡尔维诺和艾柯视为博尔赫斯迷宫理念的践行者。但是，这一研究基本停留在其小说中体现的哲学思想关联上，而没有对其迷宫叙事的同宗同源和传承线路加以考查。

对艾柯小说和思想中利用博尔赫斯和卡尔维诺元素的研究。帕克（Deborah Parker）《盗用的文学：艾柯在〈玫瑰的名字〉中对博尔赫斯的利用》（1990）一文发现艾柯在两方面对博尔赫斯加以利用，利用这位阿根廷作家的作品和文化意象[①]；科里（Leo Corry）和乔瓦诺利（Renato Giovanoli）《佐治·博尔赫斯，〈玫瑰的名字〉的作者》（1992）比较艾柯和博尔赫斯小说，发现艾柯影射博尔赫斯著作几个不同层面：博尔赫斯最喜爱的主题、博尔赫斯情节和影射技巧[②]。拉法在《艾柯和卡尔维诺解读但丁》（1996）一文中宣称，艾柯和卡尔维诺都有但丁似的梦想，渴望把人类所有的知识和文化都组合进书中，来对抗人文和科学割裂的局面；艾柯是但丁在后现代的继承人，文字中散发的是要写出整个宇宙和百科全书

---

① See Deborah Parker，"The Literature of Appropriation：Eco's Use of Borges in ' Il nome della Rosa ' "，*The Modern Language Review* 85. 4（1990）：842 – 849.

② Corry，Leo and Renato Giovovnoli，"Jonge Borges，Author of the Name of the Rose"，*Poetics Today* 13. 3（1992）：425 – 445.

的雄心和精神①。

(六) 对艾柯图书馆和百科全书组合思想的研究

温特 (Michael F. Winter) 的《艾柯论图书馆》一文聚焦艾柯作品的图书馆主题背后的作者意图——不仅要反映当代文化在思想、语言和认知层面上的支离破碎状况,而且要对知识组合的无限可能性进行探索②。克拉克 (Hilary A. Clark) 在《百科全书话语》(1992) 一文中对艾柯《符号学和语言哲学》中百科全书迷宫能力观点进行分析,提到了组合知识的路径:百科全书话语是用较旧的话语加以建构的,乔伊斯的《芬尼根守灵夜》不过是对现成的叙事和知识块作了重新安排而已③。麦克赛 (Richard Macksey) 称艾柯是"迷宫玩家",小说中"作者解构的迷宫和读者参与的游戏"是帮助我们研究文本的两个重要符号④。卡波齐在《解读艾柯》一书的编者序指出,艾柯的作品具有百科全书式的、迷宫式的超文本特性,具有万维网特征⑤。

当然,学界对艾柯的学术和创作成就进行肯定的同时,也难免对他学术研究中提出的有些概念的准确性进行了争议和讨论。比如,记号的分类、符号的意识形态性等。

二 国内艾柯研究

中国的艾柯研究规模不大,研究基本上随着他的作品中译和英语文献发掘的步伐而推进。通过检索图书馆和 CNKI 数据库艾柯研究文献发现,从艾柯的建筑符号学大约在 1984 年传播到中国算起,国内艾柯研究时间跨度只不过三十多年,研究注意力主要放在符号学和阐释学上,也旁及艾柯

---

① See Guy P. Raffa, "Eco and Calvino Reading Dante", *Italica* 73. 3 (1996): 388 – 409.

② See Michael F. Winter, "Umberto Eco on Libraries: A Discussion of 'De Bibliotheca'", *The Library Quarterly* 64. 2 (1994): 117 – 129.

③ See Hilary A. Clark, "Encyclopedic Discourse", *Substance* 21. 1 (1992): 95 – 110.

④ Richard Macksey, "Fu allora che vidi il pendolo", *MLN* 107. 5 (1992): v – vi, p. vi.

⑤ Rocco Capozzi, ed., *Reading Eco: An Anthology*, Bloomington and Indianapolis: Indiana UP, 1997, p. xvii.

的翻译理论、哲学思想和小说分析。迄今为止，除了零散的论文和屈指可数的研究艾柯的专著之外，以艾柯为题的优秀硕士学位论文有 15 篇；博士学位论文有 5 篇：董丽云的《重建文本阐释的约束理论：从艾柯与罗蒂之争谈起》（2008）、朱桃香的《叙事理论视野中的迷宫文本研究：以乔治·艾略特与翁伯托·艾柯为例》（2009）、孙慧的《艾柯文艺思想研究》（2009）、李静的《符号的世界：艾柯小说研究》（2009）和李娟《叙事的游戏——艾柯与后现代语境中的小说美学》（2009）。

（一）对艾柯作品的中译

1987 年重庆出版社出版了《玫瑰的名字》中译本，艾柯开始进入广大中国读者视野。1988 年中国戏剧出版社出版了闵炳君、刘斌、王军和顾骞的《玫瑰的名字》中译本，附有艾柯 1987 年 10 月 19 日在米兰写给译者的亲笔信，对翻译表示欢迎和支持。到 2017 年为止，艾柯作品中译规模庞大，把海外学者王宇根、李灵等人，台湾地区卢德平、谢瑶玲、彭淮栋等人的译本计算在内，主要有如下中译本：卢德平译《符号学理论》（1990），王宇根译《诠释与过度诠释》（1997），翁德明译《昨日之岛》（2001），《倒退的年代：跟着大师艾柯看世界》（2012）和《埃科谈文学》（2015），谢瑶玲译《玫瑰的名字》（2001）和《傅科摆》（2003），殳俏和马淑艳译《带着鲑鱼去旅行》（2004），刘儒庭译《开放的作品》（2005），俞冰夏译《悠游小说林》（2005），王天清译《符号学与语言哲学》（2006），吴燕莛译《误读》（2006），杨孟哲译《波多里诺》（2007）和《罗安娜女王的神秘火焰》（2009），李婧敬译《密涅瓦火柴盒》（2009）和《树敌》（2016），彭淮栋译《美的历史》（2007），《丑的历史》（2010）和《无限的清单》（2013），王东亮译《玫瑰的名字注》（2010），吴雅凌译托纳克编《别想摆脱书：艾柯＆卡里埃尔对话录》（2010），沈萼梅和刘锡荣译《玫瑰的名字》（2010），董乐山译艾柯和埃德加·斯诺合著的《知识分子写真》（2010），刘研和袁野译克里斯滕·利平科特、艾柯、贡布里希等合著的《时间的故事》（2010），王建全译漫画书《矮人星上的矮人》（2012）和《植物的记忆与藏书乐》（2014），郭世琮译《傅科摆》（2014），李灵译《一位年轻小说家的自白》（2014），文铮译《约婚夫妇的故事》(2015)，等等。

南方朔为艾柯的随笔《倒退的年代》中译本写导读，把艾柯准确地定位为"治中古美学史、宗教神学史起家"①。《误读》的译者吴燕莲称艾柯"上知天文地理，下知鸡毛蒜皮"②，连毛主席语录、鲁迅和大字报这些中国元素他都熟悉。所有译本在一定程度上让国内学者了解艾柯的符号学、阐释学、美学理论、小说、杂文和漫画。但是，由于有的译本不是根据意大利原版翻译的，而根据英译本翻译的，或者由于艾柯作品的版本多，翻译难免存在一些纰漏。比如，赵毅衡教授在《"艾柯七条"：与艾柯论辩镜像符号》一文中指出，《符号学与语言哲学》译本不全，漏译艾柯英文版中增加的第六章论同位素和第七章论镜像内容③。中国社会科学院哲学研究所的田时纲在《〈美的历史〉中译本错漏百出："目录"和"导论"看译者对艾柯的偏离》一文批评台湾译者彭淮栋先生，将写了原书 8 个章节的共同作者哲罗姆·德·米凯莱漏译，在前 14 页目录和导论中存在 16 个错误翻译④。谢瑶玲翻译的《玫瑰的名字》将原文正文前"原本是手稿"漏译。

(二) 对艾柯理论的研究

对艾柯理论的研究主要集中在其符号学、阐释学、翻译理论、哲学思想和小说分析上；对艾柯小说的百科全书特征、悬疑小说的试推迷宫有所触及，但是百科全书迷宫文本还是盲区，迷宫叙事谱系很少有人探讨。

在郭全照看来，艾柯理论主要由符号学、文本阐释学和美学三部分构成；或者由符号学–阐释学和美学两部分构成⑤。艾柯的阐释学是在

---

① ［意］安贝托·艾柯：《倒退的年代：跟着大师艾柯看世界》，翁德明译，漓江出版社 2012 年版，第 1 页。

② ［意］安贝托·艾柯：《误读》，吴燕莲译，新星出版社 2006 年版，第 168 页。

③ 赵毅衡：《"艾柯七条"：与艾柯论辩镜像符号》，《符号与传媒》2011 年第 1 期。

④ 田时纲：《〈美的历史〉中译本错漏百出："目录"和"导论"看译者对艾柯的偏离》，《文艺研究》2008 年第 3 期。

⑤ 郭全照：《试论艾柯的美学及其小说实践》，《文艺研究》2014 年第 9 期。

符号学框架之下建构的，但取道理论三分说便于概览国内对艾柯的理论研究。

对艾柯符号学的研究。总体而言，由于艾柯著作高深难懂，涉猎者不多，国内对艾柯符号学的研究是零散而不全面的，对其符号学核心范畴缺乏详细的阐述。在 20 世纪八九十年代，艾柯以符号学家的身份进入国内学者的视野。迄今为止，他的符号学思想在建筑、电影、体育、语言学、文学和传媒诸领域引起了国内学者的关注。刘开济在《世界建筑》杂志 1984 年第 5 期发表《谈国外建筑符号学》，论文利用了艾柯的《功能和符号：建筑符号学》文献。后来，郑炘在《建筑形式的意谓问题》（2009）中讨论东方建筑时，也谈到艾柯建筑符号学。在 90 年代，王佳泉和唐海龙《艾柯"十大代码"理论的读解与批判——电影符号学理论阐释》（1992）介绍艾柯从电影语言中归纳的十大代码；张学斌《写小说的符号学家》（1996）介绍艾柯的符号学，研究"存在"的意义及其表述背后的符号系统。

李幼蒸、赵毅衡、胡壮麟、陈世丹、王铭玉等学者也用一定的篇幅简介过艾柯符号代码理论、阐释符号学和符号生产理论。胡壮麟《当代符号学研究的若干问题》（1999）用一节篇幅介绍艾柯《符号学理论》；陈世丹的《代码》（2005）一文聚焦艾柯代码和符号学理论。李幼蒸的《理论符号学导论》（1999）一书是迄今为止对艾柯符号学介绍分量最重、评述最为全面的文献，内容主要包括艾柯符号的反指称论、文化单元说、开放的文本结构、记号分类学、像似符、记号原型和型例、镜像符号、一般代码理论和一般符号理论。李幼蒸和赵毅衡撰文对艾柯符号学中的某些具体概念提出异议。比如，李幼蒸指出艾柯混淆了"指称问题与指称物真伪问题"[①]；赵毅衡利用中国文化符号质疑艾柯符号的七条定义排除镜像是符号这一论点[②]。时下，赵毅衡教授领衔的四川大学符号与传媒研究所

---

① 李幼蒸：《理论符号学导论》，社会科学文献出版社 1999 年版，第 249 页。
② 见赵毅衡《"艾柯七条"：与艾柯论辩镜像符号》，《符号与传媒》2011 年第 1 期。

开始大量译介欧美符号学著作,推进符号学研究,艾柯符号学研究局面可望很快得以扭转。

对艾柯阐释学的研究。国内对艾柯阐释学原则的研究是与他的符号学、翻译理论联系在一起的,对阐释的限度的讨论甚多。南帆的《诠释与历史语境》(1998)关注"过度阐释"现象;刘玉宇《诠释的不确定性及其限度——论艾科的三元符号模式》(2002)从文本意图、作者意图和读者意图三方面解读艾柯的诠释学;马凌《玫瑰就是玫瑰》(2003)聚焦艾柯读者对小说名字的过度阐释做出的反应;张奎志《文学批评中的"过度诠释"》(2005)关注文学批评追求的深度诠释可能导致艾柯所说的"过度诠释"现象;朱寿兴《艾柯的"过度阐释"在文学解读活动中并不存在》(2006)批判式阅读艾柯的《诠释与过度诠释》,指出其立论的错误在于混淆生活文本、科学文本和文学文本的差异,抹杀文学批评活动中丰富的想象性;张广奎《从艾柯诠释学看翻译的特性》(2007)倡导利用艾柯的三种意图和历史、哲学的调查方法阅读文本、诠释和翻译文本;董丽云《创造与约束——论艾柯的阐释观》(2008)说明艾柯主张文本的阐释具有放开与限制、创造与约束并存的性质;张广奎《为艾柯诠释学的"读者意图"辩护——从马克思主义的中国化到现行的中国文艺复兴》(2007)分析艾柯诠释学中"读者意图",论述马克思主义理论在中国的成功根源是不断改进和本土化的结果,同时是读者诠释乃至"过度"诠释的结果。还有王宁《艾科的写作与批评的阐释》(2007),周强、朱健平、孙慧和王进的论文,黄艳彬、李永菖、陈祖荣、王斐斐、苏芊芊、王燕的硕士学位论文继续聚焦艾柯的阐释观。

此外,学者们还把艾柯的符号学和阐释学和其他符号学家、哲学家开展对比研究。李巧兰比较皮尔斯与索绪尔符号观(2004),董丽云比较海德格尔与艾柯阐释观(2008)。

艾柯的诠释哲学理论对国内翻译理论产生了一定影响。张广奎在2007—2008年从艾柯诠释学视野撰文讨论翻译的特性,以及翻译诠释的读者化。陈宋洪、陆姗姗、过婧和李燕霞硕士学位论文不约而同地探讨艾柯的诠释理论对翻译中限制尺度的把握。

对艾柯美学思想的研究。这方面的研究起步比较晚。朱桃香的《翁伯托·艾科的开放作品理论初探》（2009）从文本、读者和方法论三方面研究艾柯开放作品理论体系；此外，还有王丽娜的硕士学位论文《安贝托·艾柯符号学美学探析》（2009）、郭全照论文《试论艾柯的美学及其小说实践》（2014）、孙慧的专著《艾柯文艺思想研究》（2015）对艾柯小说美学做了一定的探讨。白春苏在论文中论及艾柯小说中的清单，强调其在营造作品的开放性、生成性和张力方面的作用①。

（三）对艾柯小说的研究

艾柯小说研究主要集中在《玫瑰的名字》上，对其他小说有所触及，比如，刘婕硕士学位论文《浅论〈傅科摆〉的叙事时间与叙事主题》（2012）对《傅科摆》进行叙事研究，贺江和于晓峰分析过《波多里诺》中体现的符号学，李静的《符号的世界：艾柯小说研究》（2017）分析了艾柯多部小说中呈现的符号思想。对《玫瑰的名字》的分析主要针对小说的主题、哲理性、叙事结构、互文性、符号性以及改编的电影。其中，有马凌、张琦等的主题研究，刘佳林、吴予敏、杜妍等的哲理研究，李显杰、袁洪庚、胡全生等的叙事形式研究，闫亮、李瑾、李静等人的符号研究。

1. 叙事结构和互文性研究。袁洪庚《影射与戏拟：〈玫瑰之名〉中的"互为文本性"研究》（1997）从影射与戏拟的互文技巧管窥后现代主义文学观念对传统侦探小说文类的颠覆和解构；胡全生《在封闭中开放：论〈玫瑰之名〉的通俗性和后现代性》（2007）探讨小说的雅俗双码，在侦探小说的框架下祛除了传统侦破套路，利用后现代拼贴、典故和互文技巧让文本开放；朱桃香《书与书的游戏：〈玫瑰的名字〉叙事结构论》（2008）从书名、手稿转述和书与书对话等层面探讨小说的游戏结构；王睿硕士学

---

① 白春苏：《翁贝托·埃科小说中的"清单"诗学》，《内蒙古大学学报》（哲学社会科学版）2015 年第 5 期。

位论文《翁贝托·埃科〈玫瑰的名字〉互文性问题研究》(2013)详细分析小说的互文现象。

2. 哲理研究。刘佳林《火焰中的玫瑰:解读〈玫瑰之名〉》(2001)揭示理性与信仰的对立冲突,真理与火的关联在于实现二者的和解与和谐;马凌《诠释、过度诠释与逻各斯:略论〈玫瑰之名〉的深层主题》(2003)指出,《玫瑰的名字》的深层主题是对中世纪的文化结构和逻各斯中心主义的颠覆,以此演绎艾柯的诠释学概念;张琦《"笑"与"贫穷":论埃柯小说〈玫瑰的名字〉的主题》(2006)讨论文本中两个重要辩论背后的文本意图,不是批判中世纪知识分子追求真理的狂热,而是沉思现代生活中的"差异"等问题;吴予敏和杜妍《欲望的符号呈现、解读与生产——论德勒兹、艾柯与〈玫瑰之名〉》(2007)考察了当代哲学家德勒兹和符号学家艾柯的欲望理论和符号理论,分析二者的思想联系与差别,以及对于现代性反思的理论意义。

3. 符号意识研究。闫亮硕士学位论文《艾柯的符号学与〈玫瑰之名〉》(2009)、李瑾《艾柯的文学符号学理论及其在〈玫瑰的名字〉中的体现》(2014)、李静的《符号的世界:艾柯小说研究》(2017)研究小说中演示的符号理论。

4. 其他研究。包括李显杰论电影改编的《因果式线性结构模式:〈玫瑰的名字〉读解》(1997)、高振平对电影的介绍(2012)、肖丹丹硕士学位论文《〈玫瑰之名〉的反侦探小说特征研究》(2013)、魏伟《翁贝托·艾柯的"消极主义"体育观》(2014)、聂元媛和丁文《传播与分离:语言符号学哲学流变》(2015)。

当然,也有学者将《玫瑰的名字》的写作视为一种缺乏创意、体现颓废和衰微的文学潮流[1]。这种看法是有争议的,笔者认为在潜在文学的维度上,艾柯的尝试是意义重大的,这正是本书要讨论的议题。

在艾柯研究领域,相比而言,于晓峰、郭全照、孙慧等人对艾柯整个

---

① 张世华:《意大利文学史》(第2版),上海外语教学出版社2003年版,第515页。

理论体系中的核心观点解读得比较透彻。于晓峰 2010 年出版的《诠释的张力：艾柯文本诠释理论研究》一书全面论述艾柯的诠释观，论文《埃科诠释理论视域中的标准作者和标准读者》（2010）研究艾柯的读者理论，《翁贝托·埃科对解释项理论的发展及其意义》（2011）论述艾柯如何利用解释项将符号学发展成文化符号学和一般符号学领域，以及如何通过解释项链条启动百科全书式作品的开放性①。于晓峰的《意大利新先锋运动与六三集团：兼论翁贝托·埃科的先锋派诗学》（2012）追溯艾柯早期先锋创作实验。贺江和于晓峰合作的《百科全书、符号与运动中的作品：论埃科小说〈波多里诺〉的"开放性"》（2014）关注开放式的百科全书、开放式的符号系统和运动中的作品，关注混沌和繁复，侧重《波多里诺》中的符号意识。郭全照《试论艾柯的美学及其小说实践》谈到中世纪经院美学智性和符码化对艾柯艺术认知的启示。

关于艾柯百科全书叙事，或者其迷宫叙事议题的论文微乎其微。只有李静的《试论艾柯小说的百科全书特征》、郭全照《试论艾柯的美学及其小说实践》对《罗安娜女王的神秘火焰》中的古典记忆术和百科全书叙事有所提及。其他论文谈论艾柯的迷宫小说都是一笔带过。

总体说来，国内艾柯研究基本停留在译介和赏析阶段，真正深入的研究还不多，研究生态没能呈现健康的态势。形成了艾柯作品翻译热，似有不译完艾柯作品绝不罢休的蛮劲；艾柯研究中出现了避繁就简、避重就轻的苗头，时有只得皮毛，不得要领之嫌。而艾柯研究的核心内容应该在于他的革命性，即他如何边利用古人和前人之言，边温和地杀死这些言论，让新的思想之光出现。换言之，研究重点需要放在他究竟如何在理论谜题上纵横捭阖，而后推陈出新。仅靠有限的中译本对艾柯复杂思想进行孤立地研究，是无法领悟艾柯思想高度的；全盘输入和接受艾柯作品和思想也是没有必要的，筛选精品，沉潜下去挖掘其中精要，乃是明智的选择。毕竟，艾柯在学术界屹立不倒的地位靠的是两把技术性利器：无人能及的综

---

① 于晓峰：《翁贝托·埃科对解释项理论的发展及其意义》，《湖北社会科学》2011 年第 8 期。

合能力和创新能力。亟待艾柯研究者以国际学术视野去开拓和深入,打破"艾柯的理想读者不是中国人"① 的偏见。

第三节 命题的选择、研究框架和意义

从国内外艾柯研究文献可见,艾柯迷宫小说,或者百科全书叙事提法已是不争的事实,艾柯与博尔赫斯和卡尔维诺在创作思想上的关联也是成立的。但是讨论往往是蜻蜓点水,对艾柯小说百科全书叙事或迷宫叙事究竟是什么形式机制,几乎是绕道而行,没有实质性的解答;更不用说对艾柯在这一议题上的系统理论阐发进行研究了。

一 命题的选择和研究范围

本书通过重访艾柯学术著作、随笔、杂文和小说代表作,结合对迷宫议题和迷宫谱系作家研究文献考察,发现艾柯虽然没有直接提出百科全书迷宫文本叙事理论,但是从他散落在中世纪美学研究、乔伊斯研究、开放的作品、符号学、阐释学、叙事学和万维网诸方面的研究中的理论碎片,以及散落在小说中的理论碎片,可以发掘、推理、拼接和建构出他的百科全书迷宫文本叙事理论体系,揭示他在攻克这一叙事理论难题过程中所采用的辩证唯物主义思想,彰显这一叙事方法对保护人类重要文化、对启迪作家创作的重大意义。

迷宫母题肇始于希腊神话中忒修斯穿越迷宫,杀死怪物米诺陶的故事。阿里阿德涅用线团帮助忒修斯破解了达代勒斯地宫之谜。故事启发著名叙事理论家、维多利亚小说研究专家米勒(J. Hillis Miller)在 1976 年和 1992 年创作同名论文和著作《阿里阿德涅之线》。作品论及拒绝线性叙事的迷宫叙事(labyrinthine narrative)。他认为,小说相似情节的重复形成一

---

① 陈镭:《艾柯的回音》,《文艺报》2016 年 3 月 25 日第 003 版。

种迷宫文本格式：重复采取回复、打结、分岔、轮转、悬置、打断形式，来打乱或者混淆直接的线性叙事。阿里阿德涅之线是迷宫，同时也是对迷宫的重复[1]。米勒所谓的迷宫叙事实质上是指在小说中同一个故事情节的不同翻版并置而形成的复杂叙事。

相比于米勒所谓并置情节产生的迷宫叙事格式而言，真正的迷宫文本则是迷宫叙事作品中的登峰造极之作，在文学史上有谱系可考，艾柯把迷宫文本一脉加以继承并发展成熟。西方文学大师向来就有制作天书叙事的传统，乔伊斯戏言要让文学研究者为他的作品忙上 300 年。天书或者迷宫文本叙事现象的出现，归因于博学作家在叙事形式上的勇敢开拓。博尔赫斯的短篇小说集英文版名曰《迷宫》（*Labyrinths*），故事充分利用各种知识元素，旁征博引，写出了卡尔维诺所谓可以组合、扩容和增长的书[2]。这本大书的雏形是博尔赫斯勾勒的：它是"巴别图书馆"，打乱书页，相互拼贴而成；是"交叉小径的花园"，做着无限的交叉组合和开叉分形的游戏；是"阿莱夫"，从一个孔洞所见的大而无边的宇宙；是"沙之书"，像沙一样无始无终的书；……卡尔维诺的墓志铭——追求无限，无限追求，就是迷宫文本的宏伟目标和终极追求。

迷宫文本知识容量极其巨大、叙事形式高度复杂。迷宫文本究竟如何写？可不可写？博学的创作者以独特的叙事方式做了回答。典型的迷宫文本制作者包括乔伊斯、博尔赫斯、卡尔维诺和艾柯等人。乔伊斯的《尤利西斯》《芬尼根守灵夜》等作品用意识流形式把杂乱无章的意识加以有序组织，杂而不乱。博尔赫斯短篇小说被公认为哲理名篇，提出过一些与迷宫相关的经典概念和情节：《巴别图书馆》中关于图书馆的形状、确定书籍的位置的方法和整全之书的寻找；《交叉小径的花园》中关于环形叙事、书就是迷宫、历史中的偶然性哲学思想；《死亡与指南针》中罪犯诱导侦探

---

① J. Hillis Miller, "Ariadne's Thread：Repetition and the Narrative Line", *Critical Inquiry* 3.1 (1976)：57 – 77, pp. 62 – 73.

② Italo Calvino, *Why Read the Classics*? Tran. Martin McLaughlin, New York：Vintage Books, 2000, p. 239.

的反侦探小说写法。博尔赫斯穿行于文学和哲学边界的写作策略影响了 20 世纪 60—80 年代的美国作家如加思（William H. Gass）、巴塞尔姆（Donald Barthelme）、巴思（John S. Barth）等，让巴思从中得到灵感，创作了倡导文学形式改革的理论名篇《枯竭的文学》（*The Literature of Exhaustion*，1967）。应该说，博尔赫斯掀起了西方文坛迷宫叙事旋风，但他只是简单演示了迷宫文本的诸种套式和可能性。博尔赫斯的迷宫叙事对卡尔维诺和艾柯产生了深刻影响，卡尔维诺的《寒冬夜行人》叙述者阅读错版的书是对博尔赫斯式图书馆故事风格的仿拟，艾柯的《玫瑰的名字》是典型的博尔赫斯式侦探小说，有博尔赫斯式迷宫、图书馆、镜子意象和情节等。卡尔维诺在《看不见的城市》《寒冬夜行人》《命运交叉的城堡》《帕洛马尔》等作品中用下棋、书页的错版或者塔罗牌等形式来组合知识和叙事，展示他对世界复杂性的认知图景。艾柯带着丰厚的语言、文化、文学和哲学遗产和博尔赫斯这颗文心相遇，他不仅对迷宫文本有理论上的阐述，还按照这种假设将卡尔维诺机械的组合叙事进行技术升级，让《玫瑰的名字》这等迷宫小说精品横空出世。本质上，艾柯坚持辩证唯物主义，用一分为二、联系的和发展的观点，将古典文化进行现代转换，为迷宫文本无限开岔和交叉机制进行了形上论证和技术支持，在叙事理论和小说无限叙事的潜力上留下了宝贵的文化遗产。

在 20 世纪 90 年代初，哈迪（Philip Hardie）在《迷宫文本》（"Labyrinthine Texts"）一文指出，迷宫集结现代文学理论诸多议题，文本迷宫反映的是创造和接受文本层面上的复杂，即文本中选择的多元性、符号歧义性和意义不确定性①。艾柯研究世界上的百科全书，把百科全书和迷宫联系在一起考察，提出"百科全书迷宫"（encyclopedia as labyrinth）思想，成为迷宫文本的理论基石。他的百科全书迷宫观点在《从树到迷宫》中得以最全面的展示。艾柯指出，阿里阿德涅之线展开了还是一条线，不代表百科全书模式；风格主义迷宫或者迷津（irrweg）和网（network）是真正

---

① Philip Hardie, "Labyrinthine Texts", *The Classical Review* 41. 2 (1991): 365 – 366, p. 365.

意义上的迷宫，可以代表百科全书模式①。

从叙事形式来看，迷宫文本模拟后现代错综复杂的人类知识状况，堪比文学上的万维网。如果说以前科学和文学的发展还无法破译迷宫文本的叙事密码，那么时下在万维网和叙事理论工具的观照之下，迷宫文本的组织机制是可以描述和分析的。国际上已经有理论家和学者关注迷宫文本这一高难叙事现象，但是还没有详细地讨论过；在迷宫谱系中研究艾柯的迷宫文本的视野已经确立，但是讨论还没有铺展开；艾柯的迷宫文本和万维网可比性已经确立，但是迷宫文本叙事生产和读者的再生产鲜有人讨论，因而研究势在必行。我国作家必能从研究中受益，从而挖掘民族文化资源，融入小说叙事当中，将文本朝着文化和美学纵深层面拓展；我国读者亦会从迷宫叙事的丰富性和无限性中受到震撼，从而提高文化素养和文学鉴赏力。

鉴于此，本书尝试对艾柯 20 世纪 50 年代到万维网时代"百科全书迷宫"叙事观演进做全方位的探讨，以期彰显艾柯从中世纪的那部"电脑"驰骋到现代万维网时代对古典文化进行现代转化的理路：他从中世纪文化形式中发现了以清单和引用为主要特征的百科全书组合元素，百科全书文本的阐释指向；在迷宫谱系作家多种形式的迷宫书写实验中，艾柯克服了乔伊斯百科全书叙事文本的晦涩难懂，博尔赫斯的短篇小说的玄虚莫测，卡尔维诺的机械拼接等问题，成功地将此类小说中的知识和叙事融为一体，雅俗共赏；他在万维网出现之前就在其小说《玫瑰的名字》中示范了分形开岔叙事路径的生产，随后他发现万维网利用关键词为引擎不断链接信息的方式和叙事利用清单生产迷宫路径是殊途同归的，由是从技术上印证了叙事中所用的书籍碎片清单通向万维，并且依托副文本叙事形成的连贯的语义网络使之成为一本百科全书式作品。

由于艾柯理论高深莫测，由于时间、精力和篇幅的限制，本书将研究

---

① Umberto Eco, *From the Tree to the Labyrinth: Historical Studies on the Sign and Interpretation*, Trans. Anthony Oldcorn, Mass.: Cambridge: Harvard UP, 2014, pp. 52 – 54.

范围限定在对艾柯的迷宫文本叙事理论研究，以及《玫瑰的名字》对此理论的演示和补充。《玫瑰的名字》是未来主义者艾柯在万维网发明之前，就已经完成了的文学上的万维网作品，堪称这一理论的地标。虽然其他小说也是艺术价值极高的迷宫小说，但是相比之下，在前瞻性、先锋性和理论性方面比代表作略微逊色一些，在此就暂且不论了。

二　研究框架、难点和创新

艾柯是用整全视野研究人类文化现象的，迷宫文本用单一理论是说不清的，需要寻找一个比较广全的理论框架来加以研究。作为一个英语学者，笔者广泛地阅读与艾柯相关的英语文献，浏览博尔赫斯和卡尔维诺小说和文献，才搭建起本书的研究框架。首先，整合艾柯散落在各处的理论碎片，来追问他对迷宫文本的形式机制的思考。他的学术著作、随笔、杂文和小说形成超文本，这里说一点，那里说一点；前面说了，后面接着说；他用符号来说，说 A，其实是 B。要从他中世纪美学研究一路追索到他对万维网的探讨，发掘他对迷宫议题相关的种种形上思考，这些都是他建构迷宫文本理论大厦的根基。其次，把艾柯和博尔赫斯、卡尔维诺的知识观和迷宫文本模式联系起来考察，从他们共同感兴趣的关键概念入手，弄清艾柯如何将迷宫文本的书写和理论发展成熟。最后，在叙事理论大语境中厘清艾柯迷宫文本分形开岔和交叉的生产原理，弄清艾柯是如何用跨学科的元素，诸如中世纪秩序观、乔伊斯作品的混沌观、符号学中的试推法和无限衍义、阐释学和叙事学中读者观、叙事学中无限清单叙事和副文本叙事，来廓清迷宫文本叙事的。

本书主要尝试从四个层面厘清艾柯在迷宫文本叙事理论议题上是如何继往开来，进行思辨的理路：追溯中世纪阿奎那旁征博引式的释经方式对艾柯百科全书观的影响；厘清其诗学理论中的"清单"、"开放的作品"、"百科全书迷宫"、"模范读者"、"副文本"等关键词，以及它们对建构和阅读迷宫文本的诗学价值；考察艾柯在乔伊斯、博尔赫斯、卡尔维诺等迷宫大家对迷宫文本的前期探索的基础上做出的诗学沉思和超越，研究艾柯对迷宫谱系作家迷宫文本理论预设在《玫瑰的名字》中的展开和充实，体现他本人提倡的理论和叙述相互补充的观点；彰显他对迷宫文本重要的叙事法——无限的清单叙事、副文本叙事的创造性发挥，成功地将异质的叙述材料或者书籍碎片进行分岔和交叉。

迷宫文本是高难叙事现象，国内相关的前期成果欠缺，国外也没有系统论述，可直接利用的资料少之又少；艾柯作品晦涩难懂，其中的观点需要反复思考，才能弄清；中西语言和思维方式不同，学术研究思路和观点表达大相径庭；艾柯知识渊博，思路在古今文化中穿行，研究存在相当难度。最大的难点是，研读与本书相关的艾柯文献林林总总观点之后，如何确立零散的观点之间的内在联系，搭建可行的逻辑框架展开论述。

总的说来，本书的创新在于，用迷宫文本叙事理论研究作为选题，一方面，可以对艾柯在迷宫文本议题上碎片式的阐发进行发掘和整合；另一方面，在艾柯研究中该选题具有接桥作用，能够将艾柯各种复杂的理论进行整合性研究，同时把他与文化巨匠的思想渊源进行一番梳理，以体现艾柯百科全书派的风格，可望在艾柯研究中有新的发现。以此避免孤立研究造成的片面性，避免掉进陈陈相因的研究泥潭。

本书由七个部分组成。绪论部分介绍艾柯其人其作、学术思想和治学风格；国内外艾柯研究状况；选题范围、理论框架、创新点和结构安排。第一章将艾柯对中世纪文化的重访和他在乔伊斯作品中发现的中世纪文化元素联系起来考察，发掘艾柯将注意力从中世纪文化的内容转向文化的形式，即从以阿奎那为代表的中世纪人的类比思维方式、对异质文化的态度、伪造仿冒和引经据典的文风以及百科全书宇宙观这些形式特征背后洞察到处理混乱和悖论的方法；接着在乔伊斯百科全书式文学迷宫文本中反观到阿奎那百科全书式哲学文本的形上密码——清单或者目录，还有引文库，洞察其意识流作品所显示的混沌观。第二章从艾柯的开放的作品诗学摸索到他的百科全书语义迷宫理论，审视他在文本符号学框架下的读者、作者、文本三者的互动和交流，让读者重现以乔伊斯为代表的现代艺术作品的迷宫形式和意义迷宫这一开创性理论；然后剖析他用结构主义组合/

切分观对叙事作品横组合轴/纵聚合轴进行演绎，论证迷宫文本是阐释的迷宫和组合的迷宫。他利用皮尔斯的阐释项演绎读者对作品的形式和意义进行推理和建构的过程，即百科全书语义迷宫，先从叙事作品的纵聚合轴，即阐释轴说明乔伊斯为代表的先锋文学作品是阐释的迷宫。这一预见在万维网技术上也得以印证。第三章分析艾柯对迷宫文本构件清单范畴的重新界定，他从博尔赫斯的书籍卡巴拉式迷宫观，从卡尔维诺乌力波综合写作实验中，发现作为异托帮的图书馆具用联结和混合的功能，以及取道图书馆进行叙事的巨大潜力。他将清单和代表文化精华的重要书籍中的重要表达和观点碎片建立关联；将原始文化中的清单思维一直追溯到后现代文学中的应用和万维网的关键词搜索技术，发现清单有巨大的包容性和组合性。清单叙事法从叙事组合轴上提供了让叙事路径无限排列和开叉的技术，并把迷宫文本的组合性和阐释性跟多元素拼接性和可拆卸性双重标准联系起来。第四章讨论艾柯承继迷宫谱系作家的叙事传统，利用博尔赫斯迷宫框架，卡尔维诺组合模型，将组合式迷宫文本发展到万维网格式，改进到雅俗共赏，让迷宫文本摆脱了晦涩、玄虚和机械，在理论和实践上走向成熟。第五章分析艾柯从副文本角度对博尔赫斯所谓为前人做注脚、写评注的迷宫笔法的示范和发展。本章以《玫瑰的名字》为例，将副文本和迷宫文本构件之引文库结合起来考察，发现迷宫文本在组合轴上是组合性和阐释性并举，具用双重阐释性；副文本为迷宫文本建立叙事框架层次，副文本叙事法解决了清单叙事没能解决的信息铰接之不足，突破了叙事线条的交叉和轮转技术难题。结论指出，将艾柯的迷宫文本叙事理论的碎片化思想进行发掘和整合，可见艾柯是革新者和未来主义者，善于发现理论先机，做出理论预见，进行开创性的理论建树。他不仅把作品视为运动中的作品，也把理论视为运动中的理论，需要不断地用新的发现来完善。他始终秉承辩证唯物主义思想，广泛汲取世界文化精髓，站在文化的制高点，用全面的、发展的和联系的眼光，处理异质信息，处理悖论，对传统的理论不断加以发展，对古典诗学进行创造性的转化，并用新的技术充实和完善迷宫文本叙事理论。他从古老的清单、目录和引文库中找到了对过去知识利用的形式，对复杂信息进行组织的方式，用无限的清单叙事和副文本叙事两把利器开辟迷宫文本的开叉、交叉和轮转的路径，在思考迷宫文本理论的同时，用迷宫文本实践来充实理论。迷宫文本叙事理论承载着艾柯一生的思索和治学风范，给广大理论研究者和广大作家留下享用不尽的文化遗产。

第一章 问道中世纪:艾柯迷宫文本
之形上理论

　　要讨论迷宫文本,必须从百科全书和百科全书文本说起。西方文化史上,百科全书是一个意义丰富的符号,艾柯在巨著《从树到迷宫》中进行了透视。在中世纪语境中,百科全书并不只局限于指代包罗万象的大部头实体书,更多的时候用作形上概念,是大千世界和语义迷宫之组织方式的代名词,为文人津津乐道。简言之,百科全书者,乃组合世界,建构意义的双轨道也。践之于创作,作品亦为拼贴和组合、拆分和阐释的对立统一体,或者作者的建构和读者的解构的双边协力。艾柯开放的作品、读者的作用、阐释的限制等论述是关于阐释之维的;中世纪美学研究、《无限的清单》和小说作品等是关于组合之维,同时兼顾阐释之维。艾柯在中世纪美学研究中发现了百科全书文本的组织密码——清单,或者目录——书之书,或者百科全书条目的排列方式。接下来,他先对现代艺术作品是百科全书语义迷宫议题进行论证,然后将关注点转移到组合的迷宫建构技术上。他的《一个年轻的小说家的自白》的结尾句是,"清单,读也快乐,写也快乐。这些就是一位年轻作家的自白"①。这透露了用清单对复杂材料进行排列组合,写作百科全书文本的玄机;他的《悠悠小说林》谈到副文本人工叙述手段,把清单式的排列组合进行黏合和融通,让故事和学识天

---

　　① 〔意〕安贝托·艾柯:《一个年轻小说家的自白:艾柯现代文学演讲集》,李灵译,广西师范大学出版社 2014 年版,第 263 页。

然混成。在这一过程中,艾柯从百科全书文本形式层面将以乔伊斯为代表的现代文学和以阿奎那为代表的中世纪学术接通,显示二者的异曲同工之妙;将博尔赫斯、卡尔维诺和乔伊斯接通,在此基础上进行理论阐发和叙事实验,在万维网发明之前,就写出具有交叉和开叉叙事线条特征的万维网格式小说《玫瑰的名字》。在万维网时代来临之际,他又将万维网的衔接技术和阿奎那作品引文库接通,从技术上建立博学的人脑和人工智能在知识联结上的同质性,将阿奎那的那部"电脑"和现代万维网接通,清晰地展示百科全书文本从古到今的演变轨迹。

艾柯对百科全书迷宫文本的理论沉思,体现了一个达士通人处理悖论、处理异质材料时所显示的宽广视野和深厚功力。艾柯的本事就在于他处理"异"的绝门技艺,要么能够将同一课题的众说纷纭整合成体系,如《符号学理论》;要么将貌似八竿子打不着的庞杂信息建立关联,理出头绪,发现理论先机,如本书要讨论百科全书迷宫文本这个理论体系,还有其中清单、副文本这些理论。他高屋建瓴、去伪存真之法,师承阿奎那,经历"千淘万漉虽辛苦,吹尽狂沙始到金"的磨砺过程。2017 年 8 月 23日《华盛顿邮报》刊登了一篇想象丰富、文笔诙谐的随笔《谁杀死了巴特?或许翁伯托·艾柯有线索》,正面肯定艾柯具备为杂乱无章事件用符号的方法给出合理说法的本领,提醒读者思考奥巴马(Barack H. Obama)和特朗普(Donald J. Trump)当上美国总统跟以前其他无关事件有无联系。话说 1980 年 2 月 25 日,巴特(Roland Barthes)被车撞伤而亡;8 月,博洛尼亚发生恐怖袭击;10 月,阿尔都塞(Louis Althusser)杀妻;1981 年 5月,密特朗打败德斯坦,当选总统。这些没有关联的事件和巴特之死存在联系么?为了调查巴特之死,法国情报局官员和哥本哈根设计师来到艾柯家乡,向他请教①。符号学家艾柯与这些人和地方皆有牵连,对这些符号的解读或许可以得到线索。当然,调查还牵扯到一干符号学家,即巴特思想的

---

① Michael Dirda, "Who Killed Barthes? Maybe Umberto Eco Has a Clue", *The Washington Post* 23 Aug., 2017.

继承人，不由得让人想起艾柯所谓后学杀死学术前辈的思想。虽然玩笑开大了，但由此可见西方学者对艾柯逻辑思维方式和学术路径的精准把握。

诚然，属于百科全书性质的作品并非艾柯首创，在西方文化史上源远流长。不仅指《圣经》、荷马史诗、《埃涅阿斯纪》和《神学大全》，还包括但丁、歌德、乔伊斯、博尔赫斯、卡尔维诺、艾柯等一系列博学作家的作品。而对百科全书文本有理论建树的非艾柯莫属，但是必须承认他鲜有正面而直接地阐述过。从 20 世纪 50 年代到万维网时代，艾柯的百科全书文本的思想以碎片的形式散落在其各种论述中，散落在对中世纪思维方式、知识论、开放的作品、文本符号阐释、百科全书迷宫、无限的清单、副文本、万维网等论述中。研究者的任务就是尝试去发掘这些闪耀着艾柯智慧火花的碎片，不断进行逻辑处理，将碎片拼接、填充和重组，勾勒其思想的全景图来。《玫瑰的名字》中，大火烧毁了圣本尼迪克特修道院，烧毁了其中图书馆，阿德索重访废墟，收集残片，据此写作手稿。"……我花费了许多时间，试图解读那些断简残篇。……在我耐心地重组之后，我造就了一种次级的图书馆，是已经消逝之大图书馆的象征，一个由碎片、引句、未完成的句子以及残缺的书本组成的图书馆。"① 艾柯这一理论也如法炮制，跟读者捉迷藏，玩游戏，研究者必须"火烧"艾柯思想建构的图书馆，将过火之后的理论碎片缀起，用后现代碎片化小说书写法对其理论进行碎片化书写。

众所周知，艾柯是著名的中世纪学者，他深厚的哲学功底使他成为欧美文学界一道独特的知识风景线。他反复强调，"中世纪是我们的婴儿期。为了抵抗遗忘，我们必须经常重返"② 他还发现，有时候"人类的步履是倒着走的"③，今日的新观点其实是新瓶装旧酒，只是在形式上创新罢了。

---

① ［意］安伯托·埃柯：《玫瑰的名字》，谢瑶玲译，作家出版社 2001 年版，第 480 页。

② Umberto Eco, "Reflections on the Name of Rose", in *Metafiction*, ed., Mark Currie, London and NY: Longman Group Limited, 1995, p.175. Also see Umberto Eco, *Postscript to the Name of the Rose*, Trans. William Weaver, NY: Harcourt Brace Jovanovich Publishers, 1984, pp.66, 74.

③ ［意］安贝托·艾柯：《倒退的年代：跟着大师艾柯看世界》，翁德明译，漓江出版社 2012 年版，第 10 页。

后现代许多美学范畴根植于中世纪，比如互文拼贴、碎片化写作、符号学、阐释学、百科全书，等等。艾柯在 20 世纪 50 年代末就是先锋文艺团体"六三集团"成员，他的艺术观念是辩证唯物主义的。他和导师帕莱松一起推翻了克罗齐的直觉即反映唯心主义美学理念，充分肯定读者的主观能动性。艾柯具有高度的抽象思维能力，辩证地看待唯心主义当道的中世纪文化，将注意力调转一个方向，从文化的内容转向文化的形式，从中世纪人的类比思维方式、对异质文化的态度、伪造仿冒和引经据典的文风以及百科全书宇宙观这些形式特征背后洞察到积极的因素，接着在乔伊斯小说中也发现了中世纪文化的元素，从而破解了百科全书文本的形上密码。

第一节　中世纪对异质文化和引文库的
利用给文学的启示

艾柯的祖国意大利一直就是思想巨匠和科学家的摇篮。在文艺复兴时期，涌现了作家但丁、彼特拉克、薄伽丘；艺术家达·芬奇、米开朗琪罗、拉斐尔；思想家瓦拉、皮科、彭波那奇、布鲁诺、库萨的尼古拉、马基雅维利；科学家达·芬奇、路加·帕乔里、吉罗拉莫·卡尔丹诺、尼古拉·塔尔塔里亚、哥白尼、伽利略，等等。他们在数学、物理学、化学、医学、天文学取得卓越成就。在所谓黑暗的中世纪，意大利人的创造力反而得到了总爆发。把经院哲学推上顶峰的也是意大利人，托马斯·阿奎那建构了庞大而全面的思想体系：形而上学思想、认识论学说、伦理道德和社会政治思想[1]。

艾柯继承文艺复兴精神，从中世纪文化考古一直推进到万维网研究，以

---

[1]　江作舟、靳凤山：《经院哲学的集大成者阿奎那》，安徽人民出版社 2001 年版，第 5—7、128 页。

他卓越的成就跻身于思想巨匠之列。中世纪文化是他思想之根,他多次提到自己是"处于冬眠期的中世纪学家",而中世纪是他"每天的沉醉"①。他不断重访中世纪,界定中世纪,发现了中世纪人独特而重要的思维和文化活动方式,对他的治学风格产生了深刻影响,尤其给他言说百科全书文本的组织机制以启示。他推崇中世纪人站在巨人的肩膀上推陈出新的精神,并在这种精神的推动下对中世纪哲学、文化、美学等思想进行了创造性的转化和利用,将这些营养根茎和后现代主义的大动脉接驳起来。

一 中世纪异质文化的融合和伪造拼贴书页

在一般人看来,中世纪是黑暗时代,让人联想到绑在火刑柱上焚烧的异教徒。诚然,中世纪有让人恐怖的一面,固步自封、刻板教条,随处可见挂牌子、屠杀、折磨和死亡情景,是对信仰的空前浩劫。用艾柯的话来讲,中世纪并不是一个快乐的时代②。但是,中世纪也有明亮的一面,是知识的辉煌时代,从艾柯对中世纪的界定中可以发现他对其文化形式的着迷。他把中世纪分成两个不同的历史时期:(1)西罗马帝国灭亡至公元1000年。这是危机期和衰落期,使用暴力调整民族和文化之间的冲突;(2)1000年到人文主义时期。这期间发生了三次文艺复兴,包括卡洛林文艺复兴、11—12世纪文艺复兴以及14—17世纪文艺复兴③。

具体说来,一个中世纪从中世纪早期延续到1000年之后,是充满知识活力的时期。艾柯指出,中世纪是视觉文明,大教堂是石质大书。神职人员掌握着知识的传播,教堂主宰着人们的生活。在这一时期,蛮族文明、罗马遗产和基督教、东方元素之间敞开对话,僧人跋涉旅行传播知识,异质文化发生相遇和碰撞。在罗马和平消失之后,危机四伏,不同的文明产

---

① Umberto Eco, "Reflections on the Name of Rose", in *Metafiction*, ed., Mark Currie, London and NY: Longman Group Limited, 1995, p.175. Also see Umberto Eco, *Postscript to the Name of the Rose*, Trans. William Weaver, NY: Harcourt Brace Jovanovich Publishers, 1984, p.14.

② Umberto Eco, *Faith in Fakes*: *Essays*, Trans. William Weaver, London: Secker & Warburg, 1986, p.85.

③ Ibid., p.73.

生冲突，这一过程促进了现代西方人形象和新思想的演变。波伊修斯普及数学家毕达哥拉斯的思想，并对亚里士多德著作进行重新解读。他不是照本宣科，或者重复他人之言，而是发明了新的文化方式①。时下，全球化时代见证了知识大爆炸，各种思想在剧烈地碰撞，中世纪模式有助于我们理解当下世界。

另一个中世纪产生文艺复兴，这一时期基本上是考古。但是，中世纪文化并未得以系统化的保存，而是进行了随意的毁坏和无序的保护。结果是，重要的手稿消失了，而抢救下来的又难以辨识。在中世纪，诗行常常被划掉，用谜语或者祈祷文填补，来编造圣书，或者篡改文本。伪造和拼贴书写风气大行其道。这个中世纪是过渡期，神职人员的书写内容介于真与不真之间，用近似虚构的方法整理着文化资源。因此，中世纪文化不是通过冬眠，而是通过大量的人为干预，进行不断再译和再用，在怀旧、希望和失望的复杂情绪中达到平衡②。

艾柯说中世纪虽然是一个整体概念，但是他在经年的钻研基础上，还把文人笔下建构的形态各异的中世纪也加进来，又增加十个小类。(1) 把中世纪当托辞的歌剧式或塔索 (Torquato Tasso) 式的中世纪；(2) 阿里奥斯托 (Ariosto)、塞万提斯和拉伯雷讽刺性重访的中世纪；(3) 弗雷泽塔 (Frazetta) 的奇幻画、瓦格纳《尼伯龙根的指环》描绘的野蛮时代的中世纪；(4) 贝克福德《瓦泰克》(Vathek) 笔下以暴风雨笼罩下的古堡和幽灵为特征的浪漫主义的中世纪；(5) 马里坦加以复兴的长青哲学 (Perennial philosophy) 或新托马斯主义的中世纪；(6) 具有 19 世纪强烈民族身份的中世纪政治乌托邦；(7) 前拉斐尔学派、罗斯金、于斯曼 (Joris Karl Huysmans) 等的颓废主义的中世纪；(8) 马比庸 (Mabillon)、麦列多里 (Antonio Muratori)、吉尔松用文献学重建的中世纪；(9) 取材随意，结构摇摇欲坠的所谓传统的或者秘密的中世纪；(10) 期待千禧年的那个

---

① Umberto Eco, *Faith in Fakes*: *Essays*, Trans. William Weaver, London: Secker & Warburg, 1986, pp. 75, 81.

② Ibid. , p. 84.

中世纪①。

　　总体而言,艾柯认为中世纪人求知欲强,思想活跃,创造出一个伟大而辉煌的时代。但是,那也是一个危机四伏的时代,社会错综复杂,天下不太平,内忧外患。"首先,有伟大的和平,但日渐式微;有伟大的国际力量,用语言、风俗、思想、宗教、艺术和技术统一世界,然后因其难以控制的复杂性,在某一点上,又分崩离析。因'野蛮人'压境而崩溃;这些野蛮人并非没教养,而是带来了新的传统、新的世界观。"② 中世纪人过着半游牧化的生活,不仅出行时常遇到土匪,而且还要面对世界末日将至、新千年浩劫的恐惧。即或如此,外敌除了劫财,还把新的信仰和生活方式传布过来。罗马帝国的和平景象一去不复返了。在追问谁是野蛮人时,艾柯用类推的方式说,西方古典管理理论先驱和组织理论之父马克斯·韦伯(Max Weber)堪比诗人维吉尔,他写的史诗相当于《鲁宾逊漂流记》。这个野蛮人就是资本主义,他取代了封建社会。说得细致一些,蛮族指的是高卢人和亚洲人,他们在入侵罗马帝国的同时,带来了新的观点和新的生活方式,加速了文化的融合③。

　　对于中世纪文化思想的重要性,沈清松在吉尔松《中世纪哲学精神》2000年新版译序中这样写道:

　　　　基本上,就某种意义而言,"后现代"其实就是返回"前现代"。当代人在走出近现代性的牢笼之后,又返回到中世纪对于宗教的重视,强调理性的整全作用,并重视人类信仰的深度与德行的培养。我个人并不认为历史真有循环,然而,在某种意义下,中世纪的精神已在后现代思潮中重现。我想,历史之所以会有某种循环,是立基于人类总须在历史的道路中找寻无以预测的未来路向的指标。……④

---

　　① Umberto Eco, *Travels in Hyper Reality: Essays*, Trans. William Weaver, NY: Harcourt Brace Jovanovich, Publishers, 1986, pp. 67 – 71.

　　② Ibid., p. 74.

　　③ Ibid., pp. 76, 79.

　　④ [法]吉尔松:《中世纪哲学精神》,沈清松译,上海人民出版社2008年版,第2页。

艾柯多次提到，后现代主义不是从编年史上可以界定的潮流，它只是一种范畴和运作方式，贯穿所有时期①。这就对用时间标杆来衡量后现代主义的做法加以了否定。从艾柯对中世纪的界定中不难发现，他对这一时期文化特征秉持一分为二的态度，看到了考古中伪造书页的行为、民族冲突中异质文化的碰撞背后的积极因素。他聚焦经院哲学家阿奎那的巨著，从旁征博引手法、对异质材料的处理方式发掘百科全书文本的写作路径。

二　阿奎那异质思想的综合和引经据典笔法

阿奎那是学富五车的僧侣，著作等身的经院哲学家。艾柯觉得僧人知道何谓中世纪②，对阿奎那著作的研究开启了他中世纪学术之旅。他在1956 年发表论中世纪美学的书，1969 年又就此发表一百来页内容；然后发表几篇论中世纪的论文；1962 年发表论著，论乔伊斯作品里呈现的中世纪；1972 年发表关于《启示录》（"Apocalypse"）的研究成果和对列巴纳的比阿特斯（Beatus of Liebana）的评注。为什么艾柯总是重访中世纪？中世纪给了他理论书写和小说创作以何种启示？艾柯在写给他的出版商弗朗哥·玛丽亚·里奇（Franco Maria Ricci）的信中，如是谈到他的学术道路的选择："不论你决定如何看待，我穿行栖居着独角兽和鹰狮兽的象征森林，跨过掩藏在目录方阵中、看似大教堂的尖顶和方形建筑中恶意的倒刺，而抵达学术之路。"③ 可以说，中世纪认知方式、神学思想是艾柯学术道路上不可绕过的路碑，"中世纪哲学原则与界定后现代的那些哲学文化之争之间的冲突的结果"④ 造就他的思想特征。

---

① Umberto Eco, "Reflections on the Name of Rose", *Metafiction*, Ed., Mark Currie, London and NY：Longman Group Limited, 1995, p. 175.

② Umberto Eco, *Confessions of a Young Novelist*, Cambridge, Mass. ：Harvard UP, 2011, p. 17.

③ Umberto Eco, *Postscript to the Name of the Rose*, Trans. William Weaver, NY：Harcourt Brace Jovanovich Publishers, 1984, p. 17. 本引文中的专有名词的汉译参照艾柯《玫瑰的名字注》，王东亮译，上海译文出版社 2010 年版，第 16 页。

④ Cristina Farronato, *Eco's Chaosmos：From the Middle Ages to Postmodernity*, Toronto：University of Toronto Press, 2003, p. 4.

中世纪是"侏儒托着巨人,而不是站在巨人的肩膀上"的时代①,是"思想的战国时代"②。以阿奎那为代表的中世纪学术,走的是托举巨人的路线。当时,人们敬畏昔日权威,将学术与权威崇拜紧密相连,对权威论断的价值加以顶礼膜拜,以此衡量作者或文本是否达到权威的高度。托马斯主义成为经院哲学巅峰成果。12世纪之后,尺度变成文本的质量,依靠其中所包含的真理,即知识含量,以及读者的解读。里尔的艾伦(Alan of Lille)在12世纪末说过:"权威有一个蜡做的鼻子,可以朝向不同的方向。"③言外之意是,虽然中世纪学术必须参考《圣经》和天主教教义,无法摆脱先贤思想的制约,但是个人还是有可以创造和发挥的自由空间。说到底,就是他山之石,可以攻玉。布鲁诺洞察到中世纪人虽然崇尚希腊人、犹太人和阿拉伯人的知识,但是这些知识并不能消除这个时代潜伏着的思想危机,还需要借助其他价值。他相信"能够在世界的破裂的墙上打开一个通向'唯一-整体'(Uno-tutto)的缺口,它是无限的爱所必需的绝对的善,它的真是现实的积极意义的保障"④。集真和善于一身的阿奎那神父庞大思想体系成于中世纪也就不足为奇了。在创作传统上,意大利作家总是将目光投向灿烂辉煌的古代文化,在中世纪文明中考古,寻觅创作的灵感,借古喻今,批判现实社会的弊端和不合理现象⑤。

什么样的巨人才能将现代人高高托举?艾柯在2001年米兰音乐电影节上《站在巨人的肩膀上》的讲话中对权威有一个蜡做的鼻子做了新解。在现实中,今天的思想家讲的话跟前人不一样,才会受器重。然而,每次思想革新,都要向父亲们的祖先——前辈和古圣贤借力,利用他们的伟大思想来反抗父亲的权威,解构其逻各斯。而经院哲学家正好相反,他们边重

---

① [荷]维姆·布洛克曼、彼得·霍彭布劳沃:《中世纪欧洲史》,乔修峰、卢伟译,花城出版社2012年版,第235页。

② 刘素民:《阿奎那》,云南教育出版社2012年版,第24页。

③ [荷]维姆·布洛克曼、彼得·霍彭布劳沃:《中世纪欧洲史》,乔修峰、卢伟译,花城出版社2012年版,第235页。

④ [意]奥金尼奥·加林:《中世纪与文艺复兴》,李玉成、李进译,商务印书馆2012年版,第97页。

⑤ 张世华:《意大利文学史》(第2版),上海外语教学出版社2003年版,第516页。

述神父们的言辞，边弑杀神父。从创世记到救赎，到耶稣降临的宗教观的演变，是教堂在不断寻求一个又一个父亲的过程。阿奎那将基督哲学革命化，面对质疑，他重述圣奥古斯丁之言。艾柯重提伯纳德"站在巨人的肩膀上"观点，呼吁主动而勇敢地创新。他号召艺术家站在祖父的肩膀上，借助祖父的力量，来淘汰父亲。原因在于，文艺复兴在考古中重建人为宇宙中心的视野，康德利用休谟摆脱教条主义，马克思以希腊原子论发展其唯物主义思想，乃至达尔文从猿身上发现了人的进化。在艺术上要创新，需要重新发现遥远的父亲，来为腐败的思想换上新鲜的血液①。艾柯还在他的随笔和《从树到迷宫》一书反复提到要站在巨人的肩膀上的观点。

艾柯心中遥远的父亲指的是古典时代和中世纪的前辈，尤其是中世纪的哲学家。于他，中世纪文化是现代思想之根，孕育着后现代思想的胚芽。美国学者法罗纳托在《艾柯的混沌诗学：从中世纪到后现代性》的前言中对艾柯的批评著作和小说产生的哲学背景做了追溯，发现他早期对中世纪哲学的涉猎，特别是对阿奎那的研究，以独特的方式与他对后现代阐释学的浓厚兴趣相交融，形成他重要的艺术思想。艾柯的学术行旅经由早期对后克罗齐美学的研究，而贯穿语言学、信息理论、结构主义、符号学、认知科学和传媒研究。他的文论和小说写作在两个层面上显示出独特性。一方面是典型的中世纪式对代码的寻求和代表解构趋势之间的矛盾所产生的张力。宇宙和混沌、有序和无序之间的冲突在"混沌"一词得以反映。另一方面，艾柯将这些对立面或者悖论加以组合，把过去的范畴在现代语境中加以重新演绎。具体说来，这些元素让艾柯作品以高难面目示人，不仅在当今知识界制造符号学回响，而且用过去的批评模式测量当今世界②。在《玫瑰的名字》中，奥卡姆的威廉的认知论，

---

① Umberto Eco, *Turn Back the Clock: Hot Wars and Media Populism*, Trans. Alastair McEwen, NY: Harcourt, Inc. , 2007, pp. 341 – 347.

② Cristina Farronato, *Eco's Chaosmos: From the Middle Ages to Postmodernity*, Toronto: University of Toronto Press, 2003, pp. xiii – xiv.

美国哲学家皮尔斯的试推法，维特根斯坦的语言理论等等，在制造符码，也在解构。

中世纪阿奎那综合性哲学体系包罗百科知识，对艾柯知识观的形成起了决定性作用。阿奎那童年在卡西诺修道院当修童，后来到那不勒斯大学学习"七艺"和"四科"，掌握文法、修辞、逻辑，算术、几何、天文、音乐。他学习自然哲学，接触阿拉伯哲学家阿维罗斯（Averroes）译注的亚里士多德学说。道明会教授将他引向神学和学术，把学问研究和神修相结合。1243 年，阿奎那 18 岁时，加入教会①。在托马斯时代之前，4 世纪时代的基督教柏拉图主义者圣奥古斯丁的思想主宰着基督教；而阿奎那推崇亚里士多德主义，他的神学思想被视为基督教会的大敌而被禁止传播。在 13 世纪，奥古斯丁神学和哲学地位受到亚里士多德著作及其后人和阿拉伯人的评注的冲击。托马斯·阿奎那批判阿维罗斯对亚里士多德的评注错误，把亚里士多德主义和基督教学说融会贯通，把势不两立的两大思想体系加以创造性的综合，由是有了圣奥古斯丁的基督教新柏拉图主义②。他的博学、辩才、逻辑和虔诚使他成为天使博士、圣徒、教师、神学家和哲学家，他的思想成为西方拉丁教会天主教官方哲学。他把"理知"与"超理知"或者信仰进行区分，又把二者加以统一和整合。他的哲学之基，是他的"知识论"；他的哲学之体，是他的"形而上学"。形而上学探究万事万物的本原，与上帝联系起来，使上帝成为万事万物的最后原因。他在他的知识论和形而上学的思维框架中，建构他的人性论或者伦理学，以及宗教哲学③。

阿奎那知识渊博，哲学史家吉尔松将其著作分类，总共统计出有 100 本左右，涉及神学、学术讨论、圣经注疏、亚里士多德注疏、辩论、论道、特别论题论文等等，涉及物质、生命、数理、人的意识、人的精神等，理论延展于物理学、哲学、人类学、逻辑学、形而上学及神学等不同

---

① 刘素民：《阿奎那》，云南教育出版社 2012 年版，第 4—5 页。
② ［英］安东尼·肯尼：《阿奎那》，黄勇译，中国社会科学出版社 1987 年版，第 1—7 页。
③ 刘素民：《阿奎那》，云南教育出版社 2012 年版，第 56、23 页。

层面。其著作"结构严谨、证据繁博、论证缜密、学理精深"①，影响深远。阿奎那的整全视野让后世管窥当时思想的盛宴，艾柯继承了这种胸怀宽广、大气磅礴的学术风格，在整合符号学资源和小说的知识含量上可见一斑。

阿奎那哲学影响力，在于他的推陈出新。传记作家古列莫·达·托科（Guglielmo da Tocco）在评价这位托钵僧学者的演讲时写道："在他的演讲中，他提出了新的论点，并发现了一种新的而且清楚的论证方式，提出了新的理由，所以，听他教授这些学说，并用这些新理由释疑的人，没有一个会怀疑，上帝要以一种新的光来照他……他得到了新的灵感，因而会毫不犹豫地教授和写作新的东西。"② 他将神学和亚里士多德理论接通，"新的光"便出现了。他的《神学大全》（1266—1273）有两百多万字，其中运用亚里士多德逻辑和思想，从认识论、知识论、本体论和存有论视野来阐释上帝、精神与灵魂、伦理与道德、法律和国家等。

通过对古典思想的综合和改造，托马斯哲学发展了两大价值体系，即存有的哲学人类学。前者赞颂世界、生命、人类之伟大和上帝之无限；后者探讨人类才性与活动③。吉尔松高度赞扬托马斯主义："这种包容全体、叠分层次的价值哲学，展现于物理哲学、逻辑学、知识论、伦理学、宗教哲学、存有学和宗教实践里面，本末兼顾，巨细靡遗，高下相容，层层逼近，以至抵达存有的高峰，然后更从彼最高精神光明下来，回照各层存在，统摄为一以贯之的系统。信仰与理性调和，宗教与哲学并重，这实在是人类思想之一大光明。"④

这一经院哲学体系——托马斯主义给了天主教思想完整的框架，不论是耶稣会、多明我会还是方济各会。中世纪早期，人们透过神的故事观物，宇宙是充满幻象的，世界也是神秘的象征森林。在阿拉伯人译介亚里

---

① 刘素民：《阿奎那》，云南教育出版社 2012 年版，第 56、149 页。

② 转引自［英］大卫·瑙尔斯《中世纪思想的演化》，杨选译，商务印书馆 2012 年版，第 343 页。

③ ［法］吉尔松：《中世纪哲学精神》，沈清松译，上海人民出版社 2008 年版，第 7 页。

④ 同上书，第 8 页。

士多德思想之前,欧洲文化是脱节的,恰如柏拉图和亚里士多德,懂天的不懂地,反之亦然。阿拉伯人通过亚里士多德加以联通。亚里士多德精通百科知识,他谈上帝,谈尘世,懂逻辑、心理学、物理学、政治学。面对庞杂的知识,阿奎那在承认其各自独立的前提下,用上帝是自然真理与理性真理将它们统一起来。他利用真理的统一性,或者人与上帝本体的统一性,把分割开来的知识门类做了整合和融通。信仰和理性统一在本体中,上帝借助于信仰、理性直接或者间接地启示于人①。阿奎那"施洗"亚里士多德,用基督教化的思想对圣贤思想加以改造。阿奎那追随多明我会教师阿尔伯特,把理性的领域和启示的领域、自然领域和超自然的领域分别开来②。这样,他教给教堂一种摇摆的方法来中和冲突;教给教堂如何区分矛盾、如何斡旋。在一个问题面前,回答不是 yes 或者 no,而是 nes,再向前迈进新的一步③。

阿奎那宗教哲学体系推陈出新,自成一体,成为基督教历史上第一个独创性思想体系——托马斯主义。这一体系几乎全盘接受亚里士多德的形而上学学说,对其世界秩序有所保留;接受犹太人迈孟尼德大部分自然神学,以及他和其他犹太人和新柏拉图主义者关于神明或天使带来的天界信息说。拒绝阿维森那的创造因和新柏拉图主义的流溢说。接受了非亚里士多德学说:柏拉图的"在天国里",圣奥古斯丁"上帝的心灵"。阿奎那成功融合柏拉图学派和亚里士多德学派思想并吸纳旧约和新约中上帝的自我展示的思想。在 13 世纪,托马斯主义把以圣奥古斯丁为代表的教父哲学和以安瑟莫、圣伯尔纳、伯纳文等为代表的经院哲学推向了顶峰④。

艾柯对阿奎那的胆量和著作的力量赞赏有加。他在《赞美圣托马斯》

---

① 刘素民:《阿奎那》,云南教育出版社 2012 年版,第 15—17 页。

② [英]大卫·瑙尔斯:《中世纪思想的演化》,杨选译,商务印书馆 2012 年版,第 337—341 页。

③ Umberto Eco, "In Praise of St. Thomas", *Faith in Fakes: Essays*, Trans. William Weaver, London: Secker & Warburg, 1986, pp. 261 – 267.

④ [法]吉尔松:《中世纪哲学精神》,沈清松译,上海人民出版社 2008 年版,第 5 页。

一文中提到，阿奎那 1274 年 49 岁英年早逝。三年后，巴黎大主教坦皮尔（Etienne Tempier）公布异端邪说名单 219 项，包括阿维罗斯门派，夏伯兰（Andre le Chapelain）数百年前对尘世之爱的论述，而阿奎那就占了 20 条。1323 年，约翰二十二世加封他为圣托马斯·阿奎那。在他逝世 700 年后，这位圣哲回归人们视野。他在信仰、文化和知识能量方面对当代有何启示？他的伟大之处，他的革命性体现在哪里？一言以蔽之，在于他用整全视野、中和之道来对抗孤立、片面的阐发。在艾柯眼中，阿奎那建构的神学体系大厦至今无人能从内部撼动它，就连笛卡尔、黑格尔、夏尔丹等人也只能从外部入手①。

　　艾柯博士学位论文选题是挖掘阿奎那著作中的美学思想，曾受到批判。在他之前，几乎没有学者承认阿奎那神学著作中有任何审美的可能。艾柯在《一个年轻小说家的自白》中回忆到，那时答辩官批评他博士学位论文写得像侦探故事②。这种批判反而让他顿悟到学术之道，"每一本科学著作都应该带上几分侦探故事的色彩——就像追寻科学领域的某一只圣杯的报告"③。艾柯做博士学位论文的一大收获，是他追寻到了阿奎那所代表的中世纪治学精神这只圣杯：不仅要托举巨人，背负和利用其思想资源，为我所用；而且还要站在巨人的肩膀上，用整全的视野超越他们的思想。这一方法论的收获对他的学术研究和小说创作都产生了深远影响。

　　艾柯从阿奎那那里汲取综合的视野、辩证的态度，以及折中主义治学方法。在这一治学方法指导下，艾柯把不同知识门类的知识加以吸收、综合和融通，打通学科壁垒，不断创新。可以说，其知识论和学术风格师承中世纪阿奎那，一直朝着获得人类的总体知识的方向努力。他也写简纲类大而全的著作，比如西方艺术史，横跨古今，既审美也审丑。《美的历史》和《丑的历史》两本厚重的书用精美的图片和洗练的文字勾勒出美和丑的

---

　　① Umberto Eco, "In Praise of St. Thomas", *Faith in Fakes*: *Essays*, Trans. William Weaver, London: Secker & Warburg, 1986, pp. 257 - 258.

　　② ［意］安贝托·艾柯：《一个年轻小说家的自白：艾柯现代文学演讲集》，李灵译，广西师范大学出版社 2014 年版，第 9 页。

　　③ 同上书，第 10 页。

发展历程。他还从哲学层面研究时间问题，参写了《时间的故事》（*The Story of Time*，2003）。《美的历史》是艾柯和哲罗姆·德·米凯莱合著，历时性地考察美的概念的演变，从古希腊人的审美理想出发，一路抵达现代美学理论；美学知识覆盖文学、宗教、哲学、媒体诸学科；审美对象从人写到怪物，再到机器等。此外，由于没有理论可以参照，不曾有人对丑这种边缘议题写一部历史，艾柯破例做了百科全书式的研究。他发现丑的历史和美的历史研究前提还是有一点共性的：假设一般人的审美品味在某一特定时期和艺术家一致；以西方文明为材料，来探讨出土的艺术品的意图①。就连他的小说《玫瑰的名字》的运笔方式也像中世纪学者的综合性论文，中世纪、现代、大众和学术、哲学著作和侦探故事齐上阵，但是没有削减故事性。

阿奎那用古典文化和基督文化中的各种文献来阐释天主教教义，使他的《神学大全》成为罗马天主教正典。他旁征博引，对过去杰出的思想加以合理利用，来阐释他的神学。阿奎那向先贤思想借力来写作和阐释教义对艾柯叙事实验和叙事思想产生了重要影响：在小说中引经据典，让叙事产生厚重的知识含量；提出的百科全书语义模式的阐释策略，只是把阿奎那阐释方式倒转了方向而已。阿奎那明着说利用哪些哲学家的观点，而艾柯和其他博学家的小说在大多情况下只露出线索，这就是为什么艾柯坚持使用试推法。在试推过程中，阐释线路不断延展，通向无限的境地。

第二节　中世纪思维方式和文化活动
形式的现代延伸

艾柯从中世纪以阿奎那为代表的哲学体系建构的方式中掌握了处理知

---

① ［意］翁贝托·艾柯：《丑的历史》，彭淮栋译，中央编译出版社 2012 年版，第 8 页。

识的方法论，还根据中世纪人类比、试推为特征的思维方式从阿奎那神学讨论中推理其美学感悟，从阿奎那引经据典、文人的仿冒造假活动中探查介于原始思维和现代思维之间的百科全书文化理念的发展。艾柯这些前符号思想对于他未来的符号学，尤其是百科全书符号思想的演变做了理论上的铺垫。

一 中世纪美学阐述中类比思维和意指方式

中世纪人用类比思维理解世界万物。用福柯的话说，中世纪的认知论和文艺复兴的认知论是有连续性的。用类比思维呈现事物的相似性在西方认知论中非常重要，并在相当程度上主宰文本的叙述和阐释①。艾柯在《托马斯·阿奎那美学问题》中指出经院思维和结构主义思维颇具相似性，经院哲学家的辩论形成结构本体论，设计讨论对象的理论模式，并告知游戏规则。但是不同之处在于，结构主义之结构是由"虚空"的价值构成的体系，只由差异界定的价值；而阿奎那的结构有"充实"的元素，有物质的形式，并对元素进行不同的组合。此外，中世纪思维模式是建立在宇宙中的秩序观念，以及万物之间无限的关系链条的框架之上的。中世纪思想家用事物代表其他事物，创造能指的无限循环；使用百科全书的方法来建构现实宇宙。艾柯坚持用百科全书观念代替格雷马斯的词典概念，在他小说中讨论相似性和清单、目录的使用，都与中世纪托马斯主义有着千丝万缕的联系②。

艾柯很早就对美学问题产生兴趣。他在15—22岁期间就开始关注这一领域，酷爱斯特拉文斯基（Stravinsky）的《诗学的音乐》③。在他研究中世纪美学之时，恰逢知识分子对中世纪有抵触情绪，只有三位学者有所涉

---

① Cristina Farronato, *Eco's Chaosmos*: *From the Middle Ages to Postmodernity*, Toronto: University of Toronto Press, 2003, p. 21.

② Ibid., pp. 12 - 13.

③ Kathryn Parsons, "Cornering: Umberto Eco", *Harvard Review* 4 (1993): 21 - 24, p. 22.

猎①。《中世纪的艺术和美》是艾柯 1958 年 26 岁时所写，1959 年出版，是四卷本美学史中的一章，关于经院哲学家的美学理论及其文化语境，是用拉丁语写作的。艾柯自己觉得他 1956 年出版的论阿奎那的美学理论著作比本书略胜一筹，因为将整个中世纪时期的美学作为选题是宽泛的，研究难度大。继 1946 年埃德加·德·布鲁因（Edgar De Bruyne）发表开创性作品《中世纪美学研究》之后，他只是用当代视野探讨艺术和美，对发掘的中世纪文本进行了个人阐释②。

艾柯聚焦对 6—15 世纪拉丁文明时期美学问题和美学理论的发展，探讨经院哲学家及其哲学产生的文化语境、一般人的文化与感性和艺术作品的关联，以揭示中世纪美学和中世纪文明的重要关系。

艾柯研究中世纪美学的意义在于，尝试弄清楚当代哪些问题根植于中世纪美学纲领③。与现在不同，中世纪文化中充斥着形上概念，寓言式言说方式模糊而晦涩。中世纪美学理论起源于古典时期的理论，但是其赖以产生的思想基础——形上概念和亚里士多德传统已被解构，基督教使之有了不同的特征。这与阿奎那的贡献不可分，他将《圣经》和教父们的一些观点吸收到哲学世界，改造了亚里士多德学说。虽然艺术概念和诗学行为缺乏系统性，但是在何为美的问题上形成了一套形而上学和认识论，隐在地给出了美的标准。古典时期和中世纪美学和文化产生的基础不一样，"古典世界凝视自然，而中世纪的人凝视古典世界；中世纪文化不是建立在现实的现象学上，而是建立在文化传统的现象学上"④。换言之，中世纪人尊重文化传统，但是视自然为超验反映，对认识产生障碍。虽然如此，但是他们轻视自然的态度并没有妨碍他们对自然界及其美学品格有所感悟。

---

① ［法］让 - 菲利浦·德·托纳克编：《别想摆脱书：艾柯 & 卡里埃尔对话录》，吴雅凌译，广西师范大学出版社 2014 年版，第 91 页。

② Umberto Eco, *Art and Beauty in the Middle Ages*, Trans. Hugh Bredin, New Haven and London: Yale UP, 1986, pp. iii – x.

③ Ibid. , pp. 1 – 2, ix.

④ Ibid. , p. 4.

艾柯尝试使用试推法，从逻辑层面推理出中世纪美学是人们在宗教外衣下隐藏的对日常生活的感受，潜藏着关于美的意指系统。这些感受牵涉到道德、和谐和神迹。在中世纪体验中，道德和心理现实之美容易领悟，神父们通过对无法感知之美进行辩论，悖论似地承认可感知之美理论是成立的。当时，美的概念比现代意义上的美要宽泛，从纯粹的形上意义上来说，美通常激发起对物件之美的兴趣。经院言说的特点是否定当中有肯定。否定美，但是不排除美的在场。由此可知，中世纪人并非盲视美的存在。

艾柯初步尝试试推法，揭示中世纪美学表达是大量存在的。对神秘主义者和苦修者的行为进行推理，可见他们对美的态度——苦修者是深知尘世快乐的巨大诱惑和超凡脱俗的无限困难的①。他还从中世纪教堂风格和礼拜仪式的流变中，回溯中世纪人的审美感性。在 12 世纪，熙笃会（Cistercians）和加尔都西会（Carthusians）进行反教堂装饰浮夸和奢华风运动。其理据是，装饰虽美，但分散了祈祷者的注意力。应该说，在他们反对的背后，还是对这些装饰的审美格调加以肯定的。圣伯纳德反对教堂华美装饰，鼓吹弃绝尘世美丽物质享受和感官享受。即或如此，他没有说他们不美。就连艾柯的《玫瑰的名字》也是烙上了中世纪审美特征的，弃绝玫瑰这种世俗之花，而保留其美的特征。那就是，它的名，它的美。阿奎那反对礼拜时演奏伴奏音乐，避免分散祷告者的注意力。但阿奎那不反对礼拜时唱歌，歌声不会分散注意力。这就是说，美的东西要用对地方②。典型的中世纪美学感性以悖论形式出现："当中世纪神秘主义者摒弃尘世之美的时候，他在《圣经》、在灵魂里面进行高雅而有节律的冥思，获得快乐，求得庇护。一些权威谈到，熙笃会信奉的'苏格拉底'美学是建立在冥思产生的灵魂之美基础上的。'内在美，'伯纳德写道，'比外在装饰，甚至比国王的盛观还要美。'受难后的殉道士尸体很难看，但它们却闪耀着内

---

① Umberto Eco, *Art and Beauty in the Middle Ages*, Trans. Hugh Bredin, New Haven and London: Yale UP, 1986, pp. 5 – 6.

② Ibid., pp. 6 – 8.

部之美的光芒。"①

艾柯用试推法发现了禁欲的中世纪不乏美的别样表达,在此基础上对美产生的形式和美学概念进行了追问。在中世纪思想中,外在和内在之美是结伴出现的,相辅相成的。人们意识到尘世之美短暂即逝,而内在美不会消失,于是转向苦修和冥想。苦修辩论的核心,牵涉人性美和自然美。艾柯注意到,神秘主义者和苦修者"需要了解在冥思的物体和通向超验的宇宙之间存在的一切联系,想象和超自然的。这意味着在具体物体中辨知对存在和上帝力量的认识反映,并参与其中"②。而当灵魂发现存在和上帝在物体内在和谐上得到体现时,美感便产生了。这种超验之美是在神学底本上运行的。艾柯认为《圣经》就是这个神学底本,中世纪美学感性依托其中的存在之美教义。《创世记》中,上帝完成造物功绩之后,称赞其所造之物美好。宇宙闪耀着美的光芒,"第一美"无所不在。存在之美,体现的是古典的泛美观和基督徒对上帝之妙手之爱的情绪③。由此可见,宇宙之美是可以建立在形而上学之上的。

在艾柯看来,《亚历山大简纲》(1245)一书解决了美的超验性以及与其他价值的区别问题④。法国方济各神父拉罗歇尔的约翰(John de la Rochelle)指出,"善"与最后原因有关,"美"与形式因有关。本书"利用了亚里士多德意义上的'形式'一词;它指的是重要的生活原则。真和美当时是按形式界定的:真是与事物内在特征相关的形式属性;美是与其外在特征相关的形式特征。这样,美便有了新的基础,因为真善美是相互转换的"⑤。艾柯的中世纪美学理论是对帕莱松美学及对形式的强调的回应。从圣奥古斯丁、拉罗歇尔的约翰和阿奎那的著述中,他发现美与"类"、

---

① Umberto Eco, *Art and Beauty in the Middle Ages*, Trans. Hugh Bredin, New Haven and London: Yale UP, 1986, p. 9.

② Ibid., p. 15.

③ Ibid., pp. 17 – 18.

④ Ibid., p. 21.

⑤ Ibid., pp. 23 – 24.

与"形式"有关，与形式成因和本体完善有关①。

艾柯发现了中世纪神学中有美学的含蓄表达、形上基础和形式特征，接着对中世纪美学概念进行了一番建构。他把"维度、形式和秩序"概念回溯到《智慧之书》的"数学、重量和测量"三个术语②。中世纪神圣数字体现了数字美学和比例美学：《圣经》中的"五"可指耶稣的五个伤口；"五"还代表"循环"，物质五大属性，五个基本区域，五种生物——鸟、鱼、植物、动物和人类。最美的图案是圆圈，具有连续性；最美的色彩是绿色③。在 13 世纪，形式质料说（hylomorphism）出现，用象征和寓言方式将比例美学和光的美学中的自然美和形上之美的现象学融通到一块。原因在于，中世纪思想和原始思维有着千丝万缕的联系，不能区分事物；但它又不是原始思维，而是延展了古典时期的神话诗性维度，有了新的超自然感。艾柯观察到这种复古现象，称中世纪人的生活受到教义的主宰，处处见上帝和神性。在象征性的宇宙，万物都恰到其位，并产生联系。宇宙成了符号和所指的复调。从形上象征到宇宙寓言的过渡，为阐释世界之美打开了大门④。

世界如书一说也是中世纪重要的美学范畴。在 12 世纪，圣维克多的休（Hugh of St. Victor）说地球像上帝用手指写的一本大书，这是形上象征。而符号想象制造了新的宇宙寓言和象征界。艾柯描述了这个新世界："自然似乎是一种字母，上帝借此对人类讲话，揭示事物秩序，超自然的福佑，如何在神圣秩序中行为，如何赢得天堂。万物本身由于无序、脆弱、似乎敌视，而引起不信任。但万物并非如此。万物是符号。因为世界是上帝对人类讲的话，世界恢复了希望。"⑤ 这里的大书指的是百科全书，是世

---

① Cristina Farronato, *Eco's Chaosmos: From the Middle Ages to Postmodernity*, Toronto: University of Toronto Press, 2003, pp. 32 – 35.

② Umberto Eco, *Art and Beauty in the Middle Ages*, Trans. Hugh Bredin, New Haven and London: Yale UP, 1986, p. 19.

③ Ibid., pp. 36 – 43.

④ Ibid., pp. 52 – 57.

⑤ Ibid., pp. 53 – 54.

界的类比。试推法和类比思维是研究艾柯百科全书观的起点。

在中世纪,教堂代表着中世纪文明最高艺术成就,成为自然的替代,负责阐释神圣寓言,综合展示对人、对历史、对人与宇宙的关系的看法。阿奎那将宇宙寓言归纳为《圣经》寓言是历史的必然。"教堂诗学由美学原则,即协和的原则控制。"① 这无疑提出了一种有机体美学概念。但是,阿奎那认知论并不包括直觉或知识直觉。艾柯综观阿奎那哲学体系,抽离出他的有机体美学理念,即形式必须与整个物体而不仅仅是物质的形式有关。物质和形式在经过综合考虑之后,便是一个有机体。而亚里士多德关注物质的形式,将柏拉图理念和现实的关系改造成物体和本质的辩证关系②。

阿奎那利用三种认知抽象法来阐释宇宙:物理的、数学的和形上的。他以存在为本,形式和物质在存在的行为中合二为一。阿奎那美学的三条标准是:整体性、比例性和清晰性。体现在具体物体中,比例指物质和形式的适合;在美学层面上,具有相当程度的形上特征,要参照具体物体才能体验得到。比例的其他诸类型是形上比例的现象结果。乃至在道德行为和理性话语上也存在比例,比如,根据理性精神进行有比例的、有节制的对话和行动,体现的是精神美,是中世纪人崇拜的那种容易悟到的美。此外,比例还存在于心理类型中,主体可以体验其中物体的合适性③。概言之,"人们视比例为客观体,在无限多的层面上实现的东西,最终和井然有序的宇宙比例相巧合的东西"④。艾柯高度评价阿奎那哲学中透露出的美学思想,称这种思想接近人文主义。有机体美学理论强调美与各种关系有关,为后世美学开了先河。而艾柯对中世纪美学思想的研究,拆穿了神学家思想中无美学可言的谎言,成为他的符号谎言论思想的前奏。

---

① Umberto Eco, *Art and Beauty in the Middle Ages*, Trans. Hugh Bredin, New Haven and London: Yale UP, 1986, p. 62.

② Ibid., pp. 74 – 75.

③ Ibid., pp. 75 – 77.

④ Ibid., p. 77.

二　百科全书清单构件和乔伊斯迷宫文本模板

艾柯对中世纪人们对知识的综合吸收和伪造篡改两种态度的分析显示，对异质文化的兼收并蓄促进文化的进步，而有伪造痕迹的文本、对残存手稿的抢救在一定程度上也可以对文化起到保护作用。他从美国文化中大行其道的仿制和拼贴现象发现了中世纪做派在现实中如影随形，难道现代艺术作品中中世纪元素就消失了么？

中世纪文字伪造和仿冒在现实中就是仿制和复制，其建构迷宫世界的作用也不可低估。艾柯用对这种文化现象进行符号演绎，而他的方法和罗兰·巴特如出一辙；而后艾柯把这种演绎推及到乔伊斯先锋文学作品中的引文。巴特在 1970 年发表的《符号帝国》（*L'Empire des Signes*）是专门研究日本文化的，关注虚空和禅意。巴特以一个个短小精悍的豆腐块文章，对日本人生活的方方面面进行了符号解读，包括语言、饮食、筷子、禅宗、车站、相扑、鞠躬、俳句、面孔、人体、眼睑、弹球戏、木偶戏、文具店、过度包装、空洞的天妇罗、空洞的市中心、偶发事件等等[1]。艾柯在 1975 年发表的旅美札记《在超现实中旅行》，透过符号学家之眼看美国文化中的中世纪元素的泛滥，关注数量多和真实这种文化心理的得与失。美国建筑、艺术品，乃至自然的设计把别国、别处的东西要么照搬照抄，要么对部分加以利用，其仿制和拼贴与文字上的仿制和拼贴在建构世界的功能上并无二致。艾柯对美国文化的分析入木三分，视之为中世纪文化形式在现代的回流，是异文化元素的混合体，是文化的迷宫。艾柯看到美国文化造假好的一面，也看到了不好的一面，对那种不加选择地堆砌行为及其庸俗品味进行猛烈批判。

中世纪学者和符号学家艾柯游历美国，看到的是中世纪样态的美国，到处充斥着伪中世纪元素和符号，存在着中世纪珍品符号的堆砌现象。他对美国的符号解读至今也不过时，对美国文化形式的精辟阐释无与伦比。

---

①　［法］罗兰·巴尔特：《符号帝国》（第 3 版），孙乃修译，商务印书馆 1999 年版。

在浅表的层面，美国人对中世纪的狂热从书店名到药店名，从"介于纳粹似的怀旧和偶像崇拜之间铺天盖地的伪中世纪简装廉价书"① 得以体现。在所谓高端层面，对中世纪艺术品和珍宝的热衷引发了极端的疯狂。纽约大都会博物馆展品充斥着"真的"赝品。艾柯对赫氏古堡（Hearst Castle）海量古董和珍品痛心疾首，主人的收藏和装饰代表美国"有教养的受虐狂人"奢侈品味②。艾柯不无讽刺地指出，美国人对中世纪的狂热并没有把中世纪的文化内涵传达出来，但是有些回归还是很成功的，比如，美国的大学校园最像修道院，20 世纪 80 年代《超人》电影有中世纪巨人的影子，屠杀加州魔教徒和中世纪宗教审判并无二致。言外之意，美国人对中世纪文化形式的利用的作用不可加以全部否定。

　　美国人除了对中世纪的狂热怀旧，他们的超现实仿制热也无以复加，其"超现实复制的主题不仅涉及艺术和历史，而且还有自然"③。美国罗列和堆砌仿冒的建筑符号——迪士尼、加州海岸的蜡像馆、赫氏古堡、拉斯维加斯威尼斯人赌场基督教建筑穹顶，相当于复制了一个欧洲或者世界。就像博尔赫斯的《阿莱夫》中描绘的一孔见世界的情形一样，游客透过美国这一国之孔，看到了欧洲，乃至整个世界的景象。在艾柯看来，美国人将过去进行全面真实的复制而加以保存和庆祝，显示出一种通过复制而达到永垂不朽的哲学思维。美国有钢铁铸造的摩天楼，也有超人的机器人山洞，还有比比皆是的孑然屹立的堡垒。在德克萨斯州的奥斯汀，有约翰逊总统生前就建立的纪念碑、复制的白宫椭圆形办公室、金字塔和陵墓④。艾柯从中看到了两个不同的美国：一个美国是超现实性的，倒不是因为有大众艺术、米老鼠或者好莱坞电影的艺术，而是它的复制版做得和真实版一样，让观者真假难辨；另一个美国是神秘的，是符号打造的，"它在某种程度上打造了一个所指和影响的网络，最后也延展到高雅文化和娱乐业

---

① Umberto Eco, *Travels in Hyper Reality*: *Essays*, Trans. William Weaver, NY: Harcourt Brace Jovanovich, Publishers, 1986, pp. 61 – 62.

② Ibid., p. 62.

③ Ibid., p. 49.

④ Ibid., p. 6.

的产品之上"①。换言之，美国是符号的迷宫。

美国还对城市碎片进行仿制，比如亚特兰大对 19 世纪印度的石山进行仿制，圣诞村、波利尼西亚花园、海盗岛等对西部神话中的地方进行仿制。娱乐城拉斯维加斯的城市规划发出的信息，就是要汇聚世界著名建筑符号。它本来是一座赌城，却渐渐变成了宜居之城，有商业、工业和传统。拉斯维加斯和迪士尼是仿制的成功范例。美国人还根据伦敦皇家协会保存的图画和劳顿（Charles Laughton）、盖博（Clark Gable）的老电影，在佛罗里达仿造了叛舰邦蒂号（the Bounty）。洛杉矶普安那公园的诺氏果园游乐场（Knott's Berry Farm）不啻玩具城，有重构的现实，有虚构的游戏。

除了仿制艺术品和城市，美国人在仿制自然方面也是天下一绝。其作品包括加州海岸和佛罗里达的海洋城市和人工丛林：潜水馆、海洋世界、野生动物公园、森林公园、鳄鱼农场、水产养殖场，不一而足。圣地亚哥动物园和旧金山附近的雷德伍德城（Redwood City）的美国海洋世界（Marine World Africa-USA）堪称是对动物加以复制的迪士尼乐园。

美国人对艺术品的复制热情，蔓延到了公墓的布局。其背后体现的对死亡的新理念，即抵达永生的梦想，艾柯还是颇为赞赏的。他游览了加州森林草坪（Forest Lawn）公墓，其中耸立着大量复制的雕塑。其创始人伊顿（Hubert Eaton）的设计初衷是："死亡是新生，公墓不必是悲伤之地，或摆放杂乱无章的葬礼塑像。它们必须包括一切时期最美艺术品的复制品和历史的记忆物；它们必须是有树木和安宁小教堂之地，恋人可以过来手牵手漫步，夫妇可以举行婚礼，虔诚的人可以冥思，为生生不息而释然。"② 加州公墓的设计折射借艺术抵达永生的诉求，让亡灵在身后延续他们自然的审美生活。艺术是永恒的，灵魂借艺术来达到永

---

① Umberto Eco, *Art and Beauty in the Middle Ages*, Trans. Hugh Bredin, New Haven and London: Yale UP, 1986, p. 7.

② Umberto Eco, *Travels in Hyper Reality*: *Essays*, Trans. William Weaver, NY: Harcourt Brace Jovanovich, Publishers, 1986, p. 56.

恒;树木和鲜花充满活力,亡灵的耗逝掉的身体借此散发新的活力。美国的公墓和蜡像馆歌颂艺术女神的永恒,给让人心生恐惧的墓园注入了诗意和美好。

与此相反,娱乐业增加了恐怖、恶魔的元素作为新主题,来与自然为邻。比如,电影《驱魔人》(The Exocist,1973)中可怖的超自然人,《大白鲨》(Jaws,1975)中的食人鲨。迪士尼除了可爱的米老鼠和友善的熊,还会有形上恶魔——鬼屋,以及传统恶魔——海盗。在蜡像馆,有米诺的维纳斯,也有吸血鬼德古拉(Dracula),怪物弗兰肯斯坦,狼人,开膛手杰克(Jack the Ripper)和《歌剧魅影》场景。商家对消费者心理的准确把握,让他们把艺术参观场馆设计成雅俗共赏、美丑共存的形态,发出兼容并包,全面展现的信号。符号的世界也罢,真实的世界也罢,消费者不需要放飞想象就看到了实物。

事实上,艾柯的美国之行,就是穿行在无限多的真实的东西构成的迷魂阵当中。他像行走在复制的迷宫,或者像在迷宫寻宝,手中拿着"阿里阿德涅之线和芝麻开门的口令"①。艾柯批判美国不加选择地拼命仿冒和复制行为,称这种狂热"只是对记忆真空的一种神经质的应对;绝对假造是缺乏深度的当下意识之痛孕育的子孙"②。艾柯提醒,假冒和真实融合是有条件的。如果珍宝遭受历史浩劫,比如雅典卫城和庞贝城,需要用重建来加以拯救。新大陆的仿制热,大概是要对在旧大陆在天灾人祸中迷失的珍宝加以保护和保存③。说到底,艾柯认为完全复制和堆砌出来的东西是媚俗,而有选择性的、针对性的仿制和拼贴是有价值的。有选择性的、针对性的伪造和仿冒制作文本的迷魂阵,难道不是合情合理么?

艾柯把符号学通俗地定义为研究"用以撒谎的一切东西"④,目的是抵达真实。他在小说中不断演绎这一符号思想,说明伪造和仿冒可以以假乱

① Umberto Eco, *Travels in Hyper Reality*: *Essays*, Trans. William Weaver, NY: Harcourt Brace Jovanovich, Publishers, 1986, pp. 7 – 8.

② Ibid., pp. 30 – 31.

③ Ibid., pp. 36 – 38.

④ Umberto Eco, *A Theory of Semiotics*, Bloomington: Indiana UP, 1979, p. 7.

真,甚至可以创造新世界,或者改变世界的进程。12 世纪下半叶,神圣罗马帝国皇帝腓特烈一世的古籍誊抄室的某位抄写员杜撰了长老约翰的信,传到西方世界,描述了东方强大的基督教王国。这封信成了天主教向亚非扩张的托辞①。《波多里诺》是以这一事件为蓝本的,《玫瑰的名字》假托手稿制造了迷宫叙事框架。

由此可见,对异质文化的综合利用、考古和仿冒形成中世纪文化的特征,具有建构新世界的潜力,这开启了艾柯在中世纪语境中透视阿奎那著作《神学大全》美学形式的大门。中世纪经院辩论旁征博引,对他人观点加以复制、盗用或引用,用以增强说服力和权威性。艾柯在《托马斯·阿奎那的美学问题》1988 年英文版序重提原版序,赞扬阿奎那吸纳百科学说、推陈出新的精神:"他的伟大在于,他能包纳那个时代的精神气质,并通过他个人的文化意识将它发扬光大,日益成熟,并继续向前推进。"② 中世纪人尊重文化传统、真理和智慧,提倡站在巨人的肩膀上进行创新。

艾柯不仅在阿奎那哲学著作中发现其综合的视野和辩证的态度,而且在研究阿奎那为代表的中世纪美学形式的过程中,还发现其使用百科全书的形式结构——用清单方式引用和罗列先哲思想,进行逻辑推理建构其哲学体系的路径。实质上,百科全书方法源自原始野性思维,使用清单、条目、目录,或者列举,可以将过去的知识碎片进行新的组合,来对世界进行分类安排和建构③。阿奎那以此建构了用理性秩序支撑的唯心主义神学体系,艾柯据此类推文学文本也可以找到合适的秩序把旁征博引的知识碎片融通进去。

艾柯的中世纪哲学和符号美学研究和 20 世纪六七十年代文化领域三大事件——结构主义运动、法国解构主义和传媒业的兴起相遇,他把解

---

① [意] 翁贝托·埃科:《树敌》,李婧敬译,上海译文出版社 2016 年版,第 196—197 页。

② Umberto Eco, *The Aesthetics of Thomas Aquinas*, Trans. Hugh Bredin, Cambridge, Mass.: Havard UP, 1988, p. viii.

③ Umberto Eco, *The Middle Ages of James Joyce: The Aesthetics of Chaosmos*, Trans. Ellen Esrock, Hutchinson Radius, 1989, pp. 8 – 9.

决混乱和秩序、批评和叙事之间的矛盾提到议事日程①。换言之，他要解决的是"对立面的组合与和谐总是受到极端破坏之间的矛盾，批评与叙事之间的基本矛盾——解构的阐释学和以中世纪思维为特征对代码的那种寻求之间的矛盾"②。艾柯对乔伊斯和美国人利用中世纪方式的剖析，他本人创作中将中世纪方式和现代技术的结合，彰显他处理悖论的独特方式。

在意大利，艾柯是当之无愧的乔伊斯研究先锋，他对乔伊斯作品的认识过程折射出意大利知识分子对现代艺术的态度变化。20 世纪二三十年代，乔伊斯作品在意大利不受艾柯的前辈们待见，普鲁斯特和乔伊斯被视为道德沦丧、颓废疯狂、流毒甚广。在意大利，《尤利西斯》和《一个青年艺术家的画像》等作品因其结构支离破碎，让人读完一片茫然。人们把非艺术、低级趣味、令人作呕和窒息、荒谬幻象、肤浅颓废、转弯抹角、流氓的语言、反叛民族精神、描写三教九流人物的导师等帽子扣在乔伊斯头上，谴责他把当代小说搅和成了一潭臭水。出生在 30 年代的艾柯这代人堪称幸运，生活在战争结束、国家新生之时，成年后机遇向他们敞开。50 年代末，虽然独裁统治让意大利文学界与外界绝缘，作家人人自危，生活维艰，仅靠翻译谋取出版薄薪，但是可以接触走私进来的外国书籍，比如美国作家麦尔维尔的《白鲸》《水手比利·巴德》。人们对上一辈思想进行反思、反叛和摒弃。60 年代，随着六三集团新先锋派运动的兴起，文化产业内部开始以开阔视野，审视文学的形式问题并以新的形式创作。③艾柯从乔伊斯作品的受害者变成了积极的解读者，从读者的角度为乔伊斯散乱的形式赋形和辩护。

艾柯研究乔伊斯意识流作品，发现作品实验了中世纪文化形式，热衷天主教、偏爱抽象、追求封闭秩序、以阿奎那为基础的美学范畴，以及旁征博引的艺术嗜好。博尔赫斯和卡尔维诺作品也基本沿袭了这种引用方式

---

① Cristina Farronato, *Eco's Chaosmos：From the Middle Ages to Postmodernity*, Toronto：University of Toronto Press, 2003, pp. 15 - 17, 4.

② Ibid., pp. 4 - 5.

③ ［意］翁贝托·埃科：《树敌》，李婧敬译，上海译文出版社 2016 年版，第 221—227 页。

来制造互文①。艾柯在《詹姆斯·乔伊斯的中世纪：混沌美学》一书中将乔伊斯作为中世纪和先锋创作的连接点，来继续阐发他的中世纪思想和现代文学理论。他将乔伊斯作品看成认知暗喻符号，反映西方思想史的主要发展轨迹，即"从主要体现在中世纪经院哲学简编当中的理性秩序模式，过渡到主宰世界的现代经验的混乱和危机感"，揭示乔伊斯创作形式给处于认识论危机下作家带来的启示。《芬尼根守灵夜》和《尤利西斯》中的引语可看成巨大的权威引语目录。荣格认为《尤利西斯》中的话语像精神分裂症者的梦呓；而艾柯认为荣格所言正是乔伊斯诗学的核心，是迷宫曲曲弯弯的路径。意识流形式是作者专门用来安放故事材料的框架，为混乱和解构赋形，让读者也参与设计作品/宇宙的多重视野②。《尤利西斯》用中世纪秩序理论的总体框架，即用清单技巧将各种语言材料在意识流中放送，从中派生出新的语言联结方式和叙事结构。现代混沌理论揭开了乔伊斯作品杂而不乱、无序中有序的浑然一体的奥秘。乔伊斯迷宫作品句子冗长，各种语言混杂，晦涩难懂，他自称《芬尼根守灵夜》要让批评家解读300年。虽然在迷宫文学谱系中艺术价值高，但是真正喜欢的读者并不多。

　　有学者分析《尤利西斯》主要章节内容，试图将乔伊斯作品中的中世纪思想和阿奎那神学思想对号入座，看二者是否一致。结果发现，虽然乔伊斯崇拜阿奎那观点，主人公斯蒂芬言必引用阿奎那，其父亲迪达勒斯以篮子为例，也讨论了阿奎那美学三原则；但是乔伊斯美学思想还有马拉美、象征主义的渊源。由是以乔伊斯作品不符合中世纪美学原则为由，批判艾柯《开放的作品》中论乔伊斯章节，或英文单行本《詹姆斯·乔伊斯的中世纪：混沌美学》，来否认艾柯确立的乔伊斯和阿奎那的关联③。这种

---

① Cristina Farronato, *Eco's Chaosmos: From the Middle Ages to Postmodernity*, Toronto: University of Toronto Press, 2003, p. 6.

② Umberto Eco, *The Middle Ages of James Joyce: The Aesthetics of Chaosmos*, Trans. Ellen Esrock, Hutchinson Radius, 1989, pp. 35 – 51.

③ Antoine Levy, "Great Misinterpretations: Umberto Eco on Joyce and Aquinas", *Logos* 13 (3), 2010: 124 – 163, pp. 125 – 127.

批判只看内容,不看形式,忽视了乔伊斯作品形式的革命性和现代性,乔伊斯和阿奎那的联系在于运用了同一种形式容纳各种异质材料,让作品杂而不乱,成为一个有机体。

当然,马拉美、象征主义等思想也对艾柯百科全书叙事观施与影响。艾柯提到,马拉美计划写一本《书》,页码不确定,可按规律自由排列,但文字组合背后的意义完整;虽然马拉美的乌托邦计划没有兑现,但是启示却是巨大的。马拉美对书页分解、组合,让人想到欧几里得的新几何学①。

乔伊斯小说中几乎展示了所有图书馆的巨大书单,像阿奎那一样用书单建构了一本整全之书 (a total work),或者说,一本世界之书 (a Work-as-Cosmos),一本迷宫书,来统摄人类社会乃至整个历史文化,同时对现代文化加以解构。《尤利西斯》是迷宫天书,叙事和荷马、通神说、神学、人类学、爱尔兰、天主教礼拜式、卡巴拉、经院主义、日常事务、心理过程、手势、安息日典故、血缘亲情等一切文化融于一体。艾柯赞叹道,"本书是迷宫领地,可以从许多方向进入,发现无尽的选择套式;但是同时又是一个封闭的宇宙,于其外什么也没有的宇宙……乔伊斯再一次成功了,调和了两种明显相反的诗学。他悖论般地将古典秩序置于无序世界之上,而这无序世界是当代艺术家接受和认可的场所。结果,宇宙的形象就跟当代文化的形象产生了令人吃惊的因缘际会"②。这说明乔伊斯意识流作品解决了混乱和无序的矛盾。

《尤利西斯》极端地违背了小说技巧,《芬尼根守灵夜》过之尤甚。维科循环诗学、"中世纪迂回故事是乔伊斯重建他的书的迷宫模式"③。中世纪文化乃是他小说结构的源泉,在混乱无序之上建立有序。用艾柯的话来说,"混乱宇宙留给我们的美学和形而上学的唯一信念,就是矛盾的

---

① 〔意〕安伯托·艾柯:《开放的作品》(第2版),刘儒庭译,新星出版社2012年版,第15—19页。

② Umberto Eco, *The Middle Ages of James Joyce: The Aesthetics of Chaosmos*, Trans. Ellen Esrock, Hutchinson Radius, 1989, p. 54.

③ Ibid., p. 79.

信念"①。乔伊斯的体验无疑为当代艺术形式作了一番摸索和界定。这种"中和理论"②的诗学体验不仅属于个人知识生活，而且关乎文化的整体演变，对虚构世界可能的结构做了形而上的探求。作者是否有责任对读者强加秩序和制造神秘？艾柯对此加以肯定。他称顺序在写电报时是重要的，目的是发出精确信息；而在创造诗歌时，创造秩序，一种隐性秩序才是重要的③。

在研究乔伊斯叙事实验中，艾柯重访中世纪百科全书范畴，思考其对叙事形式安排的启示。在中世纪思想家眼中，宇宙的组成有别于当代。当时，"理解现实宇宙的第一条方法是百科全书类型的方法"④。中世纪百科全书和其他百科全书不同，它起源于圣奥古斯丁对《圣经》的阐释，指向符号和意义的关系。这一百科全书模式向人们展示世界是什么样的，该如何理解圣书。这是用来组织信息和记忆、发现秩序的⑤。在历史上，流行的百科全书是早于神学典籍而出现的。从哲学上讲，百科全书是最直接、最熟悉的思维规划；百科全书方法使用清单、条目、目录，或者列举⑥。清单技巧是典型的原始野性思维，根据分类安排世界。这种秩序是典型的中世纪文明，"因为要在异教和罗马文明废墟上重建世界"，但对新的文化没有作出明确的预想。

"在列举过去文明中的人造物时，中世纪思维在审视它们，想弄明白将碎片进行新的组合是否能产生新的答案。"⑦ 正是基于这种思维，乔伊斯要做一项摧毁传统文化、为世界塑形的宏大工程。他以中世纪思想家的怀

---

① Umberto Eco, *The Middle Ages of James Joyce：The Aesthetics of Chaosmos*, Trans. Ellen Esrock, Hutchinson Radius, 1989, p. 89.

② Cristina Farronato, *Eco's Chaosmos：From the Middle Ages to Postmodernity*, Toronto：University of Toronto Press, 2003, p. 11.

③ Kathryn Parsons, "Cornering：Umberto Eco", *Harvard Review* 4 (1993)：21 – 24, p. 22.

④ Ibid., p. 8.

⑤ Umberto Eco, *From the Tree to the Labyrinth：Historical Studies on the Sign and Interpretation*, Trans. Anthony Oldcorn, Mass.：Cambridge：Harvard UP, 2014, pp. 28 – 29.

⑥ Umberto Eco, *The Middle Ages of James Joyce：The Aesthetics of Chaosmos*, Trans. Ellen Esrock, Hutchinson Radius, 1989, p. 8.

⑦ Ibid., p. 9.

古情怀,审视语言宇宙这座巨大的储存库,来挖掘组合的新的、无限的可能性。

在艾柯看来,"百科全书似乎更接近于中世纪的'世界镜像'(speculum mundi),而不是《大英百科全书》;这一事实表明,自然宇宙尚处于远未形式化的'原始'状态,因而远远不具有科学性,或者说,没有得到高度形式化"①。在中世纪,组成世界的材料一旦通过初步的罗列,便能加以掌控。中世纪思想家便以此试图解释宇宙形式。他们虽然不惧怕革新,但是仍然沿袭用前人思想做注脚的传统。艾柯在乔伊斯的早期作品中发现,乔伊斯盗用阿奎那原创美学,斯蒂芬言必称阿奎那。从整体上来看,《芬尼根守灵夜》和《尤利西斯》中的引语可看成巨大的权威引语目录②。乔伊斯引经据典的目的,是在颠覆逻各斯之后,重新寻找一种新的秩序,把这些材料融通,成为有机统一的百科全书模样。艾柯对此类型的书有如下论述:

> 据观察,象征主义诗人渴望著作,渴望对没有时间的历史作形而上概括的全书。但由于缺乏但丁、荷马或者歌德的主要特征,他们没有写成。但这些诗人转而凝视限制他们的历史事实时,他们便能创造出联结天地、过去和现在、历史和永恒的全书了。只有通过这种现实,希腊的或者中世纪欧洲现实,他们成功地给了整个宇宙以形式。相反,这些象征主义诗人对其生活其间的世界不感兴趣,企图用其他方式获得全书——通过抹杀当代现实而不是洞穿现实,通过靠引用而不是活生生的经验。③

从中可见,凝视古典,旁征博引图书馆的书籍是获得全书的一条重要途径。

---

① [意]乌蒙托夫·艾柯:《符号学理论》,卢德平译,中国人民大学出版社1990年版,第134页。

② Umberto Eco, *The Middle Ages of James Joyce: The Aesthetics of Chaosmos*, Trans. Ellen Esrock, Hutchinson Radius, 1989, pp. 10 – 11.

③ Ibid., p. 56.

20世纪60年代以降,欧几里得只关注规则图形的做法在学界受到挑战,分形几何对大自然中不规则形状的关注导致混沌理论的诞生。曼德博(Benoit Mandelbrot)的分形几何主要关注如何描述不规则、碎片似的图形,即分形空间,研究古典科学范式排除在外的自然界中其他形式和图形,比如英国的海岸线。卡尔维诺小说曾经描绘里古利亚岸线,想用几何轮廓进行多元归一,容无限于有限,让不连贯变连贯。在现代意义上,混沌已经从科学理论演变成文化隐喻。人类自古就以分岔方式分割世界,二元对立观一直是知识的根基。混沌理论超越二元对立,把简单与复杂、有序与无序、单一与多元、自我与他人包容。混沌理论是一种新的策略,在过分简单化和过分复杂化之间达到平衡①。"混沌理论将富有想象力的数学和现代计算机惊人的运算能力结合了起来"②,是思考自然、物理世界和人类本身的新工具,有着为复杂世界塑形的无限潜力。博尔赫斯《交叉小径的花园》中的观点也是受到分形几何的影响的。"混沌理论表明貌似相当复杂的事物也许有一个简单的起源,而简单的表象之下或许隐藏着惊人的复杂内涵。"③ 如何把复杂简化?如何在简单背后显示无限复杂?如何为复杂寻找秩序?这是中世纪文化和混沌理论要解决的问题,这也是艾柯在理论上要追问的,在小说中要演示的。

艾柯以现代混沌理论为契机,破解了阿奎那和乔伊斯非线性作品杂而不乱、浑然一体的奥秘。实质上,阿奎那的阐释形式和乔伊斯的叙事形式以混沌理论为引擎,成为通向艾柯百科全书迷宫理论的双轨道。

艾柯从研究阿奎那阐释性百科全书和乔伊斯百科全书叙事作品中,推理出在阐释和叙事活动中,利用百科全书常用的清单方法进行引经据典,吸纳不同的权威观点可以建立逻辑缜密的神学体系,也可以让四处奔流的文学话语变得有序和统一。从艾柯这一阶段的研究可知:清单罗列的知识

<hr>

① [美]约翰·布里格斯、[英]F.戴维·皮特:《混沌七鉴:来自易学的永恒智慧》,陈忠、金纬译,上海科技教育出版社2001年版,第5、92—93页。
② [英]齐亚乌丁·萨达尔:《混沌学》,梅静译,当代中国出版社2013年版,第4页。
③ [美]约翰·布里格斯、[英]F.戴维·皮特:《混沌七鉴:来自易学的永恒智慧》,陈忠、金纬译,上海科技教育出版社2001年版,第77页。

碎片、异质文化可以加以整合，成为《神学大全》般的百科全书阐释文本；清单技巧对于庞杂、琐碎、绵延的话语和观点进行分岔和交叉，成为《芬尼根守灵夜》般的百科全书叙事文本。艾柯充分肯定了清单，或者引文库在建构百科全书文本时的重要作用，中世纪百科全书神学著作对知识秩序的安排给现代百科全书小说的书写以启示。

第二章　携手读者:艾柯迷宫文本
之读者再现理论

中世纪哲学、乔伊斯和符号学研究贯穿艾柯整个学术生涯。艾柯 1975 年发表的《符号学理论》是他学术思想的分水岭——前符号阶段的思想和符号思想①。在前符号阶段,他研究乔伊斯;在符号学阶段,他用乔伊斯的作品做具体的符号讲解。20 世纪 60 年代,艾柯沿袭马克思主义—结构主义范式,以开放的作品学说挑战列维－斯特劳斯为首的结构主义所谓文本是固定的、结构是固定的、作品意义是确定的观点,坚持认为现代艺术作品是欣赏者和作者共同完成的,其结构和意义有待欣赏者的解释才能确定。开放的作品理论引发了艾柯为代表的"六三集团"左翼知识分子和克罗齐学派右翼保守分子的论战,艾柯大胆发声,为自己的观点辩护,由是为欧洲学界所知。他本人也受到罗兰·巴特结构主义符号学和欧美重要文学理论家思想的影响,60 年代以降,他对开放的作品理论一共进行了四次修改。

在 70 年代,艾柯建构起一系列符号思想,将开放的作品理论向百科全书语义迷宫观演进。《符号学理论》是欧陆结构主义代码理论和美国皮尔斯实用主义哲学对话产生的成果,率先把欧美符号学资源进行了整合和改造。艾柯的符号学思想走的是"从《符号学理论》,特别是从百科全书观点,发展到把知识理论和阐释理论联系起来的概念的路径"②。他对"理想

---

① Cinzia Bianchi and Manuela Gieri, "Eco's Semiotic Theory", *New Essays on Umberto Eco*, Ed., Peter Bondanella, NY: Cambridge UP, 2009, p. 17.

② Ibid., p. 18.

读者"（Model Reader）和"百科全书迷宫"（the encyclopedia as labyrinth）等范畴从理论上论证，并在小说中加以检验。百科全书范畴让艾柯超越以代码为基础的符号理论，同时找到了调控阐释的框架。他在《读者的作用》《阐释的界限》《阐释与过度阐释》《悠游小说林》和其他著作中不断思考利用百科全书语义模式进行无限衍义和调控阐释的议题。在艾柯百科全书语义模式下，文本变成了阐释的迷宫，于是他把阿奎那建构的阐释性百科全书倒转了一个方向，变成读者解构的迷宫。

第一节　读者再现现代艺术作品的语义迷宫结构

艾柯对叙事学的显著贡献，在于他重视读者的主观能动性和阐释文本的权利，发展出一整套的读者理论。他在《开放的作品》中提出开放作品模式不是指作品的结构，而是"再现欣赏关系的结构"①，肯定欣赏者也是作品的完成者；他用作者—文本—读者三元符号建构了文本阐释学；读者依据文化百科全书对文本信息进行试推和无限衍义，生成百科全书阐释迷宫。

艾柯 1962 年发表的《开放的作品》一书原名为《当代艺术理论中的形式的不确定性》，其中的艺术思想直接受到现代音乐演奏的方式启示。艾柯观察到，演奏者可以将乐谱的分节进行即兴组合，于是假想读者也可以将文学作品中的关系进行重组。艾柯在米兰电台工作期间，受到音乐节目编辑负责人卢恰诺·贝里奥启示，制作《纪念乔伊斯》节目，并配乐评论乔伊斯作品。1959 年，他把 1958 年国际哲学大会报告和论开放的作品文章投给贝里奥主办的《音乐会见》杂志，卡尔维诺读后建议艾柯扩充成一本书②。艾柯当时为《维里》《美学杂志》撰文；1962 年发表《开放的

---

① ［意］安伯托·艾柯：《开放的作品》（第 2 版），刘儒庭译，新星出版社 2012 年版，第22 页。

② 同上书，第 2 页。

作品》，也谈乔伊斯、马拉美、布莱希特等，并在《梅纳波》第 6 期刊登。

　　基本上说来，艾柯所谓的现代开放作品，一方面指结构错综复杂、知识含量大、可从不同角度进行广泛阐释的文本。虽然现代文学作品开放型的居多，但是并不排除之前有开放作品。另一方面，艾柯还强调对这些作品的开放性解读。他的理论著作和文章中反复强调的概念、线索和逻辑联系，形成一套以读者为中心的开放作品阐释理论体系，即文本符号体系，作者、文本和读者构成的符号三角。其中，"模范读者" 和 "过度阐释" 概念是他的首创。本章尝试对艾柯的开放作品诗学、阐释学框架、文本符号学和模范读者理论做一番梳理，以期了解具有百科全书能力的理想读者如何对现代开放作品进行无限衍义，形成阐释的迷宫，并思考这一理论在建构起迷宫文本理论中的建设性意义。

　　《开放的作品》是艾柯在乔伊斯研究的基础上推出的第一本论现代话题和现代作品的书，在其学长卡尔维诺的推荐下出版。该书辩证地审视 "文本权利及其阐释者的权利"，并 "倡导阅读所谓的创造性文本时阐释者的积极作用"①。《开放的作品》一书暗合了艾柯对俄国形式主义和法国结构主义对未来的关注，也将审美理论朝着接受理论方向发展；"开放的作品" 的思想在文化去中心、去稳定的时代，显示出高度的语义开放性，要求受述人在破解歧义和多元信息时发挥积极作用。艾柯在对开放作品诗学不断修改的过程中，始终把意义阐释和语境、历史、社会紧密地结合在一起。这是一本厚积薄发、意义重大的书，他对学界经常提到但是没有展开讨论的 "开放性" 概念进行深入调查和详细探讨，预示 20 世纪 60 年代中期以降现代文学理论两大重要主题：坚持艺术上的多元性，同时强调读者的作用，以及读者和文本之间互动产生的文学阐释和反应。根据艾柯的美学理论，"开放的作品" 的作者创造多种代码和多元文本，即后现代小说的常规，而文本性质的实现必须依靠读者的阐释介入。当代艺术对象的生产和接受由 "开放的作品" 诗学主宰，读者不再是文学的被动接受者和消

---

① Umberto Eco, "Reading My Readers", *MLN* 107.5 (1992)：819 – 827, p.820.

费者，而是在建构作品的形式方面反客为主，主动参与①。开放作品诗学体现艾柯的后现代主义思想，是他学术成名之作。

艾柯以初生牛犊不怕虎的勇气，在文化界内部放了一把火，把克罗齐思想拉下了神坛。他在《开放的作品》中向意大利文化名人克罗齐在 20 世纪 60 年代早期提出的直觉即表现美学开火。克罗齐认为，艺术是纯心理现象，艺术家思维可以直接传送到读者、评论家或者听众那里，而艺术作品的物质媒介、艺术家生活的物质历史环境、艺术家自传和意图都与恰当理解作品无关。艾柯反其道而行之，《开放的作品》中美学研究方式深受其导师帕莱松反克罗齐哲学的影响，而他与先锋艺术家的频繁接触和对乔伊斯作品的深入研究启迪他去解释和证明现代和传统艺术在性质上的巨大差异②。

当时，意大利马克思主义文化带有浓重的克罗齐思想色彩，作家注意力如果偏离了政治主题和社会现实，便被视为新资本主义的走狗。《梅纳波》杂志是马克思主义文化阵地，刊登过艾柯的《论基于现实的形式塑造》，卡尔维诺的《挑战迷宫》。在都灵、米兰和博洛尼亚一带，结构主义研究渐成气候，只有艾柯用结构主义方法分析先锋派作品。在 1963 年巴勒莫会议上，诗人、小说家、评论家、《维里》《梅纳波》杂志编辑等先锋派会聚一堂，作者宣读自己的作品，接受批评意见，调整写作方向。在自由而友好的辩论氛围中，代表先锋、激进文化方向的"六三集团"初步形成。"六三集团"是 1963—1969 年由一批意大利作家、批评家组成的松散的知识分子先锋团体，他们对战后新现实主义创作不满，关注艺术形式、意识形态和社会使命等议题。成员以游戏的方式，挖苦只关注情感、美化现实、思想僵化的作者，引发保守派和先锋派之间的论战。几年后，艾柯和佛罗伦萨友人、新闻记者几人组织了年度最坏作品评选，恶搞作

---

① Norma Bouchard, "Umberto Eco's L'isola del giorno prima: Postmodern Theory and Fictional Praxis", *Italica* 72. 2 (1995): 193 – 208, p. 193.

② Umberto Eco, *The Open Work*, Trans. Anna Cancogni, Cambridge, Mass.: Harvard UP, 1989, pp. 8 – 9.

者,引来围观。"六三集团"点名批评的目的,是呼吁作家适应世界潮流,对文学创作的形式进行改革和创新,走出危机境地。1965 年"六三集团"一次会议上,有人讨论罗伯 – 格里耶、格拉斯和品钦的新小说,乌力波作家罗素(Raymond Russel)作品;有人放映用拼贴形式制作的电影《不确定验证》。这次会议重视先锋派作品,开始思考后现代主义思想。

"六三集团"与保守派交锋最激烈的场面,是围绕艾柯《开放的作品》中对乔伊斯为首的先锋派作品形式的解读展开的。他挑战权威的观点受到团体成员的热烈欢迎,但是遭到外界猛烈批评。阿尔西·罗西对他进行人身攻击,指责他不会写东西,只能当老师混饭吃。有人批评这是颓废主义回头,追求超美学,开放的作品提法荒唐,为品味倒错的作品辩护,为开放的音乐作品诡辩,支持不登大雅之堂的先锋派小说家。艾柯在《新生报》发表了两篇文章,呼吁左派文化界对新兴的文学形态以及大众传媒予以重视。在批评者当中,法国的路易·阿尔都塞 1963 年在《新生报》发文批判艾柯错误地将结构主义和马克思主义进行联姻,斥之为新资本主义手段。艾柯在挨批和论战中名扬海内外。1963 年《时代周刊》文学副刊确定了 9 月系列刊物"批评时分"为专题,讨论评论界新趋势。三十多岁的艾柯受邀,与罗兰·巴特、乔治·斯坦纳、雷纳·韦勒克等一批著名文论家一起撰文。意大利英美文学评论家埃米利奥·切基(Emilio Cecchi)也应邀发声。同年,艾柯的意大利语作品在英国引起反响,受邀走出国门,到英国演讲,走向世界①。1965 年,他在法国《通讯》杂志发表《詹姆斯·邦德——故事的结合方法》,1966 年,他又发表《弗莱明叙事结构》,跻身以巴特为代表的结构主义符号学阵营;此后他始终站在理论潮头,不断著书立说、在国外主流学术期刊发文、在各国高校讲座,成为世界上重量级学者。意大利文艺评论家如此赞扬他敢为人先,改变现状的大无畏精神:"艾柯首先应该是一个革新者,因为凭借一己之力对意大

---

① [意] 翁贝托·埃科:《树敌》,李婧敬译,上海译文出版社 2016 年版,第 102—131 页。

利文化的改变远远大于其他任何知识分子。"① 从开放的作品诗学可见这话不假。

艾柯所在的"六三集团"由于致力于扩大社会影响，又折回关注政治领域和公共生活的老路子，最终走上终结。但是作为"六三集团"的中流砥柱，他在随后的研究和创作中始终发扬学社批判和创新精神，对 20 世纪意大利文化产生了重要影响。邦德内拉曾经说过，艾柯的思想不仅可以比肩克罗齐，而且还在许多方面超越了克罗齐，比如小说创作，作品涉猎的范围和博学方面②。

艾柯在《开放的作品》中指出，传统或古典艺术作品的意义基本上没有歧义，虽然读者反应存在差异，但其本质上是让这些反应朝着一个大方向发展。而对于许多现代艺术作品，"作者向欣赏者提供的是一种有待完成的作品"③，这一点从对同一音乐作品的不同演奏可知。他在 2003 年以《书的未来》为题，在埃及亚历山大图书馆揭幕仪式上演讲，重提这一思想，面对爵士乐《北新街蓝调》这样好像已经写成了的刺激性文本，演奏者虽然不能自由对它创造，但是却可以"移动已有的文本块"进行一番组合和发挥，给作品拓展新的结构、新的意义。艾柯还以考尔德（Alexander Calder）活动雕塑为例，说明欣赏者的组合设想离不开艺术家的本来意图④。

他在《开放的作品》中早就注意到现代文学作品也同样故意系统性地制造歧义，例如乔伊斯《芬尼根守灵夜》给读者一个由诸多可能性组成的"场"，选择什么方法解读其中的可能性在很大程度上由读者决定。许多现代文本如象征主义诗歌、布莱希特戏剧和卡夫卡小说都存在大量的阐释可能性，因而读者的解读方法可能是多元的。开放作品故意制造歧义，与现代艺术高度关注形式上的革新相关。对艾柯而

---

① 陈晓晨：《"他扫去我们精神外衣上灰尘"——意大利当代著名学者、作家安伯托·艾柯辞世》，《光明日报》2016 年 2 月 22 日第 012 版。

② Peter Bondanella, ed., *New Essays on Umberto Eco*, NY: Cambridge UP, 2009, p. xi.

③ ［意］安伯托·艾柯：《开放的作品》（第 2 版），刘儒庭译，新星出版社 2012 年版，第 25 页。

④ ［意］安伯托·艾柯：《书的未来》（下），康慨译，《中华读书报》2004 年 3 月 17 日。

言，歧义是违背表达成规的产物：表达形式越不传统，阐释的余地就越大，歧义就越多①。传统表达形式只表达传统意义，而传统意义又是传统世界观的一部分；同样，现代表达形式表达现代意义，而现代意义又是现代世界观的一部分。"歧义"和"信息"是艾柯用以表现艺术形式革新的术语。现代开放作品因为强烈违背规约，可视为表达了特别高程度的信息。《开放的作品》假设了一个等式：开放度＝信息度＝歧义度＝作品违背规约度。这个等式将传统和现代艺术区分开来，但并未说明艺术和非艺术、好艺术和坏艺术的界限，因为违规和随之而来的阐释增生本身并不保证其艺术价值②。

在巴特宣布作者已死之后，文学作品及其阐释开始和作者撇清关系，读者获得了阐释的自由。现代文学作品允许读者对其中的话语进行多层次阅读，来揭示语言的歧义性和真实生活的歧义性。艾柯在《论文学的诸功能》一文中，对阅读文学作品时一味忠实和尊敬的态度加以批判，斥之为当下理论批评方面典型的"危言耸听"③。从《开放的作品》和《玫瑰的名字》来看，他常用书作类比来论述他的开放和封闭类型。一方面，世界似乎是上帝用手指书写的一本"封闭"的巨书，只允许一种读法和理解④。相比之下，书的宇宙似乎是开放的，因为如果我们思想开放，是可以随时修改观点的。另一方面，书的世界中的定论，有些不能作更改，但是另外一些是可以不接受的。

艾柯在《读者的作用》中从文本开放程度上区分了两种故事写作类型。从发送者到受述者的交际过程中，开放型故事里的发送者逐渐把受述者朝着阐释的多元可能性方向引导，比如在先锋小说中，文本的意义不是

---

①　Umberto Eco, *The Open Work*, Trans. Anna Cancogni, Cambridge, Mass.：Harvard UP, 1989, p. 11.

②　Ibid., pp. 11 – 12.

③　Umberto Eco, "On Some Functions of Literature", *On Literature*, Trans. Martin McLaughlin, NY：Harcourt, Inc., 2004, p. 4.

④　Umberto Eco, *The Name of the Rose*, Trans. William Weaver, London：Vintage, 2004, pp. 23 – 24.

终极不变的,读者有自由对整个文本加以重估;而在封闭型故事里,比如在侦探小说中,发送者连续不断地为受述者提供预测的场合,但他每推进一步又强调其文本权利,毫不含糊地说明在其虚构世界里什么必须要看成是"真实"的①。

艾柯指出,现代开放作品是一种认知暗喻,通过其形式特征对现代世界的体验加以表现,让我们了解我们所处世界的形式,以此折射出代社会的危机性。艺术作品本身对阐释设定了限制,在界限之内作品可以进行开放式的阐释;但是阐释越过了作品规定的某种限制,那只能算曲解或误读。这道门槛只有在批评活动中才能确定下来。批评可以发掘具体作品中存在的可能性的场,决定作品是否可以对读者敞开解读②。

现代开放作品内部是由大量的互文网或者嵌入文本构成的迷宫结构,但由于读者和作者在知识层次和美学修养上存在一定的差异,文本的丰富性、复杂性和艺术性线索在某种程度上会被盲视,其整体的发现还需要时间。这恐怕是经典总是需要重读的真正原因。根据艾柯的观点,开放文本有两种读法:天真式阅读和批评式阅读③。天真的读者不能洞察开放文本的迷宫结构,因此不能完全欣赏文本;而批评式读者要通过克服天真式阅读,发现了有助于解释文本代码的文本策略,才能对作品做整体的理解。而开放文本的"模范读者"可以阅读出多重代码,进行多层次阐释。譬如,《玫瑰的名字》元文本有三层故事:对叙述人阿德索而言是曾经发生的故事;对天真读者是修道院里的谋杀案;对批评读者是文本本身的故事。

《开放的作品》充分肯定对有美学价值文本的阅读过程中阐释者的积极作用,而文本只是为产生"模范读者"而制造的工具。艾柯在1996年题为《作者和他的阐释者》的演讲和《解读我的读者》的论文都指出,文

---

① Umberto Eco, *The Role of the Reader: Explorations in the Semiotics of Texts*, Bloomington: Indiana UP, 1979, p. 34.

② Umberto Eco, *The Open Work*, Trans. Anna Cancogni, Cambridge, Mass.: Harvard UP, 1989, p. 100.

③ Steven Sallis, "Naming the Rose: Readers and Codes in Umberto Eco's Novel", *The Journal of the Midwest Modern Language Association* 19. 2 (1986): 3 – 12, p. 4.

本是为引起阐释而建构的机器，回响着《读者的作用》一书中的主旋律。若要质疑文本，向作者讨教是毫无意义的，因为叙述者和诗人永远不能够对其自身作品提供阐释①。虽然艾柯强调作者不能阐释自己的作品，批评家向作者讨教是无益的，但是事实上他经常著文批评自己的小说。譬如，在《玫瑰的名字》发表后，他写了《〈玫瑰的名字〉后记》②，他还在《博尔博斯与我影响的焦虑》一文中解释了小说题目的由来③。事实上，有相当知识素养的读者通过自己的多次阅读，完全可以还原开放文本的迷宫结构。这样，整个文本才会敞开，其中嵌入的一个又一个文本就会像俄罗斯套娃一样不断打开，呈现文本世界的精彩和无穷状态。

　　艾柯深知，在西方美学传统之上，艺术作品是个人生产的，接受方式是多样化的，于是便有了各种诗学。开放的作品具有如下特点：其一，开放作品是"处于运动中的"，受述者需与作者共同创造；其二，"对连续不断产生的内在关系开放"，有待受述者发掘和选择；其三，每一件艺术品，不论你根据什么诗学原则生产，"都对实际上无限可能解读开放"，个人品味、视野、表现赋予作品新的活力④。显然，艾柯的开放作品诗学否定了作者的权威，而赋予读者权利，可见其胸襟博大。这三个开放提出了三个问题：读者和文本如何合作？文本有什么样的内在关系？读者如何解读？

　　艾柯的开放诗学系统把开放性视为当代艺术家或者消费者共谋和创造的基础，在文化上迈出了更大的一步，超越了美学问题。"运动中的作品诗学（或部分上'开放'作品诗学）启动了艺术家和观众的新一轮关系，美学悟性的新机制，艺术品在当代社会的不同地位。它开启了社会学、方法论新的一页，艺术史的新篇章。它通过安排新的交际情境而提出新的实

① Umberto Eco, "Reading My Readers", *MLN* 107.5 (1992): 819 – 827, p.820.

② See Umberto Eco, "Reflections on the Name of Rose", *Metafiction*, Ed., Mark Currie, London and NY: Longman Group Limited, 1995.

③ See Umberto Eco, "Borges and My Anxiety of Influence", *On Literature*, Trans. Martin McLaughlin, Harcourt, Inc., 2004, p.130.

④ Umberto Eco, *The Role of the Reader: Explorations in the Semiotics of Texts*, Bloomington: Indiana UP, 1979, p.63.

际问题。简言之，它在对艺术作品作思考和利用之间设置了新的关系。"①
这是艾柯在不断对开放作品诗学的修订中，对开放的、运动中的、行进中
的作品性质的最终界定。

第二节　动态的意指/交流取代机械的组合/分节

艾柯早期思想是结构主义的，超越一般语言符码的能指/所指关系，
而研究文化符码和现象的表层结构和深层结构二元关系，来解码和还原其
意义和功能。其《托马斯·阿奎那的美学问题》和《中世纪的艺术和美》
从中世纪代码思维背后挖掘审美可能性，类推出以前被遮蔽的中世纪美学
思想。20 世纪 60 年代以降，混沌理论的出现让艾柯发现了阿奎那《神学
大全》旁征博引的综合运笔方式和乔伊斯意识流作品中共存的无序和有
序、复杂和简单、多元和单一、分裂和统一的形式特征，他从中看到了融
通古今文化、古代智慧与现代科学、科学技术与文学艺术的契机。他致力
于发现一种语言或者一种通码，即符号学的语言或者建构意义的代码，来
贯通古今、消弭文化隔阂，将文化作为一个整体来研究②。他从法国结构
主义思想中发现这种代码，并发展美国的皮尔斯的阐释项和试推法，建构
文本阐释学和百科全书语义迷宫理论，演绎迷宫文本纵横交错的阐释迷宫
路径。

艾柯《开放的作品》在修改过程中，确立了现代先锋派的作品的形式结
构和意义是依靠读者发掘其中的关系而重组再现的思想，从中可见罗兰·巴
特为代表的法国结构主义和俄国形式主义学派对他的深刻影响。20 世纪初
期，德国和俄国的形态学研究启发了法国布雷蒙和巴特等人进行跨文类和

---

① Umberto Eco, *The Role of the Reader: Explorations in the Semiotics of Texts*, Bloomington: Indiana UP, 1979, p. 65.

② Peter Brand and Lino Pertile, eds., *The Cambridge History of Italian Literature* (2nd ed.), Cambridge: Cambridge UP, 1999, p. 598.

跨媒介探索,以及苏联巴赫金对小说多声部现象的关注。这些思潮根植于索绪尔《普通语言学教程》(1916)在语言学上两分法的启示。索绪尔辩证性地将语言共时性/历时性(synchronic/diachronic)结构特征、语言/言语(langue/parole 或者 language/speech)区分开来,提出语言符号的能指/所指(signified/signifier)特征,分别代表符号概念及其声音 - 图像,即概念和实物;语言符号的句法/联想关系(syntagmatic/associative),或者横向/纵向(horizontal/vertical)关系,前者指每个词与其后面的词线性的或者横向的、共时性关系;后者指词通过相近、相似、相反原则在音、形、义层面产生的历时性联想①。后来乔姆斯基又提出语言能力和语言表现(competence/performance)、语言生成转化功能,雅各布逊等对语言的划分渗透到叙事理论早期研究中。结构主义语言学家和俄国形式主义引起文学批评重心的转移:从内容转移到形式,从意义转移到组织②。法国结构主义阵营强大,基本上有两大方向:研究故事和话语。列维 - 斯特劳斯《神话结构分析》(Structural Analysis of Myth,1958)将神话切分神化素的义素单位,重新组成矩阵,汇聚神话的深层意义,历时性地展开情节;托多罗夫提出叙事学概念;布雷蒙 1973 年提出叙事逻辑,解码叙述行为的意义系统;格雷马斯区分表层结构和深层结构,用符号方阵描绘深层结构和叙述元体系;巴特 1970 年提出叙述代码概念,将事件分为核心和催化;热奈特 1973 年提出故事和话语。在后结构主义时期,法国符号学派思想影响还在扩大,热奈特的话语仍然受关注,克里斯蒂娃的互文性和苏联符号学家巴赫金的对话理论相互辉映,引用、仿拟、叙事镶嵌结构、叙事声音、叙事权威议题得广泛探讨③。正如亚里士多德所言,一切叙事作品在长度上经过事件的因果选择和时间组合从开头、中间到结尾发展。叙事作品可以作

① Peter Brand and Lino Pertile, eds., *The Cambridge History of Italian Literature* (2nd ed.), Cambridge: Cambridge UP, 1999, p.28.

② Susana Onega, "Structuralism and narrative poetics", *Literary Theory and Criticism*, Ed., Patricia Waugh, NY: Oxford UP, 2006, 2007, p.277.

③ Irena R. Makaryk, ed., *Encyclopedia of Contemporary Literary Theory: Approaches, Scholars, Terms*, Toronto: University of Toronto Press, 1993, p.112.

水平分析,即从巴特的句法层进行分析;同时,叙事作品也是事件的复杂显现,意义的复杂性需要做垂直的阐释分析。俄国形式主义在区分故事/话语两个分析层次时依靠的仍然是垂直轴①。

这些思想资源让艾柯的视野更加开阔,他在后结构主义时期,也没有放弃组合/分节,或者形式/意义,故事/话语等结构主义概念。艾柯以敏锐的直觉对其中语言符号的组合/分节概念进行不断发展,来演绎他以读者为中心的百科全书语义观。弗朗索瓦·冯·拉埃尔甚赞艾柯的直觉:"在评论思想的巨大十字路口,出现了一位对自己的时代和自己时代的人进行评论的最现代的伟大分析家,他在分析自己的时代时通过自己的直觉发现了未来评论的预兆。"②艾柯在结构主义符号分析实践中,已经捕捉到后现代解构主义指向。

索绪尔提出的语言结构是约定俗成的,言语行为具有组合性,语言符号由能指和所指构成。巴特在此基础上将语言符号三分成能指、所指和意指,并重提意指是将能指和所指融合起来的记号过程,提出词项组合起来形成言语链概念,可以切分开来进行分析。"组合段以'联结的'形式呈现","意义只能以一种分节方式产生"③。语言符号的意指活动就是根据语言两轴——组合段平面/系统轴和联想平面/记忆库相关的关系项和关系进行推理。巴特将饮食意指系统类比成语言结构和言语的作用,个人根据社会习俗进行饮食制作和搭配。他直接把符号学比作关节学或者切分科学,符号学未来的任务就是"去发现人类实际经验中的分节方式"④。巴特在《叙事作品结构分析导论》中,提出"叙事作品是一个长句子"⑤,是动词

---

① Susana Onega, "Structuralism and narrative poetics", Patricia Waugh, Ed. , *Literary Theory and Criticism* (2nd ed.), New York: Oxford UP, 2007, pp. 273, 277.

② 参见〔意〕安伯托·艾柯《开放的作品》(第 2 版),刘儒庭译,新星出版社 2012 年版,封底。

③ 〔法〕罗兰·巴尔特:《符号学原理》,李幼蒸译,中国人民大学出版社 2008 年版,第 58 页。

④ 同上书,第 53 页。

⑤ Roland Barthes, "Introduction to the Structural Analysis of Narrative", Martin McQuillan, ed. , *The Narrative Reader* (3rd ed.), Routledge, 2004, p. 111.

浓缩形式的体现，可以根据语言学上分析句子的规则，从时、体、式和人称等方面对该长句进行分析。这一类比说明叙事作品也是可以进行组合和拆开的。譬如，普鲁斯特《追忆似水年华》的鸿篇巨著围绕"马塞尔成为大作家"这句话展开。"叙事学是对叙事本文的句法和语义结构进行分析的研究"①，正好体现了这一思想。

《开放的作品》发表后，艾柯用几年时间论辩，来捍卫自己的观点。法国《新法兰西评论》翻译了《音乐会见》。1962年，法国《如此》杂志刊登了他的一篇文章摘要，后收录到《开放的作品》论乔伊斯文章中。弗朗索瓦·瓦尔在1965年将《开放的作品》翻译成法文。他向艾柯介绍结构主义，艾柯接触到巴特、列维-斯特劳斯、雅各布逊、厄利克思想，在该书法文版增加了语言结构议题。这一思想变化表明，艾柯从主持电视美学向一般符号学发展。在巴特观点的基础上，艾柯提出文章是使人快乐的机器，前提是要将机器拆卸开来②。在随后的研究中，他不断重复和充实这一思想，把机器的组装交给作者，把拆卸的任务交给读者。

艾柯受到以巴特为代表的结构主义符号学的启示，探讨语言结构、故事结构的组合和拆解。他在《伊甸园语言中美学信息的诞生》一文中设想，亚当和夏娃听到上帝说苹果不可吃，就用A和B两个语义元素不断组合成句，做游戏、唱歌、摆符号矩阵。他们用句子作简单的判断，虽然有的语义有矛盾，但是亚当发现结构和意义是随意的，不是固定的。艾柯戏谑地写道，亚当不断地拆开，不断地组合，不亦乐乎。"在疯狂的实验中，他至少弄明白了，语言的秩序并非是绝对。……语义的文化世界的标示搭配也不是绝对的"，"作为这一经历的最后结果，亚当发现，秩序并不存在，它只是无秩序随时随地达到的可能的稳定状态中的一种状态"③。亚当做的游戏正是现代音乐演奏者、先锋派作品的读者所做的，

---

①　李幼蒸：《理论符号学导论》，社会科学文献出版社1999年版，第443页。

②　［意］安伯托·艾柯：《开放的作品》（第2版），刘儒庭译，新星出版社2012年版，第1—5页。

③　同上书，第237页。

亚当推理出的结论就是艾柯《开放的作品》中的核心思想。结构不确定性、意义含糊性的论断挑战列维－斯特劳斯等结构主义者的固定不变的文本论调。

在《弗莱明叙事结构》一文中,艾柯用流行故事背后的叙事结构来解释邦德系列为何吸引读者。艾柯发现,原始史诗关系中二元对立序列建构小说结构。比如:盎格鲁－撒克逊节制 vs 邦德敌人的无节制;邦德的不舒适和牺牲 vs 敌人的奢侈;机会 vs 敌方不太有效的算计;理想主义和忠于国家 vs 贪婪;自由世界 vs 苏联代表选定的人种和低等人种;黑 vs 白;善 vs 恶,等等。艾柯认为,小说的成功是对这些可预见的元素的变换。他把普洛普传统故事中的原型元素和邦德小说联系起来,邦德等同于民间故事中和恶棍、恶龙搏斗的英雄,邦女郎和恶棍是美女和野兽的翻版。邦德的作用是去拯救睡美人。邦德情节在这种游戏中推进,彰显在语言层面上叙事代码和叙事进程的关系①。艾柯还受到普里托《信息与记号》(1966)记号系统联系方式多样化观点影响,率先对非语言现象结构分节,如电影记号系统三层分节结构,提出六种记号分节类型②。艾柯还研究当代"超人神话",指出超人的行为只是体现公民意识,叙述模式受思想体系的操纵;研究叙事时间,聚焦当代作品叙述时间的不完整性,比如乔伊斯、罗伯－格里耶和电影《去年在马里昂巴德》。他根据普洛普的形态学和其他老套的叙述理论,将封闭故事的叙述语法放在文学符号学图式和开放/封闭作品图式中讨论,发现叙述结构封闭的作品在主题上还是有变化的,在熟悉和创新上找到了平衡点,故能吸引读者③。

20世纪70年代,艾柯对代码、词典、二进制和乔姆斯基横组合关系模式的兴趣淡化了,转而热衷于研究皮尔斯、百科全书、开放作品体系、

① Umberto Eco, *The Role of the Reader: Explorations in the Semiotics of Texts*, Bloomington: Indiana UP, 1979, pp. 42, 43, 44 – 45.
② 李幼蒸:《理论符号学导论》,社会科学文献出版社1999年版,第518—519页。
③ Lubomir Dolezel, "The Themata of Eco's Semiotics of Literature", *Reading Eco: An Anthology*, Ed., Rocco Capozzi, Bloomington and Indianapolis: Indiana UP, 1997, pp. 112 – 114.

迷宫、阐释机制、互文性、叙事学、暗喻、范式结构和巴特的能指链①。这表明艾柯思想从结构主义向后结构主义转向，关注叙事中读者的作用、意识形态和社会文化语境，并向多媒介研究拓展，在认知论上发生转向。

在结构主义思潮式微之时，艾柯打起皮尔斯阐释符号学旗帜，阐发"符号（再现体）、解释项和对象之间的三分关系；符号生成过程；试推法机制、文本阐释与读者之间的关系；从百科全书以及皮尔斯的无限符号活动的概念来解释的符码概念和词典符义学概念"②。艾柯和其他符号学家一起在意大利形成了都灵符号学派，研究成果仅次于法国。20世纪符号学三大阵线形成：索绪尔、叶姆斯列夫和巴特语言学派；皮尔斯、莫里斯、西比奥克非语言学派；艾柯和意大利符号学折中派。苏联有洛特曼为首的塔图符号学派。艾柯兼收并蓄，博采众长，将索绪尔、巴特、皮尔斯、洛特曼等符号学家思想进行综合整理和二次改造，衍生出新的观点。

艾柯在三十年的符号学研究过程中，在记号分类学和记号函数论、一般代码理论、意指理论、符号学认识论和意识形态论等方面颇有建树，试图以此调和一些概念之间的矛盾，建立一般符号学。艾柯将语言和非语言统一起来，分为三大类记号："1. 自然事件类：人们用此类中的项目进行认知活动，如从烟认知火的存在。2. 人为记号类：人们用此类中的项目与他人通讯。3. 古意性（或废弃性）和诗意性记号类：这是文艺性表现的特殊活动。"③ 然后再细分为二十个小类，后面再修改分类。艾柯对皮尔斯记号三种分类加以吸收和改造：符号、对象和阐释项（interpretant）；像似符（icon）、指示符（indice）和规约符（symbol）；rheme-decisign-argument。第三类相当于命题函数、命题和变元，与解释项相关。皮尔斯的像似符是非语言符号，强调符号与对象之间的相似，如图画、图表、隐喻，莫里斯

---

① Rocco Capozzi, "Knowledge and Cognitive Practices in Eco's Labyrinths of Intertextuality", *Literary Philosophers*: *Borges*, *Calvino*, *Eco*, Eds., Jorge J. E. Gracia, et al., NY and London: Routledge, 2002, p. 174.

② ［意］苏珊·彼得里利、奥古斯托·蓬齐奥：《打开边界的符号学：穿越符号开放网络的解释路径》，王永祥等译，译林出版社2015年版，第232页。

③ 李幼蒸：《理论符号学导论》，社会科学文献出版社1999年版，第478—479页。

也强调类似的程度大小。艾柯指出这种分类欠妥，相似性只是必要的条件之一，其相似性真正依赖于文化规约决定的类同的感知结构或关系系统①。经过艾柯反复论述后，建立了像似符与特定文化语境中编码和转码的关联，对一般符号学的意指理论有指导作用。艾柯在像似符方面做出的贡献至今为人称道，是潜藏在百科全书迷宫文本叙事理论背后的一条重要线索。在中世纪，百科全书本来是世界的像似符，二者在结构方面相似，都是依靠列举和组合而形成的。艾柯在西方文化语境中不断的试推显示，百科全书是世界的类比，是一种思维计划，是知识的安排和组织方式；百科全书代表文化语义场和总体知识，成为阐释的杠杆和意义的网络的象征；百科全书的目录和万维网搜索词类似，有无限开岔、链接的功能，堪比迷宫。

艾柯对自然、文化现象进行记号、非记号分类，概念上综合索绪尔的能指和所指、皮尔斯的记号－对象－解释项和叶姆斯列夫的记号函数，提出一般记号论。记号是潜在的通信手段，来传达内容的；根据代码规则进行。他开始认为，信息的意义受制于固定的代码和环境；后来经过修正，认为代码是变动的，想以代码范畴取代语言系统范畴。其方法论上偏向皮尔斯，走中间路线：叶姆斯列夫提出表达面和内容面，代码传送给另一代码，前者为后者的表达，后者为内容，代码提供规则让因果关系成立。艾柯把记号函数用来指一组语义标记和句法标记之间建立的代码，强调记号的生产过程，取代传统记号论②。李幼蒸如此评价艾柯的记号理论："记号的结构和功能是与记号产生过程密切相关的，其内容面上的意义是与文化环境内记号生产过程紧密相连的。从记号到记号函项，之后再到记号生产过程的记号观发展，显示了艾柯一般记号论越来越遵循语用学方向了。记号的意指功能既与语境相关，又与记号生产过程相关。"③ 艾柯借助水闸模式代码模型演示意指关系规则系统、信息的传播过程。

---

① 李幼蒸：《理论符号学导论》，社会科学文献出版社 1999 年版，第 482—487、501—502 页。
② 同上书，第 540—548 页。
③ 同上书，第 544 页。

　　艾柯符号学中的文化逻辑分析原则以及认识论主要是以皮尔斯解释项和试推法（abduction）概念为基础而形成的。在皮尔斯和巴特看来，在逻辑方法中，试推是第一位的，归纳、演绎随后。试推与像似性相连，基于认知百科，根据法则从结果推理到前提①。皮尔斯的解释项是特殊记号或记号所指者，是心理、中介性表象记号本身；艾柯认为，解释项"具有记号、指号、定义、情绪联想（引申意指）和直接意指等多种形式"②。虽然有不科学和不明确之处，但是在文化语义学中解释项皮尔斯的记号过程（semiosis）、其试推法与意指理论相联系。解释项－记号－对象构成记号过程，无限倒退，类似德里达踪迹（trace）术语，用渐进推演法确定记号的内容。其实，记号过程中产生符号链，颇像巴赫金的对话理论，是试推过程中符号之间，或者文本信息和文化百科全书中间的对话。艾柯1990年在讨论阐释的限制时，强调文本的客观性，批判德里达意义的无限延伸论。艾柯的一般符号理论试图调和意指关系和推论关系这一命题，试图把意指和推论、意指和通信在理论上达到统一。他的文化分析受索绪尔至巴特欧陆符号传统影响，注重文化语义场，用文化单元说取代语义学上的意义说③。艾柯的文化代码论建立逻辑规则理论，塔图－莫斯科符号学派代表人物洛特曼是其文化逻辑学践行者。克里斯蒂娃将这一学派介绍到法国。洛特曼肯定文本的社会交际功能：发出者与传送者之间的传递，文化接受者与文化传统之间的记忆、读者与其自身、读者与文本、文化与文化语境之间的交流，形成符号—文本—文化—符号圈文化符号学逻辑思路④。

　　总体说来，艾柯对符号学的贡献在于对皮尔斯符号理论的符号结构、回用（rinviato）概念、指称物的恢复、像似符、符号和哲学、社会符号学、意识形态符号学、文学阐释、阐释的限制等方面的阐述。艾柯的《符

---

　　① ［意］苏珊·彼得里利、奥古斯托·蓬齐奥：《打开边界的符号学：穿越符号开放网络的解释路径》，王永祥等译，译林出版社2015年版，第257—258页。

　　② 李幼蒸：《理论符号学导论》，社会科学文献出版社1999年版，第534页。

　　③ 同上书，第537、552页。

　　④ 康澄：《文化及其生存与发展的空间：洛特曼文化符号学理论研究》，河海大学出版社2006年版，第29—30页。

号学理论》解决索绪尔符号论和皮尔斯符号学之间的对抗,将代码符号学向阐释符号学转向,解决传播符号学和表意符号学、指称语义学和非指称语义学在解码符号学中遇到的困难①。艾柯符号学有三大贡献,将欧陆和美国割裂开来的符号研究整合出一个总体框架;其具体符号学问题分析精辟,所举的例子极有价值;提出符号谎言论思想。

虽然艾柯对符号学理论贡献巨大,但是有些阐述在学术界还是存在争议的,他自己也不断进行修正。比如,他在记号分类中,排除镜像是符号。艾柯在分析符号表意时,称指称物不具备相关性,向非指称、非直接指称符号学过渡。艾柯对指称物的抵制也有问题:符义学处理符号之间、能指与所指、能指与解释项,生成无限衍义的符号互相指称链。他从表意系统中取消指称物,意义的形上基础被抽空。他运用皮尔斯的解释项和无限衍义,错误地将指称物和意义等同起来,混淆了表达和指称。而表意理论离开了指称物,符号活动就不可能发生;一个符号要通过有别于自身的符号或者他性符号来表意。符号语境规定了各自角色,即作为符号的不能当指称物,当指称物的不能当意义或者解释项。因而,将符号活动看成是意义和能指而形成的绵延的符号链过程是错误的,事实上,在不断指向指称物时,过程是打断的。艾柯 1984 年使用了回用概念,恢复指称物与符号活动的关系,将指称物视为隐在的解释项。他的符号生产理论有歧义,言语行为理论或符号的使用提法更确切。艾柯所谓符号的意识形态分析不成立,思维定势提法更可取,属于符用学或者语用学范围。他的意识形态符号学只关注意识形态的结构,而忽略背后的动因。②

艾柯在一般符号学框架下,拓展了符号学研究的边界,提出重写符号学历史,建构传播符号学。他将符号界定为"用以代替其他东西的一切东西",符号学是研究"用以撒谎的一切东西的"③,把符号学研究对象拓展

---

① [意]苏珊·彼得里利、奥古斯托·蓬齐奥:《打开边界的符号学:穿越符号开放网络的解释路径》,王永祥等译,译林出版社 2015 年版,第 228—237 页。

② 同上书,第 241—247 页。

③ Umberto Eco, *A Theory of Semiotics*, Bloomington:Indiana UP, 1979, p. 7.

到由这些符号组成的整个文化或者文化宇宙。1979年6月,艾柯在维也纳召开的世界符号研究学会第二次会议上,提出用三条线索建构符号学历史:其一,梳理明白地说过意义关系的作者,从《克拉底鲁篇》（Craty-lus）和亚里士多德,经由圣奥古斯丁到皮尔斯,包括修辞家;其二,细读整个哲学史,发现隐在的符号理论,比如康德;其三,研究使用或者发展符号和阐释策略的任何形式的文学作品①。他的迷宫文本叙事理论与这三条线索都有关系,在百科全书符号史的框架演进。

此外,艾柯在研究意指理论的同时,还把"符号学研究作为传播过程的一切文化过程"②,提出传播符号学构想。他将交际过程看成"将信号（不见得是符号）从原地（通过通道中的转换者）传达到目的地"③。如果目的地是人,便引起对代码阐释反应。"符号是意义系统,将在场的实体和不在场的单位结合在一起"④,是自动对符号加以建构,而人类或智能机器交际行为是建立在一套规定意义系统基础之上的。所以,艾柯称,意义符号学可以单独建立,而传播符号学不能脱离意义符号学。这是两条不同研究路径,各自有着不同的范畴,但在文化建构过程中,二者是不可割裂的⑤。在传播符号学视野下,符号增加到决定项中,接近了后结构主义内涵概念。他的模式偏离当代语义学和读者反应理论。艾柯的前提是,阐释行为要依靠读者愿意和文本潜在的信息合作。读者对信息话语结构做假设,如果在解码过程中文本和历史语境使之有效和合法的话,这种假设就会被接受;如果无效,就会当误读扔掉。就是说,文本和语境对阐释起着限定作用。艾柯三部小说——《玫瑰的名字》《傅科摆》《昨日之岛》对符号生产和阐释进行了复杂的转化,是艾柯大多数

---

①　Umberto Eco, *From the Tree to the Labyrinth: Historical Studies on the Sign and Interpretation*, Trans. Anthony Oldcorn, Mass. : Cambridge: Harvard UP, 2014, p. 1.

②　Umberto Eco, *From the Tree to the Labyrinth: Historical Studies on the Sign and Interpretation*, Trans. Anthony Oldcorn, Mass. : Cambridge: Harvard UP, 2014, p. 8.

③　Umberto Eco, *A Theory of Semiotics*, Bloomington: Indiana UP, 1979, p. 8.

④　Ibid.

⑤　Ibid. , p. 9.

理论之简纲①。

艾柯还对符号学进行分类,类型从自然界的、自动的传播过程延展到更复杂的文化系统,覆盖动物符号学到大众交际的众多门类。以下是艾柯提出的主要符号学类型、研究范围和方法:(1)动物符号学,旨在研究人类交际的生物性成分,以及动物身上存在的某种与文化和社会相关的意义系统。嗅觉符号,可用皮尔斯的指索符号研究,或霍尔(Edward Hall)"空间指示物"(proxemic indicators)来研究,或者"亲近修饰语"(chemical qualifiers)研究波德莱尔筛选的"气味代码"。触觉交际,属于心理学,包括霍尔研究的盲人和亲近行为,还有代码性的社交行动,如接吻、拥护、拍肩等。味觉代码,属于文化人类学研究范畴,列维–斯特劳斯将之系统化。(2)准语言学,研究超切分特征和自由变异,包括男声、女声。准语言指的是笑、哭、耳语、声高声低,乃至鼓语和口哨语。(3)医学符号学,研究某些符号或症状和疾病之间的联系,属于皮尔斯指索符号研究范畴。病人自述病情作心理分析,将病人提供的符号意义符码化。(4)手势语和亲近语,仪式化的手势,如礼节、礼拜、哑剧手势语是"文化代码",属于文化人类学。(5)音乐代码。(6)形式化的语言,包括代数、化学、滑稽语言、星际语言、摩斯代码或布尔代数、电脑的形式语言。形式语言牵涉到元符号学问题。(7)书面语、未知字母和密码,属于考古学和秘学。格雷马斯和克兹扎诺斯基(Krzyzanowski)研究谜语,打通了古典语义学和秘学。(8)自然语言,研究语言学、逻辑、语言哲学、文化人类学和心理学。(9)可视传播,研究范围从形式化程度高的系统到图画系统、颜色系统,到图像符号。像似符单位、大众传播的可视现象、广告、漫画、纸币、桥牌、占卜牌字谜、衣服、建筑视觉研究、地图、电影等。(10)物件系统,从建筑到普通物件。(11)情节结构,研究范围覆盖从普洛普至今的原始神话、民间故事、19世纪浪漫故事、侦探故事、故事研究、漫

① Norma Bouchard and Veronica Pravadelli, eds., *Umberto Eco's Alternative: The Politics of Culture and Ambiguities of Interpretation*, NY: Peter Lang Publishing, Inc., 1998, pp. 11 – 12.

画和大众交际研究。（12）文本理论，符号学视文本为宏观单位，而自身基本单位符号被消解。研究文化代码、行为、价值系统、某种文化中的神话、传说、原始神学所代表的社会世界观、文化类型、代码代表文化模式、社会组织的模式和群体社会的交际网络。在符号学视野下，文学文本中每一个代码都有美学指向。（13）大众传播也被视为符号，属于跨学科交流①。

　　在文本符号学框架之下，艾柯对作品进行重新界定，把作者和读者都视为文本策略。他在《开放作品诗学》第二章从作者方和接受方对艺术作品进行界定："我们视之为作者努力地以如此方式安排产生交际效果的最终产品序列，以至于每一位受述人可根据作者的设计重新制作原文。"② 受述人在刺激－反应的交互作用中完成接受过程。在这种意义上，作者把作品交给读者，原本是希望读者能以他当初设计的形式来加以欣赏和接受的。在他看来，艺术作品产生之后，作为有机统一体而独立存在，呈现出一种完整而封闭的形式特征。同时，读者可以做出无数不同的阐释，而它不会因为这些阐释而改变其特异性。于是，它便形成开放产品，接受从不同视野做出的理解和阐释。这样一来，作品就产生了不同的回响，但不改变其原真的味道。在这一维度上，文本只是建立语义关联和激活模范读者的文本策略③。据此，维特根斯坦的文章显示的就是他的哲学风格，其模范读者如果合作的话，就要再现这种风格。换言之，文本成了一个大的符号，而为了全面再现宏观言语行为，文本为模范读者设立了一套条件。

第三节　读者、文本和作者之文本符号学

　　在艾柯的文本符号学视野下，作者、文本和读者形成关系场，形成文

---

① Umberto Eco, *A Theory of Semiotics*, Bloomington：Indiana UP, 1979, pp. 9 – 13.

② Umberto Eco, *The Role of the Reader：Explorations in the Semiotics of Texts*, Bloomington：Indiana UP, 1979, p. 49.

③ Ibid. , pp. 49, 11.

本符号三角模式,启动对文本进行符号阐释的新模式。这样,三方产生交际互动,作品就不是静止不动的,而是"运动中的作品",即"作者给阐释者、执行人、受述者一部作品,让其去完成"①。作者通过安排、定向,给出作品进展的具体说明,设计了诸多可能性,设定了心中的模范读者。作者并不知道其作品如何结束,但是成品仍然归他所有。阐释对话结束时,会出现他当时并未预料到的形式,但是作品性质不受影响。艾柯的文本符号学是对《开放的作品》观点的发扬和完善。

一 作为文本策略的读者

读者是审美对象必不可少的共同生产者,文学作品在读者的具体批评中得以存在。在文学批评传统上,批评式的阅读的责任往往转嫁到"神秘、无所不在的、无限灵活的理想读者身上",而且"审美对象现象学上的本体论从理论上将这种转嫁合理化"②。读者在艾柯心中是至高无上的,读者的阅读赋予作品以生命和存在的价值,故而"人只为读者而写"③。读者类型不计其数,艾柯的读者又所指何为? 罗伯特·罗杰斯(Robert Rogers)《文学迷宫中身陷迷津的读者》一文中对文学理论家提出的主要读者类型作了概述,并首创"身陷迷津的读者"(Amazing Reader)概念。批评家通常在心中预设一个理想读者来解读文本。比如,费什(Stanley Fish)的"有知识的读者"、卡勒(Jonathan Culler)的"有能力的读者"、伊瑟尔的"隐含读者"、艾柯的"模范读者"、里法特尔(Michael Riffaterre)的"普通读者"和代表批评家集体智慧的"超级读者"。

另外,还有布鲁姆(Harold Bloom)的"强大的读者"、"被误会的或者误会的读者",德里达(Jacques Derrida)的"解构的读者",巴特《文本的欢愉》中文本从不拒绝任何东西的"反常读者",哈特曼(Geoffrey

---

① Umberto Eco, *The Role of the Reader: Explorations in the Semiotics of Texts*, Bloomington: Indiana UP, 1979, p. 62.

② Lubomír Doležel, "Eco and His Model Reader", *Poetics Today* 1. 4 (1980): 181 – 188, p. 181.

③ Umberto Eco, "How I Write", *On Literature*, Trans. Martin McLaughlin, NY: Harcourt, Inc., 2004, p. 334.

Hartman）依据"阐释是盛宴，不是斋戒"的思想而提出的"盛宴读者"。罗杰斯用拆字法，将 amazing 变成 a-mazing，提出有自我、有身份、有个性的"身陷迷津的读者"，指的是身陷迷津的听众、观众和阐释者。在解读迷宫的过程中他会有偏差，还会发现他本人就是迷宫，因为"作者和读者都不能逃脱其文本的迷宫"①。

此外，法罗纳托还对读者类型做了进一步补充，比如吉布森（W. Gibson）的"戴面具的读者"（mock reader），姚斯（H. R. Jauss）的"实际读者"，布鲁克 – 罗斯（C. Brooke-Rose）的"编码读者"（encoded reader），霍兰德（Norman Holland）的"互动的读者"（literent），普林斯（Gerald Prince）的"受述人"，费什的"阐释共同体"②。艾柯在读者类型中增加了"模范读者"新概念，强调文本和读者之间的对话和交流。"身陷迷津的读者"是现代作品阅读者困境的真实写照，相比之下，艾柯的"模范读者"似乎在有技巧地迂回于文本迷宫并能找到出口。

在文学理论界，接受美学、阐释理论、读者反应理论和叙事理论都承认，读者的阐释是作品存在的前提，读者拥有阐释的自由。而阐释究竟有哪些自由和哪些不自由，却很少有人做过具体的阐述。然而，艾柯对这个问题的思索贯穿了他的整个学术生涯。他一直在思考读者的作用、权利和限制，并在符号框架下做了一番勾勒。从 20 世纪 50 年代末到 80 年代，艾柯坚持不懈地倡导读者在阐释文本中的作用。70 年代以降，艾柯对读者的作用中的一系列疑难问题做了系统研究和回应，尝试对文本批评方法的合法与不合法设立一个具体的标准和模型，提出了"模范读者"的构想。他的每一本专著和大多数论文都要论及模范读者的作用，而他的小说往往对不同的读者形象做了演示，《玫瑰的名字》《傅科摆》和《波多里诺》都有不同程度的体现。在很大程度上，他是理论小说家，理论无法说清楚

---

① Robert Rogers, "Amazing Reader in the Labyrinth of Literature", *Poetics Today* 3. 2 (1982)：31 – 46, pp. 31 – 46.

② Cristina Farronato, *Eco's Chaosmos*：*From the Middle Ages to Postmodernity*, Toronto：University of Toronto Press, 2003, p. 62.

的，叙述出面；他同时也是符号理论家，他的其他理论都离不开符号的框架。在他钟爱的符号体系中，词典、百科全书和图书馆处于核心地位，而读者是首要代码。

艾柯在发表《开放的作品》之后，一直探讨文本故意制造歧义和多元声音的意义，多元而不是无尽的阐释，来不断完善开放作品理论。在《阐释的界限》中，艾柯重新界定文本的性质和阐释对文本生产的作用。他从形式维度看文本，认为文本是人类处理世界的一种格式，面向主体间性阐释话语敞开。在文本世界里，存在着世界作为文本、文本作为世界的双重隐喻。阐释产生其他文本，对世界的文本或者文本的世界做出反应①。阐释究竟可以走多远，《傅科摆》从虚构上、《阐释的界限》从理论上进行了叙述和阐述。

从《读者的作用》到《〈玫瑰的名字〉后记》，从《悠游小说林》到《一个年轻小说家的告白》，艾柯反复阐述他的文本阐释观：文本是一部懒惰的机器，期待读者的大量合作；作者直接把读者当成文本的组成部分写进了文本，设计出了合作的路径，并作为文本的一种策略而加以建构。在艾柯看来，读者是设置在文本里面的，并不是独立于文本之外的旁观者。在符号学框架中，他回答了在作品的接受中，读者享有哪些权利，究竟可以朝哪些方面做诠释，作品如何控制读者的阐释活动。

迄今为止，学界对艾柯的读者观的研究基本局限于对他阐释理论的研究，聚焦读者在对作品做开放性解读时，享有哪些自由和限制；有哪些读者类型。而对于艾柯的读者理论使用的方法论－符号学视野，没有清晰的认识。这样，就不可避免地把其中的理论支架拔掉了，剩下的是一堆零散的、不成体系的观点。笔者尝试对艾柯的读者理论专著、散论和小说中的示范进行整合与钩沉，以期能够厘清读者理论的理路和内涵，彰显读者在迷宫文本理论中举足轻重的地位。

在文学批评史上，作品、作者和读者三者孰轻孰重，一直是争论的焦

---

① Umberto Eco, *The Limits of Interpretation*, Bloomington and Indianapolis：Indiana UP, 1990, pp. 21, 23.

点。古典诗学从文类和代码层面强调作品的性质，浪漫主义时代突出作者的地位，现代阐释学和现象学把注意力转移到读者身上来。艾柯的导师，都灵大学的哲学家帕莱松，首次对克罗齐美学进行阐发和反拨。克罗齐在黑格尔影响下，坚持艺术即形式，或者是绝对精神的产物，即"艺术即直觉感悟"。阐释者受作品的精神感召而接受作品，全盘否定了阐释者的作用。相反，帕莱松坚持艺术是个人创造的，具有个性和独特性；艺术家和有机形式之间存在一种对话和交流。帕莱松肯定阐释者的积极作用，形式不是封闭的，可能对无限的新视角开放，阐释个性是各式各样的。至今，我们仍然可以从中管窥艾柯开放作品观点的影子。艾柯的中世纪美学理论是对帕莱松美学及对形式的强调的回应。他开始引起关注的路碑式著作《开放的作品》提出，作品和接受者之间是一种文学交流，读者的阅读和阐释就是生产作品并使作品存在。艾柯重视读者在有些珍本书中留下的记号和笔记，比如他收藏的帕拉塞尔苏斯古书上的批注，因为"读者的参与就像给印刷文本添枝加叶"①。文本的存在和流传离不开读者的阅读和思考。

在 20 世纪六七十年代，艾柯和卡尔维诺不谋而合地表达了对读者的关注。在接受理论发展的过程中，他们都在进行实验性的创作，把读者理论纳入虚构小说中，演绎读者的作用和作品的构成。艾柯在哈佛大学诺顿文学讲座中指出，他的《读者的作用：文本符号学探索》（1979）和卡尔维诺的小说《寒冬夜行人》（1979）几乎同时发表，不存在相互影响的可能。他的《故事中的读者》（1979），部分内容与《读者的作用》一致，在艾柯看来，"故事中总有读者，这个读者不仅是讲故事的过程，而且是故事本身的基本组成部分"②。而卡尔维诺则演示了"故事中读者的在场"③。卡尔维诺曾经赠书于艾柯，题词"狼在上游，羊在下游"。事实上，《寒冬

---

① ［法］让－菲利浦·德·托纳克编：《别想摆脱书：艾柯＆卡里埃尔对话录》，吴雅凌译，广西师范大学出版社 2014 年版，第 126—127 页。

② Umberto Eco, *Six Walks in the Fictional Woods*, Cambridge, Mass.: Harvard UP, 1994, p. 1.

③ Umberto Eco, *Confessions of a Young Novelist*, Cambridge, Mass.: Harvard UP, 2011, p. 1.

夜行人》对巴特的《文本的欢愉》（1973）、伊瑟尔《隐含读者》（1974）和《阅读行为》（1978）、艾柯的《读者的作用》（1976）中提出的读者接受理论进行了有趣的仿拟，来应对 20 世纪七八十年代的阐释理论中的热门话题。小布洛克（Ed Block，Jr.）称，艾柯历经二十年完成的作品《读者的作用：文本符号学探索》中的读者理论比伊瑟尔 1978 年《阅读行为》和大卫·布雷同年的《主观批评》更加复杂，而现象学、心理分析读者反应可归类到艾柯模式的下项。艾柯的这本书在"文本如何启动读者获取意义的语言学能力和文化能力"方面给出了一个模式①。

卡尔维诺在宏观层面上提出读者类型。《寒冬夜行人》第十一章的故事发生在图书馆，其中提到七种不同的阅读方式：第一种读者看到书上第一次出现的词语，不看文本，就开始反思；第二种正好相反，只读文本；第三种，每本书都是新书，即或是不新的，也算新书；第四种，阅读只是把每一本新作吸收到他理想的图书馆中；第五种，寻找儿时读过的原型书；第六种，喜欢任何书的篇首：标题和书前文字；第七种，更喜欢结尾之后的东西。第五种读者值得赞赏。如何对卡尔维诺的这本小说做开放的阅读，小说每个开头句下边可能包括十个其他故事，小说结尾的话之后还有更多的故事②。读者在世界之书中阅读，进行阐释模式对话，形成阐释的迷宫。

《寒冬夜行人》演示，小说如何生产，读者如何阅读，世界如何处理，作者如何写作③。与卡尔维诺不同的是，艾柯要详细演示不同的读者采取的不同阅读路数和步骤。从艾柯的基本信念出发，文本是读者进行阐释的出发点和据守的阵地，作品就是"作者下意识动机的证据"④，即"在作者未达到的意图和读者值得商榷的意图之间，存在着透明的文本意图，来驳

---

① Ed Block, Jr. , "The Role of the Reader", *Contemporary Literature* 23.1 （1982）: 97 – 99, p. 97.

② Martin Mclaughlin, *Italo Calvino*, Edinburg: Edinburg UP, 1998, p. 123.

③ Albert Howard Carter, Ⅲ, *Italo Calvino: Metamorphoses of Fantasy*, Ann Arbor: UMI Research Press, 1987, p. 126.

④ Umberto Eco, "Reading My Readers", *MLN* 107.5 （1992）: 819 – 827, p. 820.

斥不着边际的阐释"①。艾柯在《读者的作用》《〈玫瑰的名字〉后记》《解读我的读者》《悠游小说林》《一个年轻小说家的告白》等著作和文章中反复强调他的文本就是产生阐释的机器②,读者的解读让这部懒惰的机器运转起来。艾柯否决了作者的阐释权,因为"叙述人不应该阐释自己的作品;否则他本不应该写小说"③。他把叙事文本比喻成"林地",用博尔赫斯暗喻来说,"林地是小径交叉的花园"④。文本非常复杂,读者穿越了叙事林地,故事就完成了。艾柯对作品的生产提出了新的见解,作者完成作品的创造不等于作品完全生产出来了;只有读者对作品加以阅读和解读,作品才真正有了活力,才得以存在。

读者的阐释千差万别,但万变不离其宗,文本对阐释设定了判断标准和限制,"在文本创造的神秘历史及其对未来解读难以控制的漂移之间,作为文本的文本仍然代表这令人安慰的在场,我们可以紧抓的东西"⑤。文本就是阐释的据点和限制,"文本在此,产生自己的效果"⑥。而文本的制作者——作者不再参与阐释,作者一旦完成了写作,就应该退场。艾柯在《解读我的读者》中,认为作者对读者的严肃批评理应采取沉默和尊敬的姿态,清也浊也,作品自有定论。读者根据理解做了阐释,作者如果出面加以否定,在他人看来,这样一搅合等于肯定了读者的疑问⑦。

但是,艾柯同时又指出,虽然尊重读者是必须的,但是创作者是自己

---

① Umberto Eco, *Confessions of a Young Novelist*, Cambridge, Mass. : Harvard UP, 2011, p. 59.

② See Umberto Eco, *Postscript to the Name of the Rose*, Trans. William Weaver, NY: Harcourt Brace Jovanovich Publishers, 1984, pp. 1 – 2; *Six Walks in the Fictional Woods*, Cambridge, Mass. : Harvard UP, 1994, p. 3; *Confessions of a Young Novelist*, Cambridge, Mass. : Harvard UP, 2011, pp. 28, 35; "Reading My Readers", *MLN* 107. 5 (1992): 819 – 827, p. 820.

③ Umberto Eco, *Postscript to the Name of the Rose*, Trans. William Weaver, NY: Harcourt Brace Jovanovich Publishers, 1984, pp. 1 – 2.

④ Umberto Eco, *Confessions of a Young Novelist*, Cambridge, Mass. : Harvard UP, 2011, p. 6.

⑤ Ibid. , p. 68.

⑥ Umberto Eco, *Postscript to the Name of the Rose*, Trans. William Weaver, NY: Harcourt Brace Jovanovich Publishers, 1984, p. 7.

⑦ Umberto Eco, "Reading My Readers", *MLN* 107. 5 (1992): 819 – 827, p. 820.

作品的理性读者,有权挑战牵强附会的阐释①。事实上,艾柯经常违规,对他的评论文章进行批判,《玫瑰的名字》标题引发的一连串注解引起过他的愤慨。但他明白,文本生产出来之后,经验作者必须保持沉默,因为他可能并没有读者知道得多或者聪明得多。对于读者的提问,艾柯有两种态度:对于严肃的提问,静默不语;而对于愚蠢的提问,则回以愚蠢的笑话。文本自有解答,读者自己去寻找。

二 文本中的模范读者

艾柯在阐述他的读者范畴时,提出了理想读者的一个具体模型——"模范读者"。事实上,他的"模范读者"是符号学上的范畴,"目的不是要损害符号文本理论的基本假设,而是打破交流模式的僵化决定论,在符号框架内容纳文学交流的具体特征"②。文学交流符号理论,承认读者的积极作用,又肯定文本及其代码对读者阐释的控制。

艾柯在《悠游小说林》首先区分了故事的经验读者和模范读者:经验读者指阅读文本的任何人,他们用各种方式毫无规则地进行阅读,文本沦为他们情感的容器;模范读者则是作者创作过程中预见的理想类型,是叙事文本的旁观者和合作者,他紧跟故事③。但是,经验读者和模范读者的界限并不是一成不变的。转化的前提是,经验读者必须发现文本对模范作者的要求。以《玫瑰的名字》为例,在故事向大众呈现的开放的、复杂的可能世界的背后,隐含着模范作者对有百科全书能力、通晓理论和文学议题的"模范读者"的深切关注。在《玫瑰的名字》2006 年英文版前言中,艾柯披露该小说在发表时,出版社编辑要求他删掉前 100 页文字。艾柯不缩减,他知道阅读过这 100 页的读者知道阅读的路径④。编辑还要求删掉

---

① Umberto Eco, *Confessions of a Young Novelist*, Cambridge, Mass.: Harvard UP, 2011, p. 5.

② Lubomír Dolezel, "Eco and His Model Reader", *Poetics Today* 1. 4 (1980): 181 – 188, p. 182.

③ Umberto Eco, *Six Walks in the Fictional Woods*, Cambridge, Mass.: Harvard UP, 1994, pp. 8 – 9, 27.

④ Umberto Eco, *The Name of the Rose* (3rd ed.), Trans. William Weaver, NY: Everyman's Library, 2006, p. xiv.

他附在小说中的图画，艾柯以同样的理由加以拒绝。小说中的威廉是模范读者的化身，文本的副文本手段也向读者暗示阅读方向，让读者明白这是"以高雅方式讲话的知识分子的故事"[①]；小说结尾句"昨日玫瑰已消逝，此地空余玫瑰名"[②] 向读者发出重读邀请，让第二层次读者回顾本书的叙事安排，领悟百科全书迷宫结构。

　　模范读者是模范作者设计出来的。"文本是为生产其模范读者而构想出来的工具"[③]，来预设一个具有无限推测能力的模范读者。经验主义读者只是一个演员，扮演作品设定的那类模范读者。模范读者要主动揣摩模范作者在文本中流露的意图。模范作者在创作过程中，便对作品的读者类型作了预测，两种层次的阅读产生两类读者：语义读者、批评的或者审美的读者。文本往往建构两种模范读者：第一个层次的语义读者只想知道故事的结局；第二个层次的符号的或审美的读者，会自问特定的故事要求他成为什么类型的读者，想知道文本背后的模范作者下一步要做什么。换言之，第一层次读者想知道发生了什么事，第二层次想知道发生的事情是如何加以叙述的。第二层次批评式阅读决定文本是否有两层或者两层以上的意义，是否值得寻找寓意，故事是否也谈论了读者，这些不同意义是用稳定而和谐的形式混合一起的，还是断裂游离的[④]。艾柯在意大利语版《玫瑰的名字》第一版封面批注出读者三种可能的阅读方式：阅读情节，包括经院辩论和哲学对话；把辩论与现实扯上关系；发现这个文本编织了许多其他文本，而去追根求源。倘若要读通读透，三种方法必须一起上阵。第二种读者指的是意大利本土读者，他们认为《玫瑰的名字》描绘20世纪六七十年代混乱的政治思想气候。乌托邦分子、无政府分子、暴力分子脱离方济各教会，各自为政。雷米吉奥打着贫穷的旗号，过着半人半匪的生活，藐视教堂和国家，由是遭到伯纳贵的宗教审判，理由是方济各会对贫

①　Umberto Eco, *Confessions of a Young Novelist*, Cambridge, Mass. : Harvard UP, 2011, p. 23.

②　Umberto Eco, *The Name of the Rose*, Trans. William Weaver, London：Vintage, 2004, p. 502.

③　Umberto Eco, "Reading My Readers", *MLN* 107. 5 (1992)：819 - 827, p. 821.

④　Umberto Eco, "Intertextual Irony and Levels of Reading", *On Literature*, Trans. Martin McLaughlin, NY：Harcourt, Inc. , 2004, pp. 221 - 223, 225.

穷的崇拜导致异端、憎恨和折磨①。

艾柯以爱伦·坡作品为例,图示了经验作者、模范作者和叙述人的关系,副文本手段暗示这些关系的多层次化和复杂化;同时图示《西尔薇》中作为文本策略的模范作者对模范读者的建构,要求读者厘清这一切叙述关系。艾柯把叙事文比喻成林地,有两种方法可以穿越林地:第一种是尝试一种或几种路线尽快走出去;第二种是漫步,摸清林子的模样,哪些路径可行,哪些行不通。阅读叙事文本亦然②。艾柯认为,阿加莎·克里斯蒂的《罗杰·艾克罗伊德谋杀案》中的模范作者呼唤第二层次读者合作,其叙述人就是凶手,在叙事中有歧义的人物将模范作者的意图表现出来。艾柯的模范读者是作者的同谋,在阅读游戏的过程中成为"文本的猎物"③。艾柯这一读者提法旨在为作品找到知音。

如何才能成为第二层次模范读者?帕逊斯(Kathryn Parsons)在《回转:翁伯托·艾柯》一文中回顾艾柯 1993 年春来哈佛大学做诺顿诗歌讲座教授经历,提到艾柯寻找能辨认出"地毯上的图案"的"第二层次读者"④。在艾柯看来,第一步,读者要理顺叙述人打乱的事件顺序,弄清故事的来龙去脉。第二步,经验读者要发现和理解模范作者需要他做什么,才能成为名副其实的模范读者。模范作者在叙述话语中设定了模范读者类型,并做了示范。而许多文学理论认为,模范作者的声音在故事和情节中是隐约可以听见的。模范读者的一切信息由文本设计出来⑤。推理漫步是徘徊或者放慢的技巧之一,这在《读者的作用》中有交代。读者还可以根据生活经验和对其他故事的了解,进行林子外的想象漫步,预测故事

① Umberto Eco, *The Name of the Rose* (3rd ed.), Trans. William Weaver, NY: Everyman's Library, 2006, pp. xiv – xviii.

② Umberto Eco, *Six Walks in the Fictional Woods*, Cambridge, Mass.: Harvard UP, 1994, pp. 8 – 9, 27.

③ Umberto Eco, *Postscript to the Name of the Rose*, Trans. William Weaver, NY: Harcourt Brace Jovanovich Publishers, 1984, p. 50.

④ Kathryn Parsons, "Cornering: Umberto Eco", *Harvard Review* 4 (1993): 21 – 24, p. 24.

⑤ Umberto Eco, *Six Walks in the Fictional Woods*, Cambridge, Mass.: Harvard UP, 1994, pp. 32, 27, 93.

的走向。

换言之，文本的读者最佳人选在创作时就已拟定，文本为读者预设某种格式的百科全书，比如，乔伊斯的《芬尼根守灵夜》预见、要求并需要模范读者有无限的百科全书能力，甚至要求比经验作者乔伊斯还要高级的读者做出作者没有想象过的阅读发现，比如引经据典和语义联结。在故事中，作者在给出的信息里面发出了一套阅读指令①。艾柯认为，作者自己是"模范读者"，可以拒绝看起来不着边际的阐释②。作者在写作时，就想到了读者；作品完成后，文本和读者的对话建立起来。作品在写作过程中，就存在双重对话：文本和前面写好的文本的对话；作者和模范读者的对话③。

艾柯的读者类型基本上和文本的开放/封闭类型相关。在《读者的作用》导言中，艾柯把阅读如何产生文本、模范读者、文本层次、线性文本表现和话语环境、括号里的延伸、话语结构、叙述结构、深层结构八个过程画了一个流程图，从总体上阐述了文本阐释过程赖以产生的文本开放性和封闭性的审美辩证关系。文本的存在需要读者的合作，而为了使文本沿着发送者－语境－受述者路径产生交流，作者必须假定他依赖的代码集合是和可能读者共享的。因此作者不得不预想可能的模范读者类型，条件是他的阐释表达和作者生产文本时采取了一致方式。每种类型的文本通过三种方式的选择，从总体上筛选可能的模范读者："一、选择特定语言代码；二、选择某种文学风格；三、选择专业化指数。"④ 许多文本暗地预设特定的百科全书能力，比如乔伊斯意识流小说《尤利西斯》有大量的典故和暗喻，《玫瑰的名字》有大量的仿拟和互文，明显需要博学多识的模范读者

① Umberto Eco, *Six Walks in the Fictional Woods*, Cambridge, Mass. : Harvard UP, 1994, pp. 109 – 110, 116.

② Umberto Eco, *Confessions of a Young Novelist*, Cambridge, Mass. : Harvard UP, 2011, p. 53.

③ Umberto Eco, *Postscript to the Name of the Rose*, Trans. William Weaver, NY : Harcourt Brace Jovanovich Publishers, 1984, p. 147.

④ Umberto Eco, *The Role of the Reader: Explorations in the Semiotics of Texts*, Bloomington and London: Indiana UP, 1979, p. 7.

的合作。

在谈到封闭文本的模范读者时,艾柯意识到文本阐释所依据的代码背景与作者意图常常出现偏差。有些文本原本想引起经验性读者的准确反映,结果读者给出各种各样反常的解码。他把这种不恰当地对各种可能的阐释敞开的文本称为封闭文本,例如邦德系列小说缺乏可比的社会心理证据,在思想层面导致最难以预料的阐释。又如,霍桑的短篇小说《罗杰·麦尔文的葬礼》(Roger Malvin's Funeral)主人公战乱逃亡途中向垂死老战士立誓以后回来安葬他,但他没有履行诺言,最后在森林杀死儿子作替罪羊。我国读者如果缺乏《圣经》知识,会把这一赎罪行为当成是误杀。

在论及开放文本的模范读者时,艾柯强调一个开放文本不论有多开放,不能想怎样阐释就怎样阐释①。以乔伊斯的《芬尼根守灵夜》为例,作者可以预见有一个受到失眠症影响的理想读者存在,并能够掌握文本中不同代码,处理众多议题组成的迷宫。在这里,处理文本的迷宫结构比之于处理其他各种议题更加重要,找到进出迷宫的路径也就找到了文本话语结构的布局,即文本开放的意义机制和形式机制。

关于文本思想结构,其轮廓不仅由读者的思想偏见控制,而且给定的思想背景有助于发现或者忽略文本的思想结构。这里,思想系统是超代码,可以应用到其他系统。但是思想偏见也是代码转换器,引导一个人根据异常代码来阅读给定文本。思想偏见将批评式读者引入歧途,他将文本未说过的却说了,文本说了的却未说出来。这是过度阐释情形,从阐释者的思想亚代码运动到读者的亚代码,甚至最封闭的文本也被外科手术强行补刀而开放②。过度阐释会让虚构变成文献,天真幻想变成哲学表达。实际上,有时文本要求读者方面进行思想上合作,而有时文本拒绝读者有任何思想投入。"过度阐释"这一术语是艾柯发明的,对阐释的合法与非法

---

① Umberto Eco, *The Role of the Reader*: *Explorations in the Semiotics of Texts*, Bloomington and London: Indiana UP, 1979, p. 9.

② Ibid., p. 22.

性作了度或者界限上的区分。

关于文本意义,艾柯分析了文本的嵌入主题,他们有各种单义,但故事一般有两个主题:一个为天真读者,一个为批评读者,前一个主题是显而易见的,后一个主题需要读者侦查到决定文本形式策略的核心字眼①。换言之,故事有表层结构和深层结构双重结构。读者对文本主题的试推帮助他选择合适的框架,把各种显性或者隐性的意义融会贯通,把单义确定下来;然后根据阐释重构出线性文本,安排文本的话语结构。

关于叙述结构,模范读者是借助互文框架来预测的。为了确定互文框架,读者必须漫游到文本之外收集互文支持。这些阐释运动称为推理漫步,这种推理活动不是读者突发奇想,而是建构故事必不可少的组成部分,由话语结构引发和整个文本策略所预见②。读者套用在其他文本中用过的宏观假设,来对文本进行解读,也是构成故事的另一个方式。

在深层结构上,读者必须核实他对故事的预测是否合适,以面对文本的世界结构。他必须认识到文本接受和提到的什么事情是符合事实的,对故事的读者和人物来说什么应该是假定的和不真实的。因而读者需要把这些世界结构进行相互对比,来接受文本建构的事实。但同时,读者还要把文本世界和他眼中的真实世界进行对照,把他悬而未决的看法去括号化,承认故事之真③。在无限衍义的宇宙中,一切可以变得开放或者封闭。模范读者根据百科全书上的代码和亚代码系统可以把文本结构搭建起来,而要重构具体文本,唯有通过读者的合作行为,才能减少语义空间。

1980 年,艾柯在博洛尼亚大学研究符号学,在耶鲁大学讲授文学。同年秋天,他在《今日诗学》雅各布逊研究专栏发表《文本阐释的两个问题》,对他 1979 年在《读者的作用》和《故事中的读者》中提出的叙事文

----

① Umberto Eco, *The Role of the Reader: Explorations in the Semiotics of Texts*, Bloomington and London: Indiana UP, 1979, p. 26.

② Ibid., p. 32.

③ Ibid., p. 37.

本阐释理论作进一步阐发。艾柯当时的研究兴趣在"阐释叙事层面和外延推理",即对故事和可能世界的研究上。他所谓的文本阐释的两个问题,一是同位素(isotopies);二是"深层组织结构的内涵方面阐释的一些问题"①。艾柯借用格雷马斯的话,把同位素界定为"能连贯解读故事多层语义的范畴复合体"②,呈现一种伞状语义结构。他精心绘制了语义解读的流程图,在《读者的作用》一书中都也附有这幅图。

这是一个理论模型,在阐释之时并不是照搬照抄。文本的内涵和外延结构是由十个板块组成的流程图:箭头不是单向的,而是双向的,流转的,上下左右互证互参互推的。解释这个流程图很复杂,难以囊括全部信息。笔者大致解读如下。

开始的三个板块是文本的第一个层次,即表达的内容。它指的是内在的代码、亚代码与外部的话语环境共同构成的线性文本表达。一方面,代码和符号指文本所采用的基本词典、互参原则、语境和情境的选择、修辞和风格的超符码化、普通框架和互文框架、思想的超符码化。文本固有的这些符码是客观存在,读者解读时要求尽可能贴近原文,避免篡改。另一方面,话语环境是关于信息发送者、时间和社会环境和言语行为性质等做的假设,属于具有推理性质的可能世界。

在文本的基础之上,内涵的构成因素从下往上的关系是,从话语结构可对叙事结构加以分析,在叙事分析的基础上发现行动元(actant)结构,然后剥离出基本思想结构;自上而下也可以进行反向推理。在文本内容的基础上加以推导,可以在外延方面自下而上做三个层次的追问:话语结构所呈示的单个小主题、框架的演绎、放大和麻痹的特征,展示语义和同位素;根据话语结构,第一次提及某一个可能世界,这是所谓括号化的外延。接着,叙事结构揭示故事的宏观命题,包括主题、动机和叙事的诸多功能;根据叙事结构,做一番预见和推理漫步,追问时间连续体和故事呈

---

① Umberto Eco, "Two Problems in Textual Interpretation", *Poetics Today* 2. 1a (1980):145 – 161, p. 145.

② Ibid. , p. 146.

现的世界状态、可能性断裂及其推理的深层意义何在。然后,行动元结构显示行动者角色现实的行动元角色;根据故事的行动元结构和基本思想结构,推理出世界结构,世界的布局,所赋予的真理价值,进入多种世界的可能性,对假设态度的认可。反之亦然。

同位素是涵盖各种各样现象的伞形结构。艾柯的同位素伞形结构显示多样化中掩藏着某种统一性。即使文本有多种可能的阐释,同位素是其语义特征。虽然现在看来用同位素解释阐释的步骤显得刻板,但却不无道理。毕竟这种结构主义符号学方法对阅读叙事文本的过程做了详解,严肃地回答了如下问题:该用什么方法,在文本的哪个层面,读出什么样的具体信息?这是为理解文本设置的限制,也是为模范读者划定的阅读路线。阐释者在准确理解文本的基础之上,才能获得阐释的自由。贴近文本,参透语义,展开评价和批评。行动元结构展示的是无意识结构①。

三　读者和文本的合作

艾柯不是教条化地依赖某种认知论或模式,而是一如既往地发展他的接受理论和阐释理论,注重理论的系统性和准确性。在他把读者纳入文本策略时,就提出了模范读者的构想,要求模范读者采取和作者共谋、和文本合作的方式,对文本进行理解和阐释,以此重构和占有文本。

艾柯《开放的作品》主张让阐释在无限和有限之间进行,百科全书作为调控的标杆。原来的批评家和破解符码的作者,现在变成了符码设置者,让读者在寻找定义和真理时合作和服从,但是读者可能发现不了符码或者做出有争议的解读。艾柯在《读者的作用》中将语言、思想和阅读主体放在完全不同的位置上。对于文本的歧义,巴特和克里斯蒂娃建议把语言和身体考虑进去,而艾柯把歧义也当成是文本策略,目的是让读者参与意义的建构。他强调歧义是文本信息的一个层面,解读发生偏离、改变既

---

① Umberto Eco, "Two Problems in Textual Interpretation", *Poetics Today* 2.1a (1980): 145 - 161, pp.153, 158.

定范式或者代码是自然的。德·罗瑞提斯称，艾柯的符号视野消解了心理、身体、本能、欲望这些因素及其呈现①。在艾柯的符号框架下的文本阐释，模范读者识别文本中设置的符码限制，根据相关的文化百科全书来试推，进行无限衍义。

艾柯在 1962 年的《开放的作品》中就提倡给读者自由，读者、观众和旁观者参与的自由。"然而，在阅读自由和作品限制之间存在辩证关系。许多人夸大读者阅读自由，忘记这是相对于阅读客体而言的。不是文本的权利，而是文本的权利和读者的权利之间的辩证法。"② 艾柯强调作品引发的开放性解读活动，而大多数读者却把注意力放在开放类型的文本上。小说林地不是荒芜不毛的沙漠，而是纵横交错的树林；在尊重林子地形的前提之下，有许多路可以走进去。艾柯对《贝里公爵豪华时祷书》的多种阐释方式证明了这一点。该书有 12 个月袖珍画。艾柯在二十岁出头时曾经误读过，看重其装饰性，后来对这一手写本的其他阅读路径进行了思考。走文献路径，可以了解当时社会生活状况；从少有的古怪图像入手，可以满足好奇心；还可以把书当成不完整、不协调的书，当成肖像学或者百科全书来看③。本书的特殊性在于，"它是一部开放的作品，能够激发人们千万种不同的想象途径。读者随意翻开它，选择自己的一个切入点，然后自己就在那'乐园'中探寻、漫游吧"④。而具象艺术或者文字作品有指涉功能，叙述一个真实或者想象的世界。

在美学层面上，虽然读者对形式的阐释是无限多样的，但是同时不应该忽视，文本，不论是文字的、具象的、建筑的，都为阐释设定了限制。在一般符号理论上，文本不是孤立存在的，它依赖读者和文本的相互作用，甚至文本和出现的其他文本的交互作用。交互过程产生互文性

① See Carlo Chiarenza, Review Umberto Eco by Teresa De Lauretis, *Substance* 11/12, 11.4 – 12.1 (1982/1983)：215 – 217.

② Kathryn Parsons, "Cornering：Umberto Eco", *Harvard Review* 4 (1993)：21 – 24, p.23.

③ ［意］翁贝托·艾柯：《植物的记忆与藏书乐》，王健全译，译林出版社 2014 年版，第 87—92 页。

④ 同上书，第 92 页。

观念①。阐释是有度的开放：在文本的固定的意义和无限的意义两极之间，符号产生的意义在漂移。漫步小说林，可以逃避在真实世界说真话的焦虑，得到心灵的慰藉。虽然阅读小说好比孩童游戏，小孩在游戏中生活和成长，但是小说读者需要为过去、现在或将来数不清的事情赋予意义，利用才智来训练洞察世界、重构过去和呈现现在的能力②。

诚然，文学作品鼓励阐释自由，允许读者对文本中的话语进行多层次阅读，把语言的歧义性及其反映出的真实生活的歧义性发掘出来。艾柯提醒读者，虽然他们可以对书中的观点做出不同的理解，但是对书中的定论却需谨慎对待。比如"安娜·卡列尼娜自杀了"是永恒的真理，读者无可辩驳；对耶稣是上帝之子或者在历史上存在持否定态度的读者，是值得尊重的；宣称哈姆雷特和奥菲利娅结婚的人，却不值得尊敬③。这三个例子，阐明恰当阐释和过度阐释的界限，文本的阐释和思想的阐释的界限。正如艾柯在《无限的清单》所言，"形式有如封印"④，意义就在这场景之内。但是，思想观念是可以接受挑战的。

《阐释的界限》（1990）将作者意图、读者意图和文本意图作了区分。艾柯在《解读我的读者》（1992）中强调，文本是为生产其理想读者而构设的工具，生产对它的挑战做出反应的读者；要证明文本意图，唯一方法是把文本作为连贯的整体来审视⑤。艾柯在《一个年轻小说家的自白》中分析文本意图的重要性，因为"认识到文本意图意味着认识到了符号策略"⑥。《阐释的界限》把阐释的自由和不自由做了规定：可以让故意产生歧义的文本说许多事，但不能、不应该让文本说它本来没有打算说的事。

---

① Elizabeth Dipple, *The Unresolvable Plot*: *Reading Contemporary Fiction*, NY and London: Routledge, 1988, p. 119.

② Umberto Eco, *Six Walks in the Fictional Woods*, Cambridge, Mass.: Harvard UP, 1994, pp. 87, 131.

③ Umberto Eco, "On Some Functions of Literature", *On Literature*, Trans. Martin McLaughlin, NY: Harcourt, Inc., 2004, p. 5.

④ ［意］翁贝托·艾柯：《无限的清单》，彭淮栋译，中央编译出版社2013年版，第12页。

⑤ See Umberto Eco, "Reading My Readers", *MLN* 107.5 (1992): 819–827.

⑥ Umberto Eco, *Confessions of a Young Novelist*, Cambridge, Mass.: Harvard UP, 2011, p. 39.

这种阐释观并不否定或者抵触《开放的作品》中的理论,而是明确地指出无限制的互文解读和过度阐释的危险。艾柯指出,在过去几十年间,阐释者的权利强调过甚了。虽然说阐释无限,但仍有标准可依。如果阐释是无限的,那么"话语的宇宙本身的运作限制了百科全书的规模"①。

虽然读者被提升到了阐释理论的核心位置,但是读者的阅读和文本的意图是否趋于一致,理论界还是持怀疑态度的。当代阐释理论称唯一可靠的文本解读就是误读,只有引发连锁反应,作品才得以存在;托多罗夫暗示,文本只不过是野炊,"作者书写文字,读者赋予意义"②。哪一种阐释最合法?艾柯的回答是读者探明文本发出的合作信息:"在阐释完全由作者意图决定的理论和阐释完全由阐释者的意志决定的理论之间,无疑还有第三条路径。阐释合作是一种行为,在这一过程中,文本的读者在恰当的百科全书能力基础之上,通过连续的试推,提出多种主题、多种解读方法和连贯性的假设;但是,在某种程度上,他的这种阐释主动性由文本的性质决定。"③

多元意义是文本设置的一种现象。即使作者当时没有考虑过鼓励读者在多层面上进行阅读,读者也可以根据其百科全书能力的大小来做不同层次的解读。艾柯把两个层次阅读比作两层楼的宴会:第二层楼锅中没吃完的食物也分给第一层楼的客人。第一楼的天真读者认为宴会只在这里举行,不知道别人享受到的更多。现代作品用雅俗双重代码制造互文反讽,为世俗化的读者和不再追求文本精神指向的读者提供了互文第二义,这种意义是水平的、迷宫式的、回旋的和无尽的。从文本到文本,只有连续不断的互文低徊④。

---

① Umberto Eco, "Two Problems in Textual Interpretation", *Poetics Today* 2. 1a (1980): 145 –161, p. 154.

② Umberto Eco, "Reading My Readers", *MLN* 107. 5 (1992): 819 – 827, p. 821.

③ Umberto Eco, "Two Problems in Textual Interpretation", *Poetics Today* 2. 1a (1980): 145 –161, p. 154.

④ Umberto Eco, "Intertextual Irony and Levels of Reading", *On Literature*, Trans. Martin McLaughlin, NY: Harcourt, Inc. , 2004, pp. 234 – 235.

　　对文本是阐释还是使用，这决定两类读者。区分自由使用文本和阐释开放的文本，是巴特所谓"文本的欢愉"的分水岭。阐释牵涉到作者的策略和模范读者反应的辩证关系。随意的、反常的利用文本进行审美活动不是没有可能，有时甚至会有创造性。博尔赫斯的《皮埃尔·马拉德，〈堂吉诃德〉的作者》就是不可多得的例子①。言外之意，解读文本时，要对作者承载的文化传统、文本的阐释历史做一番了解。艾柯感叹，解读行为是读者了解世界的能力和文本设定的能力之间"困难的交易"②。

　　读者的合作受限于文本本身的连贯性和整体性，而断章取义的片面阐释会加以破坏。什么是"连贯的整体"？艾柯借用圣奥古斯丁的观点作答，"对文本某部分的阐释如果被同一文本的另外部分所证实，是可以接受的；若受到挑战，则一定要被拒绝。在这一意义上，文本的内部连贯性对读者失控的动机加以控制"③。有时候，作者也是文本理论家。这时，作者对读者的阐释会以两种不同方式回应。"我没打算这样说，但我必须同意，文本说过，我感谢读者让我知道这一点。"或者，"这不是事实，我没有说过，我认为理智的读者不会接受这样的阐释，因为这不经济"④。艾柯的前提是，阐释行为要靠读者愿意和文本潜在的信息合作。读者提出信息话语结构的假设，在解码过程中根据文本和历史语境决定是有效还是无效，合法还是误读⑤。

　　有时候，艾柯对评论者的态度像老师，点名批评误读者，同时表扬解读合法者。批评玛丽亚·波拿巴（Maria Bonaparte）1949 年对艾伦·坡作品中病态人物所做的心理分析与作品无关，属于不合法的批评。她对坡诗歌的分析和坡自传交织在一起，把文本证据和作者私生活混为一团。她所

　　① Umberto Eco, "Two Problems in Textual Interpretation", *Poetics Today* 2. 1a (1980): 145 – 161, p. 154.
　　② Umberto Eco, "Reading My Readers", *MLN* 107. 5 (1992): 819 – 827, p. 822.
　　③ Umberto Eco, *Confessions of a Young Novelist*, Cambridge, Mass.: Harvard UP, 2011, p. 38.
　　④ Ibid. , p. 48.
　　⑤ Norma Bouchard and Veronica Pravadelli, eds. , *Umberto Eco's Alternative: The Politics of Culture and Ambiguities of Interpretation*, NY: Peter Lang Publishing, Inc. , 1998, pp. 11 – 12.

用事实资料取材于作者生活、儿时对病母的记忆和其他文本,文本之外的母亲形象被生硬扯进文本框架之中。这些跟该文本的模范作者不存在关联,这种阐释等于医学诊断。艾柯谈到另一位批评家德里达,在讨论坡的《一封被窃的信》时,针对的也是文本无意识层面的话语,但分析是合法的。德里达撇开信的性质和杜潘这类侦探小说元素,主要揭示文本结构,欲用人物的立场追问坡的无意识而不是作者意图,把故事分析推进到行动元结构。艾柯用这些例子论证,指向文本合作姿态的批评和为其他目的而利用文本是不同的①。

有时候,艾柯对评论者的态度像法官。在《解读我的读者》中,他点名批判了五位评论者对他《玫瑰的名字》进行断章取义、武断推理的过度阐释,来捍卫他把作品当成连贯的整体来阐释的原则。其中,他不认同阿蒂吉安尼(Artigiani)对他小说中的插图的批评、科莱蒂说他小说抹去性别、鲁比诺(Rubino)对书中猪的解读、文本自反游戏和贝隆(Veron)建构模范读者的策略。他指出这些其实是孤立的解读,但是这些读者却自认为是"模范读者"。艾柯在写小说之时,便对模范读者做了思考和寻找,而这些读者的解读证明他们不是②。正所谓"当理论家艾柯变成小说家艾柯时,在某种程度上,他对小说的阐释已提前写好"③。

以往,对于读者如何分析文本,没有提出过具体的标准和操作流程。艾柯作为现代文化的真正代表,勇敢地在学术前沿冒险。模范读者究竟有什么作用?他在分析封闭文本时提及比较多。"当阅读苏、西格尔或者弗莱明时,模范读者不得不拜倒在他们文本散发的伪魅力之下,而没有意识到被操纵。相比之下,'老到的'读者(特别是批评家或分析者)通过揭开反复出现的图式、修辞手法、媚俗风格和思想'信息'而展示这种操纵的方法和目标。我们就开始意识到模范读者的概念事实上是修辞格,来描

---

① Umberto Eco, "Two Problems in Textual Interpretation", *Poetics Today* 2.1a (1980): 145 – 161, pp. 159 – 161.

② Umberto Eco, "Reading My Readers", *MLN* 107.5 (1992): 819 – 827, p. 822.

③ Leo Corry and Renato Giovanoli, "Jorge Borges, Author of *the Name of the Rose*", *Poetics Today* 13.3 (1992): 425 – 445, p. 426.

绘作为陷阱的文本的，即区分文本似乎（或'假装'）是什么和实际上是什么。"① 对于俗文学作品的两类模范读者，第一层次的读者被故事情节吸引，第二层次的关注叙事形式。可见，艾柯眼中的模范读者擅长于在字里行间捕捉模范作者设置在情节之外的其他重要信号。

在叙事理论界，艾柯向来关注读者在阐释作品中的作用。虽然他坚称读者有阐释文本的权利，但他对阐释的标准和度却是忧心忡忡。"作者禁止阐释。但是他可以告知他为何和如何写作他的书。在理解作品时激活的一些所谓诗学文本并不总是有用的，但它们有助于理解如何解决文本生产中的技术问题。"② 作为作者，他忍耐不住还是要对他的读者评论发言批判，于是便有了《〈玫瑰的名字〉后记》和《解读我的读者》。由此可见，艾柯对于批评的态度是自相矛盾的，他言必称作者不能阐释自己的作品，而实际上他常常自觉不自觉地自评作品。他开始时极力倡导以读者为中心，把作品交给它的命运的决定者 – 读者来阅读，让读者拥有阐释的自由；但当这种自由超过了某种限度时，就像《玫瑰的名字》评释上发生的情形一样，他又夺回了作者对作品的控制权和话语权。这说明作者意图、文本意图和读者意图是相互牵制的，开放作品的阐释是自由的，但不是没有限制的。学界向来有作者不评论自己作品的惯例，巴特等一干理论家坚守作品完成了，作者已死。艾柯常常盲视这条戒令，作者自己发声，对世界各国读者的误读毫不客气地加以纠偏，由是把读者的范围扩容，在国际文坛留下了不少热闹好看的论辩场景。如果将作者看成读者中的一员，这也是无可厚非的。在很大程度上，艾柯自评作品可以视为在演示和继续阐发他的阐释理论。

在艾柯看来，一千年以前，伟大的中世纪简编制定的传统秩序崩溃，引起混乱，当代艺术必须为公众处理、解决这一问题。阿奎那编码的世界秩序崩溃，现代艺术不能把宇宙当成清楚、有序的等级加以反映。艾柯的

---

① Lubomír Dolezel, "Eco and His Model Reader", *Poetics Today* 1. 4 (1980): 181 – 188, p. 186.

② Umberto Eco, *Postscript to the Name of the Rose*, Trans. William Weaver, NY: Harcourt Brace Jovanovich Publishers, 1984, p. 8.

"模范读者"诗学顺应时代的发展,模范读者不需要屈从作者的权威,而可以创造出反映自己希望和欲望的"模范作者",写出自己的文本,把作者影响作品阅读方式的决定性效果加以抵消。艾柯的模范读者是阐释性的和诗性的。《玫瑰的名字》用孔德哲学阐明中世纪晚期神学辩论,唤起大量经典的、不为人知的文本。艾柯小说的模范读者,不仅要考虑作者的艺术家、知识分子、学者这些活跃的个性,还要考虑其小说、文化、道德和历史语境。艾柯作品是阳春白雪,但曲高并不和寡。文人雅士的阅读,要建立在时代和政治文化语境之上,来重构经验作者艺术个性和历史个性。模范作者是在寻求文本生产的时间、地点和条件的过程中,从文本中慢慢领悟出来这些的①。

艾柯的读者理论反映了一种去民主化和精英化的趋势,创作不再是少数精英的特权,有创造性的个人都可以参与进来。也就是说,"文学交流图式中的'理想'读者不必写作和生产文学文本,其阅读和阐释便可以'占用'现存文本。尽管他并非黑塞、卡夫卡甚至狄更斯,但是他可以创造自己的黑塞、卡夫卡或者狄更斯,来满足他的创作理想。以读者为中心的文学批评以真正的新浪漫主义精神,不轻易浸染反对纯主观主义和随意武断,可以再一次挑战文学文本的首要性"②。言外之意,读者是文学交际中最重要的环节,是作品存在的唯一前提,他们对作品的理解和阐释给作品生命。艾柯打比方说,人如若为自己而写,唯一能做就是填写购物单,购买物件后就会毁掉,再无可利用价值。如果明天银河系毁灭了,世界上不存在读者了,他今天还会写作下去吗?他有两种对立的回答:不会写,因为无人阅读;会写,只因他心怀一线希望,希望还有某种星球幸存,将来会有人解码他的符号③。

① Joseph Francese, *Socially Symbolic Acts: The Historicizing Fictions of Umberto Eco, Vincenzo Consolo, and Antonio Tabucchi*, Madison: Fairleigh Dickinson UP, 2006, pp. 39 – 50.

② Lubomír Dolezel, "Eco and His Model Reader", *Poetics Today* 1.4 (1980): 181 – 188, pp. 181 – 182.

③ Umberto Eco, "How I Write", *On Literature*, Trans. Martin McLaughlin, NY: Harcourt, Inc., 2004, p. 334.

令人担忧的是,文学批评是否会落到不懂行的门外汉手中呢?于是艾柯打出了"模范读者"的王牌,要求读者克服认知论上的局限。艾柯在《符号学理论》中认识到了这种局限。意义是由代码决定的,接受者在意义生成的过程中不可或缺。《读者的作用》在原则上维护符号地位。把读者概念从心理学内容上剥离开来,只视为文本策略。对于符号学大师艾柯而言,符号的重要性在于,它标志着过渡到现代诗学的后结构主义重要阶段。但是在文学分析上,他还没有放弃前面结构主义符号学的研究思路和成果。

有学者担忧,"将读者(和其他任何实用概念)引入文学理论,潜藏着一个危险,就是冲动地将文学作品的意义和阐释程序相对化"①。艾柯的接受理论对这一可能出现的问题做了预防。读者若共同生产作品的意义,如果没有阐释的标准可以遵循,那么阐释的随意性不可避免,阐释和错误阐释就没法界定。艾柯关注到了读者反应理论中存在的纰漏,在《开放的作品》和以后推出的作品中反复探讨了文本的权利和阐释者权利之间的辩证关系,正式地为阐释立下了标准。根据这个标准,读者便可以分为三六九等,以经验读者为起点,到模范读者结束,中间有第一层次语义读者,第二层次审美读者等等。

在理论和方法论层面上,艾柯的读者范畴丰富了结构主义诗学。一方面,艾柯首创模范读者范畴,可以同时利用双重阐释策略,产生不同的甚至矛盾的阐释。在复杂文本及其明显结构的操纵下,模范读者的阐释在完全不理解到严格理性的解释之间滑动。分析者有高深的形式、语义和语用范畴理论做指导,反抗操纵,揭示文本的真正结构,揭穿欺骗的诗学。在双重阐释视野中,艾柯强化了结构诗学的基本原理,区分了文本使用者和文本理论家两类人。另一方面,艾柯将文本理论和可能世界语义学相联系。艾柯反对直接将形式主义理论变成运作范畴的经验主义研究,而他自

①　Lubomir Dolezel, "The Themata of Eco's Semiotics of Literature", *Reading Eco: An Anthology*, Ed., Rocco Capozzi, Bloomington and Indianapolis: Indiana UP, 1997, p. 114.

己却转换成功。他坚称,文本理论的可能世界不是空荡的,世界是有结构的,是可以加以理解和进行文化建构的①。总之,艾柯的现代开放作品理论将文本的多元性和读者的作用并举,要求"模范读者"具备百科全书能力,走进文本内部的叙事迷宫,在语义阅读和审美批评协作中打开迷宫。他的这些理论阐述堪称迷宫文本研究之路上的里程碑。

第四节　符号链和百科全书语义迷宫

艾柯符号学中,符号链和百科全书语义迷宫理论进一步深化了开放的作品思想,动态地分析了语义开叉和延展的迷宫机制。艾柯追溯树和迷宫的古典拓扑和逻辑模式造成的词典和百科全书两种语义模式的对立,创造性地使用皮尔斯的阐释项、试推法在文化大层面上论述符号的意指和交流,提出符号链和百科全书语义迷宫思想。

艾柯从古希腊哲学家那里找到了分叉和大链条思想渊源。新柏拉图主义者、普罗提诺《九章集》的编纂者波菲利为亚里士多德《范畴》撰写了导言,波伊修斯将其译成拉丁文,成为中世纪哲学教本。在这篇导言中,波菲利把亚里士多德的思想基础表述为一张分叉的树状图。这张图表明,种是靠类和种差(genus differentia)而被定义的,这个过程要一直持续达到最低一级的种。艾柯利用波菲利之树(Porphyrian tree)模式来探讨对语义能力进行百科全书式呈现的可能性,演绎符号性的宇宙"以迷宫格式"运行模式②。

艾柯在《从树到迷宫》一书继续分析到,波菲利受到新柏拉图主义存在的大链条思想的影响,不论形上的树根是什么,树呈现逻辑关系。它有

---

① Lubomir Dolezel, "The Themata of Eco's Semiotics of Literature", *Reading Eco: An Anthology*, Ed., Rocco Capozzi, Bloomington and Indianapolis: Indiana UP, 1997, pp. 186 – 187.

② Umberto Eco, *Semiotics and the Philosophy of Language*, Bloomington: Indiana UP, 1986, pp. 1 – 2.

种属等级,可以细分下去,每一个分叉把上项和下项的关系讲出来。而在构成波菲利所指框架的柏拉图神学里,上帝是周旋的自然力。用现代的观点来看,波菲利之树重差异性,把百科全书特性引入词典结构中。种属之树不论如何建构,都会出现大量的偶然性,形成没有等级秩序的属性之网,内部的张力突破词典的必要界定性特征,制造潜在的无序、无限制的世界知识元素的星群,即百科全书①。百科全书处于知识理论和阐释理论的边界,完成双重理论的使命,使符号衍义成为可能。百科全书告别纯代码的符号学模式,并用调节阐释的框架取而代之。

皮尔斯的符号思想为艾柯提供了开放性的符号基础,阐释项的观点解决了结构、语篇层面上的语义学没能解决的意义组成部分这个问题②。阐释项不只是语言学术语,"狗"的阐释项指一切百科全书、动物学文献、漫画展示的形象,反之亦然。艾柯指出,符号理论分析内容传达的方法是,"在另一符号物质上找到对等物;在同一符号系统里找到对等表达;显示在同一符号内部不同代码之间相互转化的可能性;用更具分析式的界定替代表达;让表达和传统文化与特定代码的感情内涵联系起来(凶猛:狮子)"③。如果脱离可视的、客体的、行为的阐释项,来分析言辞表达,语义分析就不能完成。阐释项的重要性在于,有了它,内容和意义范畴不再抽象难测。

阐释项等同于通过以其他符号形式出现的代码化内容的内涵特征,让内容变得完全可以经受得住检验。特定文化在表形符号(representamens),即像似符、指索符和象征符层面上形成了规约式的相互关联,相互之间互为阐释项。艾柯以罗塞塔石碑(the Rosetta Stone)为例,上面同时刻有三种文字——象形文字、埃及本地文字(Demotic)和希腊文译文。学者以希腊文为中介,破译了埃及文字。利用希腊文阐释埃及,埃及由是变得可以

① Umberto Eco, *From the Tree to the Labyrinth: Historical Studies on the Sign and Interpretation*, Trans. Anthony Oldcorn, Mass.: Cambridge: Harvard UP, 2014, pp. 6 – 7, 18.

② Umberto Eco, *The Role of the Reader: Explorations in the Semiotics of Texts*, Bloomington: Indiana UP, 1979, p. 196.

③ Ibid.

理解。所以,皮尔斯的阐释项含义丰富。艾柯说,一句话,一本书引起的推理过程就是对第一个符号刺激物的阐释。他运用皮尔斯理论将司汤达的《红与黑》看成对命题"拿破仑死于1821年"的阐释。原因有二:在小说内部结构上,故事背景指向拿破仑死后的法国形势;从许多批评陈述中可以察觉到这是成长小说,关于一个波拿巴分子梦想破灭的故事。小说提供了可知可感的关联信息,成为命题的解释项①。

艾柯发现,皮尔斯把观点视为符号,而阐释项似乎只是心理事件。于是,他从意义理论观点角度,建议对此做外科手术,只对这个范畴的确切的层面加以保留。原因在于,阐释项是以另一个符号为中介,只要找到文化中存在的可验证的、可描述的对应物,就会变得可知可感。皮尔斯的阐释项经过艾柯的改造,发生了文化转向:"内容分析变成了文化运作,只研究完全可检验的文化产品,即其他符号及其交互关联。因此,无限衍义展示,意义通过连续变换,将符号反向指向另一符号或者符号群,以渐进的方式限定文化单位。这个过程甚至没有允许人直接接触它们,但是通过其他单位使之变得贴近。"② 这一过程也是对他符号谎言论的展开,将符号阐释当成文化运作,向迷宫方向发展。

艾柯对意指理论进行修订和改造,提出百科全书语义阐释思想。其《符号学理论》放弃了词典语义呈现,而采用百科全书语义呈现;《符号学和语言哲学》在论百科全书时,还对迷宫的类型——网、根茎做了探讨。他预示大量的词典词条在语义上可以扩展,并推想词典静态语义模式可以向百科全书动态语义模式发展。百科全书语义模式利用试推法,像破案一样推理语义,这标志着语义研究上质的飞跃,从此艾柯思想从表达和内容的狭隘关联向巨大的推理系统发展。百科全书观点把语义学和语用学联系起来,避免了词典意义的呆板,调和了词典排斥情景意义和大量用法造成的无穷意义之间的冲突。

---

① Umberto Eco, *The Role of the Reader: Explorations in the Semiotics of Texts*, Bloomington: Indiana UP, 1979, pp. 197 – 198.

② Ibid. , p. 198.

从一般符号学视野看，本来是不可能将相互冲突的解释和对世界的看法同时加以整体呈现的①。而艾柯在《从树到迷宫》中发现了解决问题的契机，波菲利之树用的属性是脱节的；百科全书用的索引节点是相连的，在总体讨论中指向界定和呈现的概念②。换言之，"如果不用根茎模式，将所有点相互联结成网络，那么，百科全书既不能从整体上得到理解，也不能呈现出来"③。从社会符号学视野看，百科全书是一切可能阐释的总库，符号接受者从中选择最合适的阐释。但是，阐释者的百科全书能力是因人而异的。

百科全书建立在阐释项语义基础上，与文化及其内部结构相联系。艾柯以此阐发他从皮尔斯理论派生的无限衍义原则。一个言语或者非言语符号，通过另一个符号，即阐释项而得以理解。第二个符号再通过另一个符号，如此推延下去，抵达无限④。与无限衍义相关的符号链思想，虽然表述还有欠精确之处，把指称物和意义混淆，但是用追根求源的试推法确定意义的过程体现的正是阐释的本质。

即使线性思维和类推思维不断地在冲突，不可进行简单的分野，但是艾柯还是创造性地把词典的概念过渡到百科全书概念。百科全书和无限衍义的思想可以追溯到经院哲学家奥卡姆的威廉（William of Ockham，约 1287—1347）⑤。

尽管威廉不熟悉阿奎那理论，认为宇宙没有稳定的秩序，物体是绝对的，而且也没有比例的概念，但是他能言善辩，著有《逻辑大全》。艾柯还通过对德国库萨的尼古拉斯（Nicholas of Cusa，1401—1464）等哲学家

---

① Cinzia Bianchi and Manuela Gieri, "Eco's Semiotic Theory", *New Essays on Umberto Eco*, Ed., Peter Bondanella, NY: Cambridge UP, 2009, pp. 17 - 18.

② Umberto Eco, *From the Tree to the Labyrinth: Historical Studies on the Sign and Interpretation*, Trans. Anthony Oldcorn, Mass. : Cambridge: Harvard UP, 2014, p. 26.

③ Cinzia Bianchi and Manuela Gieri, "Eco's Semiotic Theory", *New Essays on Umberto Eco*, Ed., Peter Bondanella, NY: Cambridge UP, 2009, p. 20.

④ Ibid.

⑤ Umberto Eco, *Art and Beauty in the Middle Ages*, Trans. Hugh Bredin, New Haven and London: Yale UP, 1986, p. 84.

的研究，对中世纪百科全书观念进行重新界定，探讨呈现宇宙结构的方式①。百科全书对符号的部分功能作出解释，阐明无限衍义的复杂性。百科全书强调客体的符号过程，成为阐释行为的调节假设。百科全书能力暗含集体的能力和个人能力。在艾柯看来，个人或社会的百科全书都与特定的时代和人群共享的知识文化背景相关，只能看作整体百科全书的一部分。一个人的百科全书能力体现的是知识素养②。

事实上，百科全书、世界百科全书和情境知识百科全书是有区别的，百科全书能力和语义能力也不同。百科全书是所有记录在册的信息档案，一切图书馆的图书馆，以及一切可能阐释的详细清单。百科全书如何对阐释进行调节？百科全书的功能是作为单个阐释行为和符号化的背景，而不是知识总库。"百科全书因而是同时为社会共有的、一致接受的阐释的详细目录，以及一切现存信息的档案库。"③ 百科全书是文化地平线，普适文化凌驾其上，主观性、个性化的个人化维度被逐于边缘，在文化中难以发声。百科全书不是心理范畴，而是文化和主体间性范畴，文化是在共同价值观体系之内的单个主体的认同。主体性不等于个性化。既然如此，独特的个性不能得到表达吗？试推在百科全书中增加新义、增加以前没有记录过的内涵。这种创造性试推过程生产新的知识形式，来继续修订和充实百科全书。世界百科全书是一幅大地图，用以明确我们在谈地图上的哪个位置；而情境知识百科全书是指某一特定文化的。这两类属于普适的、共有的。相对于一般的语义能力而言，百科全书能力指的是界定个人属于某种特定文化所拥有的一般能力。作为社会成员，虽然不可能掌握该文化的全部百科知识，但达到一般的了解程度还是可能的。阐释水平的高

---

① Cristina Farronato, *Eco's Chaosmos: From the Middle Ages to Postmodernity*, Toronto: University of Toronto Press, 2003, p. 22.

② Cinzia Bianchi and Manuela Gieri, "Eco's Semiotic Theory", *New Essays on Umberto Eco*, Ed., Peter Bondanella, NY: Cambridge UP, 2009, pp. 18 – 20.

③ Patrizia Violi, "Individual and Communal Encyclopedias", *Umberto Eco's Alternative: The Politics of Culture and Ambiguities of Interpretation*, Eds., Norma Bouchard and Veronica Pravadelli, NY: Peter Lang Publishing, Inc., 1998, p. 26.

低也取决于个人的百科全书能力，文化功底在场时不知不觉，一旦缺位即可察觉①。

在百科全书语义宇宙，阐释行为不再局限于符码的刻板对等和关联，隐含、推理的关系取而代之。阐释从代码中解放出来，而享有更大的自由度，获得的知识不断增长和膨胀。在百科全书模式下，阐释既自由又有调节功能。百科全书可能是根茎迷宫，总是在变化和改变，同时也是有序和有结构的系统，对阐释的自由施于一些限制。艾柯这两方面的努力把文本和符号从结构主义的桎梏下解放出来，而后对失控阐释的增生制定了限制的原则②。可以说，艾柯的代码理论和符号生产理论"在呈现的层面上，代码向百科全书的转变，是在阐释层面上从解码的静态概念向试推的动态概念的转变，二者并驾齐驱"③。

在百科全书语义宇宙，阐释是系统化的、多元化的和协商性的。艾柯在《故事中的读者》探讨百科全书语义模式对文本的整体阐释，显示对特定文本多元阐释的可能。他在《康德和鸭嘴兽》一书中继续讨论与认知相关的符号学上的议题，说明意义是个人在百科全书模式下不断进行协商而得以固定下来的④。翻译也是在语义基础上进行的，艾柯认为协商也是翻译的核心。他在三本论翻译的书《翻译经验谈：老鼠还是耗子？》《作为协商的翻译》和《几乎说同样的事：翻译经验谈》中反复地探讨协商理论。其主要论点是，翻译时要根据两种语言所依据的不同的百科全书语义模式进行切磋，有些意义保不住，要加以修改和调整。

艾柯把意指理论延展到文化语义场，把试推法发扬光大。符号在文本中的命运和意指紧密联系在一起。他用暗喻把教堂和文本、形式和意义的

---

① Patrizia Violi, "Individual and Communal Encyclopedias", *Umberto Eco's Alternative: The Politics of Culture and Ambiguities of Interpretation*, Eds., Norma Bouchard and Veronica Pravadelli, NY: Peter Lang Publishing, Inc., 1998, pp. 26, 28, 30, 31.

② Ibid., p. 26.

③ Ibid., p. 25.

④ Cinzia Bianchi and Manuela Gieri, "Eco's Semiotic Theory", *New Essays on Umberto Eco*, Ed., Peter Bondanella, NY: Cambridge UP, 2009, p. 27.

关联廓清:"文本是必要的礼拜仪式,而符号献祭给意义的圣坛了。"①《玫瑰的名字》的故事主要围绕教堂展开,故事主要用的是从"第一天"到"第七天"礼拜结构,与此暗喻不无关系。符号决定着文本的意义,包括内涵义和外延义。但是。二者不是截然分开的,因为"在结构主义语义学框架里,外延属于内涵"②。符号阐释的原则也适用于文本阐释,皮尔斯称这种逻辑运动为试推。艾柯区分演绎、归纳和试推。他以一袋白色的豆子为例,从中掏出一把豆子,就知道豆子都是白色的,这是演绎法;从袋中掏出好多把豆子都是白的,猜出这袋豆子是白的,是归纳法;桌上一些白豆子靠近某个袋子,由是猜这袋豆子可能是白的,或者这袋子装的只有白豆子,于是推理出桌上的豆子可能是袋子里来的,这是试推法。由此可见,试推法是通过符号进行的。艾柯在论述读者通过试推法对文本进行推理时说道:

　　　　读者在文本阐释中起着积极作用,因为符号根据推理模式($p\cap q$,而非$p\equiv q$)建构。文本阐释之所以可能,是因为语言符号甚至不受纯对等(同义词和定义)控制;它们不是基于身份的观念,而是由推理图式控制;因此它们可以做无限阐释。文本比假定的说得要多,它们总说出新东西,正是因为符号是阐释过程的起点,可以推衍出无限系列的结果。符号是开放的工具,不是由双重条件身份规定的僵硬的盔甲。③

这是无限衍义的过程。艾柯"为'无限衍义'的宇宙而辩护,意思是在任意数量的不同符号系统里,任意符号可以支撑不断增加的解释文本,由是

　　① Umberto Eco, "The Theory of Sign and the Role of the Reader", *The Bulletin of the Midwest Modern Language Association* 14. 1 (1981): 35 – 45, p. 38.

　　② Umberto Eco, "Meaning and Denotation", *Synthese* 73. 3 (1987): 549 – 568, p. 549.

　　③ Umberto Eco, "The Theory of Sign and the Role of the Reader", *The Bulletin of the Midwest Modern Language Association* 14. 1 (1981): 35 – 45, p. 44.

靠相等或者推理对原符号提供实质性的阐发"①。他把读者的阐释和作品的结构结合在一起。阅读文本要掌握代码和超代码释放的语义信息,以便决定文本中的句子给出的具体符号孰轻孰重,决定如何使这些符号相互作用和交融,来做整体上的阐释。

艾柯将文本及其阐释者当成符号来对待。他的"模范读者"是符号上的概念,作者和读者都属于文本策略。这样,艾柯把创作者持有代码的特权转交给了读者,颠覆了作者的权威。他为何将作者和读者地位倒置?其目的"不是要损害符号文本理论的基本假设,而是打破交际模式的僵化决定论,在符号框架内容纳文学交际的具体特征"②。文学交际的符号理论承认读者的积极作用,又肯定文本及其代码对读者阐释的控制。读者是审美对象必不可少的共同生产者,文学作品在读者的具体批评中得以存在。这是文学理论史发展的必然,文学交流链条上的每一个组成部分都被提升到理论关键词的地位:古典诗学重视文类和形式这样的代码;浪漫主义表现主义者看重设置代码的人,即诗人的创作个性;20世纪先锋派关注发出信息的诗性文学文本;最终,又折回到被遗忘、受冷落的文本接受者和解码者之读者身上③。

艾柯在他文本符号学中,强调设置模范读者的重要性。作者要预见这样一个模子,读者在阅读时也要加以发现。"作者要组织文本,必须依赖一系列代码,给表达附上具体内容。为了让文本有交际性,他必须假定他依赖的整体代码和可能读者所分享的是一致的。因此作者必须预见可能读者的模型(后称模范读者),假设作者在生产时是如何表达的,他在阐释时也能够做到这样。"④ 每种文本在语言代码、风格和专业指数方面对可能读者的一般模版做出了选择。

艾柯以雅俗文学作品为例,论述文本对读者模版预设的类型。在他看

---

① Ed Block, Jr., "The Role of the Reader", *Contemporary Literature* 23.1 (1982): 97 – 99, p. 98.

② Lubomír Dolezel, "Eco and His Model Reader", *Poetics Today* 1.4 (1980): 181 – 188, p. 182.

③ Ibid., pp. 181 – 183.

④ Umberto Eco, *The Role of the Reader: Explorations in the Semiotics of Texts*, Bloomington: Indiana UP, 1979, p. 7.

来，有些文本直接预设了读者类型，如儿童文学；许多文本预设了具有百科全书能力的模范读者。如《威佛利》（*Waverly*）要求读者有互文百科全书能力，懂得骑士传奇文学传统。在不适度地向各种可能的阐释敞开的封闭文本中，也预设了模范读者，超人漫画、苏和弗莱明小说即是①。而开放文本的模范读者，一定要和乔伊斯在《芬尼根守灵夜》中预见受失眠症困扰的理想读者相呼应，能够掌握和处理文本中的代码和议题迷宫。他不会是公元前2世纪的希腊读者或阿伦群岛的文盲。原因在于，"文本的语汇和句法组织严格界定了读者：文本只不过是从语义—语用上生产自己的模范读者"②。文本已经为模范读者生产出了解读的路径，不论是天真读者还是批评读者。这样，巴特所谓文本的欢愉效果才能实现。

《玫瑰的名字》演示了艾柯符号观的发展过程。德国学者伯克特（Walter Burkert）研究古典宗教和希腊神话，在他的著作《俄狄浦斯、神谕和意义：从索福克勒斯到翁伯托·艾柯》（1991）中指出，《玫瑰的名字》结尾拉丁诗句是作者对读者发出的进行符号阅读的信号。上帝不存在，计划不存在；存在的只是符号，上帝是宇宙的能指③。法罗纳托持同样的看法，"《玫瑰》的结尾是说，只存在符号，对符号的研究是人类尝试理解世界方向的唯一方法"④。从诗句，从网、梯子的暗喻，可知本书意欲摆脱复杂的情节压力，告别传统的故事结尾，而剥离出故事生产的本意，即建构庞大的符号系统。在《玫瑰的名字》中，威廉以中世纪的福尔摩斯形象出现，他的调查方法基于中世纪符号学和皮尔斯符号学。中世纪是泛符号化时期，任何事物都用符号加以理解。他的符号调查方法具有无限衍义功能，"似乎在中世纪逻辑（前阿奎那）的线性特征与阐释传统的类推式、非

---

① Umberto Eco, *The Role of the Reader：Explorations in the Semiotics of Texts*, Bloomington：Indiana UP, 1979, pp. 7 – 8.

② Ibid., p. 10.

③ Walter Burkert, *Oedipus, Oracles, and Meaning：From Sophocles to Umberto Eco*, University College, 1991, p. 25.

④ Cristina Farronato, *Eco's Chaosmos：From the Middle Ages to Postmodernity*, Toronto：University of Toronto Press, 2003, pp. 43 – 44.

线性思维之间建构了中间地带"①。虽然威廉从科学化的路径试推,追查出杀人凶手,但是却证明他的一系列推理不尽正确,暗示了符号学的困境。即便如此,小说本身堪称无限衍义产生的百科全书语义迷宫的集大成之作。

无限衍义产生的百科全书语义迷宫在万维网技术的观照下,推理和链接的方式得到了技术上的实证,但同时面临着迷向的危险。在1997年,卡波齐在《解读艾柯》一书序言谈到艾柯著作具备万维网式的迷宫特性:

> 谈到信息空间和万维网,艾柯最近主编并酝酿的《17世纪传媒百科全书》(Ency-clomedia:Il Seicento)(1995)——关于17世纪文化和美学的多媒体CD-ROM,这进一步强化了我的理论,即艾柯的百科全书式的、迷宫式的作品(他思维也一样)可以通过超文本/赛博文本而加以最好的阐明。它们富有万维网特征,允许使用者通过敲击一个单词、图像、标题或者暗示的链接,从一个话题移动到另一个话题。当然,这也意味着不能保证,在所指示和暗示潜力无限的链条上,人们必须返"家",在同一部分,回到出发的地点。本质上,这是人们阅读艾柯百科全书式、迷宫式的超文本(其小说和论文)面对的问题,因为它们富含许多激发无数"推理漫步"的互文回响。②

换言之,艾柯文本具有超链接(hyperlinks)和超互文性(hyperinter-textuality)特征。艾柯曾在幽默周刊《快报》(L'Espresso)专栏撰文《密涅瓦的小信封》,讨论互联网搜索引擎Yahoo。他谈斯威夫特和博尔赫斯,称"超文本之母"的万维网最像博尔赫斯巴别图书馆,是一个包罗万象的巨大知识库,无法掌控。艾柯视图书馆、百科全书、根茎为开放结构和工

---

① Cristina Farronato, *Eco's Chaosmos: From the Middle Ages to Postmodernity*, Toronto: University of Toronto Press, 2003, p. 10.

② Rocco Capozzi, ed., *Reading Eco: An Anthology*, Bloomington and Indianapolis: Indiana UP, 1997, p. xvii.

具，借之可获取各种信息。我们的知识数据库是由信息、图像、框架和观点的碎片构成，通过一系列链接和我们的百科全书能力而相互联结。艾柯曾编撰四个多媒体百科全书 CD。"阅读艾柯小说，在许多方面就像上网，或查询《百科全书 CD》，或上图书馆。他叙事中文本内部和互文的衔接从艾柯移动到亚里士多德、但丁、博尔赫斯、福柯、德勒兹、罗蒂，诸如此类，然后可能回到艾柯，在网，或网络形成百科全书衔接环，读者根据其能力来拓展。"① 艾柯的叙事作品就是百科全书构成的文化宇宙。

艾柯提出的百科全书语义迷宫，把阿奎那阐释性的百科全书反转，论证了现代艺术作品是读者阐释出来的迷宫结构。迪普尔（Elizabeth Dipple）把艾柯作品当成是说教的，说教的目的与其说由阐释开放性实现，倒不如说要促成作者和读者之间观点的成功传达②。应该说，艾柯的理论书写是超前的，预示读者和作品、读者的对话性和文化百科全书的对话性，预示了阐释轨道的万维性。这一理论和其他理论家对叙事双轴中的阐释轴的言说殊途同归，但是相比之下，他的言说更加具体和确定，辩伪性更强，方向性更明确，更具有系统性，因而显得更加科学合理。也就是说，艾柯一直沿着百科全书符号的方向演绎下去，在这一范畴内，从阿奎那的阐释性神学作品的组合特征演进到读者对现代艺术作品结构的重新组建和意义阐释；从迷宫作家对百科全书叙事潜力的思考推进到这些思想在其作品形式上的体现；最后聚焦到作者对庞杂的异质材料的组合形式策略，完成百科全书从形上符号到文本实体的全方位演绎。这是本章取道百科全书语义迷宫路径的缘由所在。

叙事双轴一直是理论家关注的话题，也是艾柯在书写迷宫文本时格外看重的。亚里士多德提出，叙事作品可以从水平和垂直维度分析、巴赫金的时空体、热奈特的叙述和描述之分、雅各布逊的诗性语言轴和组合

---

① Rocco Capozzi, "Knowledge and Cognitive Practices in Eco's Labyrinths of Intertextuality", *Literary Philosophers: Borges, Calvino, Eco*, Eds., Jorge J. E. Gracia, et al., NY and London: Routledge, 2002, p. 175.

② Elizabeth Dipple, "A Novel Which Is a Machine for Generating Interpretations", *Metafiction*, Ed., Mark Currie, London and NY: Longman, 1995, p. 221.

轴坐标等理论,为克里斯蒂娃(Julia Kristeva)和弗里德曼(Susan Stanford Friedman)等提供了叙事空间结构研究的新视野。克里斯蒂娃改造巴赫金时空体,提出水平叙事轴和垂直叙事轴坐标,从时间和空间双重维度上透视文本的表层结构和深层结构;弗里德曼再对克里斯蒂娃的叙事双轴加以改造,提出空间化阅读双轴坐标,即水平阐释轴和垂直阐释轴。事实上,水平叙事轴是根据情节和叙述视点的序列原则发生的内部和外部事件序列,垂直叙事轴在序列情节层面并不存在,需要解读文本的深层结构才能发现。这样,在考察文本的叙事空间结构时,阅读和阐释活动得到重视,来体现叙事空间结构形成的动态成因。阐释活动被看成文本和读者之间、文本和外部文本之间,即文本内部的横向语境和文本内外的纵向语境之间的对话和交流。阐释中联系的观点正是百科全书语义迷宫的核心,在以联系的观点为指导的叙事空间结构理论观照之下,空间充满了无数根线或者轨道,在文本内部连接,再延伸到文本外部,和其他文本连接,展现隐形的、延展的迷宫空间形态。

要之,在对艾柯百科全书迷宫文本理论碎片的发掘过程中,可见他利用其强大的逻辑思维能力,善于从悖论入手,开辟言路;吸收前人成果,并蓦然转身,提出新见。首先,他在中世纪文化形式中发现了百科全书迷宫文本的形式构件,在阿奎那百科全书式神学著作组织形式中发现了重要的书籍碎片的拼贴特征,在中世纪禁欲表达形式背后用符号试推法探查到美学感性。其次,艾柯研究不为人看好的乔伊斯先锋实验作品,把研究注意力转向百科全书式文学的书写机制,发现乔伊斯作品沿用了中世纪阿奎那百科全书式作品的形式;在混沌理论观照下,四处奔流的叙述显得杂而不乱,井井有条。在对乔伊斯的继续研究中,他提出开放的作品诗学,指出现代艺术作品形式不确定性和意义模糊性,其迷宫形式结构和多元意义有待读者的解读,并根据文本意图开放性地建构。最后,在文本符号学框架下,艾柯把作品的阐释看成读者、作者、文本三者的互动和交流,提出模范读者类型,来把握作者拟定的文本意图和阅读方向。艾柯改造皮尔斯的阐释项,根据人类共有的百科全书,对符号的意义进行推理,在无限衍义过程中形成百科全书语义迷宫。艾柯对现代艺术作品迷宫形式和语义迷宫的预见在万维网技术上得到印证。他把再现作品形式和意义的任务交给读者，用阐释项进行无限衍义，把符义网络的产生过程直观化。其读者理论和符义思想通向后结构主义，打破单一、去中心，在文化层面挖掘阐释的各种可能性，对文学阐释的影响不亚于巴赫金的对话理论和德里达的解构主义。由此可见，艾柯的读者理论位于开放的作品诗学和符号学的中心位置，在论证迷宫文本是百科全书语义迷宫，即阐释的迷宫议题中功不可没。

第三章　重释清单:艾柯迷宫文本
之无限开叉理论

　　迷宫是一个永恒存在、难以解答的哲学命题。人类生活的宇宙本身就是迷宫,浩瀚无穷,纷繁复杂,激发人们无尽的想象力和创造力。从古典时期、中世纪、文艺复兴到现代,迷宫所承载的古老魔力和宗教仪式色彩逐渐褪去,多元化、实用性和娱乐性功能取而代之。在建筑和园艺领域,迷宫元素如影随形;在心理学和认知领域,迷宫是绕不过的话题。迷宫不断激发人们的发明和创造,有用数学方法解决迷宫问题的,有用科技手段建造新颖迷宫的。毋庸置疑,迷宫直接催生了电子游戏行业。迷宫不仅指向自由意志与现实命运的异质矛盾,而且反映世界和人类思维的同质性。迷宫既是无序与有序、复杂与简单、神秘与可知的矛盾统一体,也是一种诗意的存在。

　　迷宫是艾柯追问一生的命题。艾柯在中世纪研究中,发现阿奎那博采众长、引经据典开启阐释性百科全书文本之风;他在现代先锋派作品研究中,提出乔伊斯在形式上沿用了阿奎那风格开创了文学百科全书叙事先河;在开放的作品和符号学研究中,认为读者有权把文本当成符号,在语义试推过程中和文本、作者对话,成为百科全书语义迷宫。乔伊斯的贡献在于尝试了百科全书迷宫文本叙事,但是由于其小说艰涩难懂,大多数读者并不喜欢。如何在乔伊斯的实验的迷宫叙事形式基础上在理论上进一步阐发,在实践中加以改进和完善,一直困扰着理论界和文学界。为了弄清迷宫文本叙事原理,有必要不断叩问艾柯托举的巨人,除阿奎那、乔伊斯之外,另两位具有代表性的迷宫文学前辈——博尔赫斯和卡尔维诺。艾柯师承迷宫前辈的知识观、书籍认识论，从百科全书的形式特征——目录和清单中寻找迷宫文本叙事密码，廓清阿奎那、乔伊斯作品中巨大的引文库所指何物，什么样的方法可以在百科全书文学文本中建构这种引文库。艾柯从乌力波综合写法得到启发，发现图书馆中代表人类文化精髓的书籍碎片具备组合叙事的潜力，基本可以写成混成体叙事作品。清单叙事法具有组合重要书籍碎片的能力，可以把混成体加以完善，让叙事路径通向无限，通向万维。这是艾柯站在巨人的肩膀上，用符号的方法进行的又一次创新和飞跃，他把百科全书的组织方式演绎成百科全书叙事的组织方式，把博尔赫斯和卡尔维诺图书馆即迷宫的概念演绎成图书馆即叙事的迷宫学说，把原始人用以表达无限无尽的清单思维演绎成开辟无限路径的清单叙事法，乃至和万维网相对接。将艾柯的这些理论碎片组合起来，可发现他为迷宫文本叙事实践打牢了理论基础。

第一节　作为迷宫结构之类比的百科全书目录

　　许多文学家梦想用各种方法写出一本迷宫大书，来包揽整个世界。乔伊斯在 20 世纪二三十年代用意识流的形式实验过，在艾柯眼中，他成功了，但晦涩的文风却遭人诟病。从 40 年代到 80 年代，文学家有的立足于哲学，有的以现实为基础，实验的步伐从来没有停止过。艾柯举例说，如实复制世界是不可能的，以此写出迷宫文本也不可能。他在《悠游小说林》中谈到大阴谋家法国乌力波成员乔治·佩雷克（Georges Perec）滋生过要写一本像世界一样大的书的宏大计划，尝试写下 1974 年 10 月 18—20日在巴黎圣叙尔皮斯（Saint-Sulpice）广场发生的一切事情。现场描绘到 20 日下午，写了 60 页，便宣告流产了①。这个写作实验说明，把现实世界

---

① Umberto Eco, *Six Walks in the Fictional Woods*, Cambridge, Mass.：Harvard UP, 1994, pp. 59 – 60.

中的一个点——一个地方或者小世界原原本本、记流水账似地写出来是不可能的，更何况把整个真实世界如此这般写进一本书呢?

　　佩雷克即使继续坚持无休无止地记载巴黎圣叙尔皮斯广场发生的事情，也只能算作性质单一的记事单。除了这种做法，许多人还认为把大量书籍输入电脑，电脑软件可以合成一本迷宫书。或者说，人们普遍认为百科全书叙事就是把各种书籍做成一个大拼盘。艾柯对此陋见进行了毫不留情的批判。2011年，哈佛大学出版社出版了艾柯演讲集《一个年轻小说家的自白》，书中提到有批评家怀疑他的小说《玫瑰的名字》机械地沿用了某种秘笈，或者使用了某种电脑程序。艾柯彻底否认了这种推测，因为世界上第一个写作软件在20世纪80年代初才出现，该小说在1980年便已付梓。他在《如何写作》一文戏称他有电脑制作畅销书的秘方:先要有一部电脑，几行程序，输入一百本左右各种书的内容和电话簿，便有了120000页;然后，启用另一种程序，将这些书混合在一起，并作一些调整，删掉某些内容;接着，敲击打印键。阅读几遍后，扔进炉中烧掉①。

　　当下，重新思考艾柯和批评家之间的论战，我们不禁要追问在电脑写作软件出现之前，在互联网出现之前，艾柯是如何用一支笔写出人工智能似的小说，信息量和编写程序与电脑不相上下。在万维网技术一统天下的21世纪，反观艾柯这一写作现象，不得不惊叹于他写作技术的先锋、前卫和前沿——他把各种经典思想碎片和自己的小说情节融会贯通，早于万维网推出了万维网格式的小说文本，产生了具有迷宫般的无限之维。在万维网时代，深度阅读艾柯涵盖古今文化的著作，包括中世纪哲学、乔伊斯、符号学、叙事学、流行文化、新媒体诸多方面学术含量之重的著作，阅读博尔赫斯和卡尔维诺，然后重新审视艾柯高端复杂的小说，便会找到艾柯创作诸元素的因缘际会和交互作用。有了中世纪，有了乔伊斯，有了艾柯的学术研究和知识积淀，有了博尔赫斯，有了卡尔维诺，才有艾柯的所有

---

　　① Umberto Eco, *Confessions of a Young Novelist*, Cambridge, Mass.: Harvard UP, 2011, pp. 10 - 11.

智慧在《玫瑰的名字》当中一次总的爆发。他引爆的是一个新的叙事文本——迷宫文本,类似于智能文本或者万维网形式的文本。艾柯的其他小说,比如《傅科摆》和《波多里诺》等,都是迷宫文本,2015 年他的新作《试刊号》意味着迷宫冲击波再次来袭。

一 百科全书目录和卡巴拉书籍迷宫

诚然,世界大而无边、变幻莫测,佩雷克的实验是继乔伊斯之后尝试制作文学大书的又一个极端的例子。在佩雷克之前,博尔赫斯进行了大量的形上思考和叙事实验。佩雷克同时代人——和乌力波交往密切的卡尔维诺也对迷宫感兴趣,发表过《挑战迷宫》。他对知识状况及其对古今文化传承进行了一系列论述,在小说中展示了文学迷宫的多种样态。博尔赫斯和卡尔维诺都从符号的角度思考迷宫叙事机制。同样,艾柯将乔伊斯20世纪二三十年代的意识流作品置于开放的作品和符号学来解读,发现其作品的迷宫特征需要读者的阐释,符号的意指活动让迷宫结构开放。艾柯的这一思想印证了格雷马斯的观点,"叙事结构本身不存在,但却只是产生意义时很重要"①。在结构主义语言符号学视野下,语言有纵横两轴,词项横组合形成句子,义素纵聚合形成意义;同样,叙事文本有叙事横组合轴和意义纵聚合轴构成。除了艾柯论述的无限衍义的阐释法之外,叙事又如何在组合的过程中把通向迷宫的无限的路径展示出来? 这一悖论只能向哲学求解,世间何物既组合,又开叉? 在艾柯看来,非图书馆和百科全书莫属。图书馆和百科全书的目录或条目具有组合不同的信息,将信息开叉这两种相悖的功能,与迷宫路径具有相似性。而他的这一发现与博尔赫斯故事中的哲学之思和书籍认识论一脉相承,重要的书籍本身就是由许多书籍碎片构成的迷宫,思想既交叉,又分岔,在重述中既和前代书籍产生联系,又在重组后拉开距离。重要书籍不论如何变身,始终都闪现着前人思

---

① A. J. Greimas, "Debate with Paul Ricoeur", *Reflection and Imagination: A Ricoeur Reader*, Ed. , Mario J. Valdés, London: Harvester Wheatsheaf, 1991, p. 293.

想的碎片或者书籍的目录，形成卡巴拉式书籍迷宫。

众所周知，西方文化人对迷宫主题的着迷由来已久，留下了丰富的思想资源，而博尔赫斯的思想是迷宫文学的直接催化剂，艾柯在《拉曼查和巴别之间》（"Between La Mancha and Babel"）和《博尔赫斯以及我对影响的焦虑》（"Borges and My Anxiety of Influence"）中有详细的讨论。他描述了博尔赫斯和其他文豪笔下的图书馆形态，把乔伊斯看成是博尔赫斯的前辈，博尔赫斯迷宫概念对以前所有的迷宫主题起了联结作用。早在艾柯之前，博尔赫斯就在故事《交叉小径的花园》中演绎了时间无限分形和交叉的可能性，在《巴别图书馆》中用字母的排列、书页的移位勾勒迷宫图书馆样式，在《阿莱夫》中主人公从地下室门上一个孔洞看见一个转动的球体状的阿莱夫——地球之景物的无限长的清单，看到了全世界。艾柯在讨论中世纪百科全书时，就指出中世纪人把世界看成百科全书，组成世界的材料一一列举出来，那就是世界。但是，现代社会更加复杂，文学形式更趋于复杂化，需要对清单方式进行改造，来容纳更加复杂异质材料。博尔赫斯转向图书馆，他的组合式图书馆、一孔见世界的思想，不仅是迷宫文本总的叙事框架，而且还折射了他从一本书见天下书的卡巴拉思想。

在艾柯看来，博尔赫斯关于重要的书籍和重要观点的言论是在新时期为迷宫文本清单的选择立下的标准。博尔赫斯否定重要的书籍和重要观点的独创性，它们皆是对前人观点的衍生和再现，历代文人的写作使之流传下去，流传的轨迹本身就是迷宫。他的《论书籍崇拜》谈到书和世界的关系：17世纪初，培根在《学识的进步》中提到，上帝给了世人两本书，即《圣经》和万物之书，而后者是开启前者奥秘的钥匙。按照马拉美的说法，世界因一本书而存在；而在布洛瓦看来，我们变成一部奇书中的字词句章，一部永远没完没了的书—世界的缩影①。用《谜的镜子》中的话语来说，《圣经》就是一部无限智能的作品。世界这本大书是作为《圣经》的

---

① ［阿根廷］豪·路·博尔赫斯：《探讨别集》，王永年、黄锦炎等译，浙江文艺出版社2008年版，第131页。

注解之书而存在的。而古典作品并不是以其"优点",而是以一代又一代读者的"理由"、"热情"和"忠诚"而流芳百世①。换言之,书籍在不断被注解和解读中留存。艾柯和博尔赫斯在这一点上是不谋而合的,他发现阿奎那和乔伊斯的书籍都沿袭为前人思想做注脚的书写传统,他的《玫瑰的名字》谈到对前人观点简明扼要的重述是知识传承之道。书籍崇拜现象背后隐藏的是卡巴拉式一统化。博尔赫斯称,每个作家创造自己的文学前辈,天下之思莫不相同,人类历史是一部可以用卡巴拉解读的奇书。

斯坦纳(George Steiner)把博尔赫斯卡巴拉式的知识观追溯到其1914年在日内瓦读过的麦林克(Gustav Meyrink)小说《戈伦》(The Golem)。根据犹太密教卡巴拉观点,宇宙是一本大书,其中每一种物质和心理现象都有前世今生,相互关联。世界是一个巨大的字母,物理现实和历史事实似乎是永恒的信息中的音节。我们周围是无限的意义之网,每一根线都承载着存在的脉动,和博尔赫斯的阿莱夫相连。博尔赫斯把宇宙看成图书馆,囊括所有的书,已经写好的、未来要写的、对已知或者消失的宇宙进行重组的;同时还包纳所有存在的语言、已经消失的语言和将要出现的语言。博尔赫斯对各种百科全书感兴趣,读过所有与卡巴拉有关的书籍,他还对雅各布·贝姆(Jacob Boehme,1575—1624)的语言学推测着迷:巴别塔之前的原初语言奠定了人类多元语言的基础。博尔赫斯将现实中的对立面重组成其他世界的形状。他在多种语言中穿梭,玩文字游戏,玩回音,他在转动万花筒,让我们看清另外一片墙。他的象征宇宙、梦幻逻辑,与坡、波德莱尔齐名的梦者,用梦想反抗世界,构建别样的世界,深化了我们文学记忆中的风景②。博尔赫斯故事中充斥着百科全书式的典故,在逆向阐述中流溢着哥特氛围,著名的作家如幽灵般在书中漫游。譬如,帕斯卡尔圆球概念可以追溯到色诺芬尼。博尔赫斯谱系是后退的、下降

---

① [阿根廷]豪·路·博尔赫斯:《探讨别集》,王永年、黄锦炎等译,浙江文艺出版社2008年版,第224页。

② George Steiner, "Tigers in the Mirror", *Critical Essays on Jorge Luis Borges*, Ed., Jaime Alazraki, Boston: G. K. Hall & Co., 1987, pp. 121 – 124.

的,神学的演变和莎士比亚的名声莫不如此①。

博尔赫斯在1978年5月24日《书籍》讲稿中,称书籍是奇妙的工具,将记忆和想象加以延展。于他,斯宾格勒在《西方的没落》中对书籍做了探讨,因为古人反对作为口头语言的替代物的书籍,于是毕达哥拉斯、苏格拉底、基督和佛祖都用了口授形式。世界上最重要的书籍从口口相传到作者写书,经历了漫长过程。博尔赫斯把书籍从上到下、从高到低做了分类:经书、国家之书、由读者丰富的书。经书概念发源于东方,先民们认为书可能是神的作品,《古兰经》和《圣经》乃圣灵所写。在谈及《卡巴拉书》时,博尔赫斯断言,这类书的目的是要引起人们阐释和思考②。

从博尔赫斯在他《私人藏书》序言可知,他自诩的最重要的书籍背后潜藏着他对书的形上思考,追问书为何物?书从哪里来,要到哪里去?这是探讨书的迷宫,知识的迷宫,乃至叙事的迷宫的先决条件。《私人藏书》展示他博杂的阅读面,他所评注的书籍有出自名家之手,也不排除初出茅庐者。这是一个跨越时代、国别、洲际、文类的书库。他根据所谓的愉悦的原则将不同类型的书汇编起来,而非按照文学习惯、传统、流派、国别或时代。"让别人去夸耀写出的书好了,我则要为我读过的书而自诩。"③其中,有卡夫卡、易卜生、切斯特顿、梅特林克、纪德、威尔斯、格雷夫斯、陀思妥耶夫斯基、奥尼尔、梅尔维尔、在原业平、康拉德、王尔德、黑塞、本涅特、福楼拜、施沃布、萧伯纳、克尔恺郭尔、詹姆斯、希罗多德、吉卜林、笛福、德·昆西、加朗、布洛瓦、斯威夫特、格罗萨特、布莱克、爱伦·坡、伏尔泰、邓恩、斯图鲁松等。从《私人藏书》对世界各国各类文学家、历史学家、宗教家等的简单评注中,可以窥见博尔赫斯深厚的阅读功力,为他创作时厚积薄发、博采众长奠定了基础。从艾柯《论

---

① John Updike, "The Author as Librarian", *Critical Essays on Jorge Luis Borges*, Ed., Jaime Alazraki, Boston: G. K. Hall & Co., 1987, pp. 64 – 65.

② [阿根廷]豪·路·博尔赫斯:《博尔赫斯口述》,王永年、屠孟超等译,浙江文艺出版社2008年版,第120—122页。

③ [阿根廷]豪·路·博尔赫斯:《私人藏书》,盛力、崔鸿儒译,浙江文艺出版社2008年版,第1页。

文学》中提到的重要作家作品和小说涉及的驳杂的知识，可知博览群书是迷宫文本作者必须具备的素质。

在博尔赫斯看来，世界上不存在独创的书籍，每本书都有别的书的影子的存在，以万变不离其宗的方式不断进行书写。卡尔维诺也如是说："任何书本都是从其他书本衍生出来的，这条真理只是在表面上与另一真理相对立，即书本是从实际生活以及人与人的关系中衍生出来的。"① 他们肯定了后世之书是对前代书籍的再发现和再改造。一本书好比一粒种子，可以生长，在生长的过程中其有限的字母可以进行无限的组合，结出不可计数的书之果实②。卡尔维诺在《我们为什么读经典》中，为"经典"下了十四条定义，第三条是"经典是发挥特别影响的书，因为它们作为不能忘怀的东西铭刻在记忆中，因为它们掩饰成个人或者集体无意识藏在记忆层"③。经典成为文化的共核，人类灵魂回访的地方。

在阅读活动中，博尔赫斯读出了什么可以在文人笔下不断流转和改写，而永恒地在万世之书中留存和闪现。博尔赫斯对书籍的生产，或者说，文本的性质做了精辟的演绎，他的学说对艾柯的创作倾向产生了深刻的影响。他笃信数学家和哲学家罗素的金言，"无边的数学是一种无边的同义反复"④。读圣奥古斯丁，他发现了圣人所穿越过的记忆的走廊和宫殿。读卡夫卡的短篇小说，他发现世界上每部书背后都有一个大师的影子，书中的思想是众多分叉和变异的结果。读纪德作品，他建立纪德和歌德可比性，因为他们"并不只存在于一本书中，而是存在于所有著作的总和及相互对照之中"⑤。读威尔斯的科幻小说，他触摸到人类难以逃避的孤

---

① ［意］伊塔洛·卡尔维诺：《通向蜘蛛巢的小径》，王焕宝、王恺冰译，译林出版社 2006年版，第 14 页。

② Thomas L. Cooksey, *Masterpieces of Philosophical Literature*, Beijing：China Renmin University Press, 2007, p. 221.

③ Italo Calvino, *Why Read the Classics*? Tran. Martin McLaughlin, New York：Vintage Books, 2000, p. 4.

④ 转引自［阿根廷］豪·路·博尔赫斯《私人藏书》，盛力、崔鸿儒译，浙江文艺出版社 2008 年版，第 29 页。

⑤ 同上书，第 22 页。

独时那种忧郁情结。读格雷夫斯的《希腊神话》，他甄别格雷夫斯和古希腊语言文化学者采集的神话的意图，前者不是要处理成博物馆的陈列品，而只是远古神秘的寓言；而格雷夫斯从历时的层面把散落的神话故事重新组织成为体系，还原基督教之前希腊先民的思维演变过程。本书绝非一部拼凑起来的辞典，而是"一部包罗几个世纪的富于想象、自成一体的书"①。

博尔赫斯不断意识到最重要的书籍的在文化史上是反复出现的，人类思想精华以此方式代代相传。一些文学行为、事件、理念和认知暗喻，都是文学史上反复发生的。他承认，他的《恶棍列传》也是参照施沃布的《假想人生》而写的②。在文化的传承上，书本知识可以突破时间的限制，在此基础之上，思想观念还可以突破空间的限制。具体而言，文化思想之间的互相关联和影响不仅局限于书籍之间，还往往突破国家之间、洲与洲之间的界限。博尔赫斯宣称，发现东方是历史上的大事件，"希罗多德、马其顿和亚历山大、《圣经》、巴斯科·达·伽马、《一千零一夜》、克莱武和吉卜林是这场至今尚未停止的冒险的不同阶段"③。古往今来，西方文学都在东方文化中不断地寻找灵感和汲取营养。此外，作品的衍生性演绎出新的文类。爱伦·坡《莫格街谋杀案》（1841）让他成为侦探小说鼻祖，罗伯特·斯蒂文森、威廉·柯林斯、亚瑟·柯南·道尔、吉尔伯特·基思·切斯特顿、尼古拉斯·布莱等小说家不断丰富和发展他缉凶场景和思路④。经由美国诗人惠特曼衍生出了平民诗和聂鲁达；由爱伦·坡衍生出波德莱尔的象征主义。不论是诗歌还是侦探小说，都是智慧的接力。

图书馆暗喻是理解博尔赫斯知识论的关键。对于最重要的书籍，博尔赫斯在解读维吉尔的《埃涅阿斯纪》时用图书馆藏书打了一个比方，"莱布尼茨的一则寓言建议我们设立两个图书馆，一个由一百部各式各样、有

---

① 转引自［阿根廷］豪·路·博尔赫斯《私人藏书》，盛力、崔鸿儒译，浙江文艺出版社2008年版，第26页。

② 同上书，第65页。

③ 同上书，第62页。

④ 同上书，第125页。

好有坏的书组成，另一个则由一百部完全相同的尽善尽美的书组成。意味深长的是后一个图书馆所收藏的必定是一百部《埃涅阿斯纪》"①。图书馆藏书可以良莠不齐，也可以用最值得收藏的古典著作《埃涅阿斯纪》装满。即使原样重复也无妨。言外之意，最重要的书籍把要说的都说了，后世之书只不过是重复罢了。

博尔赫斯反复阐发书籍大一统这一理性传统。博尔赫斯在《科勒律治之花》中论证爱默生的书籍大一统的观点，"可以说世间所有的作品都是由一个人写出来的；这些书的中心如此统一，以至无法否认都是出自一位无所不知的博学先生之手"②。在创作时，融入别人的篇章、词句、情节，以此维护理性和正统。可以说，《永生》是关于生、死和文学的流变的。"我曾是荷马；不久之后，我将像尤利西斯一样，谁也不是；不久之后，我将是众生：因为我将死去。"③ 叙述者感慨，岁月能够留下的只是别人的只言片语。这种语言残渣正是荣格所谓人类集体无意识。

《巴别图书馆》也体现了要把书籍加以大一统式呈现的梦想。在博尔赫斯的想象中，图书馆宇宙是六角形的回廊系列，其中有旋梯、天井、镜子和灯盏。博尔赫斯认为，图书馆是神的杰作；用二十五个符号书写——空格、句号、逗号和二十二个字母，制造书籍的构件；图书管理员掌握着图书馆的基本规律，推断图书馆是宇宙的缩影，容纳符号的一切组合；所有书在图书馆归位之时，人们感到无限幸福，感到自己就是这座宝库的主人；专职的寻找者——稽查员，在无边的六角形拼命检查包罗万象的图书馆所使用的语言，妄想建立正宗的书籍，净化、查封无用的作品。稽查员的行为是徒然的，面对庞大的图书馆，查禁掉的书目是沧海一粟④。

---

① ［阿根廷］豪·路·博尔赫斯：《私人藏书》，盛力、崔鸿儒译，浙江文艺出版社 2008 年版，第 126 页。

② 转引自［阿根廷］豪·路·博尔赫斯《探讨别集》，王永年、黄锦炎等译，浙江文艺出版社 2008 年版，第 10 页。

③ ［阿根廷］豪·路·博尔赫斯：《博尔赫斯小说集》，王永年、陈泉译，浙江文艺出版社 2005 年版，第 125 页。

④ 同上书，第 64—67 页。

卡尔维诺也谈图书馆与文学的关系，谈书籍审查。他在评述弗莱的《批评的剖析》之时谈到，文学不是由书籍，而是由图书馆组成的。这些系统根据不同时代和传统，对经典文本和可疑文本进行编排。每部作品有其独特性，将自己和其他作品区分开来，和另一类图书馆里的作品区分开来。代表理性的图书馆重视可疑书籍，即向潜伏的书籍倾斜。文学，就是要寻找这些远方的书，改变已知书的价值和意义，导致新的可疑文本的再发现和再创造①。从艾柯的学术和创作中可听到博尔赫斯和卡尔维诺思想的回音:《玫瑰的名字》中，圣本尼迪克特修道院基督教最大的图书馆将亚里士多德论喜剧的书视为禁书;乔伊斯作品不乏污言秽语，亵渎了天主教，但是艾柯却从这个可疑文本中发现了新的叙事形式，然后从理论上和实践上加以完善。

博尔赫斯的巴别图书馆是组合性质的，是既复杂又无限的宇宙的镜像。那是几千年文化和每个天使长日记存放的仓库，他不仅仅只停留在探索上，还做游戏，把不同的六边形相互联结，把一本书上的页码插到另一本书上。博尔博斯的文学实践超越了互文性，具用超文本性特征，其中一本书不仅谈论另一本书，而且人们可以从另一本书中深入理解这本书。艾柯觉得博尔博斯走在时代的前面设计出了万维网②。由此看来，艾柯的《玫瑰的名字》的叙事手法深受博尔博斯巴别图书馆思想影响的，玩着超文本的游戏，书和书对话，达到相互阐释，是观点的狂欢和阅读的盛宴。

博尔赫斯在小说里诠释了另一种时间和空间。卡尔维诺在《为什么读经典》一书中专用一章论述博尔赫斯。他认为，在 20 世纪的最后 20 年他同时代人写作都受到博尔赫斯的影响，意大利文化和一颗拥有广博的文学和哲学遗产的心相遇。卡尔维诺从博尔赫斯作品中认识到，他的文学由智识建构和主宰，致力于用语言在所叙事件的肌理中、在对下意识的探索

① Italo Calvino, "Literature as Projection of Desire", *The Literature Machine*: *Essays*, Trans. Patrick Creagh, London: Secker and Warburg, 1987, pp. 60 – 61.

② Umberto Eco, "How I Write", *On Literature*, Trans. Martin McLaughlin, NY: Harcourt, Inc., 2004, p. 116.

中，为混乱奔流的存在赋形，其文学观和 20 世纪文学主流背道而驰。博尔赫斯智慧打造的空间由符号星群栖居。他是简洁大师，在几页长的文本中浓缩了极其丰富的观点和诗性想象，叙述或暗示的时间，是无尽观点的惊鸿一瞥。

博尔赫斯从论文到叙事散文，假称想写之书已经被其他语言和其他文化的作者写好，我们的任务就是描述、概括或者评论那本假设之书，将空间成倍或者多倍扩容。博尔赫斯将文学的诞生提升到了第二层次，文学是自身的平方根。只有书面语有充分的本体体现。书面语的力量和作为经验源头和终点的、生活过的经验相关①。图书馆也强烈吸引着艾柯，他像博尔赫斯一样，把图书馆亦比作天堂，在天堂可同时看到一切，体验无限的可能性，体验几乎可以进行无限阅读带来的快乐②。

博尔赫斯长期以来就是拉丁美洲文学倡导者，宣称拉美文学不应受制于西方传统。巴思《枯竭的文学》注重他对 19 世纪现实主义文学枯竭的反应。欧洲的新小说作家和后现代主义者一直被他吸引，特别是其作品游戏式的哲学之维。艾柯《玫瑰的名字》跨越哲学和文学的界限，情节与《死亡和指南针》《阿维罗伊斯的追寻》相关，结论相似，与博尔赫斯和维特根斯坦相关。为了强调这种联系，小说中的六边形图书室迷宫的神秘中心由瞎子佐治掌控③，来影射时任阿根廷国立图书馆馆长博尔赫斯。

二　图书馆异托邦之无限叙事潜力

阿奎那和乔伊斯百科全书类型的文本共同之处，体现的就是博尔赫斯关于书籍演变的卡巴拉思想，即他们各自在神学、文学对无限多的重要书

---

① Italo Calvino, "Jorge Luis Borges", *Why Read the Classics*? Tran. Martin McLaughlin, NY: Vintage Books, 2000, pp. 237 – 241.

② Umberto Eco, Adelaida Lopez et al., "Interview: Umberto Eco", *Diacritics* 17. 1 (1987): 46 – 51, p. 51.

③ Thomas L. Cooksey, *Masterpieces of Philosophical Literature*, Beijing: China Renmin University Press, 2007, pp. 229, 230 – 231.

籍残片的充分利用,对其中的话语和观点加以重组和改造,来建构坚实的思想体系,进行先锋叙事实验。博尔赫斯模仿乔伊斯,玩文字游戏,写过一部用杜撰的西班牙语单词 *Whateverano* 做书名的乔伊斯式迷宫小说,但他更擅长玩的是概念①。博尔赫斯 1924 年读过《尤利西斯》,写过书评,对其中时间和空间的表现感兴趣,还尝试翻译过一段,对最后一页进行改编。艾柯进一步阐发乔伊斯、博尔赫斯和卡尔维诺等对书籍传统的认识论,强调重要的书籍代表着文明史和文化记忆;阅读联通书本和人生,提升灵魂,延长生命;写作行为肩负着拯救即将逝去的文化的责任;图书馆的各种书籍具有分形、开叉的功能,若将其中的事件、情节和思想碎片组拼起来,故事的雏形就出现了。

博尔赫斯笔下对图书馆的设想、卡尔维诺在《寒冬夜行人》的书籍组合游戏、艾柯将图书馆和叙事的无限潜力联系起来,这些游戏思想不是凭空产生的,而是福柯将图书馆看成异托帮(heterotopia)的哲学思想的体现。美国学者雷德福等(Gary P. Radford et al.)的研究发现,1967 年,福柯在一次讲座中论述了他的异托帮思想,异托帮是相对于乌托邦而提出的,指其他空间;图书馆作为异托帮,指人在图书馆这么一个真实的地方,可将书籍呼唤出来的体验接通,产生意外之喜。福柯的演讲 1984 年才发表出来,1986 年英文稿以《论其他空间》("Of Other Spaces")为题刊发,引发学界对后现代城市规划和地理空间的热议。异托帮是能够产生混合的、联结的经验的处所,在同一物理空间可以同时体验到多重地方。比如镜子,它联结真与不真,在不真的空间捕获真的东西。异托帮是介于我在与我不在的空间。福柯把联结生者与死者的公墓、联结凡人与圣人的教堂、联结过去和现在的的博物馆、联结家与离家的汽车旅馆都当成异托帮②。艾柯在《在超现实中旅行》对这些地方也是津津乐道的。异托帮例

①　[意]翁贝托·埃科:《埃科谈文学》,翁德明译,上海译文出版社 2016 年版,第 112—113 页。

②　Gary P. Radford et al. , "The Library as Heterotopia: Michel Foucault and the Experience of Library Space", *Journal of Documentation* (4) 2015: 733 −751, pp. 735 −746.

子可以拓展到现代的虚拟空间。而图书馆是最有价值的异托帮，在封闭不变的空间里体验图书馆无限和有限的混合和联结。广义的图书馆不只是藏书之地，它本身就带有虚拟空间的性质，它是一道门，把人们带到别处，带给他们别样的东西。图书馆异托帮悖论最终带给人们的是冒险、发现和快乐体验，"故意对图书馆进行排列，以此滋生惊奇；将其财产进行分布，以此显示多重体验。因此意外之喜就是异托帮运作的机制"①。博尔赫斯的《巴别图书馆》中的排列游戏有异托帮的影子。据笔者理解，异托帮提供一个界面，让人在真实的地方，通过机缘巧合把自己和其他遥远的、虚幻的体验连接起来。爱书者、藏书家、迷宫玩家有丰富异托帮想象，借此联结和混合的功能来延长记忆，延长生命，乃至组合叙事。

在艾柯看来，书籍记载着人类文化发展的轨迹，汇聚起来就是人类整部文明史；写作是拯救文化的行为。艾柯和法国的卡里埃尔（Jean-Claude Carrie）的对话录《别想摆脱书》显示了对重要的书籍及其传承方式的重视。他们将书籍比成知识或者想象的车轮，想象中无法超越的某种完美形式，技术革命都不能阻碍其车轮的运转②。卡里埃尔认为，印刷术把人脑中的记忆保藏在类似冰柜的图书馆和博物馆里。而"人类的部分记忆就寄存在书中，在这些机器里，但还必须知道如何从自己的工具里抽取最好的部分，也就是如何管理自己的记忆"③。卡里埃尔从艾柯小说中解读其利用重要书籍的意图："你已经通过《玫瑰之名》清楚地表明，透过书的历史，我们可以重建文明的历史。对于'书的宗教'来说，书不仅是海纳一切的容器，更是一只'广角镜头'，透过这个镜头我们可以观察一切，讲述一切，甚至决定一切。书是人类的起点和终点，是世界的场景，乃至世界的末日。"④ 艾柯打比方说，"文化是所有从此消失的书和其他物件的

---

① Gary P. Radford et al. , "The Library as Heterotopia: Michel Foucault and the Experience of Library Space", *Journal of Documentation* (4) 2015: 733 - 751, p. 736.

② ［法］让－菲利浦·德·托纳克编：《别想摆脱书：艾柯＆卡里埃尔对话录》，吴雅凌译，广西师范大学出版社 2014 年版，第 7 页。

③ 同上书，第 77 页。

④ 同上书，第 128 页。

墓园"①。卡里埃尔意识到写作是一种文化拯救行为。例如,在 15 世纪和 16 世纪欧洲混乱时期,知识分子用拉丁文书进行信交流,传播书籍,挽救文化。在古罗马帝国末期,一些知识分子归隐修道院,抄写典籍,挽救即将逝去的文明②。艾柯在《玫瑰的名字》中如此描绘过修道院抄写员的职责。

艾柯酷爱图书馆,视之为混合记忆的庞大储存室,这里记忆的鸡尾酒散发出阵阵馨香③。异托帮带来混合记忆。艾柯利用图书馆馆藏书籍中的名句做拼接实验,组合成了看似合理的故事。他受到法国乌力波综合创作方式的启示,曾把恺撒和歌德遗言、普鲁斯特、但丁和其他意大利诗人名句串在一起,暗示图书馆的书籍碎片有可能通过对话连接起来,展示讲故事的潜力:

> 英国绅士,我要早睡了。连你也是! 光,更多的光照亮一切。要么在这里建立意大利,你杀的是已死的人。意大利兄弟们,再加一把劲。在田间画出垄沟的犁下一次还很好用。意大利建立,永不屈服。欢迎五月,我们在黑暗中战斗。三个女人常在我心上,没有风吹过,你走进那棵树,高高的山丘上雾气弥漫。从阿尔卑斯山到金字塔,人们都戴上了头盔,到处都在战斗。晚上,我的话让人精神振奋,那几个平庸笑话。金色的翅膀永远自由。圭多。我想要天空失去颜色。我知道战栗、武器还有爱人。夜晚清新凉爽,船长。我想通了,虔诚的牛儿。晚上五点,我身处一片黑暗的丛林当中。九月,我们去柠檬花开的地方。柔顺的辫子消失了,一根马刺,和一阵马的惊跳,这些就是卡斯肯尼的孩子们。黝黑的月亮,告诉我你要做什么。女伯爵,什么是生命:屉柜上的三只猫头鹰。④

---

① ［法］让－菲利浦·德·托纳克编:《别想摆脱书:艾柯＆卡里埃尔对话录》,吴雅凌译,广西师范大学出版社 2014 年版,第 66 页。

② 同上书,第 141—142 页。

③ 同上书,第 47 页。

④ 同上书,第 47—48 页。

艾柯在《玫瑰的名字》中把无数前辈书籍中只言片语巧妙地隐藏在故事中，浑然一体。从近处来说，他实验的是法国作家的综合写作法，或者混合体，依靠组合的技巧完成；从远处来看，是阿奎那的百科全书做派。卡尔维诺是乌力波成员，其《命运交叉的城堡》和《寒冬夜行人》是这一组织推出的组合文学的杰作。百科全书派都是利用图书馆异托帮特征，将代表性的异质书籍碎片或者清单进行拼接和混合游戏，重新组排，真假难辨，自成一体。

《玫瑰的名字》就是博尔赫斯《巴别图书馆》中组合思想的实验场。博尔赫斯在《巴别图书馆》中谈到何谓"全书"以及如何找到"全书"。博尔赫斯寻找的方法是用符号回溯、试推的，一本书的位置在另一本书中有记载，这另一本书的位置又在另外一本书中有记载，如此类推，一本一本的书籍便连接和组合起来了，成为包括一切书的"全书"。艾柯何止是看到了那本"全书"，他还用《玫瑰的名字》实验出了"全书"，超越了博尔赫斯的梦想。

小说中，叙述者"我"在前言结尾说这是一本"关于书籍的故事"[①]。《玫瑰的名字》是用许多书籍线索连接起来的，无署名的作者序寻找手稿一事预先作了暗示。"我"在巴黎的图书馆发现书目所列《维特拉轶事》出版商、年代和篇幅不同，与修士交谈中亚贝·华莱出版过书也被否定。1970年，"我"在阿根廷布宜诺斯艾利斯一家旧书店偶然翻到米洛·汤斯华《观镜下棋》一书，提到阿德索修士手稿引句，出处是柯奇神父著作。而汤斯华引述的插曲尤其是对迷宫的描写和华莱如出一辙[②]。由是，从其他书对阿德索手稿的引述可以确定它存在过。阿德索手稿历经传译、历经转述，已经变成了其他书，但在其他书中我们可以看到其踪影和存在。

可以说，《玫瑰的名字》内容是阿德索手稿，但是阿德索手稿并不是《玫瑰的名字》，而是图书馆或者百科全书似的书。在大火烧毁圣本尼迪克

---

① Umberto Eco, *The Name of the Rose*, Trans. William Weaver, London: Vintage, 2004, p. 5.
② Ibid., pp. 1 – 3.

特修道院和迷宫图书馆许多年之后,阿德索重访旧地,在残垣破壁中搜集到残留羊皮纸卷、书页、图画等书魂和遗骸。他在归途和梅勒克经年累月解码断简残篇和整理手稿:

> 我通常能够从一个单词或者幸存的图画认出作品原来模样。当最后找到那些书的其他抄本时,我爱不释手,仿佛命运交予我这份遗赠,仿佛辨认被毁的抄本是上天召唤我的明显征兆:"拥有并保存吧。"在我耐心重构结束之时,我面前出现一种小图书馆,是消失了的大图书馆的象征:由片断、引语、不全的句子和残损的书籍组成的图书馆。①

阿德索叙述的基调是怀古的、悲怅的,大火焚毁了巨大的图书馆、雄伟的修道院,才华横溢的修士、他们的雄辩都成往事。阿德索的叙述将解构过的知识进行重构,把消失了的图书馆再造了出来,其实就是把各个学科的残片组合成百科全书。在黑暗、残酷的中世纪,唯一不消逝的东西难道不是观点么?大火可以烧灭一切实物,唯有人的记忆可以铭记一切,书写让过去复活。正是这些书的残片或者知识残片构成了《玫瑰的名字》的"全书"迷宫,读者阐释的任务就是要解密这些书本和知识的组合形式。

　《玫瑰的名字》正文前面所述和书中对书籍的看法暗藏着小说书写和阅读方法谜底。威廉和阿德索在书籍的看法上有契合点:"许多书中常常会谈到其他的书","书籍常常谈到书籍,就好像它们之间在对话"②。书籍之间的对话指的是克里斯蒂娃所说的互文性,而艾柯本身是乔伊斯研究专家和文学理论家,《玫瑰的名字》中的文字符号如一个词、一个人物、一个地名、一句话、一个行为往往引起对其他人物和其他书的联想,交织成

---

① Umberto Eco, *The Name of the Rose*, Trans. William Weaver, London: Vintage, 2004, p. 500.
② Ibid. , p. 286.

巨大的互文网和语义迷宫。巴斯克维尔的威廉修士互文指向爱伦·坡作品中的都宾、柯南·道尔笔下的福尔摩斯等；助手和抄写员阿德索相当于福尔摩斯的助手华生；"发生的一切都指向一本书的被窃和占有"①。故事复述着爱伦·坡的侦探小说《一封被窃的信》的主题；疯狂捍卫修道院迷宫图书馆禁书的瞎眼修士佐治，跟著名作家、晚年眼盲的阿根廷国立图书馆馆长博尔赫斯何等相似！

　　这本小说是有底迹的手稿或者隐迹文本。卡尔维诺《寒冬夜行人》那种假借书的装订错误造成无数书的故事情节混杂，是一种形式写作游戏的极端例子；而《玫瑰的名字》把无数本书的故事内容、写作形式和风格加以巧妙地戏仿，文本处理得天衣无缝、妙趣横生。先前那些书的印迹被隐秘地放置到此书中，无疑是作者将"百科全书迷宫"的假设付诸实践。

　　从这一叙事实验可见，叙事无疑可以联通书本和智慧。艾柯更进一步，叙事可以分享人生，读者可以和书中人物同命运、共呼吸。1991 年 11 月 23 日，阿尔杜斯俱乐部和布雷拉图书馆邀请艾柯到米兰布莱登塞国家图书馆特蕾莎大厅向普通市民，尤其是年轻人做讲座，鼓励他们多读书。为何要阅读？根据艾柯，人类自知死亡的结局，为了拯救精神上的痛苦，避免生活的单薄，只能希望灵魂永在。而灵魂由记忆构成，过滤后对人生经历加以保存②。人类血肉之躯铸造的动物记忆是有限的，而作为植物记忆的书籍做了延伸和弥补。书籍成了我们的长者和真理的标志，阅读成了读者和纸面上的文字之间进行的对话。读过书的人生相当于多活了几次③。植物记忆联通书本和人生：

　　　　正是通过书籍的植物记忆，我们才能把普鲁斯特儿时的游戏和我们的记忆连在一起，吉姆寻找金银岛的梦想也成了我们儿时的梦想，

---

　　①　Umberto Eco, *The Name of the Rose*, Trans. William Weaver, London: Vintage, 2004, p. 446.

　　②　［意］翁贝托·艾柯:《植物的记忆与藏书乐》，王健全译，译林出版社 2014 年版，第 4—5 页。

　　③　同上书，第 11 页。

而且还从匹诺曹,或者汉尼拔在卡普亚的惨败中吸取教训:我们预期自己的爱情,同时也祝福阿里奥斯托笔下的安杰莉卡——或者你们更低调一些,祝福哥隆夫妇笔下的安杰莉卡;我们从索伦的智慧中汲取养分,我们为圣赫勒拿岛上的风雨之夜颤抖,我们重复着奶奶讲的童话故事,同时还有山鲁佐德在《一千零一夜》里讲的故事。①

书籍无疑是为生命投资,为不朽保险。但书籍中也有谎言和错误,不排除愚蠢的行为也铭记在人们的记忆中,焚烧了以弗所猎神阿尔忒弥斯庙的黑若思达特斯就是一例②。

博尔赫斯把阅读当成比现实还真实的人生,把图书馆当成人生旅途中最好的风景。1980 年,美国诗人巴恩斯通 (Willis Barnstone) 在芝加哥大学就时间的秘密这一议题访谈博尔赫斯,博尔赫斯在谈时间和自我两大哲学难题时谈到阅读,称阅读是一种非常真实的体验。同年,博尔赫斯在纽约笔会俱乐部接受作家们访谈时,把图书馆想象成天堂③。

面对信息技术的飞速发展,艾柯认为收藏书籍,拯救书籍是当务之急。印刷术在不断扩大"智慧蚁穴",成为世界"最巨大的建筑物",雨果在《巴黎圣母院》称它是继远古巴别塔之后出现的"第二座巴别塔"④。如何选择书籍?艾柯建议读书人要珍爱他们生命中的重要书籍,但是面对矿物记忆的最新载体电脑时,作出选择非常困难。因为电脑像博尔赫斯笔下博闻强记的富内斯一样,把所有细节纳入庞大的记忆库,玩家失去选择的标准⑤。由于书籍难以长久保存,还要常常遭受焚毁和查禁,再加上万维网快餐文化当道,书籍的命运岌岌可危。本来,人类文化是建立在共同的百科全书之上的,以此理解世界,认识和发现真理,甄别谬误。从托勒

---

① [意]翁贝托·艾柯:《植物的记忆与藏书乐》,王健全译,译林出版社 2014 年版,第 12 页。

② 同上书,第 11—13 页。

③ Willis Barnstone, ed., *Borges at Eighty*: *Conversations*, Bloomington:Indiana UP, 1982, pp. 110 – 111.

④ [意]翁贝托·艾柯:《植物的记忆与藏书乐》,王健全译,译林出版社 2014 年版,第 24 页。

⑤ 同上书,第 14、9、10 页。

密地心说到伽利略天体运动说,无一例外。然而,网络相当于有六十亿部百科全书容量,阻碍共识的形成;全球化进程更让人类经验四分五裂。万维网缺乏文化过滤,鱼目混珠的海量信息不能给人智慧,只能让人变得漫无目的,变得愚蠢。艾柯在《书籍的自白》中谈到网络用户漫游电子书,不受数学规律支配,同时可以看到安娜·卡列尼娜、阿托斯、波尔托斯、阿拉米斯、红衣主教卫队、朱萨克的大刀、罗康博尔等形象①。电子书是"一本分裂的书,拥有很多生命、很多灵魂就如同没有任何生命和灵魂",而纸质书给读者一个"平静的世界",善恶分明,不会与其他书交叉②。

在这种形势下,保护古老的文献和重要书籍弥足珍贵。艾柯在书籍保护方面树立了典范,他的藏书甚至包括 30 来本印刷初期珍本,比如,《寻爱绮梦》、《纽伦堡编年史》、费西诺翻译的《秘义集成》、乌贝蒂诺《耶稣被钉的生命树》。他收藏有符号学、奇趣、空想、魔幻、神灵、神秘学、假科学、托勒密书籍,阿塔纳修斯·基歇尔全部作品。艾柯在《植物的记忆与藏书乐》称自己有"爱书癖",是"爱书狂",拥有吉尔松《中世纪哲学精神》、中世纪百科全书《世界图志》、中世纪地图、帕拉塞尔苏斯、有怪物插画的《纽伦堡编年史》,还喜爱阅读"书之书"——书籍目录③。1990 年 3 月 9 日,他在"古书展览会"研讨会上称,"古老的文献和书目是知识的根源,同时也是沉沦的通道"④。他将自己收藏的古籍命名为"奇特、古怪、神奇且灵异的符号学藏书"⑤。他把这些珍贵的书籍收藏在他米兰寓所和山间庄园里,他私人图书馆收藏了多达五万本书籍。虽然所有这些书他不是每本都读,但是他要么凭触觉感知过,要么在移动时随意翻阅过,要么在其他书中读到过⑥。

---

① 〔意〕翁贝托·艾柯:《植物的记忆与藏书乐》,王健全译,译林出版社 2014 年版,第 86、226、232 页。

② 同上书,第 234 页。

③ 同上书,第 145、35 页。

④ 同上书,第 60 页。

⑤ 〔意〕翁贝托·埃科:《树敌》,李婧敬译,上海译文出版社 2016 年版,第 172 页。

⑥ 〔意〕翁贝托·艾柯:《植物的记忆与藏书乐》,王健全译,译林出版社 2014 年版,第 45—46 页。

艾柯作为欧洲知识泰斗,是分析古书和鉴定古书版本的行家,也研究古老的百科全书版本和神秘的信息。他曾去巴黎校订安特尔西涅书店《奇品收藏室二》535 个目录。因为古文物市场炙手可热,艾柯建议对古书的书目做全方位的调整,来适应神秘学、银行经济和商业团体、普罗迪政府、风尘场所、性多元时代、学术垄断和大学竞争这些主题。1988 年,艾柯为纽约艾布拉姆斯出版社意大利译本《中世纪岁月》写了前言。同时,他为库拉斯《永恒的智慧剧场》做版本鉴定。2000 年,他为贝内德托·波尔多内《岛屿志》复制版写导言,把岛屿与文明联系在一起。他还为霍华德·布洛克《上帝的剽窃者》意大利文译本写导言,谈论米尼神甫。他研究基歇尔编撰的百科全书,并指出基歇尔犯过很多错误,问题在于他把两类百科全书交叉起来。古希腊罗马和中世纪的百科全书,是不需要验证的;而启蒙主义百科全书,是专家类型的。基歇尔百科全书用科学的语气探讨他弄错的东西。艾柯还研究腾斯法密码,从腾斯法对《最后的晚餐》的阐释来破译究竟谁是阴谋者,约翰、彼得,还是达·芬奇?这一绝密信息,只有决定西方命运的人才知道①。

艾柯对书籍的命运忧心忡忡。他预言,2080 年柯梅斯特虫草病毒会摧毁纸张、印刷术和图书馆。所有的书都"纷纷变成了白色粉末,飘荡在世界业已空荡的大型图书馆中,墙壁前空空的书架如同失去了瞳孔的眼球,无奈地注视着空中的粉尘"②。那时,藏书者会变得生活凄凉。但 10 年之后,万维网又让纸质书变成稀罕物,值得收藏。2002 年,他在《未来二十年的书籍》中设想,太空人类学家 Taowr Shz 谈论地球灭绝之前 20 世纪人类图像,把艺术家的创作串在一起来呈现人类身体结构的扭曲、变形和虚弱。

利用书籍,就是利用过去。艾柯以天文台展现的景色为《悠游小说林》结尾,人、星空、宇宙浑然一体,亦真亦幻,人和星空是故事的主人

---

① ［意］翁贝托·艾柯:《植物的记忆与藏书乐》,王健全译,译林出版社 2014 年版,第 252—255、106—107、267 页。

② 同上书,第 215 页。

公，宇宙承载着过去和历史。人成了"书籍之书的模范读者"。那便是艾柯不愿离开的小说林①。在那里，"个人和集体记忆的交织，通过时间后退而延展，延长我们生命，似乎作为永生的承诺。当我们（通过长辈或者书籍）分享这种集体记忆时，我们就像博尔赫斯凝视着神奇的阿莱夫——包括整个宇宙的点：在我们一生中，我们能以某种方式，在一阵冷风横扫圣海伦那岛时，和拿破仑一起颤抖；在阿让库尔大捷时和亨利五世一道欢呼；布鲁特斯背叛时，和恺撒一起受罪"②。我们透过书籍这个神奇的阿莱夫，看到的是人间故事、人类经验、思想智慧和整个世界。

如何像阿奎那和乔伊斯一样，对典籍加以引用和利用，找到一种秩序来安置各种书籍中的观点，来生产文本，来生产世界，同时拯救文化，这便是艾柯一直在思考的问题。

第二节　清单与无限组合

世界之广大，书籍之浩瀚，如何找到一种秩序来解决混乱和无序？在书籍的世界里，博尔赫斯、卡尔维诺和艾柯都重视经受得住时间检验的重要书籍，重视在写作中把这些书籍所承载的人类文化精髓加以抢救和传承。他们都通过符号视野，立足图书馆，思考用何种秩序组合百科性质的叙述话语，形成一本包含所有书的大书。"一种组合就是一个秩序因素。"③博尔赫斯提出一些迷宫组合结构的形上概念，卡尔维诺和艾柯在小说中寻找到了不同的秩序来实验组合。例如，卡尔维诺用塔罗牌、用棋盘、用装订错的书页，艾柯用书籍不同的版本、在书籍中寻找遗失的书、书籍的焚毁和碎片重组等等秩序来组织话语。在他们之前，乔伊斯用的是意识流把

---

① Umberto Eco, *Six Walks in the Fictional Woods*, Cambridge, Mass.: Harvard UP, 1994, pp. 139 – 140.

② Ibid., p. 131.

③ ［意］安伯托·艾柯：《开放的作品》（第2版），刘儒庭译，新星出版社2012年版，第79页。

混乱和无序进行了处理。艾柯在研究阿奎那、乔伊斯的百科全书文本的基础上,在他从古至今的清单研究中,意识到清单是一个始于远古的符号,相当于百科全书的目录,其功能就是进行无限排列,不仅能处理无法言说的无限、无尽之事,而且成为生产百科全书叙事结构的分形、开叉的利器。

一　清单与无限

自 1952 年以来,艾柯遍访罗马建筑风格的修道院和哥特式教堂,积累了一大柜子关于中世纪的资料①。他本来想把《玫瑰的名字》故事背景设置在中世纪,去写"怪物的历史、中世纪百科全书分析和清单理论"②,后来他决定就采用中世纪的一些方式讲述中世纪的事情。他用了两年时间完成小说。艾柯这里提到的"清单",是他讨论中世纪人的百科全书世界观、研究阿奎那和乔伊斯百科全书文本时绕不过的话题。清单与百科全书叙事有何联系?艾柯着眼从古至今的清单演变史,用实例分析其功能,进行全面的理论阐发,将之演绎成通达无限和万维的工具和手段。

艾柯对清单议题的论述主要包括《一个年轻小说家的自白》中一个章节"我的清单",还有合著的图文并茂概念史巨著《无限的清单》一书;还散见于其杂文对雨果、现代绘画等艺术品之浩瀚性的讨论。《无限的清单》展示了艾柯学问博大精深,他研究的清单类型多不胜数,有文学作品中各类清单、奇迹清单、收藏和宝藏、奇珍柜、百宝箱、种和属清单、百科全书、过度清单、混乱枚举、大众媒体中的清单、非正常的清单,等等。清单从远古的原始野性思维走向现代,随时代更迭意义和精神内涵有所改变,但是浩瀚、无极的终极指向亘古不变。

法国的卢浮宫曾邀请艾柯筹办一系列会议、展览、朗读、音乐会和电影活动,他就选择用清单议题作讲座。他坦陈中世纪文本和乔伊斯引发他

---

① Umberto Eco, *Confessions of a Young Novelist*, Cambridge, Mass. : Harvard UP, 2011, p. 11.

② Umberto Eco, *Postscript to the Name of the Rose*, Trans. William Weaver, NY: Harcourt Brace Jovanovich Publishers, 1984, p. 14.

对清单的狂热,他自己的小说中也不乏清单。清单最早见于荷马史诗《伊利亚特》中无尽的船名和阿喀琉斯之盾的描绘方式,念船名,说图中场景,说个没完没了。这不是啰嗦和累赘,而是原始人对无法表述、包罗万象和无限无尽之事找的一种排列组合秩序。艾柯还把这种不及备载现象从荷马到乔伊斯,从佩雷克、普莱维特(Prevert)、惠特曼到博尔赫斯的文学清单,一直追踪到图像清单、以《出水芙蓉》为代表的大众媒体清单、"信不信由你"奇趣博物馆和其他著名博物馆清单。就连画作的框内事物也并非全部,欣赏者所见只是其无限之大集的部分,无限还在延续①。

其中,艾柯将现实层面和美学层面的清单分别命名为实用清单和诗性清单。实用清单在把同一语境下的一套物件统一起来,不在乎相似与否。购物单和博物馆目录属于此类。后者指在博物馆预定位置摆放的物件,数量是有限的,但还可以增加②。卢浮宫陈列的千奇百态的古董、聚宝盆中的宝贝,其目录属于实用清单。实用清单有三个特征:参考性、有限性和不更改性。相比之下,诗性清单是开放的,预设好的,暗指人物、物件和事件的无限性。原因有二:"其一,作家知道事情的数量之大,难以记录;其二,作家乐于(有时是纯听觉愉悦)无休止的列举。"③ 列单活动寓无限于有限,把浩瀚性再现出来,制造让人惊叹和战栗的美学感受。这种再现模式就是清单或目录,把属于"同一脉络"、"同一观点"的事物罗列出来④。

实用清单和诗性清单有时是可以转化的。比如,飞机乘客名单本来是实用清单,但是在追悼会上以哀伤的语调念出空难乘客的名单,就变成了诗性清单。由此可见,可以把实用清单读成诗性清单,反之亦然⑤。梵蒂冈大教堂广场上,天主教教徒朝拜红衣主教仪式开始时,神父们要面对朝

---

① [意]翁贝托·艾柯:《无限的清单》,彭淮栋译,中央编译出版社2013年版,第7、37—39、44页。

② Umberto Eco, *Confessions of a Young Novelist*, Cambridge, Mass. : Harvard UP, 2011, pp. 157, 122 - 123.

③ Ibid. , pp. 122 - 123.

④ [意]翁贝托·艾柯:《无限的清单》,彭淮栋译,中央编译出版社2013年版,第131页。

⑤ 同上书,第373—374页。

圣者一一念出所有天使的名字。于念读的神父，这无疑是诗性清单，让他们联想起天使们的形象和故事。于听者，冗长的诵念会让人疲惫不堪。

清单是古老的口传诗歌流传下来的叙述手段，"舌头和嘴巴不够的建构法"①，"针对盲人的视觉化描绘"②，以应对所述之事难以言状的规模和混乱，展现其空间的宏大之势。它是典型的原始思维的产物，因为原始人缺乏精确，只能通过叫出所有名字或一一列举的方法，呈现多不胜数、无限之大的特征。原始人对宇宙没有准确的图像，希望清单能尽可能表现宇宙属性，但是又无法建立其等级秩序。无限的清单可以追溯到荷马史诗和赫西俄德《神谱》。荷马用了350节诗列出所有船长和船只的名字，来说明去攻打特洛伊城的希腊大军人数之多、阵势之大。这种形式在古典作家和后世文学中加以发扬光大。这是难以言喻的申论模式，还见于品达、提尔泰奥斯、维吉尔、奥维德、但丁等古典作家的作品和拉丁文学。奥维德的《爱经》中列出女人玷污神圣的技巧清单和衣装清单；《变形记》使用264种变形清单。但丁也列出了天国的天使清单③。艾柯以荷马史诗《伊利亚特》第十八章阿喀琉斯之盾为例，来阐明清单这种形式属性。阿喀琉斯盾牌被特洛伊人抢走，他母亲请求铸造之神赫菲斯托斯为他打造新盾牌。盾牌上有精美的图纹，描画的场面众多，有战争场景，也有生活场景。细节丰富，跨越时空，"仿佛此盾是一幅电影银幕，或者是一列长长的连环漫画"④。许多艺术家梦想复制出这件作品的视觉效果，但都不得真传。"艺术在这里建构了一系列和谐的再现，在它所刻画的主题之间建立了一种秩序、一套阶层井然的结构，确定了物象对背景的关系。"⑤

艾柯在做博士学位论文时，阅读了大量的中世纪诗歌，知道中世纪人喜欢用清单，这种修辞的目的是表达无限、让人应接不暇。中世纪时期，

---

① ［意］翁贝托·艾柯：《无限的清单》，彭淮栋译，中央编译出版社2013年版，第51页。
② ［意］翁贝托·埃科：《树敌》，李婧敬译，上海译文出版社2016年版，第155页。
③ ［意］翁贝托·艾柯：《无限的清单》，彭淮栋译，中央编译出版社2013年版，第17、49—50页。
④ 同上书，第11页。
⑤ 同上书，第12页。

神学简编和百科全书为物质宇宙和精神宇宙给出一个确定的形式。从文艺复兴和巴洛克时代天文学、到现代和后现代文学，清单无限延展。古希腊以降，哲学和科学一直试图努力地把握事物的本质。从亚里士多德对本质的界定到现代分类学，本质都是指将特定事物界定为特定物种的个体①。即或如此，原始思维的余灰仍以集体无意识的方式留下来。

艾柯研究文学大师们作品的清单，发现清单叙述方式的广泛用途和制造迷宫的契机。马克·吐温笔下的汤姆收集的小宝藏、《尤利西斯》布鲁姆橱柜抽屉里的杂碎物、托马斯·曼《浮士德博士》的乐器收藏，是事物清单。就连艾柯《给儿子的信》中，承诺给他各式各样的枪、炮和刀等武器当圣诞礼物，用的也是事物清单。"到那时候，你的礼物全部是枪。双管的机关枪。连发枪。冲锋枪。大炮。火箭筒。军刀。……还有只有杰西·詹姆斯（Jesse James）和狂野的比尔·西考克（Wild Bill Hickok），或者桑比力恩才配得上用的前装式的机关枪。……"② 艾柯还在《波多里诺》尝试过这种方法。此外，文学作品中还有数不清的地名清单。惠特曼的诗歌《我听见美洲在歌唱》的地名清单产生混响效果。乔伊斯在写《芬尼根守灵夜》时，为了写爱尔兰利菲河（Liffey）流动，插入全世界所有国家河流名字，有双关语的，合成字的。雨果也是使用清单叙述法的行家，他用清单手法把《巴黎圣母院》中卡西莫多畸形的容貌之丑陋、《笑面人》中格温普兰之丑恶渲染到了极致。他还在《九三年》中用长篇清单描写旺代叛乱，用八页篇幅描绘朗特纳克向信使阿尔马洛汇报的保皇党叛乱分子队伍，让读者感受叛军阵势之强大，这段历史之沉重。了解或略微了解那段历史的人可以看懂，未来的读者可以从中摸索出某种意义③。艾柯《玫瑰的名字》中萨尔瓦多的经历，《波多里诺》中桑母巴提庸石头河中石流变化，都用了清单手法。他开始写《玫瑰的名字》时，也从古代编年史中借

---

① Umberto Eco, *Confessions of a Young Novelist*, Cambridge, Mass.: Harvard UP, 2011, pp. 167 – 168.

② ［意］安伯托·艾柯:《误读》，吴燕莛译，新星出版社 2006 年版，第 101—102 页。

③ ［意］翁贝托·埃科:《树敌》，李婧敬译，上海译文出版社 2016 年版，第 133—162 页。

用了土匪、夜盗、流浪的异教徒名字，以显示 14 世纪意大利社会、宗教的无限混乱感，制造一种混响的效果。

在艾柯看来，博尔赫斯的《阿莱夫》中叙述人在地下室透过门上孔洞所见，乃是从宇宙的一个点看到了世界各地，是无限的清单①。叙述人通过一个小缝隙看到了整个宇宙，宇宙就是一个"清单"，"注定不完整的清单"——地名、人名和令人不安的主显节清单。观察者从中看到了海洋、黎明和暮色，美洲、黑色金字塔中心的银色蜘蛛网、伦敦不连贯的迷宫，诸如此类。

清单的方式有连贯的、过度的和混乱的。混乱的枚举不是意识流，属于异质清单。卡尔维诺"宇宙连环图"幻想到，陨石碎屑形成地表，把清单定义为"荒谬的大杂烩"②。中世纪百科全书分类模糊，信息不相关联。拉伯雷首创过度清单的诗学③，颠覆了中世纪学术简史刻板的秩序。艾柯把博尔赫斯杜撰的、福柯在《事物的秩序》前言引用的《天朝仁学广览》（*The Celestial Emporium of Benevolent Knowledge*）归类为混乱的清单。博尔赫斯书写的这本中国百科全书中的动物清单，分类也是混乱的。艾柯把这种形式的动物分类归属到非正常清单，称博尔赫斯把清单诗学推到"异端的极顶"④。对于乔伊斯和博尔赫斯使用清单的原因，艾柯的解释是他们不是不知道说什么，而是"出于喜欢过度、骄傲的冲动、贪恋词语和多元无限带来的欢乐（不是陶醉）的科学"⑤。他们使用枚举式的修辞，以冗长的方式解释事物特征，透露其对"反复重申"的爱好⑥。累积枚举，形式条理连贯的枚举，让事物聚集到一起。清单改组世界，让杂乱无章的事物呈现新的关系。博尔赫斯清单"不仅对所有一致性标准加以挑战，而且故意

---

① ［意］翁贝托·艾柯:《无限的清单》，彭淮栋译，中央编译出版社 2013 年版，第 17、81、83 页。

② 同上书，第 323 页。

③ Umberto Eco, *Confessions of a Young Novelist*, Cambridge, Mass. : Harvard UP, 2011, p. 175.

④ ［意］翁贝托·艾柯:《无限的清单》，彭淮栋译，中央编译出版社 2013 年版，第 396 页。

⑤ Umberto Eco, *Confessions of a Young Novelist*, Cambridge, Mass. : Harvard UP, 2011, p. 187.

⑥ ［意］翁贝托·艾柯:《无限的清单》，彭淮栋译，中央编译出版社 2013 年版，第 133 页。

对集合论悖论进行游戏"①。他所列的清单表明,诗人是混乱清单的真正制造者,工于处理异质话语。

二 无限清单与万维

艾柯在《中世纪的艺术和美》中指出了艺术生产的路径,"艺术把分开的东西拼接起来,把连在一起的东西分离开来;它把自然加以延伸;正如自然是生产性的,艺术也可以生产,可以不断地进行辛勤的创造"②。这句话蕴含着巴特组合/分节的思想。对于艾柯,拼接就是用清单叙述手法把百科知识组合成叙事话语,拆分指读者在阐释文本时将组合段切分开来释义。在《悠游小说林》中,艾柯将古典神话"至高无上的"功能界定为"在混乱的人类经验中发现一种形状,一种形式"③。在后现代混乱状态下,作家不能对古老的清单叙述法照搬照抄,而是要进行创造性的改造和发挥,才能为混乱的生存和体验塑形。不论对同质材料还是异质材料,清单叙述法都具有开叉、分形制造无限叙述路径的功能。但是如果缺乏一个整合和融通的框架,无限路径也只能算反复堆砌而成的一盘散沙。混沌理论、形上哲学和万维网从理论上解决了清单分形和断裂之间的矛盾,把清单视为作者的组合和读者的拆解双向活动中的互动,在交流过程中再现叙述的万维和阐释的万维。

艾柯在《无限的清单》中对清单和秩序的关系加以追问,发现虽然清单产生无限连接的路径,但是不足以形成系统性,有待完善。他在论述拉伯雷以降的过度清单时指出,在古典时代和中世纪,清单表面掩藏着"某种可能的秩序的轮廓,那股想给事物一个形式的欲望";现代则有一种对

---

① Umberto Eco, *Confessions of a Young Novelist*, Cambridge, Mass.: Harvard UP, 2011, p. 187.

② Umberto Eco, *Art and Beauty in the Middle Ages*, Trans. Hugh Bredin, New Haven and London: Yale UP, 1986, pp. 93 – 94.

③ Umberto Eco, *Six Walks in the Fictional Woods*, Cambridge, Mass.: Harvard UP, 1994, p. 87.

"畸形的偏好"①,墨林·柯卡伊《巴尔德斯》(*Baldus*,1517)收集丑的形式,便是一例。百科全书派沿袭巴洛克风格,构思百科全书结构,开列属性清单,但是缺乏系统性。将种属分类、纲和亚纲分类,显得僵硬、漫无秩序,结果只是累积罢了。什么样的属性清单不仅指向无限,而且建构秩序呢?艾柯用乔伊斯和博尔赫斯的清单做了回答。《尤利西斯》过度而连贯的清单演绎的巨著中,意识流形式把完全不相统属的东西放送开去;但是这与单纯的清单不同,它变成了连贯的整体。如果把内心独白当成整体来看,细部上的混乱便消除了②。

乔伊斯受中世纪综合组织方式的启发,作品貌似充满混乱和无序的清单,但是背后是有序可循的。混沌理论也印证了无序中有序的原理。相对论、量子力学和混沌是20世纪物理学三大革命。20世纪60年代,混沌理论从分形几何中诞生,从数学、天文学、地球科学发展到物理学、化学、药学、工程学和生命科学,并向社会科学和艺术领域渗透。在神话叙述中,混沌是第一个神或者世界原初形态,看不见摸不着,是虚空的存在,但本身具有生殖性,生成后代,子子孙孙的谱系是用开叉的方式排列的。在物理学上,有一种非线性运动,貌似无规律但是又是有规可循的,这就是混沌状态,或者混沌③。"混沌就是系统的无规行为中的规律性。"④ 混沌和分形是紧密相连的:

  一个系统要出现混沌状态,其运动方式一定是非线性的,许多非线性运动方程式最后会出现奇怪吸引子。奇怪吸引子具有无穷层次的分形结构,即自相似性。可以说,一个系统的混沌运动是它的本质,分形是它的表现形式;换句话说,混沌学与分形学具有很深的内在联系,如果说分形几何为描写混沌吸引子的内部结构提供了一个很实用

---

① [意]翁贝托·艾柯:《无限的清单》,彭淮栋译,中央编译出版社2013年版,第245页。
② 同上书,第231、237、282—283页。
③ 钟云宵:《混沌与分形浅谈》,北京大学出版社2010年版,第4—5页。
④ 同上书,第5页。

的语言，那么，混沌运动则被认为是产生分形结构的根源。

所以，混沌也是一个矛盾体，包容性和分形的可能并存。乔伊斯的意识流，博尔赫斯、卡尔维诺和艾柯的图书馆，树形迷宫和根茎迷宫，都具有混沌性。

迷宫作家在书写混乱和复杂性时，都利用了清单的方式。清单不仅指向无限，指向复杂。而且指向颠覆。博尔赫斯短篇小说、卡尔维诺《看不见的城市》《命运交叉的城堡》《寒冬夜行人》等小说和艾柯所有小说都利用了无限混乱的知识清单，尝试把各种知识线索融通到故事情节中，用新的叙述方式将知识进行重组。艾柯在分析乔伊斯和博尔赫斯开列清单的原因时指出：

> ［这］并不是因为他们计穷，不晓得要如何说他们想说的事情。他们以开清单的方式来说他们要说的话，是出于他们对过度的喜爱，是出于骄傲，以及对文字的贪婪，还有，对多元、无限的知识——快乐的知识——的贪求。清单成为将世界重新洗牌的一种方式，差不多就像把特沙乌洛的想法付诸实践，亦即累积属性，以便引出彼此遥不相及的事物之间的新关系，而且对一般人的常识所接受的关系加以质疑，未来主义、立体主义、达达主义、超现实主义，或新写实主义各以不同的方式启动形式的崩溃，混乱的清单就是这崩溃的模式之一。②

也就是说，他们并不是由于难以言喻，或者江郎才尽，才借用混乱而连贯的清单形式写作。相反，像阿奎那一样，他们将过去的知识用清单重新洗牌，颠覆传统写作模式，制造新的想象秩序，挖掘文学叙事的新潜力，开辟新的写作方向和新的文学类别。

---

① 钟云宵：《混沌与分形浅谈》，北京大学出版社 2010 年版，第 158 页。
② ［意］翁贝托·艾柯：《无限的清单》，彭淮栋译，中央编译出版社 2013 年版，第 327 页。

　　哲学和学识是设计和构造无限清单的熔炉。艾柯惊叹于研究者们在各个领域用清单进行的组合实验。在文学上，博尔赫斯《巴别图书馆》创立了无限清单的形上模型，图书馆藏有无限书目的书，不断调整摆放和扩张，以期将那些书连接起来，加以评估，趋于系统化。博尔赫斯的图书馆展示 25 个字母可能的排列组合的理念，根植于"犹太教卡巴拉信徒的古老梦想，因为，唯有将一个有限系列的字母做成无限的排列组合，我们才能希望有朝一日能够表述上帝的神秘名字"①。数学、音乐、哲学等领域存在的无限清单也给文学无限清单的组合方式以启示。托马斯·帕维尔（Thomas Pavel）《虚构的世界》假设有全知能力的生命在阅读日常之书的总集。在 1622 年，瑞士耶稣会士保罗·古尔丁（Paul Guldin）《算术的组合问题》计算 23 个字母两两组合，三三组合，如此推衍下去所产生的字数。在 1636 年，法国神学家兼数学家梅森（Marin Mersenne）在《和声总论》中，考虑一切语言可以发音的字和音乐序列的数目。哲学家莱布尼茨在《人类知识的范围》探讨用 24 个字母产生最大的陈述之数目，真实的和荒谬的都算在内②。艾柯发现，这些幻想和这些数字追求有形而上学的意味，体现人类追求无限的可贵精神。在当代文学上也不乏先例，乌力波作家格诺的《一百万亿首诗》（Cent mille milliards de poems）中不计其数的诗歌用数学的方式不断排列组合而成。把每一页按照诗行裁成一个个横条，读者随机组合诗行，组成 14 行诗，总共组成了一百万亿首诗。卡尔维诺曾在这个写作小组的指导之下，改进了他的创作思路，还提出用组合机器人制造无限的构想。

　　艾柯研究的这些著名清单呈现出混乱性、无限性与连贯性，用一种秩序将杂多和无限之物融通。这些特性和迷宫的特征是同质的。艾柯在分析《亚里士多德的望远镜》中谈论侏儒的清单时，确立了属性清单具有根状茎迷宫秩序和形式。

---

① ［意］翁贝托·艾柯：《无限的清单》，彭淮栋译，中央编译出版社 2013 年版，第 365 页。
② 同上书，第 363—369 页。

……根据属性来下定义，其模型并不是树，而是德勒兹和瓜达利①所说的根状茎，也就是说，一棵蔬菜的茎杆的地下部分，在这部分，每一个点都能连接到其他任何一点，其实就是说，这部分没有点，没有位置，只有连接线。因此，一个根状茎可以在它的任何一点断裂，但它只要跟随它自己那条线，就能再度恢复；它是可分离、可逆转的；它没有中心，它的任何一点都能和其他任何一点连接，它不像树根那样如系谱般伸展，它的结构也不是阶层系统式的，它属于非中心式，原则上既没有开始，也没有结束……②

属性清单是离散式的，断裂和联结功能并存。博尔赫斯用"随笔模式"③、副文本或论文结构，通过百科全书，围绕去中心、虚幻来源问题，演绎论文式故事，以此关注语言和写作之无限去中心结构④。艾柯在论述清单城市时，把无尽的属性清单和去中心的根状茎迷宫联系和统一起来。

……古典的迷宫结构是一种有其范围界限的结构。不过，迷宫是一个封闭的空间，它的结构方式很特别，人进去里面，会觉得不可能找到出路。迷宫是一种形式，但是，对那些进入迷宫的人，迷宫代表不可能找到出路的经验，因此也可以说代表一种无止境流浪的经验——迷宫的魅力，来源在这里，迷宫令人心生畏惧的源头也在这里。矛盾之处在于，迷宫是一种非线性的清单，能像一球毛线般自我回卷。这样的结构，和根状茎的结构有其同源、同系性，这又令我们想起阿喀琉斯的盾，阿喀琉斯之盾和船名录一样无限。⑤

---

① 即瓜塔里。——引者注

② ［意］翁贝托·艾柯：《无限的清单》，彭淮栋译，中央编译出版社2013年版，第238页。

③ Claire de Obaldia, *The Essayistic Spirit*: *Literature*, *Modern Criticism*, *and the Essay*, Oxford: Clarendon Press, 1995, p. 247.

④ David Walton, *Doing Cultural Theory*, Los Angeles: Sage Publications Ltd. , 2012, p. 269.

⑤ ［意］翁贝托·艾柯：《无限的清单》，彭淮栋译，中央编译出版社2013年版，第241页。

　　从艾柯以上论述可见,迷宫蜿蜒曲折的线路,也是一种无限的清单。非线性特征把清单和迷宫两个本来分离的概念统摄到无限的范畴之内。

　　博尔赫斯的《巴别图书馆》想象用 25 个符号将书籍不断组合,实现拥有无限大的图书馆梦想。艾柯在《玫瑰的名字》中,欲依托修道院图书馆来制造连贯的图书目录。世界上许多作家,包括塞万提斯和卡尔维诺,都梦想有这么一个书单[①]。像博尔赫斯一样的批评家,永远都在寻找一本书或文本,将包含所有其他书或者文本。一切其他文本在基本文本中汇聚。《图隆》制造的想象界,是依靠发现了一部伪百科全书残片。取自百科全书的残片构成书面现实,即用书进行的叙事。

　　艾柯坚持辩证法,在清单诗学的演绎中他举起知识和科学的双面镜,照见过去,预示未来。他不断利用新知和科学把古典文化进行现代转化,还用现代话语重新演绎古典范畴,当技术的新曙光出现时,其理论便如日中天,走向成熟。用现代的话语来讲,他在《中世纪的艺术和美》中等于将阿奎那的经院哲学体系比成电脑,"当所有数据输入之时,每个问题必须得到全面回答",故而"可以说,中世纪简纲,就是中世纪电脑"[②]。艾柯的小说演示了科学的调查方法,触及科学话题。《傅科摆》中,三位编辑利用电脑技术的组合能力和神秘纲领,以游戏的方式重写圣堂武士的历史。他推崇皮尔斯的试推法,这一方法在文学创作、破案、医学诊断、文学阐释和科学研究上得到广泛应用。电脑和卡巴拉的影响体现在文本的安排和信息呈现上,万维网从技术层面直观展示了信息分叉和链接网络[③]。时下,在万维网的观照下,无限的书目清单已经成为现实。艾柯称万维网是"一切清单之母"[④],"本质上,WWW 就是无限的,因为它时时刻刻在

---

　　① Umberto Eco, *Confessions of a Young Novelist*, Cambridge, Mass. : Harvard UP, 2011, pp. 193, 200.

　　② Guy Raffa, "Eco's Scientific Imagination", *New Essays on Umberto Eco*, Ed. , Peter Bondanella, NY: Cambridge UP, 2009, p. 26.

　　③ Ibid. , pp. 34, 42.

　　④ Umberto Eco, *Confessions of a Young Novelist*, Cambridge, Mass. : Harvard UP, 2011, pp. 193, 201.

演化,他是一张网,兼是一座迷宫,而不是一棵秩序井然的树。在所有令人晕眩的事物里,WWW 带给我们最神秘、几乎是完全虚拟的晕眩,实际上是为我们提供一份信息目录,这目录使我们觉得富有而且无所不能,唯一的问题是,我们无法确定它哪些成分指涉来自真实世界的资料,哪些不是,真相和谬误之间再也没有任何分野"①。万维网技术飞速发展,由庞杂的信息目录所连接的知识迷宫在不断膨胀,无限无尽,神秘莫测。清单在万维网时代大展宏图并大获全胜,是对艾柯所提倡的清单制造迷宫潜力的有力证明。也难怪艾柯在《一个年轻小说家的自白》中以清单为结语,"清单,读也快乐,写也快乐。这些就是一位年轻作家的自白"②。他是一个功力深厚的学者,把自己谦虚地看成年轻的作家;他在学术上痴迷于清单,在小说中用无限的清单展开叙述,袒露其渊博的知识和高超的讲故事方法。

小说具有异乎寻常的综合能力,可以自由地从哲学、抒情诗、戏剧、史诗、编年史等中汲取养分,叙事潜力巨大。小说的"大胆实验和演变、变形和变异,具有十分丰富的叙事可能性"③,乃至它可以挪揄自身的死亡,甚至预见 3000 年虚拟、数码技术将故事终结的场景。面对后现代盛行的仿拟和拼贴风气,批评家担心诗性叙事想象将一去不复返。艾柯对诗性清单理论的演绎证明,虚拟化和数码化技术不会消灭叙事,反而会开辟以前文化中难以想象的讲故事的模式。在工业化时代,艺术的机械复制形式让本雅明担忧星空下讲故事传统会消失,艺术作品特有的光晕会黯淡。口口相传的记忆和经验的继承在本雅明生活的时代,乃至时下万维网时代一直受到威胁,无根感一直侵袭着人类。对诗意方式的找寻一直是作家的使命,艾柯的清单诗学显示,原始野性思维中那份古朴的诗意还在,即使在小说形式枯竭危机之下,书籍资源中仍然蕴含着叙事的

---

① 〔意〕翁贝托·艾柯:《无限的清单》,彭淮栋译,中央编译出版社 2013 年版,第 356 页。
② Umberto Eco, *Confessions of a Young Novelist*, Cambridge, Mass.: Harvard UP, 2011, pp. 193, 204.
③ Richard Kearney, *On Stories: Thinking in Action*, London & NY: Routledge, 2002, p. 10.

无限潜力。

读者可以观察到,艾柯在写作中对无限的清单——书籍目录的态度是谨慎的、辩证的和科学的。他明确了故事和清单之间的主仆关系,清单必须为故事服务。无限书目清单的选择和使用必须考虑全面,只能围绕故事语境和读者的欣赏水平,做到雅俗共赏,为读者接受。从 20 世纪 50 年代至今,他所写的各类书籍、论文和杂文都对雅俗文化平等对待,从整体上进行理解。他 1964 年发表的《启示录派和综合派》把所有大众化流行艺术形式都做了讨论。1976 年《大众超人》探讨 18 世纪至 20 世纪中期畅销作家的流行小说。20 世纪 70 年代后期以降,他全面审视文化生产和集体生活的象征表现。他在雅文化层面,研究接受理论或语言哲学,过去和现在的阐释形式;在大众文化或俗文化层面,他写了一些杂文集,比如《在超现实旅行》《误读》《带着鲑鱼去旅行》《密涅瓦火柴盒》等。艾柯在文化生产领域进行综合研究,把文化研究方式引入学术和文化辩论中。"艾柯既不是启示录派,拒绝所有形式的当代文化,鄙视本质上不高雅的一切;也不是综合派,不加批评地赞扬所有形式的大众文化,把漫画和莎士比亚看得同等重要。艾柯对人类文化的方法因此是整体性的。虽然如此,但是他广泛的作品鼓励建立批评标准,从雅俗文化来界定文化作品,让当代批评家精确地把流行艺术和高雅艺术区别开来。……"[1]艾柯对文化的整体性态度在《玫瑰的名字》中书目清单的利用上进行了完美的示范。

《玫瑰的名字》显示了艾柯用深厚的学术和写作功底建立起无限的书目清单和叙述语境之间的联系。这是关于中世纪的一部侦探小说,故事充满神秘性、逻辑性和趣味性,引人入胜;而无限的书目清单把学识和智慧交织在故事中,又增加了故事的知识分量。故事既然发生在中世纪,词、句子、观点、情节等所代表的书目清单就必然与中世纪语境有关。艾柯是

---

① Norma Bouchard, "Eco and Popular Culture", *New Essays on Umberto Eco*, Ed., Peter Bondanella, NY: Cambridge UP, 2009, pp. 3 – 4.

中世纪学者,对中世纪历史、宗教和文化了如指掌,其书目清单涉及百科知识和思想。由于中世纪是现代思想的萌芽期,现代读者可以理解这些知识和思想。中世纪是注重代码的时代和引经据典的时代,小说据此构筑符号体系,模仿当时的手稿传统、阅读习惯,演示中世纪阐释模式、语言观、对经验的态度,以及文本中知识的组织模式。中世纪是神权时代,也是思想的战国时代。小说置于这样的时代背景下,可以表达复杂观点、认知结构、学术理论话语①。"中世纪文本文化问题给艾柯中世纪小说情节以活力和元小说批评话语。"② 中世纪学者和哲学家艾柯真正做到了把混乱的书目清单穿插到故事叙述中,恰如其分地再现中世纪文化的灿烂辉煌,折射中世纪百科全书世界观和知识观。

《玫瑰的名字》的清单涉及亚里士多德、现实主义和唯名论、理想主义之争、秩序、上帝和语言哲学;《傅科摆》的故事涉及卡巴拉、炼金术和阐释原则;《昨日之岛》的讲述中穿插着寻找一门普遍的亚当的语言、想象和暗喻的性质,以及各种认知实践。艾柯在历史和文化框架中来叙述这些议题,将它们视为与当下紧密相关的普遍议题而加以呈现③。可以说,《玫瑰的名字》普及了20世纪六七十年代文学批评中占核心地位的文学理论和叙事策略,比如巴赫金的多声部概念、互文性。读者的职责便是要在故事中熟悉、理解并阐释这些理论。

巴赫金的多声部和互文性,洛特曼对文本的界定,对艾柯写作产生了重要影响。艾柯小说在技术层面的革新上是走在万维网前面的。科斯梅尔在对艾柯研究专家卡波齐的研究做综述时提到了这一点。

卡波齐探查艾柯小说的互文性,在熟悉的文学形式里面,有借用、仿拟、引用、典故和游戏。艾柯游戏似模仿的版本,故意对文

---

① Theresa Coletti, "Eco's Middle Ages and the historical novel", *New Essays on Umberto Eco*, Ed., Peter Bondanella, NY: Cambridge UP, 2009, p. 73.

② Ibid., p. 81.

③ Ibid., p. 165.

类非原创性的展开，标志着艾柯自身那种后现代的创造性。艾柯的文本是其他人文本的杂交体（很像博尔赫斯的"怪物文本"），他们组合的可能性唤醒了相关的哲学和语言学议题。艾柯将意义的生产不仅建立在文学和哲学文本基础之上，而且建立在技术和万维网现象的基础上。卡波齐指出，对艾柯而言，万维网用超链接手段，代表着最终的互文性。艾柯的小说不仅展示，而且执行互文性，邀请读者参与建构迷宫，然后徜徉其间。比起博尔赫斯和卡尔维诺，艾柯更会利用真实的哲学家和可以识辨的理论问题，使错综复杂的情节充满力量；他在他高度复杂而巨大的小说中，对哲学可能性的虚拟排列作了描绘。①

他的叙事作品充满互文典故：《玫瑰的名字》中有亚里士多德、培根、奥坎姆、维特根斯坦的句子；《傅科摆》有维特根斯坦、福柯、德里达和布鲁姆的典故；《昨日之岛》中有洛克、休谟、威尔金斯、康德、斯宾诺莎论想象力、领悟力、范畴、认知、上帝、语言和外部世界的知识②。书目清单形成巨大的互文网，文本、文化、事件、作品以及普遍的哲学问题都在其中得以建构或探讨。

艾柯从中世纪百科全书式的学者那里学到了组织知识的综合方式，或者说如何把知识门类加以融通。但是，作为一个现代学者，艾柯不会只局限于利用中世纪学者的思路来组织当下丰富的知识，他在对书籍的命运的关注当中，关注作者书写的方式的改变和阅读者使命的重新定位。他的故事既妙趣横生，又错综复杂艾柯。他以现代的方式对传统的修辞、认知论和形而上学进行重新阐释，或者说，对古典文论进行现代转化。

可以说，复杂的实验和大胆的创新具有原创性，引用和重访的诗学中

---

① Carolyn Korsmeyer, "Literary Philosophers: Introductory Remarks", *Literary Philosophers: Borges, Calvino, Eco*, Eds., Jorge J. E. Gracia, et al., NY and London: Routledge, 2002, p. 11.

② Rocco Capozzi, "Knowledge and Cognitive Practices in Eco's Labyrinths of Intertextuality", *Literary Philosophers: Borges, Calvino, Eco*, Eds., Jorge J. E. Gracia, et al., NY and London: Routledge, 2002, p. 166.

也会有①。艾柯《玫瑰的名字》用无限清单叙述法，叙述中引用和重访大量中世纪文本及其相关文本，来演练巴特的文本欢愉论。在巴特看来，在这样的文本中，相互冲突的各种思想不存在孰优孰劣，阅读时需一概平等对待②。雅俗文化、现实和虚构、文类和传统公开狂欢，导致其他形式的产生，比如反侦探小说，非神秘小说，失败的成长小说，历史叙事小说，以此来质疑现代美学和现代原创理论③。

无限的书目清单组合而成的百科全书似的《玫瑰的名字》是一本对话的书，里面的书籍之间相互对话和连接。"在一座看不见的图书馆里，人们从一个单词，一个句子能够迅速跳跃到其他内容；在不穿越经线和纬线的情况下就能发现遥远地域之间的联系。"④ 就像博尔赫斯《巴别图书馆》中把一本书的书页插到另一本上一样，《玫瑰的名字》叙述人讲故事时把众多书籍中有代表性的语词、人物、情节、观点等碎片编织进去、接龙下去，形成超文本。以此方式，引用的书就连接起来，成为一座图书馆。读者阅读时，用其中的引语和典故当搜索词，就像在万维网上用关键词搜索一样，打开一个又一个虚拟空间。只要关键词不停，搜索不停，空间就不停滞，直至无限。

作者还在小说中设立了理想读者——侦探威廉。具有百科全书能力的模范读者若能辨认出其中引文的源出书名，便启动了清单程序和无限衍义的过程。"侦探和符号家有共同的思维习惯，他们的类推和试推是人类思维认识论活动的核心。"⑤ 艾柯博洛尼亚大学同事塞利（Giorgio Celli）写了《谁杀死了翁伯托·艾柯和其他小的杀人行为》的故事：福尔摩斯在卡托

① Norma Bouchard, "Eco and Popular Culture", *New Essays on Umberto Eco*, Ed., Peter Bondanella, NY: Cambridge UP, 2009, p. 13.

② Roland Barthes, *The Pleasure of the Text*, Trans. Richard Miller, NY: Hill and Wang, 1975, p. 31.

③ Norma Bouchard, "Eco and Popular Culture", *New Essays on Umberto Eco*, Ed., Peter Bondanella, NY: Cambridge UP, 2009, pp. 14 – 15.

④ [意] 翁贝托·埃科:《密涅瓦火柴盒》，李婧敬译，上海译文出版社2009年版，第253页。

⑤ Peter Bondanella, "Eco and the tradition of the detective story", *New Essays on Umberto Eco*, NY: Cambridge UP, 2009, p. 110.

利亚度假，有人发现艾柯在海滨旅店上锁的房间死了，但是福尔摩斯怀疑谋杀在意大利多省进行。本故事赞美艾柯这位后现代天才[1]，对他的符号核心概念——试推法和无限衍义进行仿拟。

在远古时代，荷马叫出无限长的希腊军队的船名，就表示无限之极，但他需要把名字一一叫出。在中世纪，阿奎那的《神学大全》建筑起他经院哲学思维体系，但他是站在巨人的肩膀上，以父之名推翻现存哲学体系，以经院哲学家的口吻，列出亚里士多德、柏拉图、阿维森那、阿维罗伊斯、圣奥古斯丁等名字，对其观点加以引用。博尔赫斯用混乱的清单来写他的《巴别图书馆》和《阿莱夫》，但他是对具体的地点和景象先描述一番，然后引向哲学的无底洞。他只用极简极短的文字勾勒出他梦幻图书馆中书籍的无限组合，以及宇宙之景广袤无极。格诺用数学对诗行来做无限组合，组成无限多的诗篇。长篇小说如何写才能达到这样的效果？艾柯《玫瑰的名字》中的混乱清单是散落在全篇的，完全要靠知识渊博的、具有非凡的百科全书能力的理想读者才能识破他的清单叙事意图。他从清单修辞格中为混乱、隐秘的观点找到叙述形式。有了万维网的技术的支持，艾柯反复论证的清单议题的意图就明晰了，他在告诉读者文本的迷宫路径，一个无限超文本空间，是需要书和书的对话的。

艾柯无限的清单叙述显示，成功的百科全书模式的艺术作品要满足两条标准：多元素拼接性和可拆卸性。这标准还是与开放作品中提倡的观点相关，作品是靠作者的设计和读者的阅读共同完成的。根据艾柯对一切文化平等相待的态度可知，充满了无限的清单的作品如能实现雅俗共赏，才算成功的。这不仅可以衡量文学作品，还可以判断电影、绘画等非文字类作品。艾柯根据这两条标准来评述各种类型西方文学名著是否受广大读者欢迎，是否享有极高艺术价值。其中维吉尔、莎士比亚、但丁、曼佐尼、托尔斯泰等人经典作品备受文人雅士推崇；奈瓦尔和乔伊斯等伟大作家的

---

① Peter Bondanella, "Eco and the tradition of the detective story", *New Essays on Umberto Eco*, NY: Cambridge UP, 2009, p. 111.

实验作品晦涩难懂，遭到贬损，只得到少数知识分子青睐；欧仁·苏《巴黎的秘密》和玛格丽特·米歇尔的《飘》等流行作品虽然受到广大读者追捧，但艺术价值不高。艾柯承认，乔伊斯的《芬尼根守灵夜》是"可以被无穷无尽地拆卸下去的"[1]，具有极高的艺术价值。但是这部作品不受待见，说明还有需要改进之处，这是艾柯等人要突破的地方。《圣经》使用日常化的语言，每一个单元又可以单独作为一个范本，可分开来阅读和讲解，使之广为流布[2]。电影《卡萨布兰卡》雅俗共赏，充满流行元素和互文元素，具有拼接性和可拆卸性，是一部为人称道的电影佳作。卢浮宫展出18世纪画家乔瓦尼·保罗·帕尼尼两幅大型画作，一幅把古代罗马雕塑和建筑组合到一起，另一幅把描绘现代罗马的54件大师杰作和其他建筑安放进去，形成画中画。画面就是"对仿制品的再次仿制"，好比"仿制品博物馆"。对古老艺术作品的模仿和再现，反映出帕尼尼想"把整个艺术史都拼装出来的"的理想[3]。而且，他的画作让观看者视觉迷向，盯住一幅画，目光离开一会，就找不到那幅画了。不论是文学迷宫，还是电影迷宫或者图画迷宫，构件不仅要还要融为一体，而且还可拆卸。这是评判无限的清单在叙述话语层是否组织得当的标准，也是欣赏者在阐释故事对无限的清单的识别水平高低的体现。

综上所述，艾柯的研究揭示，阿奎那百科全书式哲学文本是作者建构的理性秩序，用来阐释教义的；乔伊斯百科全书式文学文本是读者和作者的共谋，读者的试推重现迷宫结构和语义迷宫。不论是百科全书式哲学文本还是文学文本，都离不开百科全书的组织构件——目录和清单的支撑，而在叙事语境中的目录和清单指叙事中引经据典的编排格式，是一种形式策略。艾柯深受迷宫文学前辈博尔赫斯和卡尔维诺的认识论影响，从书籍的演变和知识的传承路径中发现，重要的书籍中的核心元素等都是一代又一代文人不断加以重述和改写，衍生下去的，书籍本身就是卡巴拉式迷

---

① [意]翁贝托·埃科：《密涅瓦火柴盒》，李婧敬译，上海译文出版社2009年版，第325页。
② 同上书，第323—325页。
③ 同上书，第322页。

宫。艾柯从乌力波综合写作实验中，发现图书馆馆藏的名著中的名句也可组合混成一体，有开展叙事的潜力。艾柯重访原始文化中的清单思维及其在叙事文学中的应用，发现清单有巨大的包容性和组合性，异质的、混杂的清单具备无限叙事的潜力，作者不仅可以把代表人类文化精华的经典名作中的经典元素编织进叙事文本，读者还可以根据线索进行拆解和解读。清单叙事建构百科全书式迷宫文本，文本有多元素拼接性和可拆卸性双重特征，既强调作者的叙事设计，也关注读者对文本意图的领会。这样，开放的作品诗学、读者理论和叙事双轴变得更加明朗化。无限的清单叙事法通向万维一说也得到万维网技术的印证。艾柯对代表文化精髓的清单的阐发，丰富了站在巨人的肩膀上的观点的内涵，改造了乌力波的混成体，从理论上为迷宫文本开辟了独特的叙事方法——无限的清单叙事法。

第四章 升级迷宫:艾柯迷宫文本之组合理论

艾柯百科全书迷宫文本的研究经历了漫长的思考和探索,经受了结构主义、传媒革命、混沌理论、后结构主义、后现代主义等理论思潮的洗礼和万维网技术的检验,将古代智慧和古典文论进行现代转化,日臻完善。由于艾柯是功底深厚的符号学家,他这一理论的演绎带有浓重的符号意识、哲学韵味和逻辑思辨。

在 20 世纪 50 年代,艾柯在他的中世纪美学研究中,注意到阿奎那引经据典,综合百科学说,建构庞大的经院哲学体系,他的百科全书式著作是组合式的、拼贴式和阐释性的;而中世纪人视宇宙为一本大书—百科全书,是对造物功绩的注解,世界上的一切东西用清单方法一一列举出来,就构成百科全书,构成世界。在 60 年代,艾柯接受结构主义观,将文本视为一个长句子,由组合/分节两轴,或者话语/故事两轴组成。在探讨现代艺术作品的开放性时,发现乔伊斯高难的意识流作品具有中世纪百科全书特征,用意识流形式的包容性把各种思想碎片和引文典故加以组拼,浑然一体,具有混沌美学之维。但是只能通过小众读者,即对艺术形式具有超前意识的知识分子读者,才能再现乔伊斯作品迷宫结构和多元意义。

70 年代以降,艾柯把作者、文本和读者都视为符号,用这三元关系发展他的文本阐释学。他把把阐释行为看成符号活动的迷宫,看成三者之间的互动交流。作者在文本中预先设置的模范读者参照文化百科全书对作品的意义进行试推,形成无限衍义的过程,建构百科全书语义网络,把百科全书和迷宫结合起来。他由此发现乔伊斯作品呈现的文化宇宙,证明文学百科全书迷宫文本是阐释的迷宫,意义的迷宫。接着,艾柯从博尔赫斯、卡尔维诺等关于书籍的卡巴拉思想及其对无限大的图书馆的构想获得灵感,认为图书馆中重要书籍有叙事的无限潜力。他折回到百科全书构件——清单这一古老话题上,在现代语境中演绎无限的清单指向迷宫文本分形、开叉的路径,指向无限这一规律,并在电脑写作和万维网兴起之前实验用无限的书目清单叙述法创作了迷宫文本《玫瑰的名字》,演示和验证无限的清单叙述法可以结合语境把图书馆重要的书籍碎片和故事在叙事横轴,即组合轴或者话语轴融为一体。万维网的出现从技术上直观地证明了艾柯无限的清单通向万维的预见,万维网上关键词具有搜索和链接功能,读者辨认出了百科全书迷宫文本中大大小小的书籍碎片,或者清单、目录,便开始分解和释义行为。至此,艾柯从理论上论证了百科全书迷宫文本的双重迷宫性——组合的迷宫和阐释的迷宫;同时为此类文本设立了双重评判标准—组合性和拆卸性。

　　艾柯将百科全书迷宫文本的生产机制进行了一整套理论阐发,还有一个问题有待解决,那就是,乔伊斯进行文本初步实验之后,以博尔赫斯、卡尔维诺和艾柯为代表的迷宫谱系作家是如何加以改进,如何在艾柯手上得到突破并走向成熟的。虽然艾柯曾经说过,文学前辈对他书写风格的影响是全方位的,已经不清楚是谁影响谁,正如书籍卡巴拉思想所显示的,但是还是难以摆脱博尔赫斯影响的焦虑[1]。迷宫谱系作家不断尝试多种形式的迷宫书写实验,推出了一部又一部艺术价值极高的迷宫文本,艾柯在形式层面加以改造,克服了乔伊斯百科全书叙事文本的晦涩难懂,博尔赫斯的短篇小说的玄虚莫测,卡尔维诺的机械拼接等问题,成功地将此类小说中的知识和叙事融为一体,雅俗共赏,在实践上做实了这一文本类型。

---

　　① ［意］翁贝托·埃科:《埃科谈文学》,翁德明译,上海译文出版社 2016 年版,第 118—136 页。

第一节　迷宫谱系作家的诗性哲学之维

在迷宫文本议题上，博尔赫斯、卡尔维诺和艾柯是师承关系，属于同一类型迷宫谱系作家群。迷宫本身就是哲学问题，文学迷宫必然离不开哲学视野。但是，文学和哲学是有界限的，使命是不一样的。"文学总是从个人观点讲故事或呈现图画，而哲学从来不讲故事，总是寻求大家共同的视野。"[1] 作为文学哲学家的博尔赫斯、卡尔维诺和艾柯处理的方法是，故事和小说为论说迷宫文本提供哲学场所，在诗的美学框架中演绎其哲学观点，赋予作品"诗性哲学"之维[2]。他们的小说虽然没有达到笛卡尔、胡塞尔和阿多诺的哲学深度，然而却蕴含着他们对世界的看法，还有独特的批评话语。他们"都对人类意识现象及其思维中的曲曲弯弯感兴趣，对形上机智的密码系统，如塔罗牌或卡巴拉感兴趣；对重复、模仿和变换的形象、主题、地点感兴趣"[3]。其想象的大楼就像出自同一位建筑师——那位有着迷宫品味的建筑师[4]，博尔赫斯就是那位迷宫建筑师，卡尔维诺和艾柯按照其建筑蓝图打造迷宫文本：

……我们可以视艾柯的文学生产是博尔赫斯迷宫启示的成果，或者继承。对于卡尔维诺，迷宫也是必要的叙述模式，同样是博尔赫斯继承人。……因此，我们可以在囊括博尔赫斯、卡尔维诺和艾柯的文学谱系中确立如下一脉相承的迷宫视野：（1）博尔赫斯：痴迷于迷宫

---

① Jorge J. E. Gracia, "Borges's 'Pierre Menard': Philosophy or Literature?" *Literary Philosophers*: *Borges*, *Calvino*, *Eco*, Eds., Jorge J. E. Gracia, et al., NY and London: Routledge, 2002, p. 90.

② Elizabeth Millan-Zaibert, "A Method for the New Millennium: Calvino and Irony", *Literary Philosophers*: *Borges*, *Calvino*, *Eco*, Eds., Jorge J. E. Gracia, et al., NY and London: Routledge, 2002, p. 144.

③ Carolyn Korsmeyer, "Literary Philosophers: Introductory Remarks", *Literary Philosophers*: *Borges*, *Calvino*, *Eco*, Eds., Jorge J. E. Gracia, et al., NY and London: Routledge, 2002, p. 2.

④ Ibid., p. 3.

和各种通向永恒叙事和结构的阐释"增长"的迷宫式结构的不断繁殖；（2）卡尔维诺：迷宫是作为理解世界和挑战世界的认知模式；（3）艾柯：迷宫是作为阐释世界的动态的、启发模式。①

换言之，博尔赫斯建构并演绎了哲学式的增生迷宫；在此基础上，卡尔维诺建构了组合式迷宫的认知和书写模式，艾柯接着将迷宫的生产朝着阐释方向发展。

迷宫承载着深厚的哲学思想，让作品变得复杂高深，阅读过程既是令人疲惫不堪的，也是欲罢不能的。其作品"与其说吸引心，倒不如说吸引脑"②。换言之，他们作品之不朽不仅在于故事性，更多的在于思维的分量。他们以哲学家姿态在小说中拷问真理、寻找秩序和挑战认知。阐释者通过审视这些关系，来发现实验文本对传统文本在形式、话语、意义和互文诸层面上产生的偏离。艾柯之所以在《玫瑰的名字》弄出古怪的结局——书籍变成杀人凶手，是让哲学方法上场，代替文学常规手法，以此把读者吸引到他设置的阐释的迷宫。作者的叙事，掺杂了哲学之维，潜伏着论文的套路——参考文献、引经据典并条分缕析；读者的意义解读，必须发现线索，加以推敲和分析。"在博尔赫斯、卡尔维诺和艾柯的虚构世界里，因果关系反转，个人改变身份，一个人的故事映照出其他人的故事，假若文学成为哲学，哲学本末倒置，世界也一样本末倒置，我们为什么要吃惊呢？"③ 他们作品充满了哲思，模糊了文学和哲学的界限，尤以博尔赫斯为甚。

博尔赫斯、卡尔维诺和艾柯的作品倾向于对世界和小说展开形上探讨，有内外两层叙事结构，内部故事层告诉读者故事是如何讲述的，外部叙事层讲述故事，属于元小说。他们的作品兼有叙事和批评两种语域，一

---

① Wladimir Krysinski, "Borges, Calvino, Eco: The Philosophies of Metafiction", *Literary Philosophers: Borges, Calvino, Eco*, Eds., Jorge J. E. Gracia, et al., NY: Routledge, 2002, p. 199.

② Ibid., p. 2.

③ Carolyn Korsmeyer, "Literary Philosophers: Introductory Remarks", *Literary Philosophers: Borges, Calvino, Eco*, Eds., Jorge J. E. Gracia, et al., NY and London: Routledge, 2002, p. 13.

边削弱小说常规，但还是保留用日常话语讲述故事的传统，一边进行符号游戏，用批评话语演绎小说理论，又对日常话语加以破坏。因而，他们的写作往往具有自反性。"元小说利用世界为书的传统暗喻，但常常依赖当代哲学、语言学或文学理论重释暗喻，来追问这些问题。"① 其作品常常利用认知暗喻对所谓现实主义进行直接的批评和反拨，用游戏手法对现实、虚构、作者、文本和读者等重要理论概念进行阐述。就像卡夫卡的城堡暗喻反映的是逃不出去的世界，博尔赫斯的巴别图书馆中对称的六角形艺术馆、艾柯的修道院图书馆、卡尔维诺的交通图案都是迷宫暗喻，或者像似符，代表类似的迷宫结构，一种反体系化的书写策略。

用迷宫进行反体系化书写是对 19 世纪体系仿拟美学的反拨。这一美学是在哲学体系工程以及叙述工程的推动之下产生的，作家们以各种借口和伪装，千方百计地编造各种系统。20 世纪早期，乔伊斯用他的意识流形式抛弃体系化书写，他的《尤利西斯》是不同话语和思想片段的集合。在去中心、去权威、去真理的后现代社会，"随着哲学话语以其谨慎和创新的方式朝着博尔赫斯、卡尔维诺和艾柯这类作家的思维靠拢时，语言就脱离概念化、体系化支架，具有反常性、干扰性和对抗性"② 。迷宫谱系作家用多种形式追问文本的性质、意义和阐释的多元性，尝试用新的方法来建构文学迷宫。其中，博尔赫斯是典型的去体系化书写的作家，《虚构集》第一篇《图隆》是利用科幻和奇幻文学传统，列出了另外宇宙的条件，其特征和西方形而上学相对应，但又在结构上对图隆的知识和想法达到了系统和连贯③。他的短篇小说集《迷宫》把读者引到梦幻和典故、镜子大厅、人迹罕至的小径，引到他对迷宫做所的神秘而奇特的形上思考上。

哲学成了博尔赫斯迷宫故事中绕不过的议题:《皮埃尔·马拉德,〈堂

① Patricia Waugh, *Metafiction*: *The theory and Practice of Self-conscious Fiction*, London and NY: Methuen Co. Ltd. , 1984, pp. 2 – 3.

② Henry Sussman, "The Writing of the System: Borges's Library and Calvino's Traffic", *Literary Philosophers*: *Borges*, *Calvino*, *Eco*, Eds. , Jorge J. E. Gracia, et al. , NY and London: Routledge, 2002, p. 150.

③ Ibid. , p. 154.

吉诃德〉的作者》中文本的本体论和认知论，《交叉小径的花园》中时间的性质和平行宇宙，《巴比伦彩票》中难以预料的命运和机遇，《博闻强记的富内斯》中关于遗忘的重要性和记忆的恐惧①。他的短篇故事拓宽了文学作品的范围，从故事层面延展到美学、认知和阐释层面上。他的故事中哲学和文学之间的界限是模糊的，《皮埃尔·马拉德，〈堂吉诃德〉的作者》故事叙述者曰，他读《奥德赛》时，感觉故事好像来自《埃涅阿斯纪》。这就要求读者理解故事之前要清理文本和作品的概念，然后方知"构成塞万提斯的《堂吉诃德》的文本和皮埃尔《堂吉诃德》文本是相同的，而塞万提斯的作品和皮埃尔的作品是不同的"②。从审美上来说，马拉德的《堂吉诃德》比塞万提斯复杂。事实上，文本是符号实体，作者借此向读者传达一种具体的意义；而作品指某些文本的意义，并不是所有文本都具备作品的意义③。叙述者通过虚构作者对《堂吉诃德》自相矛盾的改写，展示了博尔赫斯的文学观，文学与呈现和主体性再也没有关系。他去时间、去现代、反规则、反再现，他笔下叙述人是"吞吐引语、各种知识和悖论的控制机器"④，以此对抗现实主义再现论。马拉德的提出的这个问题开启了潘多拉的匣子⑤，"立即成了哲学谜题和后现代困境：当艺术似乎必须简单地重复过去时，如何来解释文学可造成的那种差别？"⑥ 写作变成

---

① William Irwin, "Philosophy and the Philosophical, Literature and the Literary, Borges and the Labyrinthine", *Literary Philosophers*: *Borges*, *Calvino*, *Eco*, Eds., Jorge J. E. Gracia, et al., NY and London: Routledge, 2002, p. 27.

② Jorge J. E. Gracia, "Borges's 'Pierre Menard': Philosophy or Literature?" *Literary Philosophers*: *Borges*, *Calvino*, *Eco*, Eds., Jorge J. E. Gracia, et al., NY and London: Routledge, 2002, p. 88.

③ Ibid., p. 87.

④ Wladimir Krysinski, "Borges, Calvino, Eco: The Philosophies of Metafiction", *Literary Philosophers*: *Borges*, *Calvino*, *Eco*, Eds., Jorge J. E. Gracia, et al., NY and London: Routledge, 2002, p. 195.

⑤ William Irwin, "Philosophy and the Philosophical, Literature and the Literary, Borges and the Labyrinthine", *Literary Philosophers*: *Borges*, *Calvino*, *Eco*, Eds., Jorge J. E. Gracia, et al., NY and London: Routledge, 2002, p. 37.

⑥ Anthony J. Cascardi, "Mimesis and Modernism: The Case of Jorge Luis Borges", *Literary Philosophers*: *Borges*, *Calvino*, *Eco*, Eds., Jorge J. E. Gracia, et al., NY and London: Routledge, 2002, p. 111.

了对过去文本的模仿,写作本体变得复杂化。这一议题对西方文论中的灵感论、模仿论、原创性等等原则是灾难性的打击,这些文学教条摇摇欲坠。

博尔赫斯在文学中演绎迷宫哲学思想,源于他对小说形式枯竭的焦虑,以及现实中迷宫形上基础的缺位。他从梦境、镜子、废墟、花园、沙漏、罗盘、锥体、硬币、老虎的斑纹、盘旋的梯子、图书馆和百科全书这些神秘而奇特意象中寻找"适合于承载一个关于宇宙和世界的幻想性总体图式"①。正如卡尔维诺所言,"他的每一篇作品都包含有某种宇宙模式或者宇宙的某种属性(无限性,不可计数性,永恒的或者现在的或者周期性的时间)"②。其作品散发着浓厚的形而上学色彩。他使用提喻策略,用部分指代全体。他笔下的交叉小径的花园指所有花园,指一切叙述的可能性;巴别图书馆指所有的图书馆,它库存所有可能的书,还指语言的组合潜力;马拉德虽然只写了《堂吉诃德》的一部分,其实就是书写了整部书和整个文学传统。他《虚构集》中的故事往往引入其他文化传统中的观点、文本碎片,以写摘要、评论、注解、脚注或者围绕警句等形式展开,以游戏的方式来谈一个大的整体中的某一部分或者宇宙现象。他的故事颇像论文,引注和重述他阅读过的重要书籍中的观点碎片,制造观点的混响。

在博尔赫斯看来,重要书籍代表人类文化精髓,故事可以引述其中的精彩话语,并使之和叙事有机地融合。这不仅是他对文学迷宫形而上的沉思,而且还是他梦寐以求的文学秩序的体现。他在《图隆》中杜撰了他理想中的星球——图隆,那里有理想的语言和文学:语言中没有名词,只有形容词;没有连续的空间,只有连续的时间;文学呈现的全是理想的物体,但是一出现便即刻消逝③。这种冲动激发他在所有的故事中嵌入一些

---

① [意]伊塔洛·卡尔维诺:《未来千年文学备忘录》,杨德友译,辽宁教育出版社1997年版,第28页。

② 同上书,第83页。

③ Lois Parkinson Zamora, "Borges's Monsters: Unnatural Wholes and the Transformation of Genre", *Literary Philosophers: Borges, Calvino, Eco*, Eds., Jorge J. E. Gracia, et al., NY and London: Routledge, 2002, p. 73.

理想的物件——想象的生命、地点、时间和文本,提出他对世界的假设和存在的普遍模式。而在乌克巴,各种思想学派相互冲突:有的否认时间;有的宣称一切皆已发生,我们的生活都是对过往的重复;有的称,宇宙的历史是造物主写的,底稿需要解码;还有的说,每个人的存在跟生活在地球另一边的某人成对成双①。这体现了博尔赫斯书籍卡巴拉思想。由于没有一本书是原创文学作品,所有书已经被其他语言文化的作者写好,所以作家的任务便是对这本假想书做出描述和评论。

卡尔维诺在《我们为什么读经典》中对博尔赫斯高度形式化的迷宫构想心领神会:"他假称想写之书已经被别人写好,被不知名的杜撰作者,被其他语言和其他文化的作者;然后描述、概括或者评论那本假设之书。他的每个文本通过从想象或者真实图书馆引述的书,古典的、博学的或者杜撰的书,来将空间成倍或者多倍扩容。"②言外之意,博尔赫斯笔下的迷宫是可以增生和膨胀的。卡尔维诺还在《未来千年文学备忘录》中用"快"和"多元性"章节讨论博尔赫斯作品,在他的文学话语虚拟文本空间,哲学的、阐释的和辩论的话语相互交织,对世界的阐释保持着未完成状态。"博尔赫斯文本的杂多性正好传达出这样的信息,阅读过程变成在迷宫徜徉。任何路径都是交叉路。如果客观地理解的话,任何暂时的视角是一系列暂时的分叉。"③博尔赫斯的《图隆》《交叉小径的花园》《环形废墟》和《巴别图书馆》刻画了固定的或者或然的宇宙。它们通向阐释游戏,涉及符号学、哲学、神话、神学、文学和历史。

博尔赫斯师承布朗宁、卡夫卡、坡、马拉美、瓦莱里等文学形式变革的先行者,他们启发他实验用游戏的方式博采众长,挖掘文学各种可能

---

① Anthony J. Cascardi, "Mimesis and Modernism: The Case of Jorge Luis Borges", *Literary Philosophers: Borges, Calvino, Eco*, Eds., Jorge J. E. Gracia, et al., NY and London: Routledge, 2002, p. 121.

② Italo Calvino, *Why Read the Classics*? Tran. Martin McLaughlin, New York: Vintage Books, 2000, p. 239.

③ Wladimir Krysinski, "Borges, Calvino, Eco: The Philosophies of Metafiction", *Literary Philosophers: Borges, Calvino, Eco*, Eds., Jorge J. E. Gracia, et al., NY and London: Routledge, 2002, p. 191.

性，建构他作品独特的话语风格，同时演绎其阐释无限的原则、宇宙无限的原则和元知识原则①。宇宙起源的无限指博尔赫斯杜撰不胜枚举的想象界和可能世界，其界限难以确定，世界在时间中、在纯所指叙述现实中建构出来。在叙述建构的梦幻世界中，叙述人对绝对的迷宫地界作了模糊处理。《交叉小径的花园》的叙述者用很长一段话对中国作家崔朋要建构迷宫做了点评。"迷宫是宇宙起源无限原则的缩影。它囊括复杂空间性观念和'对世界作抽象洞观者'的观点"，而元知识原则指"各种知识和信息在文本中的强劲流通"②。

博尔赫斯使用无限的清单叙述法把各种混乱信息作符号化处理。其符号想象利用偶然结构，是反推、杜撰、奇幻和形上的不断膨胀；他的叙述话语是驳杂的和混杂的，有副文本话语、元叙述话语、哲学认知话语和其他门类知识话语。他的创作方式旨在解构与符号相关的追问模式。与海德格尔相反，博尔赫斯不打算精确地表达对他虚构的世界的看法，而是制造符号并让符号朝不同方向增值。他的叙事话语不是让世界变得清晰可鉴，而是让世界趋于复杂化和迷宫性③。《图隆》给出的信息提示读者去洞察阐释的无限性，但对于读者而言，中间的事实、判断和引文盘根错节，无法完全把握和进行逻辑解释。博尔赫斯的不可知论把读者引入他预设的阐释的迷宫路径的无底洞，因而对他的文本的任何阐释都会打开一座迷宫。

博尔赫斯的写作总是另辟蹊径，挑战文学常规，消解表现规则、作者主体性、意义的明确性以及灵感说。卡尔维诺和艾柯是博尔赫斯的追随者，博尔赫斯对他们的启示是："他置换和拆解了一些重要的文学教条（诸如从亚里士多德到 20 世纪文学话语的俗传统）。他对时间的理想化理论开启了数不清的去故事化的杜撰。在博尔赫斯元小说哲学的影响之下，

---

① Wladimir Krysinski, "Borges, Calvino, Eco: The Philosophies of Metafiction", *Literary Philosophers: Borges, Calvino, Eco*, Eds., Jorge J. E. Gracia, et al., NY and London: Routledge, 2002, p. 192.

② Ibid., p. 194.

③ Ibid., pp. 193 – 195.

传统叙述标准体系变得过时。"① 当下，谈及图书馆和百科全书就必定要回顾《巴别图书馆》，其中牵涉到理想主义、神秘主义、虚无主义等哲学派别，回顾他的奇幻故事的文学母题——"迷宫、百科全书、图书馆、镜子、印迹文本、阿莱夫、交叉小径，以及现实和虚构（或者梦境）屏障的消解"，后世作家的任务是续写下去②。

20 世纪 60 年代以降，围绕文学资源枯竭之可能与不可能的辩争愈演愈烈。巴思发表重量级论文《枯竭的文学》（"The Literature of Exhaustion"，1967）和《补偿的文学》（"The Literature of Replenishment"，1979）。巴思早就注意到了小说发展遭遇的瓶颈问题，他在《文学的枯竭》中讨论中间体艺术问题、博尔赫斯、百科全书、迷宫、《图隆》和文学枯竭问题。在他看来，枯竭指的是某种形式或者某种可能性的枯竭，小说家通过书写关于小说形式枯竭状况的小说，或者书写模仿小说而不是模仿世界的小说，向批评家转化。他研究先锋实验技巧，特别是博尔赫斯和贝克特的作品，其小说视界拓展到哲学领域，关注表现之表现、梦对现实的拼凑、故事套故事产生的无限后退的形上效果、小说中人物变成作者或者读者的过程，向读者展示虚构的本质③。巴思将技术过时的艺术家、技术跟上时代的百姓和技术跟上时代的艺术家作了区分，指出当代在技术上跟得上时代的作家首推乔伊斯、卡夫卡、贝克特、博尔赫斯和卡尔维诺。艾柯也常常讨论这些作家对形式的创新，在巴思发表《枯竭的文学》13 年之后他才开始发表小说，用形式创新来显示小说创作的无限潜力。

博尔赫斯书写原创性文学作品，但作品却暗示，书写原创性的文学作品不仅困难，而且不见得非要原创。他将深邃的知识远见、人类伟大洞察

① Wladimir Krysinski, "Borges, Calvino, Eco: The Philosophies of Metafiction", *Literary Philosophers: Borges, Calvino, Eco*, Eds., Jorge J. E. Gracia, et al., NY and London: Routledge, 2002, p. 196.

② Rocco Capozzi, "Knowledge and Cognitive Practices in Eco's Labyrinths of Intertextuality", *Literary Philosophers: Borges, Calvino, Eco*, Eds., Jorge J. E. Gracia, et al., NY and London: Routledge, 2002, p. 168.

③ John Barth, "The Literature of Exhaustion", *Metafiction*, Ed., Mark Currie, London and NY: Longman, 1995, pp. 161 – 163.

力、诗性力量和完满技巧驾驭能力相结合来书写迷宫，他的迷宫是"所有选择的可能性得以体现的地方"①。如果要把元小说当成小说发展中的积极阶段，那么它和整个文化自觉行为之间的关联性必须要建立起来。

卡尔维诺认为，像博尔赫斯、陀思妥耶夫斯基、卡夫卡、贝克特、加缪和热奈特这样的文学哲学家才能面对日益复杂的社会和文学现象，文学作品不仅要精确地呈现世界和人，而且还要为阐释世界和人提供哲学视野。这样，文学就相当于一部认知机器，进行不断的符号化过程。卡尔维诺在乌力波实验文学、混沌理论启示下，根据博尔赫斯迷宫构想，从现实主义出发，利用科学对叙述形式进行改革，提出了动态的组合迷宫思想，并在长篇小说创作中将迷宫小说推上一个新台阶。卡尔维诺三部小说《看不见的城市》《命运交叉的城堡》和《寒冬夜行人》有着博尔赫斯式的叙事结构：时间增生和分岔。《看不见的城市》以城市图像或博尔赫斯棋盘符号为出发点，对城市无限复杂的细节进行无限描述。在帝国疆土问题讨论上展示忽必烈汗和马可·波罗两种不同的思维方式——树形迷宫思维和根茎迷宫思维。忽必烈和马可·波罗用不同方法测量无限，是组合分析和分形几何两种方法的博弈。二者相互映证其不足，同时又互补。他的《寒冬夜行人》用书页混杂和错乱之书游戏践行了博尔赫斯《巴别图书馆》中提出的百科全书组合迷宫思想：其中读者所阅读的书内容不连贯、不相关，甚至显得混乱不堪，读者在换书过程中却读到了无数其他文本。这样的叙述程式是将巴特作者已死概念在小说中进行实战演习，体现作者之死使读者之生成为可能；同时在书籍的错版叙述中还将世界文学地图描绘出来。在卡尔维诺笔下，虽然这样的故事以冬夜旅行者阅读不断错版的书为借口，还是可以游戏般地叙述下去的，但是不难发现读者创造文本面临的巨大困难和焦虑。其中的读者"既象征理解的过程，又象征通过阅读来确认的机械过程"②。他的

---

① John Barth, "The Literature of Exhaustion", *Metafiction*, Ed., Mark Currie, London and NY: Longman, 1995, p. 171.

② Wladimir Krysinski, "Borges, Calvino, Eco: The Philosophies of Metafiction", *Literary Philosophers: Borges, Calvino, Eco*, Eds., Jorge J. E. Gracia, et al., NY and London: Routledge, 2002, p. 197.

《命运交叉的城堡》堪称奇幻的图像解释学:利用塔罗牌和伟大的绘画作品进行图画叙事,阐释威尼斯画家卡巴乔 (Vittore Carpaccio) 的画作《圣乔淇奥修道院》(San Giorgio degli Schiavoni),用画中画重新演绎博尔赫斯故事中套故事的结构。

艾柯在哲学上训练有素,视百科全书、图书馆和万维网为认知暗喻,互文性、认识论话语和辩论风格是艾柯小说三个重要特征。其故事具有调查性,叙述时往往就语言、知识和权利进行探讨和追问[①]。艾柯在《玫瑰的名字》中毫不掩饰地借用博尔赫斯观点,称每个观点都是对前代观点的重述;并把博尔赫斯本人通过佐治这一人物写进小说,管理迷宫图书馆。以此方式,艾柯承认他与博尔赫斯在百科全书迷宫叙事上的渊源关系。他承继博尔赫斯故事对异质文化兼收并蓄、合理利用的百科全书派风格,在卡尔维诺组合迷宫叙事法基础上,用无限的清单叙述法把人类文化中的先进思想有机地组合到叙事当中,提出迷宫文本是组合和拆解式样的,是分形和交叉的迷宫。在万维网出现之前,《玫瑰的名字》依照《巴别图书馆》和《阿莱夫》的组合构想,用无限的书目清单叙述,不断分形和交叉,成为万维网格式文本。这是博尔赫斯《交叉小径的花园》迷宫路径在理论和实践上的大获全胜。

在德勒兹看来,艾柯小说好像聚集了几个世纪文化的阿莱夫或者黑洞。在欧洲和全世界,艾柯是人类文化思想集大成者,他的著作无处不闪耀着智慧的光芒和思维的分量。一部《玫瑰的名字》就把世界上无数重要的思想碎片进行了重组和洗牌,为故事服务。读者若能发现这一点,就是对艾柯分形和交叉迷宫的肯定和接受。无限的书目清单涉及的知识分子遍布各个学科,包括理论家皮尔斯、巴赫金、洛特曼、德勒兹、福柯、德里达、怀特、古德曼、罗蒂;哲学家维柯、康德、维特根斯坦;叙事家坡、乔伊斯、博尔赫斯、巴思、卡尔维诺和品钦,等等。这个知识分子群体可

---

①　Wladimir Krysinski, "Borges, Calvino, Eco: The Philosophies of Metafiction", *Literary Philosophers: Borges, Calvino, Eco*, Eds., Jorge J. E. Gracia, et al., NY and London: Routledge, 2002, pp. 166 – 167.

以帮助我们领悟艾柯用叙述的形式对知识考古和新历史主义的理解。他的叙事作品强调知识考古、观念史、百科全书、迷宫、无限衍义和互文性，暗示读者要根据福柯、德勒兹和瓜塔里的著作来解读他的小说，卡波齐由是把艾柯的叙事从互文性提升到超互文性的层面。在《傅科摆》面世后，意大利批评家和符号学家科蒂（Maria Corti）对艾柯小说类型提出疑问，她称这既不是真正的论文小说，也不完全是侦探或历史小说，可能要为艾柯小说寻找一种新类型①。而卡波齐愿意将艾柯知识性叙事作品命名为"论文小说"和"百科全书超小说"，"博学和流行文化在此以和谐的方式交汇"②。笔者认为，百科全书迷宫文本提法更为恰当和科学，不仅有谱系可查，有理论做支持，还有文本实践来丰富理论，完全可以发展成系统性的理论学说。更重要的就是，这种提法能够将艾柯整个学术生涯中重要的成果整合起来考察，观察他站在何种巨人的肩膀上，不断地进行革新和突破，不断完善这一理论。艾柯写小说不是简单地虚构故事，他机智地把他的学识和理论播撒其中，在娱乐的同时多了一份知识的厚重。因而，普通读者喜欢艾柯的故事情节，但是他的作品更多是为知识分子读者专设的。

第二节　博尔赫斯对组合迷宫的形上之思

综观百科全书迷宫文本作品，可知此类作家都在寻找一个类比物，或者像似符，即寻找拥有类似于不断分岔和交叉的迷宫结构的物件或者符号，来组合和融通驳杂的叙事材料。乔伊斯从人类思维形式中寻找契机，其意识流叙事既可以让人物的思绪奔流，又可以将前人思想碎片穿插其中，用组合的方式进行了百科全书迷宫叙事的初步试验。艾柯从乔伊斯文

---

① Rocco Capozzi, "Knowledge and Cognitive Practices in Eco's Labyrinths of Intertextuality", *Literary Philo-sophers: Borges, Calvino, Eco*, Eds., Jorge J. E. Gracia, et al., NY and London: Routledge, 2002, p. 167.

② Ibid., p. 176.

本实验中发现建构和解构并存，或者组合性和拆卸性并存：把组合的工作交由作者，用无限的清单叙述法去完成；把拆卸的任务交给读者，参照文化百科全书识别无限的清单，形成意义的网络。但是，乔伊斯作品存在一个明显的缺点，就是行文松散，玩文字游戏，晦涩难懂。他的先锋实验给后世作家留下一个亟待解决的难题：意识流之外，是否还存在有无限组合潜力的其他叙事方法，可以叙述得更加紧凑、更加清晰？为此，博尔赫斯、卡尔维诺和艾柯都意识到需要在乔伊斯模板上进行创新，提出新的叙事理想。

　　博尔赫斯对百科全书叙事的形上之思与阿奎那和乔伊斯如出一辙，他在短篇小说中利用中世纪文化元素推陈出新，充满哲理的迷宫叙事显得简短而紧凑。但是，他用各类迷宫符号从形上维度勾勒出新颖而抽象的迷宫叙事框架，为他的继承者卡尔维诺和艾柯长篇小说百科全书叙事做了理论上的铺垫。虽然如此，但是必须承认博尔赫斯的观点神秘莫测，容易让读者掉进其玄学思想的迷宫。至于博尔赫斯为何只写短篇故事，不写长篇小说，人们认为是因为他的眼疾乃至晚年眼盲所致。卡尔维诺写长篇小说，但在写作黄金时期不幸逝世，与 1985 年诺贝尔文学奖失之交臂。1986 年，博尔赫斯去世。如果没有迷宫文学前辈博尔赫斯和卡尔维诺的摸索，对乔伊斯形式的充实和改进，艾柯不可能在 1980 年写出如此成功的百科全书迷宫小说《玫瑰的名字》，也不可能在接下来的年月出版多本此类小说，就在 2015 年他离世的前一年，还发表了《试刊号》。迷宫谱系三位巨匠的生命在文学的天空如流星般一划而过，但他们对文学和文化的贡献、对后世作家和理论家的启迪是不可估量的。

　　1944 年，博尔赫斯发表了《环形废墟》《巴别图书馆》和《交叉小径的花园》。1945 年，博尔赫斯提出了他伟大的文学理想——写一本书，或者一页，或者一段，来包括一切①。他强烈希望用文字代表一切世界，笔下的虚构人物也往往醉心于要获得无限之书。此后，他推出《阿莱夫》和

---

① Jason Wilson, *Jorge Luis Borges*, London: Reaktion Books, 2006, pp. 15 – 18.

其他短篇小说，把这些小说集成为《迷宫》，在西方文坛掀起了迷宫叙事旋风。博尔赫斯之所以进行叙事革新，在于他清楚地知道叙事技术上的危机。他在文学和哲学边界写作的方式激发巴思创作了的理论名篇《枯竭的文学》，赞扬博尔赫斯在小说之死论调甚嚣尘上之时对文学无限潜力的挖掘，倡导以他为榜样，进行文学形式改革。虽然博尔赫斯作品不是巴洛克式的，但却暗示知识史和文学史是巴洛克式的，业已穷尽创新的可能性。《虚构集》就是由许多副文本组成的，不仅是想象文本的脚注，而且是文学语料库的后记①。

博尔赫斯的短篇故事勾勒了形态各异的迷宫蓝图。世界之大，之无限，唯有在神的文字、圆球、镜子、梦境、时间、记忆、图书馆目录、百科全书评注等无限之形式中找到栖居之所。他的类比，或者像似符，在文化长河中处于相互割裂的状态，他用知识考古的方式加以联结，加以连贯呈现。他把写作"锚定在智识的秩序之上，在图书馆可测量的水域之中"，把故事建立在"神学、哲学和在文学中发现的文学"之上，体现他"智识才是真正的冒险，思维是真正的激情，而生活只是梦幻"的反现实观②。

他把小说的特征和论说文的特征两相混合，改变了小说的形式③。博尔赫斯在《埃瓦里斯托·卡列戈》（1930）短篇小说集提出文本的生成离不开过去的文献资源的观点。叙述者为写作向前人著作致敬，为他参考他人的研究成果，感谢了一大群人。《布宜诺斯艾利斯的巴勒莫》的开头笔法在艾柯《玫瑰的名字》产生回响：在图书资料中寻找某地的过去，用的是论文写作中寻找和检索文献的方法。叙述人如此追溯巴勒莫的渊源："证明巴勒莫历史悠久的人是保罗·格罗萨克。《图书馆编年史》第四卷第三百六十页的一个注释已有记载；多年以后，《我们》第两百四十二期刊登了证明或公证文件。文件表明，有一个名叫多明格斯（多梅尼科）·德·

---

① John Barth, "The Literature of Exhaustion", *Critical Essays on Jorge Luis Borges*, Ed., Jaime Alazraki, Boston: G. K. Hall & Co., 1987, p. 91.

② Jaime Alazraki, *Critical Essays on Jorge Luis Borges*, Boston: G. K. Hall & Co., 1987, p. 3.

③ Naomi Lindstorm, *Jorge Luis Borges: A Study of the Short Fiction*, Boston: Twayne Publishers, 1990, p. xi.

巴勒莫的意大利的西西里人……"① 而卡列戈的故事是以拉瓦列街旧书堆中淘到的他祖父写的书《被遗忘的卷帙》（圣菲，1859）为基础的②。他的短篇小说《永生》有关于故事的真实性的考证。1929 年 6 月，土耳其古董商约瑟夫·卡塔菲勒斯在伦敦将蒲柏翻译的《伊利亚特》卖给卢辛其公主。10 月，传来他死去的消息。有人在《伊利亚特》最后一卷中发现约瑟夫手稿，关于他从三四世纪在底比斯当罗马执政官开始，到寻找长生之城的旅途见闻，直到 1921 年 10 月 4 日在孟买回到尘世。1922 年约瑟夫检查手稿底稿；手稿发表后还引发评论。而约瑟夫用英文和拉丁文写的手稿是由故事叙述人转述的。艾柯《玫瑰的名字》借鉴了这个框架，其中的叙述人也从记忆中搜寻书本存在的多种可能性，在全世界追寻同一文本的不同语言译本的残片，对过去的文献加以利用，制造作者已死、碎片结构和混声效果。

　　他的短篇故事广泛借用异质文化资源：德·昆西的形上主题、意象、直觉和信息③，伊斯兰文化、远东文化、阿拉伯文化、亚洲文化、犹太卡巴拉思想和佛教思想若隐若现。伊斯兰和远东文化为他提供了一系列迷宫象征符号——迷宫、宝剑、硬币、镜子、月亮、棋盘、面具、玫瑰、地图、老虎、塔楼、书籍等。他把故事视为 "对人类历史上制造的文化迷宫的诗性重现"④，他书写现代凡夫俗子在知识难以企及的无限宇宙寻求意义超越。博尔赫斯的图书馆暗示，物理学的不真现实，历史的无意义的重复，让图书馆之外的世界成了无法栖居的真实。文学，成为新文学栖居的唯一世界⑤。

---

① ［阿根廷］豪·路·博尔赫斯：《博尔赫斯口述》，王永年、屠孟超等译，浙江文艺出版社 2008 年版，第 7 页。

② 同上书，第 20 页。

③ Ronald Christ, "Borges and Thomas De Quincey", *Critical Essays on Jorge Luis Borges*, Ed., Jaime Alazraki, Boston: G. K. Hall & Co., 1987, p. 164.

④ George R. McMurray, *Jorge Luis Borges*, NY: Frederick Ungar Publishing, Co., 1980, p. 215.

⑤ John Updike, "The Author as Librarian", *Critical Essays on Jorge Luis Borges*, Ed., Jaime Alazraki, Boston: G. K. Hall & Co., 1987, pp. 62 – 76.

在《神的文字》中，身陷囹圄的魔法师在对美洲豹豹纹的观察和顿悟中，把豹纹的无限和神的文字的无限联系起来，用神秘的方式给出了一连串迷宫符号：语词、豹纹、沙子、梦境、时间的轮子。卡霍隆金字塔巫师齐那坎和美洲豹囚困在暗无天日的石牢里。他在黑暗中用回忆来抗拒岁月，以此恢复其法力。他揣摩神在混沌初开的第一天说的充满魔力的句子，想看到这句话。他在万物中寻求这永恒的形式，"也许我就是我寻找的目标"①，美洲豹是神形闪现。他研究豹皮花纹形状，梦见沙子在倍增，自己还被梦中的沙子压得透不过气来。"有人对我说：你的醒并不是回到不眠状态，而是回到先前的一个梦。一梦套一梦，直至无穷，正像是沙粒的数目。你将走的回头路没完没了，等你真正清醒时你已经死了。"② 他在冥想和梦的迷宫中，自己和神、宇宙融为一体。他看到了轮子，有边缘但无穷尽的轮子，那是水、火，是一切时间，自己只是巨大织物中的一缕。宇宙和宇宙隐秘的意图展现在他的眼前，揭开了虎纹文字的含义。"那是由十四组偶然（看起来偶然）的字凑成的口诀，我只要大声念出口诀就无所不能。"③ 四十个字母，十四组字。在通灵顿悟中，他已不是齐那坎了，虎皮的神秘随石牢中的他一起消失了。这个玄妙的故事仍然探索人和神、梦幻和现实在思维上如何相融和交织。身陷囹圄的巫师追问神的文字何在？他看到了囚室中的美洲豹，悟出豹纹文字即是神的文字的道理。

《阿莱夫》用圆球指代了世界，并表达出作家面对这个圆球世界而无法加以完整呈现的焦虑。博尔赫斯对圆球的概念的演变了然于心，在《帕斯卡圆球》中对圆球概念从上帝的形状拓展到自然的形状的演变史做了梳理。荷马史诗的吟诵者赫诺法内斯提出上帝是永恒的圆球概念，反对荷马赋予神祇人形。柏拉图和巴门尼德视圆球为完美的形状。法国神学家阿兰·德

---

① ［阿根廷］豪·路·博尔赫斯：《博尔赫斯小说集》，王永年、陈泉译，浙江文艺出版社2005年版，第173页。

② 同上书，第174页。

③ 同上书，第175页。

利勒说："上帝是一个理念的圆球，其圆心无处不在而圆周则不在任何地方。"① 其实这种思想早在 8 世纪《玫瑰传奇》和百科全书《三棱镜》中就存在。文艺复兴时期，人类步入成年期；16 世纪中叶，人们在时间和空间上感到迷失方向；17 世纪，人类有了暮年感，就开始挖掘亚当的原罪。帕斯卡尔撇开上帝，关注人的孤独、压力和恐惧。他说，"大自然是一个无限的圆球，其圆心无处不在，而圆周则不在任何地方"②。博尔赫斯《阿莱夫》把圆球和写作起来，贝雅特丽奇的表哥卡洛斯·阿亨蒂诺·达内里是一位诗人，思维奇特，写作长诗，这与他在图书馆的本职工作和他家中地下室的宝物"阿莱夫"相关。故事虚构道：1929 年贝雅特丽奇逝世，以后每年的 4 月 30 日她的生日"我"都要拜访她家。1934 年生日那天，"我"赢得她表哥卡洛斯·阿亨蒂诺·达内里的信任。达内里在图书馆任职，思维与众不同。1941 年她的生日那天，达内里酒后为现代人辩护，批评 20 世纪改变了穆罕默德和山的寓言。达内里多年来沉溺于创作长诗《大千世界》，这次他约"我"两周后到苏尼诺和松格里的咖啡馆喝牛奶。在咖啡馆，他吟读他的诗歌，痛批批评家，但又托我约请有学问的阿尔瓦罗为他的大杂烩诗作写前言。10 月底，达内里来电说咖啡馆老板要拆除他的房子，他要聘请律师松尼博士打官司，要求赔付。原因是，他必须在他那幢房子才能完成长诗，"因为地下室的角落里有个阿莱夫"③。

　　这神秘的阿莱夫，是"空间的一个包罗万象的点"，达内里说它是"从各种角度看到的、全世界各个地方所在的一点"④。他小时候看到了阿莱夫，便获得了长大后作诗的天赋。世界各地、灯盏和光源尽在其中。我到达内里家一看究竟。他让我喝了白兰地，躺在地下室，盯着第十九级楼梯，阿莱夫就出现了。这好似一个两三厘米的闪亮着的小圆球，宇宙以原

---

　　① ［阿根廷］豪·路·博尔赫斯：《探讨别集》，王永年、黄锦炎等译，浙江文艺出版社 2008 年版，第 6 页。

　　② 同上书，第 9 页。

　　③ ［阿根廷］豪·路·博尔赫斯：《博尔赫斯小说集》，王永年、陈泉译，浙江文艺出版社 2005 年版，第 193 页。

　　④ 同上。

本形态在其中呈现,世上的人事物活灵活现。"……我看到阿莱夫,从各个角度在阿莱夫之中看到世界,在世界中再一次看到阿莱夫,在阿莱夫中看到世界……"① 博尔赫斯一孔见世界的观念体现的是混沌理论中的分形自相似性。在佛经中,也有"一沙一世界,一叶一如来"之说。英国诗人布莱克在《天真之兆》回应禅文道,"一沙见世界,一花窥天堂,手心握无限,须臾纳永恒"②。

面对阿莱夫,叙述者无限崇敬和悲哀。他建议达内里选择乡村和宁静。但在故事的后记中有一条惊人的消息,达内里居然获得了国家文学二等奖,其新诗选即将付梓,而叙述者却空手而归。这说明作家在面对浩瀚知识时的无能和无奈。只有神力可以储存所有的记忆,有神力相助的人方可有文学成就③。

这是何等神力?阿莱夫本是希伯来语字母表第一个字母,"在犹太神秘哲学中,这个字母指无限的、纯真的神明;据说它的形状是一个指天指地的人,说明下面的世界是一面镜子,是上面世界的地图;在集合论理论中,它是超穷数字的象征,在超穷数字中,总和并不大于它的组成部分"④。在《阿莱夫》中,叙述人在见到阿莱夫场景中描绘了作家面对无穷宇宙时的尴尬处境:

现在我来到我故事的难以用语言表达的中心;我作为作家的绝望心情从这里开始。任何语言都是符号的字母表,运用语言时要以交谈者共有的过去经历为前提;我的羞惭的记忆力简直无法包括那个无限的阿莱夫,我又如何向别人传达呢?神秘主义者遇到相似的困难时

---

① [阿根廷]豪·路·博尔赫斯:《博尔赫斯小说集》,王永年、陈泉译,浙江文艺出版社 2005 年版,第 196 页。

② 转引自[美]约翰·布里格斯、[英]F. 戴维·皮特《混沌七鉴:来自易学的永恒智慧》,陈忠、金纬译,上海科技教育出版社 2003 年版,第 98 页。

③ [阿根廷]豪·路·博尔赫斯:《博尔赫斯小说集》,王永年、陈泉译,浙江文艺出版社 2005 年版,第 197—198 页。

④ 同上书,第 198 页。

便大量运用象征：想表明神道时，波斯人说的是众鸟之鸟；阿拉努斯·德·英苏利斯说的是一个圆球，球心在所有的地方，圆周则任何地方都不在；以西结说的是一个有四张脸的天使，同时面对东西南北。（我想起这些难以理解的相似不是没有道理的，因为它们同阿莱夫有关。）……此外，中心问题是无法解决的：综述一个无限的总体，即使综述其中一部分，是办不到的。在那了不起的时刻，我看到几百万愉快的或者骇人的场面；最使我吃惊的是，所有场面在同一个地点，没有重叠，也不透明，我眼睛看到的事是同时发生的：我记叙下来的却有先后顺序，因为语言有先后顺序。总之，我记住了一部分。[①]

语言只能以共同的过去为基础，但人类的记忆又有限；语言只可先后展示同时发生的事。

镜子是博尔赫斯迷宫的又一个类比，故事是镜像增生式组合迷宫。他是把图书馆当成世界的镜像的，相信书籍世界更能反映现实，从中他看到了世界的迷宫和迷宫的世界。《图隆》虚构的星球是在一部百科全书——不完全的《大不列颠百科全书》重印本中看到的；《剑的形状》中爱尔兰人背叛救命恩人，自己冒充受害人讲故事。他的所有故事都用镜像结构，反映镜像自我、反自我；镜像增生让他获得诗性成功。但是，博尔赫斯镜子复制的迷宫，只是停留在表面而已[②]。

博尔赫斯在《柯勒律治的梦》谈到了两个梦对创造的启发。忽必烈汗梦见宫殿，便修建了宫殿；柯勒律治梦到了《忽必烈汗》这首诗，便写出了诗。"梦的系列也许不会终止，破谜的答案也许在最后一个梦中。"[③] 在

---

① ［阿根廷］豪·路·博尔赫斯：《博尔赫斯小说集》，王永年、陈泉译，浙江文艺出版社2005年版，第195页。

② Paul de Man, "A Modern Master", *Critical Essays on Jorge Luis Borges*, Ed., Jaime Alazraki, Boston: G. K. Hall & Co., 1987, pp. 57 - 60.

③ ［阿根廷］豪·路·博尔赫斯：《探讨别集》，王永年、黄锦炎等译，浙江文艺出版社2008年版，第19页。

梦中，所有的时间，过去、现在和未来，毫无障碍地汇合在一起。他在
《环形废墟》还借梦的形式做了一次唯心主义的实验。在梦境的框架下，
主人公魔法师，一个南方的外乡人，在黑夜神秘地来到环形废墟，来完成
一个神秘的任务：梦中造人，并成为现实。他的写法穿行于虚幻与现实两
界，在写梦者时，他说废墟附近有打柴人。他偶尔也会清醒。到丛林，在
河里净身，膜拜神祇神灵。下面一段就是例子：

> 他使那少年逐渐熟悉现实。有一次，他命令少年把一面旗子插到
> 远处山顶上。第二天，旗子果然在山顶飘扬起来。他做了其他类似的
> 实验，一次比一次更为大胆。他有点伤心地感到，他的儿子快要诞生
> 了——也许等不及了。那晚，他第一次吻了少年，派他穿过荆棘丛生
> 的森林和沼泽到河下游另一座荒废的庙宇去。此前（为了永远不让他
> 知道他是个幻影，而让他以为自己是同别人一模一样的人），他让少
> 年彻底忘掉这些年的学习。①

魔法师在梦中造人，意识到要把杂乱无章的梦境材料赋形存在困难，难度
超过"用沙子编绳或者用无形的风铸钱"②。博尔赫斯用神秘的心性造物故
事模糊做梦者和幻影的界限。

《莎士比亚的记忆》是关于记忆迁移的神秘故事，拥有两套记忆所遭
受的厄运；也是关于获取百科全书的神秘方式。一次在莎士比亚研讨会间
隙，海尔曼·索格尔、巴克利主任和丹尼尔·索普在酒馆闲谈。巴克利谈
起所罗门戒指的魔力，拥有它就能听懂鸟类语言。索普邀请索格尔到他旅
馆房间继续交谈，要把所罗门戒指送给他。所谓戒指，指的是莎士比亚的
记忆。独有的交接仪式，让临死的士兵亚当·克莱把莎士比亚的记忆给了
索普，索普又把它传给了索格尔。两套记忆的负担让索格尔想变回自我，

---

① ［阿根廷］豪·路·博尔赫斯：《虚构集》，王永年译，浙江文艺出版社 2008 年版，第 43 页。
② 同上书，第 41 页。

他终于在电话中完成了交接事宜，在巴赫音乐声中抹掉这古老记忆。反复地阅读古老的莎士比亚书卷，久而久之，头脑中便产生莎士比亚的记忆，或者就是莎士比亚①。人的记忆并不能用瞬间包揽他的全部过去，而是"意义不明确的各种可能性的混合"②。这种可能性还体现在百科全书的获取方式上，"获得一本百科全书的人并没有掌握其中的每一行，每一段，每一页或每一幅地图，而只是获得了认识其中内容的可能性"③。

博尔赫斯在他诗歌中诗性地解读了现在时间概念。他在《瞬息》中写道，"回忆构成了时间"④；他在《约克大教堂的一把剑》中云："我是瞬间，瞬间是尘埃，不是钻石，/唯有过去才是真实。"⑤ 他在《埃瓦里斯托·卡列戈生平》中把这种记忆界定为"对别的记忆的记忆的再记忆"⑥。面对浩瀚知识，作者如何创作来加以反映？博尔赫斯在《永生》引述所罗门和柏拉图名言来论创新和知识的本质。所罗门称，天下无所谓新事，新奇的原因是人们忘事；柏拉图认为，一切知识均为回忆⑦。对于永生者，"每一个举动（以及每一个思想）都是在遥远的过去已经发生过的举动和思想的回声，或者是将在未来屡屡重复的举动和思想的准确的预兆"⑧。博尔赫斯对作家的使命做了一番沉思。他批判福楼拜落入了怀特海所谓"完美词典"窠臼，因为福楼拜相信万事万物都在此有一一对应的词，而作家肩负着"找到这个词"的责任⑨。显然，作家是难以找到完美的词来进行创作的。

---

① ［阿根廷］豪·路·博尔赫斯：《虚构集》，王永年译，浙江文艺出版社 2008 年版，第 369 页。

② 同上书，第 370 页。

③ 同上。

④ ［阿根廷］豪·路·博尔赫斯：《另一个，同一个》，王永年译，浙江文艺出版社 2008 年版，第 110 页。

⑤ 同上书，第 87 页。

⑥ ［阿根廷］豪·路·博尔赫斯：《博尔赫斯口述》，王永年、屠孟超等译，浙江文艺出版社 2008 年版，第 19 页。

⑦ ［阿根廷］豪·路·博尔赫斯：《博尔赫斯小说集》，王永年、陈泉译，浙江文艺出版社 2005 年版，第 113 页。

⑧ 同上书，第 123 页。

⑨ ［阿根廷］豪·路·博尔赫斯：《私人藏书》，盛力、崔鸿儒译，浙江文艺出版社 2008 年版，第 60 页。

在他看来，"创作就是把我们读过东西的遗忘和回忆融为一体"①。在这一过程当中，记忆便产生了迁移。

博尔赫斯在贝尔格拉诺大学的《时间》讲稿中，探讨了时间这一形而上学上的首要问题，特别是对现在的界定。"现在时刻是由部分的过去和部分的未来组成的"②，"现在是不会停住的。我们无法想象一个纯粹的现在；这是白费力气。现在始终拥有一颗过去的粒子，一颗未来的粒子"③。普罗提诺曾经提出三个现在时间："当前的现在"，指说话的时刻，属于过去；"过去的现在"，指记忆；"未来的现在"，指想象中的东西，希望或忧虑之类④。博尔赫斯用历史唯物主义方法探讨文学就是记忆这一命题，并界定现在这一时间范畴。一座城，一个人，一本书的存在都与对过去的点滴记忆有着割裂不断的关联，都不是孤立的、凭空产生的。他在诗中这样书写布宜诺斯艾利斯，"你存在于巴勒莫的记忆，/在经常发生斗殴、/动辄拔刀相见的往昔的神话，/在带有把手和圆圈/……毫无用处的镏金青铜拴马环。……"⑤ 诗人在这种延续的记忆中对人的身份在"漫长的爱的迷宫"加以追问。博尔赫斯在诗歌《致儿子》中写道："生养你的人不是我，是那些死者。/是我的父亲、祖父和他们的前辈；/是已经成为神话的太古时代/从亚当和沙漠里的该隐和亚伯以来。"⑥

博尔赫斯不赞成作家"编写篇幅浩繁的书籍"，把一说就清楚的问题放水，膨胀到几百页；但是，"伪托一些早已有之的书，搞一个缩写和评论"，是可取的，"写假想书的注释"是"最合理"而又"最无能、最偷

---

① [阿根廷]豪·路·博尔赫斯：《博尔赫斯口述》，王永年、屠孟超等译，浙江文艺出版社2008年版，第128页。

② 同上书，第183页。

③ 同上书，第188页。

④ 同上书，第180页。

⑤ [阿根廷]豪·路·博尔赫斯：《另一个，同一个》，王永年译，浙江文艺出版社2008年版，第167页。

⑥ 同上书，第171页。

懒的做法"①。他还假借"造物主和神道则喜欢无限数：无限的故事，无限的枝蔓"，倡导自由展开想象力，抵达无限②。那么，作家如何来缩写、评论和做注释，还达到无限呢？

博尔赫斯用镜子、百科全书的翻版和梦境符号营造迷宫。《图隆》开篇有云："我靠一面镜子和一部百科全书的帮助发现了乌克巴尔。镜子令人不安地挂在高纳街和拉莫斯·梅希亚街一幢别墅的走廊尽头；百科全书冒名《英美百科全书》（纽约，1917），实际是1902年版《大不列颠百科全书》的一字不差、但滞后的翻版。"③ 从中可见，博尔赫斯意欲对他最重要的书在某种程度上加以利用和复制。博尔赫斯在《赫伯特·奎因作品分析》一文的结尾坦言，他从赫伯特·奎因《昨日玫瑰》第三篇受到启发，创作了《环形废墟》和《交叉小径的花园》集子的一篇④。

《交叉小径的花园》谍报故事用写野史的方式言说无限的书和无限的时间迷宫。叙述人称这一故事是对史书——利德尔·哈特《欧洲战争史》的补遗，交代英军炮兵师"一战"期间推迟进攻塞尔—蒙托邦防线的真正原因。史书称大雨破坏了原定计划，而事实是德军柏林上司获得谍报人员情报后摧毁了阿尔伯特城的英军炮队。此叙述笔法体现博尔赫斯文学叙述比历史更真实的理念。德国间谍余准因为名字和阿尔伯特城相同，他便逃到汉学家斯蒂芬·阿尔伯特家去刺杀他，一方面摆脱理查德·马登上尉追捕，另一方面向德方通风报信。穿过阿尔伯特家附近的街道，来到小径分岔的花园，二人相遇。由于余准曾祖父崔彭写了一部比《红楼梦》还大的书，他们就谈崔彭，他的手稿，他的迷宫。叙述者借汉学家之口，对无限之书做了一番沉思：

　　　　……在什么情况下一部书才能成为无限。我认为只有一种情况，

---

① ［阿根廷］豪·路·博尔赫斯：《虚构集》，王永年译，浙江文艺出版社2008年版，第3—4页。

② 同上书，第57页。

③ 同上书，第5页。

④ 同上书，第59页。

那就是循环不已、周而复始。书的最后一页要和第一页雷同，才有可能没完没了地连续下去。我还想起一千零一夜正中间的那一夜，山鲁佐德王后（由于抄写员神秘的疏忽）开始一字不差地叙说一千零一夜的故事，这一来有可能又回到她讲述的那一夜，从而变得无休无止。我又想到口头文学作品，父子口授，代代相传，每一个新的说书人加上新的章回或者虔敬地修改先辈的章节。……①

他从手稿中发现"我将小径分岔的花园留诸若干后世（并非所有后世）"一句话，悟出"小径分岔的花园"就是崔彭庞杂的小说；"留诸若干后世（并非所有后世）"指的是时间的分岔②。阿尔伯特在临死之前特破解了余准祖父的两座迷宫——他盖的迷宫和他写的迷宫，其实是一回事。小径分岔的花园是时间组成的无限迷宫。时间在不断分岔，"由互相靠拢、分歧、交错或者永远互不干扰的时间织成的网络包含了所有的可能性"③。

博尔赫斯笔下的图书馆无疑是最明显的迷宫类比，是用无限的书目清单组合起来的迷宫。《巴别图书馆》同样在神秘氛围下，欲把世界上所有书大一统地呈现出来。他虚构神秘主义者在迷狂状态中看到环形房间有浑然一体的大书，循环不已。那就是上帝之书。博尔赫斯形容无限量书籍形成的知识宇宙时，仍使用了"球体"的暗喻："图书馆是个球体，它精确的中心是任何六角形，它的圆周是远不可及的。"④ 如何呈现这本大书？首先必须找到总目录。"我像图书馆所有的人一样，年轻时也浪迹四方，寻找一本书，也许是目录的总目录；……"⑤ 然后要找到"书人"或者那本全书：

人们猜测某个六角形里的某个书架上肯定有一本书是所有书籍的

---

① [阿根廷] 豪·路·博尔赫斯：《博尔赫斯小说集》，王永年、陈泉译，浙江文艺出版社2005年版，第76—77页。

② 同上书，第77页。

③ 同上书，第79页。

④ 同上书，第64页。

⑤ 同上书，第63页。

总和:有一个图书管理员翻阅过,说它简直像神道。这个区域的语言里还保存着崇拜那个古代官员的痕迹。许多人前去寻找,四处找了一百年,但是毫无结果。怎么才能确定那本藏书所在的、受到崇敬的秘密六角形呢?有人提出逆行的办法:为了确定甲书的位置,先查阅说明甲位置的乙书;为了确定乙书的位置,先查阅说明乙位置的丙书,以此无限地倒推上去……我把全部岁月投入了那种风险很大的活动。我觉得宇宙的某个书架上有一本"全书"不是不可能的;我祈求遭到忽视的神让一个人——即使几千年中只有一个人!——查看到那本书。假如我无缘得到那份荣誉、智慧和幸福,那么让别人得到吧。即使我要下地狱,但愿天国存在。即使我遭到凌辱和消灭,但愿您的庞大的图书馆在一个人身上得到证实,哪怕只有一瞬间。①

这就要依靠不断的阅读,不断地在一本书上读到另一本书的片段,书和书才能相连,成为相互联系的无限的书籍。知识不是孤立的,虽然没有两本完全相同的书,但是人类的知识体系和传承不是割裂的,在一本书中总会有另一本书的影子。"图书馆是无限的、周而复始的。假如一个永恒的旅人从任何方向穿过去,几世纪后他将发现同样的书籍会以同样的无序进行重复。"②

斯坦纳认为,博尔赫斯对传统小说持怀疑态度,他借用数字理论和数学逻辑,像做工程似的构想,达到洛可可式的精致③。他的故事工于数学上几何结构,以此来探索秩序,因此加斯建议阅读博尔赫斯时,要把文学当成"风景"来看④,当成书籍构成的风景来看。

---

① [阿根廷]豪·路·博尔赫斯:《博尔赫斯小说集》,王永年、陈泉译,浙江文艺出版社2005年版,第67—68页。

② 同上书,第69页。

③ George Steiner, "Tigers in the Mirror", *Critical Essays on Jorge Luis Borges*, Ed., Jaime Alazraki, Boston: G. K. Hall & Co., 1987, p. 123.

④ William H. Gass, "Imaginary Borges and His Books", *Critical Essays on Jorge Luis Borges*, Ed., Jaime Alazraki, Boston: G. K. Hall & Co., 1987, p. 110.

虽然博尔赫斯取道图书馆来叙事，但是他对理性是持否定态度的，他的世界观是颠覆性的。博尔赫斯的《死亡和指南针》倒转侦探故事，揭示人类理性的荒诞性。卡夫卡笔下城堡故事的荒诞性对他产生影响，他的故事聚焦不相信语言可以描绘现实、人类理性不能揭示宇宙的奥秘、否定绝对的道德和哲学价值这些荒诞性主题。博尔赫斯自己制定游戏规则，游戏于历史和神话原型，反拿着望远镜看着卡夫卡提出的问题①。他的故事中，所有的纲领被取代；对人类理性的仿拟消解了传统思维模式；他将客观、具体现实和梦幻融通，对生存的性质产生怀疑②。他的迷宫是混乱、困惑的符号，他的故事呈现象征性的、自给自足的微观宇宙，混乱和秩序、无知和知识、幻想和现实对抗。

博尔赫斯故事显示他形上机智，体现人类思维奇妙的赋形能力、抽象能力和建构能力，他的故事中布满最奇怪的建筑——巴别图书馆、永生之城、小径交叉的花园，以及语汇建筑的无尽变体——哲学理论、神学辩论、百科全书、宗教信仰、批评阐释、小说和各种书。他笔下的迷宫有多元路径和选择，关于时间多变现实的可能增生；故事中的人物是棋子，在那里证明下棋者的智慧和游戏规则。同时，他对人类在时间中的创造物——城市、信仰、书籍、梦——深表忧郁和伤感③。博尔赫斯作品聚焦无限，巴别图书馆有一切语言、知识和时代的书籍。《环形废墟》和《交叉小径的花园》中时间无限倒退，来嘲讽个人命运。《环形废墟》中上帝在梦中造了一个活人，发现他自己是另一个梦者创造的，他自己和他的创造只不过是虚幻。《阿莱夫》展示无法确定的选择和无限的启示。用无限倒退来接受一切可能性，包括地点、年代和身份。博尔赫斯迷恋模式性的东西，比如六角形图书馆、巴比伦彩票的随意规则。人获得

① Margaret Boegeman, "From Amhoretz to Exegete: The Swerve from Kafka by Borges", *Critical Essays on Jorge Luis Borges*, Ed., Jaime Alazraki, Boston: G. K. Hall & Co., 1987, p. 190.

② Ibid., pp. 215 - 217.

③ Tony Tanner, "Borges and American Fiction 1950 - 1970", *Critical Essays on Jorge Luis Borges*, Ed., Jaime Alazraki, Boston: G. K. Hall & Co., 1987, pp. 165 - 172.

了永生，却没了活力，体现他对时间无限追求的忧郁①。博尔赫斯故事有爱伦·坡理性和恐怖的风格；有切斯特顿哲理的戏说风格；有卡夫卡式悖论、思考和恐惧。他和卡夫卡都把世界看成迷宫：有许多通道，一系列未打开的门，受挫连连的探索，毫无意义的等待②。斯科尔斯（Robert Scholes）评述道，博尔赫斯在创作中找到了可以打开语言牢门的钥匙，让他像中世纪地图制作员一样描画出一幅奇怪的现实图像，里面主要住着牧人、图书馆员、无思想的粗莽人和无活力的文化人。他聚焦铰链地带，英雄和怪物、武士和半神出没其间。他扮演这各种制图员，构想各种现实，把现实推入神话、推入晦涩。斯科尔斯称，宇宙需要作家，来说大事，说小事。博尔赫斯故事的重要性在于，它们是人类梦想中难以抵达之境的符号表达③。

博尔赫斯充分利用各种知识元素，写出了卡尔维诺畅想中可以组合和增长的书。他的短篇小说显示，无限的世界只有在神的文字、圆球、镜子、梦境、时间、记忆、图书馆目录、百科全书评注等无限之形式中找到栖居之所。他的《交叉小径的花园》告诉读者，书是最终的迷宫，进去就会迷失。他的故事透露出迷宫思想，但只是一些形上思考罢了，叙事并没有充分地展开④。换句话说，博尔赫斯在迷宫书写上虚晃一枪，而实干的任务就落在迷宫文本继承人卡尔维诺和艾柯身上。虽然他故事的形式特征还是和中世纪哲学家类似，对前人观点和语言加以盗用，然后评注一番，但是他丰富的想象力和简短的文字祛除了阿奎那的思路繁琐、乔伊斯的意义晦涩，在迷宫谱系书写上实现了质的飞跃。

---

①　Margaret Boegeman, "From Amhoretz to Exegete: The Swerve from Kafka by Borges", *Critical Essays on Jorge Luis Borges*, Ed., Jaime Alazraki, Boston: G. K. Hall & Co., 1987, pp. 181 – 189.

②　Patricia Merivale, "The Flaunting of Artifice in Vladimir Nabokov and Jorge Luis Borges", *Critical Essays on Jorge Luis Borges*, Ed., Jaime Alazraki, Boston: G. K. Hall & Co., 1987, p. 141.

③　Robert Scholes, "The Reality of Borges", *Critical Essays on Jorge Luis Borges*, Ed., Jaime Alazraki, Boston: G. K. Hall & Co., 1987, pp. 131 – 139.

④　Pierre Macherey, "Borges and the Fictive Narrative", *Critical Essays on Jorge Luis Borges*, Ed., Jaime Alazraki, Boston: G. K. Hall & Co., 1987, pp. 79 – 83.

第三节 卡尔维诺的组合叙事实验

卡尔维诺是介于现代性和后现代性之间的作家,有人称他是 20 世纪文学史上国际文坛的一个"最冒险的声音"[①]。卡尔维诺的早期小说割裂与和谐并行,是一场从社会现实主义经由宇宙论抵达控制论的复杂行旅:从"二战"后意大利政治书写,转向新现实主义故事、宇宙奇趣故事;在 20 世纪 60 年代,他旅居巴黎,在和法国乌力波接触之后,小说转向挖掘新的叙事可能性和潜力。他将文学、科学和数学融通,在结构主义符号理论和乌力波成员格诺的写作方式影响下,尝试新文学创作[②],把博尔赫斯的迷宫构想加以实践。

卡尔维诺的认识论不同于博尔赫斯,他从现代科学得到灵感,致力于寻求学科之间的对话,来帮助他走出旧文学理想的死胡同,而他又不愿接受新先锋视野。由是,他陷于两难处境。文学本来就是一门交叉学科,学术界也一直努力利用信息论、控制论和混沌理论,来建立文学和科学、小说的构成和宇宙的构成之间的关联,梦想把文学作品放在一个整合的范式中来阅读。卡尔维诺致力于追问一个统一起来的框架,来重建文化话语之间的统一视野[③]。文学必须依附其文化母体,重新估价其作为文化整合者的功能,用整合的知识观、文化观、生活观来呈现错综复杂的世界,把构成文化的迷宫认知地图测量和描绘出来。

卡尔维诺在《关于科学和文学的两次访谈》(1968)一文提到罗兰·巴特《文学和科学的对抗》中的观点:文学是语言,语言不透明;科学语

---

① Dani Cavallaro, *The Mind of Italo Calvino*: *A Critical Exploration of His Thought and Writings*, Jefferson: McFarland & Company, Inc., Publishers, 2010, p. 1.

② Rocco Capozzi, "Cosmicomiche vecchie e nuove: Keeping in Tune with the Times", *Calvino Revisited*, Ed., Franco Ricci. Ottawa: Dovehouse Edition Inc., 1989, pp. 68 – 69.

③ Kerstin Pilz, *Mapping Complexity*: *Literature and Science in the Works of Italo Calvino*, Leicester: Troubador Publishing Ltd., 2005, pp. 14, xi, xiii.

言是中性的,用来说其他的、不熟悉的事情。巴特对文学表示出充分的自信,因为语言不能说与写作无关之事,或者说不是与写作艺术相关之真的真实。这样一来,文学就比科学还科学。与此相反,法国作家格诺领导的乌力波十人组强调数学思维在人文学科中的重要性。在这种文学氛围中,卡尔维诺立足于本土,认识到从但丁到伽利略时代意大利文学一直肩负根深蒂固的使命:文学作品是当成世界地图、当成可知之事、当成求知的,充满神学、推理、魔幻、百科全书、自然哲学、理想化或梦想化观察①。

卡尔维诺敬仰法国的格诺、英国的卡罗尔(Lewis Carroll)和阿根廷的博尔赫斯这样的作家——将诗歌、数学的精确和游戏性杂糅到一起的大师们。他们受到科学方法启发,推崇写作的数学感觉和心理抽象,不仅影响卡尔维诺从不同角度看宇宙,而且激发他以同样的方式来感悟和把握当代迷宫图像。他曾旅居巴黎十五年,与列维-斯特劳斯、巴特、格诺等人交往密切。格诺的宇宙学包罗文学、神话、哲学、视觉艺术和科学等百科知识。受其影响,卡尔维诺创作了一系列受科学启示的小说。卡尔维诺笔下的迷宫,在不同的,甚至相反的方法中转换,汇聚各种各样方法、话语和知识形式,来反映包括科学和文学在内的文化概貌②。

卡尔维诺文学的改革是在西方思维的严重危机,即现代性的危机之下进行的。他吸收科学家和哲学家对知识的新理解,关注科学对社会的影响。在不断追问人性和自然的妥协的过程中,探索科学的认识论图景。普里戈金和斯唐热合著的《从混沌到有序》一书研究无序系统自发获得有序结构的方式,卡尔维诺从他们的混沌理论中获得启示,完成了科学和文学的融通。他视自然为一个大的有机体,人在其中安排了有意义、不可分的地位。他对知识进行重新界定,文学成为交叉学科话语,小说将叙事知识和实证的、科学理论结合起来。卡尔维诺视文学为知识的源泉,从而否定

---

① Italo Calvino, "Two Interviews on Science and Literature", *The Literature Machine*: *Essays*, Trans. Patrick Creagh, London: Secker and Warburg, 1987, pp. 28 – 32.

② Kerstin Pilz, *Mapping Complexity*: *Literature and Science in the Works of Italo Calvino*, Leicester: Troubador Publishing Ltd. , 2005, pp. 56, 31, 24, 57.

科学和批评作为调查方法的区别，自然和文学作为客体的区别。他以此挑战科学对知识的垄断，举起叙事之镜反观科学①。

卡尔维诺在他的想象之国，重新对作家的使命进行估量。在他创作早期，他书写社会现实小说，关于战争、人类异化，带读者走进不同的历史时期。其中的知识以多元性，或者以难以调和的复杂分层呈示，割裂与和谐并行不悖。他逆向思考割裂背后的积极面，认为断裂、脱节的和不连贯的东西，可能是新的交叉学科范式的基本成分，统一或和谐是对断裂的整合，不连贯是交叉学科的动态交流。在寻找科学和文学的契合点的过程中，卡尔维诺发现暗喻符号就是通用话语，构成西方思想史的重要部分，有助于理解意义、概念和框架变化的历史，有助于文化的跨学科交流。在西方文化的源头，希腊人把图像摆在首要位置，譬如，他们仰望星空，用原始思维构想有关珀耳修斯和美杜莎的英仙星座故事。在远古先民思维中，图像蕴含着故事，叙述建构出意义②。原始野性思维对解读当代纷繁复杂的世界还是有启示意义的，作家的当务之急就是追寻反映世界的图像或者暗喻，然后再把图像用故事的形式描述出来。万花筒和迷宫是卡尔维诺作品中反复出现的意象，转动万花筒，多样性的形状难以测量，反映人类体验的偶然性和丰富性。他的迷宫结构意在重建隐在的宇宙地图，目的不是挑战和控制迷宫，而是行走迷宫，并迷失在迷宫中③。

卡尔维诺把维特根斯坦语言游戏理论和制图学当成概念暗喻和叙事模式。在1962年，艾柯发表《开放的作品》那年，卡尔维诺在《挑战迷宫》一文提出文学面临两种选择：作家要么致力于测量迷宫，虽然没有出口，但是留心新的路径；要么生命就是没有出口的迷宫，困在迷宫，没有出口④。他呼吁在文学中使用跨学科话语来测量迷宫，来延续历代文人不断挑战和

---

① Kerstin Pilz, *Mapping Complexity: Literature and Science in the Works of Italo Calvino*, Leicester: Troubador Publishing Ltd. , 2005, pp. 2, xvi – xvii.

② Ibid. , pp. 5, 23, 83 – 84.

③ Dani Cavallaro, *The Mind of Italo Calvino: A Critical Exploration of His Thought and Writings*, Jefferson: McFarland & Company, Inc. , Publishers, 2010, p. 6.

④ Kathryn Hume, *Calvino's Fictions: Cogito and Cosmos*, Oxford: Clarendon Press, 1992, p. 76.

失败的迷宫游戏。他酷爱的游戏暗喻是与战略相关的下棋暗喻，据此提出棋盘式的人类思维地图①。实际上，小说《看不见的城市》和《命运交叉的城堡》中下棋和塔罗牌游戏形式是叙事和知识地图的暗喻，叙事理论和游戏融合在一起，示范卡尔维诺本人推崇的"轻"与"重"的写作原则。

卡尔维诺的地图暗喻抵制现代社会人类经验的支离破碎现状。他开始是以伦理、政治的姿态，用写作介入社会和历史环境的。卡尔维诺注重社会现实，在马克思主义框架之下，个人通过社会实践，来克服异化，恢复完整感。文学本来允许我们理解、探索构成我们经验的层次上的现实，但是在当代社会，无法从整体上了解人类经验。原因在于，资本主义用的是宏大叙事，书写的是企业利益②。那么，文学又如何反映现实？卡尔维诺对现实的解读是，在文学作品中，存在各种现实层次，有不同的、分开的；有交融的，对冲和谐的，或者混杂的。文学意识到现实的层次，这就是现实③。卡尔维诺文学作品建构了三个层次：让文学遗产结出新的果实；阐明社会经验新视界；探索人与环境关系的变化④。

《看不见的城市》利用地理和旅行暗喻来重新界定认识论，进行文学和地理学的对话。叙事框架与目录产生了亲缘关系，对话中关于城市的线路组成中国元朝帝国的版图。绘制版图具有双重意义，在叙事中摸索看得见的世界和看不见的未知领地的行旅。对于元朝皇帝来说，绘图指向征服异族，扩大领地。在这里，忽必烈和马可·波罗代表着两种相互冲突的思维方式：前者是一位实证主义者，他肯定他可以从整体上客观地了解世界；而后者具有后现代思想，认知主体和客体对分已经消解。他掌握的威尼斯城的地理知识，干扰他对外面世界作客观的了解和描述。卡尔维诺认

①　Kerstin Pilz, *Mapping Complexity: Literature and Science in the Works of Italo Calvino*, Leicester: Troubador Publishing Ltd. , 2005, p. 85.

②　Eugenio Bolongaro, *Italo Calvino and the Compass of Literature*, Toronto: University of Toronto Press, 2003, p. 196.

③　Italo Calvino, "Levels of Reality in Literature", *The Literature Machine: Essays*, Trans. Patrick Creagh, London: Secker and Warburg, 1987, pp. 101, 121.

④　Angela M. Jeannet, *Under the Radiant Sun and the Crescent Moon: Italo Calvino's Storytelling*, Toronto: University of Toronto Press, 2000, p. xv.

为，传统意义上地图学只是用俯瞰视野获取的一孔之见，难以绘制全面的图画①。这就暗示，绘制全面的、穷尽一切的地图是不可能的。这部小说中把忽必烈的绘制地图说和马可·波罗的质疑加以呈现，试图寻找一种新的方式来更加全面而客观地测量世界。

《看不见的城市》标志着卡尔维诺的地图发生了认识论转向，转向相互作用、组合式的地图，运行其上的知识是流动的、开放的，是碎片的集合。元朝帝国鼎盛之时，皇帝希望把帝国疆土的变迁用地图加以容纳。于他，知识就是移动，是一场胜利和失败的游戏。忽必烈和马可·波罗的对话反映出两种相反的理解世界的形式，二者就城市问题产生交流互动，知识观从征服、积累式转向移动旅行式②。在西方古典神话中，奥德修斯首先追问自己是谁，在漫长而艰难的未知旅程中认识自己，发现自己，这标志着知识的发端。卡尔维诺笔下的元朝帝王和外国旅人对未知版图和已知城市的对话，产生碰撞和交流，两种认识方式相互牵制，相得益彰。

与卡尔维诺同时代的文人对迷宫持有两种态度：要么被动接受，要么摆出先锋派的姿态，在现代和后现代方法之间摇摆。一部分先锋作家直面现代社会的复杂性，试图测量迷宫，逃出迷宫，这是一种理性模式。还有一部分作家用后现代眼光看待迷宫，视复杂性为多元性，既难以简化，又难以驾驭。卡尔维诺认为两种方法可以互为补充，这种摇摆态度反映了西方文化界发生的认识论危机，科学向笛卡尔理性方法的客观性和正确性发难。卡尔维诺在小说《帕洛马尔》谈到尝试用一种科学的认识论，将自然界的复杂性理顺和简化，来重估笛卡尔方法论。

他强调文学需要保持一种批评的态度，他把走出迷宫的最佳方法界定为从一个迷宫转进另一个迷宫③。迷宫代表卡尔维诺的虚构世界，工业和

① Kerstin Pilz, *Mapping Complexity: Literature and Science in the Works of Italo Calvino*, Leicester: Troubador Publishing Ltd. , 2005, pp. 87 – 88.

② Ibid. , pp. 89 – 90.

③ Ibid. , pp. 15, 55, 58.

技术强加在现代社会上造成的混乱、困惑状况①。

1963 年，意大利科学哲学家桑蒂亚纳（Giorgio de Santillana）在关于古代知识和现代知识的演讲中，以古代知识为指导，重新考虑当代科学的进步，以重新界定科学和人对世界的参与方式。卡尔维诺向桑蒂拉纳提出的前现代或前逻辑的意识形态靠拢，暗示他朝着后现代式批判理性和总体化知识形态的转向。桑蒂拉纳将古代的知识和现代的知识的不同目的做了比照，并论述知识形式的互补性。在古代，用对称和数字描述宇宙，用神话和逻各斯测算自然和宇宙，意欲为异质宇宙赋予意义，为人所理解。而现代科学不是用来理解宇宙，而是针对控制和主宰宇宙的。在古代，古人通过对人与自然关系的摸索，意识到宇宙中的相互联系，接受人臣服于自然的命运。而今，人虽然主宰了自然，但是为了短期利益却滥用自然。因此，作家有责任要重新追寻人与自然之间失去的和谐共融②。这些观点直接给了卡尔维诺宇宙谐趣小说创作灵感。

卡尔维诺受到格诺与数学朋友组成的乌力波组织的启示，在 1967 年的演讲稿《控制论和鬼魅》中谈到数学和文学的联姻，还萌生了文学机器人的想法。他在结尾处提到德国诗人和批评家恩岑斯贝格尔（Hans Magnus Enzensberger）论文《现代文学的拓扑结构》，此文概观从古代到博尔赫斯和罗伯－格里耶的迷宫叙事和叙事中套叙事方式，追问现代文学坚守这些主题的意义何在。我们所生活的世界是容易迷失自我和迷向的，只有获得具体的价值，才能获得方向感并且生存下来。方向就是迷向，经过了迷茫才能自由。迷宫挑战行走迷宫的人，他们需要重建迷宫规则去对抗迷宫。若能成功，就毁掉了迷宫。若能穿越迷宫，迷宫便消失。文学显示，世界基本上是不能洞穿的，迷宫不再挑战人类智力，而只是世界和社会的副本③。

---

① Beno Weiss, *Understanding Italo Calvino*, Columbia: University of South Carolina Press, 1993, p. 133.

② Kerstin Pilz, *Mapping Complexity: Literature and Science in the Works of Italo Calvino*, Leicester: Troubador Publishing Ltd. , 2005, pp. 19 – 20.

③ Italo Calvino, "Cybernetics and Ghosts", *The Literature Machine: Essays*, Trans. Patrick Creagh, London: Secker and Warburg, 1987, pp. 25 – 26.

卡尔维诺在 1967 年的讲座中对桑蒂亚纳哲学思想做了进一步阐发，提出了组合学模型。自语言起源之时，人类交际、神话和逻各斯或者理性是相互补充的，故事就是组合的过程。中世纪时加泰罗尼亚僧侣吕黎（Raymond Lully）首先做了详细阐发，而现代的信息科学和结构分析实现了这种潜力。卡尔维诺综述了这种组合学是如何影响对世界的看法的：20 世纪 60 年代，文化范式转换不仅影响信息科学和基因生物学，还冲击到结构分析。列维 - 斯特劳斯的神话结构、普洛普的民间故事结构、乔姆斯基的语言学结构、巴特的广告和流行文化、巴特的文学结构，都以一套有限因素来做无数组合，用组合结构的方式对世界进行解码。卡尔维诺认为，信息科学提供了一种认识论模式，借此人和宇宙相互联结起来。组合学提供的认识论模式与 19 世纪黑格尔到达尔文这些思想家们、利奥塔界定的解放宏大叙述、历史和生物连续性模式、进化的历史和生活模式，是相互冲突的。在后现代语境下，文化统一性丧失，稳定的价值观和意义解体。利奥塔还是希望用写作来协调这种矛盾，认为短小文本是后现代认知的特色，小叙事代替了具有知识合法性的宏大叙事。在此基础上，卡尔维诺求助于科学，特别是信息科学，来获得一种新的叙事模式，将碎片化的知识加以整合①。他用抽象和简化的方法提出对世界的认知模型，他沿袭伽利略世界为书的暗喻，将小说构想成开放的百科全书。他的百科全书叙事作品是信息时代的产物，将有序和无序用耗散结构加以整合②。

卡尔维诺在 20 世纪六七十年代创作的三部小说《命运交叉的城堡》《看不见的城市》和《寒冬夜行人》有着博尔赫斯式的叙事结构：时间增生和分岔。《看不见的城市》建构了长长的章节目录，以城市图像或符号为出发点，对城市无限复杂的细节进行无限描述。《命运交叉的城堡》是组合小说，在有限的元素中显示出组合的无限潜能：78 张塔罗牌，55 个旅行报告，10 部不同小说的 10 个开头。《寒冬夜行人》玩着用错版书不断拼

---

① Kerstin Pilz, *Mapping Complexity*：*Literature and Science in the Works of Italo Calvino*, Leicester：Troubador Publishing Ltd. , 2005, pp. 22 – 23.

② Ibid. , pp. 13, xviii.

接世界上的书的游戏，方法奇特但又不免呆板。

就如我国的京剧动作的招式启发德国剧作家布莱希特创立了陌生化疏离理论，诗人阿里奥斯托（Ariosto）和科学家伽利略的运动诗学也给卡尔维诺以启发，使其知识观和叙事观动态化。阿里奥斯托诗中用马儿跳跃的意象，快速勾勒出不连贯的领土版图，连接完全不同的空间，创造相互交叉情节网络。其诗呈现的宇宙图景，挑战有统一秩序的静态对称结构。同样，伽利略的笔、船和线的暗喻预示写作就是旅行，循着有书本痕迹的路径和路线旅行。而数学上的分形空间的发现，打通了诗人、地理学家和小说家之间的壁垒，促成了旅行的迷宫地图的认知论的出现。众所周知，人是无法感知地球在运动的。伽利略就让读者想象一艘从威尼斯开往亚历山德里亚的船，并用笔画出其航程。这样，两地就有了一条看不见的线和一个弧。这就是伽利略弧线。可汗的帝国版图和伽利略弧线，皆从无序中测出有序。可汗方法存在的问题在于他对欧几里得几何学的依赖，这种方法难以对不规则、无序的现实加以测量。反欧几里得原型空间是在维度上难以调和的迷宫，代表无序中有序观和无限观的未来思维趋势①。

事实上，对大自然中不规则形状的关注导致混沌理论的诞生。"混沌之美学不同于明信片上城市花园般的树木或约塞米蒂的雄伟景观。它关注真实树林的细微之处：东倒西歪的枯死树木、浓密的灌木丛、沼泽地以及长有毒常春藤的草地等等用无数方式联系在一起的事物的运动。"② 欧几里得把没有形状的形式搁置一边，他的几何地图跟自然完全不相关；而曼德博（Benoit Mandelbrot）分形几何主要关注如何描述不规则、碎片似的图形，即分形空间。曼德博的分形几何关注被古典科学范式排除在外的自然界中其他形式和图形，比如英国的海岸线。而海岸线是无穷无尽的表面，是可以进行无限区分的空间。地图学和几何学基本上是以人类为中心的科学，而

① Kerstin Pilz, *Mapping Complexity*: *Literature and Science in the Works of Italo Calvino*, Leicester: Troubador Publishing Ltd., 2005, pp. 91–94.
② ［美］约翰·布里格斯、［英］F. 戴维·皮特：《混沌七鉴：来自易学的永恒智慧》，陈忠、金纬译，上海科技教育出版社 2003 年版，第 107 页。

分形几何是去人类中心的。卡尔维诺小说曾经描绘里古利亚湖岸线多层次的、碎片似的地理，维度不和谐的空间，试图将地球形状写成有崎岖轮廓的港湾。他用几何轮廓多元归一，容无限于有限，让不连贯变连贯①。迷宫是分形空间，其分岔的结构在分形几何和混沌理论的观照下，是有序可循的。

众所周知，制图科学家需要验证和完成地图，而卡尔维诺笔下的一群形形色色的旅行者是在找寻地图，他的宇宙地图是面对复杂性时用来开启宇宙迷宫的钥匙②。地图暗喻对文化界的启示就是，重新界定制图学、拓扑学应成为当代哲学的焦点。法国哲学家米歇尔·塞尔（Michel Serres）认为，古典科学以同一、统一空间的拓扑学为基础，对世界的看法和现实世界相冲突。而现实好比起伏的海洋，充满着不可确定性，需要重新测量③。绘图是一个多元术语，除了普通意义上的测量地表，还指知识领域其他测量或者制作图表的抽象行为。德勒兹和瓜塔里虽然反对暗喻，指出写作与能指无关，而与测量、绘图和各种领域相关。

卡尔维诺为人类思维、宇宙、文学、命运、未知世界和感官等不同层面绘制地图，有平行的，也有交错的，正好契合了这种哲学思想。在他的作品中，《看不见的城市》中的可汗有包罗万象的地图，包括可知和不可知的城市，而马可·波罗应邀要去核实。可汗的地图是有秩序的，象征作家对形式和秩序的诉求。那是组合的目录，像字母一样可以组合，不断创造新的城市，构成包罗万象、开放的城市矩阵④。忽必烈汗和马可·波罗的对话是针对制图的认识论内涵的。卡尔维诺的宇宙谐趣故事，拟人化地测量哥白尼宇宙。《命运交叉的城堡》中的塔罗牌总汇旅客们穿过森林的旅行线路图，乃至命运或生活故事情景图；《寒冬夜行人》中的两位读者

---

① Kerstin Pilz, *Mapping Complexity: Literature and Science in the Works of Italo Calvino*, Leicester: Troubador Publishing Ltd., 2005, pp. 93 – 96.

② JoAnn Cannon, *Italo Calvino: Writer and Critic*, Ravenna: Longo Editore, 1981, pp. 90, 95.

③ Kerstin Pilz, *Mapping Complexity: Literature and Science in the Works of Italo Calvino*, Leicester: Troubador Publishing Ltd., 2005, p. 86.

④ Ibid., 2005, pp. 90 – 91.

或者主人公阅读和更换错版书籍，故意袒露读者从小说到小说的阅读路径，推衍世界文学百科全书的模样，在不经意之间描绘出了一幅文学地图；《帕洛马尔》的主人公欲将世界上看得见的地表绘制出来，还试图为未写过的世界绘图；《在美洲虎太阳下》欲为人类五种感官绘图。虚构人物都在为不同的旅行绘制地图，体现在认识论危机之下徘徊彷徨、寻找出路的众生相。

　　《看不见的城市》以城市图像或符号为出发点，对城市无限复杂的细节进行无限描述。可汗和马可·波罗用不同方法测量无限，是组合分析和分形几何两种方法的博弈。二者相互映证其不足，同时又互补。棋盘是有限方阵组成的有限空间，但包含无限组合和不同游戏，以及不同城市的描绘。棋盘与门格海绵体有可比性，都可以从有限体中窥看整体，但又否定能对内在潜力做穷尽的分析。可汗认为自己征服了帝国，用下棋游戏来演绎征服的疆土，但马可·波罗说，无限已写入棋盘之木中。马可·波罗脑海中的城市形状或者几何图形和曼德博的分形几何类似，显示知识之无限，而可汗地图虽然把错综复杂演绎成有序，但局限在于没有将不规则的地形加以测量。《帕洛马尔》还对空间做了区分，比如方形草坪①。

　　《寒冬夜行人》基本上是博尔赫斯思想简纲，是自反风格的超小说。一个名叫阿美迪欧的男读者和叫柳德米拉的女读者读卡尔维诺小说《寒冬夜行人》，发现第一章之后小说被其他文本取代，标题故事因装订错误而结束。男读者到出版社一探究竟，遇到女读者，得知这位女读者的爱慕者和作者有仇，在翻译时故意把一本书的页码插到另一本书上，让页码错乱、缺失，甚至粘贴在一起。其目的让爱读书的女读者在阅读过程中发现他，爱上他。换成另一本书之后，同样的情形又出现了。男读者还到南美、到图书馆咨询和调查，最后朋友们告诉他书中男女主人公结局只有两种：死亡或者团圆，他与女读者成婚。这样，卡尔维诺把他没

---

① Kerstin Pilz, *Mapping Complexity*: *Literature and Science in the Works of Italo Calvino*, Leicester: Troubador Publishing Ltd. , pp. 95 – 98.

有写过的文类都写进去了，包括惊险间谍故事、俄国和东欧革命小说、博尔赫斯语汇、日本黄色书刊、拉美魔幻现实主义。他把小说内容做了国际化处理，从俄国到东欧，到巴黎、美国、南美、日本，来演示宏大的写作理想①。

《寒冬夜行人》不仅向博尔赫斯致敬，而且给艾柯以影响。这里，读者不是存在于文本之外，而是存在于文本之内。这部小说是对伊瑟尔《隐含读者》（1974）、《阅读行为》（1978），巴思《文本的欢愉》（1973），艾柯《读者的作用》（1976）提出的读者接受理论的仿拟，应对20世纪七八十年代的阐释理论中的热门话题。卡尔维诺和艾柯密切关注读者接受理论之辩，但未完全接受作者死亡的观点。卡尔维诺游戏作者概念，从他的作品可以推知，作者是由互文构成的，是其他作者集体构成。他利用印迹文本和拼贴做游戏，演示作家难以摆脱前辈作家的影响，其个体创作文本需要其他作家和文本的合作和支持②。艾柯《玫瑰的名字》中威廉也是以模范读者形象出现的，从各种迹象中揣摩和试推罪犯心理。这表明卡尔维诺和艾柯对读者问题的关注，读者不仅是现代文学作品意义的发现者，还是文本重要的构成因素。

组合学动态呈现千变万化的世界。卡尔维诺认为，组合学连接旧石器时代和信息时代。他称20世纪下半叶，组合学以通码形式出现，作为学科之间的组织模式登场，但是信息科学是凌驾于诸多学科之上的整体范式。这一悖论说明，技术对思维模式施以重大影响。卡尔维诺称，信息科学是信息系统，作品好比文字处理器，电脑在处理各式各样组合时显得更有效率、更有潜力。相比之下，作家显得有点多余。他演绎他的文学机器观，模拟格诺和乌力波，生产自给自足的文学，使古典主义和先锋文学交替出现。卡尔维诺从中创作出有序的结构，具有变异、开放性特征。高科技和

---

① Martin Mclaughlin, *Italo Calvino*, Edinburg: Edinburg UP, 1998, pp. 100 – 119.

② Rocco Capozzi, "Knowledge and Cognitive Practices in Eco's Labyrinths of Intertextuality", *Literary Philo-sophers: Borges, Calvino, Eco*, Eds., Jorge J. E. Gracia, et al., NY and London: Routledge, 2002, p. 169.

信息科学革命取代了重引擎，轻逸也变成了知识的前提条件[①]。

人类的智力延伸到哪里，想象的疆域便可以拓展到哪里；知识的可能性在哪里，叙事的疆域便可以通向哪里。卡尔维诺在《未来千年文学备忘录》关注科技与后工业化时代文学的命运，将想象力比作电脑，"储存了各种各样的组合，能够选出最恰当的组合，或者选出最有意思、最令人高兴、最令人快乐的组合"[②]。据此，他强调文学应该树立远大的目标，并且用特殊的手段加以实现："文学生存的条件，就是提出宏伟的目标，甚至是超出一切可能的不能实现的目标。只有当诗人与作家提出别人想都不敢想的任务时，文学才能继续发挥它的作用。自从科学不再信任一般解释，不再信任非专业的、非专门的解释，文学面临的最大挑战便是能否把各种知识与规则网络到一起，反映外部世界那多样而复杂的面貌。"[③] 结构主义、符号学，尤其是巴特的结构主义思想促使卡尔维诺预想电脑能创造完美文学文本[④]。卡尔维诺新的文学理想，体现了他意欲把组合学、分形几何、电脑和文学融通，在叙事中涵纳百科知识，挖掘无限组合的叙事潜力。

卡尔维诺的组合小说，试图表现被述之事的无限潜力，揭示传统小说叙事的统一向度、线性模式的局限性。他的这类小说成为"超文本小说，即我们最为熟悉的万维网技术的文学上的先导"[⑤]。他的超级小说产生之时，正是计算机和文字处理器勃兴时期。超级小说的文本技术在信息科学黎明出现，从信息层面讲，与影响整个世界的万维网相差数代。卡尔维诺以法国作家格诺《一百万亿首诗》为组合原型，在蓬皮杜中心由潜在文学讲习班乌力波电脑专家布拉德福德（Paul Bradford）指导，用电脑进行文

---

① Kerstin Pilz, *Mapping Complexity：Literature and Science in the Works of Italo Calvino*, Leicester：Troubador Publishing Ltd., 2005, pp. 125 – 126.

② ［意］伊塔洛·卡尔维诺著，吕同六、张洁主编：《卡尔维诺文集：〈寒冬夜行人〉〈帕洛马尔〉〈美国讲稿〉》，译林出版社 2002 年版，第 392 页。

③ 同上书，第 408 页。

④ Beno Weiss, *Understanding Italo Calvino*, Columbia：University of South Carolina Press, 1993, p. 131.

⑤ Kerstin Pilz, *Mapping Complexity：Literature and Science in the Works of Italo Calvino*, Leicester：Troubador Publishing Ltd., 2005, p. 126.

学创作实验，提交了《可恶房子的失火》（*L'incendie de la maison maudite*）这部组合小说提纲。格诺的诗歌生产模式，让他构想有这么一个文学机器人①，让读者体验阅读文学作品的无限可能性。当时，卡尔维诺领悟到，电脑只是探索文本固有的组合和不能组合的手段。而对超文本和新的文本形式的辩论与后现代文学理论相呼应，对新技术做了预见，他的超级小说是超文本技术的先驱。但是，艾柯对用电脑创作百科全书式迷宫文本的可能性是持否定态度的。

卡尔维诺在《控制论与鬼魅》谈到自己的《时间零》（*t Zero*），其中大仲马利用超小说来写《基督山伯爵》，包括爱德蒙·唐泰斯人生故事的一切可能变体。在暗牢，唐泰斯和法利亚神甫研究所有逃跑计划，考虑哪种方法是正确的。他们在心中建构逃不出去的壁垒，有别于真实，但是知道自己的位置②。地图叙事就是定位和导航。

在迷宫文学创作上，博尔赫斯走的是形而上学的路线，在简短故事中对何谓迷宫进行了种种哲思和界定；卡尔维诺把博尔赫斯的玄学观点用科学方法付诸实践，他的迷宫是动态的、光怪陆离的，进去了就会迷向。艾柯在此基础上，将百科全书文本的生产机制拓展到作者和读者的合作层面上，用通俗故事的形式进行先锋实验，并在万维网兴起后从技术层面对书写路径进行了印证。

第四节　艾柯无缝拼接的迷宫文本

艾柯从中世纪百科全书式的学者那里学到了组织知识的综合方式，并以现代的方式对古典文化和前辈迷宫思想进行现代转化，在卡尔维诺崇尚的轻逸而又厚重的语境中，把故事讲得既妙趣横生，又错综复杂。艾柯成

---

①　JoAnn Cannon, *Italo Calvino: Writer and Critic*, Ravenna: Longo Editore, 1981, pp. 75 – 76.

②　Italo Calvino, "Cybernetics and Ghosts", *The Literature Machine: Essays*, Trans. Patrick Creagh, London: Secker and Warburg, 1987, p. 26.

为博尔赫斯和卡尔维诺的传承人，不仅对迷宫文本进行全面理论阐发，还进行了成功的小说实验，让迷宫文本从玄虚走向雅俗共赏，走向成熟。

艾柯的导师帕莱松对形式的思考对艾柯产生了深刻影响，影响他寻找合适的形式来反映现代知识状况和急剧变化的世界。帕莱松具有天主教徒兼容并蓄的思维模式，认为一切人类生活是发明和生产形式。形式是成形过程的结果和一系列连续的阐释的开始。要理解和阐释形式，只有通过回溯形式的过程，通过重新占有运动中的形式，而不是静止的沉思。阐释是读者沿用文本生产者的视点，顺着作品中的线索感知作品内部连贯的形式。理想的形式就是正在形成的形式①。可以说，艾柯对形式关注的首要问题就是，像思想巨匠和千面文人乔瓦尼·帕皮尼（Giovanni Papini, 1881—1956）如何在小说《高格》（1931）短小的章节中进驻如此多的观点，既拿得起又放得下；像《圣经》、维吉尔、莎士比亚、但丁、保罗·帕尼尼、《卡萨布兰卡》和《芬尼根守灵夜》这些文学作品、画作和电影如何用知识的碎片制造观点的混响②。换言之，艾柯要为包括他自身在内的博学之士的复杂叙事勾勒一个理论框架。

"六三集团"是研究艾柯先锋创作和艺术形式的切入点。成员在艺术形式、意识形态和社会使命等问题上存在分歧，艾柯与该组织保持一定的距离。艾柯的"先锋理论试图在艺术的美学形式和社会使命之间取得一种辩证的平衡关系"，把成员之间矛盾对立的态度加以综合，"要求艺术既要有形式上的创新，同时也要切入现实世界，跟进生活世界，表现作家的批判立场"③。他全面思考文学、政治和知识分子的职责，坚持文学对社会的介入，这充分体现他作为公共知识的良心。

接下来，艾柯的中世纪哲学观念和 20 世纪六七十年代文化界的结构主义运动、法国解构主义和传媒业的发展发生碰撞，促成他重新思考混乱和

---

① Umberto Eco, *The Open Work*, Cambridge, Mass.: Harvard UP, 1989, pp. 158, 163.

② ［意］翁贝托·埃科：《密涅瓦火柴盒》，李婧敬译，上海译文出版社 2009 年版，第 348—350、322—325 页。

③ 于晓峰：《意大利新先锋运动与六三集团：兼论翁贝托·埃科的先锋派诗学》，《学术探索》2012 年第 8 期。

秩序、批评和叙事相互对立的矛盾，在这一过程中他建构了以解构为中心的阐释学框架和类似于中世纪代码思维的符号学框架。中世纪文化中潜藏着后现代元素，在寻根之旅中，可以用远古的文化剖析当下文化状况，应对价值危机。他从中世纪的波菲利之树开始，追溯人类对知识的分类和组织的发展轨迹，提出了他的百科全书迷宫思想。

艾柯具有高度的抽象思维能力，擅长于在前人没有研究或者没有定论的领域探索，在复杂的现象背后发现基本规律。他在《从树到迷宫》通过词典语义模式和百科全书语义模式的古今演变，来看待语言学家和哲学家对知识的分类和组织；同时，他对世界上的百科全书进行概览和分析。词典概念用于符号学、语言学、语言哲学和认知科学，还有电脑科学。

语义两种模式与知识和世界呈现的两种模式相关。词典模式只考虑把一个概念和另一个概念区分开来的必要条件，即康德所谓的分析式特征。比如，"狗"的必要特性是"动物"、"哺乳动物"、"犬科"，这是人们语言知识范围的认知。如果还知道狗会狂吠，可以驯化这样的特征，这是人们对世界的知识范围的认知，属于百科全书要考察的内容。符号学上的词典和百科全书和真实的词典和百科全书虽然名字相同，但是本质是不同的。词典给出的"猫"的定义不仅包括猫科哺乳动物，还增加了关于猫的皮毛、眼睛形状和习性等百科全书性质的细节内容。词典究竟是什么？这要回溯到新柏拉图主义者波菲利评述亚里士多德《范畴》用树形图提到的物质的属性①。

波菲利之树的最终目的是词典要达到的目的，差异性是把一物和另一物区别开来的必要的、充分的条件。"动物"、"理性的"、"会死的"，是"人类"的界定性特征。阿奎那也没有怀疑界定物质之树这个逻辑工具。在中世纪，树形结构模仿世界的现实。艾柯称，种属之树会出现大量的偶然性，形成没有等级秩序的属性之网，内部的张力突破词典的必要界定性

---

① Umberto Eco, *From the Tree to the Labyrinth*: *Historical Studies on the Sign and Interpretation*, Trans. Anthony Oldcorn, Mass.: Cambridge: Harvard UP, 2014, pp. 3 – 4.

特征，制造潜在的无序、无限制的世界知识元素的星群，即百科全书。百科全书一词源自希腊语，16世纪首次出现，指的是总体知识。虽然古希腊人并没有编辑百科全书，但是亚里士多德的著作谈逻辑、天文、动物和人类，是百科全书。希腊百科全书主义表现对奇妙的地方和人的好奇，比如《奥德赛》。艾柯谈到了亚历山大大帝时期的百科全书，还有专业性的百科全书。希腊世界把罗马人和中世纪人布置给百科全书的角色安排好了，把一切现存的卷册的收藏交给图书馆，一切物件的收藏交给博物馆。百科全书态度在罗马知识界成形，汇聚希腊知识，加以盗用①。

　　艾柯发现，两维的波菲利之树中的属性是脱节的；百科全书用的索引节点是相连的，在总体讨论中指向界定和呈现的概念。老普林尼《博物志》利用索引把杂乱无章的话题统一起来。他不谈经验性的信息，而是专注传统中的事情，这对于百科全书理论模型至关重要②。百科全书的内容性质是什么？艾柯称，"百科全书并不声称要书写真实存在的事情，而是要记载人们传统上相信存在的事情，因而是受过教育的人应该知道的一切，不仅要拥有关于世界的知识，而且还要理解关于世界的话语"③。从文艺复兴到17世纪，人们一直在迷宫的路上。但丁把已知写出来，追求迷宫的无限路径。在17世纪的英国，树和迷宫产生激烈冲突。威尔金斯用普通和具体特性来界定分类，但是容易引起人们把词典误读成超文本。超文本进行多层次内部互参，把每一个知识结点和其他多层次结点相连。由是关于动物的超文本，在包括猫、牛、狼的树形分类上，会把狗插入哺乳动物的普通类别④。

　　艾柯指出，在百科全书研究领域，莱布尼茨的百科全书是多维的，他将之比成图书馆。培根认为，百科全书应该把分散在不同职业的知识写进去；它应该是开放的，其秩序会随着科学的进步而发现。波菲利之树演绎

　　①　Umberto Eco, *From the Tree to the Labyrinth*: *Historical Studies on the Sign and Interpretation*, Trans. Anthony Oldcorn, Mass. : Cambridge：Harvard UP, 2014, pp. 7, 17 – 18, 21 – 24.

　　②　Ibid. , pp. 25 – 26.

　　③　Ibid. , p. 26.

　　④　Ibid. , pp. 42 – 45.

两维图式，而达朗贝尔（Jean Le Rond d'Alembert）试图通过地图变成多维模式，他的百科全书显示树形模式和地图模式的矛盾。总的知识像地图一样延展，没有边际，但有路可循。但丁在《天堂篇》第 33 章预想有那么一部最大的百科全书，它拥有上帝一样的全知视界①。艾柯在谈但丁这一预想时指出，"百科全书是我们有的唯一方法，不仅来叙述任何符号系统的运行，而且是把具体文化作为相互连接的符号系统的系统加以叙述的"②。根据艾柯的分析，如果取道百科全书，那么理论上两条重要的界限就消失：自然语言和其他符号系统；作为对象的符号系统和理论元语言。百科全书根据语境和环境的变化产生新的意义③。

在艾柯看来，中世纪波菲利之树教条主义影响深远，从文艺复兴开始人们才开始对知识进行开放式的建构，逐渐发展出百科全书思想。百科全书思想的出现是哥白尼革命促成的。

> 在认为是封闭的目录意义上，树的模型是对有序、自给自足的宇宙的反映，它由有限、不变数量的有同一中心的区域构成。随着哥白尼革命，地球首次被移到边缘，激发人们改变看宇宙的视野；然后，行星的轨道由环形的变为椭圆的，又让另一个关于完美对称的标准出现了危机；最后，在现代世界的黎明，随着库萨的尼古拉斯首先提出一个中心无所不在，而直径哪里都不在的宇宙的观点，并随着乔尔丹诺·布鲁诺的宇宙无限性的观点，知识的宇宙逐渐奋力模仿星球宇宙的模式。④

人们对知识的认识变得多元化和开放。他们和伽利略和开普勒一起，修改了世界百科全书。20 世纪下半叶在词典语义模式上发生的激烈讨论，

---

① Umberto Eco, *From the Tree to the Labyrinth: Historical Studies on the Sign and Interpretation*, Trans. Anthony Oldcorn, Mass.: Cambridge: Harvard UP, 2014, pp. 46 – 50.

② Ibid., p. 51.

③ Ibid.

④ Ibid., p. 55.

导致百科全书语义模式的产生，这就是新的百科全书模式。由于百科全书无限的丰富性，学界提出了许多语义选择建议，都不太理想，直到 1968 年奎廉（Ross Quillian）提出语义网络，出现语义相互连接的结点迷宫①。

艾柯在论述暗喻的认知功能时，利用亚里士多德的标准，要求暗喻要隐性，还要设谜。暗喻为何能让我们看到新的东西？艾柯称，现代文化要求我们重新组织我们的范畴。暗喻是用来重组知识的。百科全书有个人和社会的。不仅是最大的百科全书，甚至是图书馆所代表的对它的仿拟，皆可以引发无限的知识，而无限的知识是个人无法在个人记忆中保留的。艾柯称，文化让许多观念失效，让社会成员对无限的迷宫免疫，以此为百科全书减负；但是，被搁置的观点还可以被大百科全书恢复②。

艾柯描述过三类迷宫：希腊克里特迷宫，到达中心找到米诺陶诺斯便找到了出口；风格主义的迷宫，有无数死胡同，只有一个出口，需要阿里阿德涅之线；网状迷宫，路线相互联结，没有中心、没有边缘、没有出口，无限延伸循环③。此外，艾柯还探讨过这三类迷宫和百科全书的关系。古希腊克里特迷宫只有一条路，到了中心就找到了出来的路。如果把迷宫摊开来看，就是一条线，阿里阿德涅之线。它不能代表百科全书模式。风格主义迷宫或者迷津，有不同的路径可以选择，除了一条路可以通向出口，其他通道都是死胡同。如果摊开来看，呈树状，呈死胡同结构状。走错了路，可以退回再走，走过的线路像流程图。网状迷宫的每一个点和另一个点相连，它不能被摊开。前两种有内外之分，第三种没有。连接的过程也是修改的过程。网络是树加上连接结点的无限数量的通道，呈龟裂状，艾柯称之为根茎④。

此外，艾柯把图书馆和迷宫相连。根据艾柯符号和阐释理论，文学文

---

① Umberto Eco, *From the Tree to the Labyrinth*: *Historical Studies on the Sign and Interpretation*, Trans. Anthony Oldcorn, Mass. : Cambridge: Harvard UP, 2014, pp. 55 – 57.

② Ibid. , pp. 62 – 64, 74, 93 – 94.

③ Teresa de Lauretis, "Gaudy Rose: Eco and Narcissism", *Substance* 14. 2 (1985): 13 – 29, p. 21.

④ Umberto Eco, *From the Tree to the Labyrinth*: *Historical Studies on the Sign and Interpretation*, Trans. Anthony Oldcorn, Mass. : Cambridge: Harvard UP, 2014, pp. 52 – 54.

本、图书馆和迷宫,一个符号是另一个符号的阐释项,代表和解释世界和人类状况。现在,懂电脑的图书馆用户在搜索课题文献资料时,根据主题用各种关键词搜索,电脑界面会不断跳出标题让他选择,相当于在开岔或者交叉处多条路线中不断做决定。数码化的图书馆环境接近艾柯的根茎图书馆,条条路径相连,无中心、无边缘、无出口,通向无限①。

艾柯把从百科全书上获得的知识项称为百科全书真理。虚构人物是符号对象,其特征在文化百科全书上有记载,由特定表达所传达②。艾柯说,他对某个专业知识领域会产生怀疑,而对百科全书是信任的,即他相信由一切书籍和百科全书组成的巨大图书馆。百科全书把知识碎片整合到一起,百科全书总集描绘的是真实世界的图像③。艾柯提出"百科全书迷宫"这一符号概念,《玫瑰的名字》中的迷宫图书馆像法国兰斯大教堂迷失的迷宫图案;叙事形成多线条的、曲折往复和交叉的迷宫状。

艾柯全面考察迷宫概念的演变轨迹,摸清了百科全书目录在组合层面上具有分形和交叉的功能,奠定无限的清单叙述的理论基础。艾柯认为文化具有随意性和相对性,雅和俗是相互联系的;提倡对文化做整体上的理解,不论是流行的、媚俗的,还是崇高的、互文的,都有其存在的理由④。随着大众传媒和流行文化的兴起,小说原有的光晕被冲淡,艾柯适时吸收流行元素,小说使用后现代雅俗双重代码,来组合他各种知识信息⑤。他的《玫瑰的名字》受到各种读者的欢迎,得益于他顺应潮流,对叙述形式进行革新,把侦探故事、《圣经》传统、经院哲学、各种理论和历史现实结合起来叙说。艾柯在《玫瑰的名字》中依托圣奥古斯丁世界如书的暗

---

① "Eco", Jeffrey W. Hunter, ed., *Contemporary Literary Criticism* (Vol. 142), Detroit: Gale Group, 2001, p. 77.

② Umberto Eco, *Confessions of a Young Novelist*, Cambridge, Mass.: Harvard UP, 2011, pp. 72 – 73, 100.

③ Umberto Eco, *Six Walks in the Fictional Woods*, Cambridge, Mass.: Harvard UP, 1994, p. 90.

④ Norma Bouchard, "Eco and Popular Culture", *New Essays on Umberto Eco*, Ed., Peter Bondanella, NY: Cambridge UP, 2009, p. 15.

⑤ Umberto Eco, *Confessions of a Young Novelist*, Cambridge, Mass.: Harvard UP, 2011, p. 29.

喻，用新人文主义、符号学、互文性等手段对世界的无序和混乱状态加以有序的建构和阐释。这样，作者行为在文本界限内得到放大和突出，来质疑现代批评理论中作者观念和虚构的模仿问题，刻意为自己的故事形式进行辩护，来自立门户。

艾柯小说使用"乔伊斯模板"①，也要为混乱和无序的信息找到一种秩序。虽然《玫瑰的名字》没有乔伊斯式意识流营造迷宫路径，《波多里诺》的开头部分还是进行了尝试，说明艾柯接受意识流仍是迷宫文本的一种书写形式。迷宫谱系作家在意识流之外发现并实验了更丰富多彩的迷宫文本叙述框架和方法，艾柯利用清单的杂多性和包容性，发明无限的清单叙述法把所有的迷宫叙述法加以涵盖，包括博尔赫斯、卡尔维诺的方法。这一叙述法可以把混乱的清单理顺，变得多维，变得不规则，变成卡尔维诺所谓晶体结构。以《玫瑰的名字》为代表的小说，同时启动无数清单，让叙述路径不断分形和交叉，通向无限，通向迷宫，将作者知识的博大精深和叙事技巧的精彩绝伦展示在读者面前。

《玫瑰的名字》讲述 1327 年意大利境内圣本尼迪克特修道院七天发生的七宗命案和案件调查。乍看起来，《玫瑰的名字》依托《启示录》预言中的七天框架，用"第一天"到"第七天"七个内部标题撑开故事。在正文开始前交代手稿的流转过程时，开启了旅行清单按键，让叙述人"我"到各地追寻消失的手稿踪迹，所涉及的书目清单自然而然地摆列出来。书页上关于中世纪来源的标题"Naturally, a Manuscript"，"本来是"让老到的读者注意到处理一种文学拓扑，让作者揭示影响的焦虑，暗示该书的叙事框架受到意大利 19 世纪小说家曼佐尼的书《约婚夫妇》的影响②。手稿和书目清单还让人联想到博尔赫斯《布宜诺斯艾利斯的巴勒莫》中从文献考证一个地方的真实性、《图隆》以伪百科全书为参照证明图隆的存在、《永生》关于故事的真实性的考证这些叙述法。可以说，阅读艾柯的《玫

---

① Peter Bondanella, ed., *New Essays on Umberto Eco*, NY：Cambridge UP, 2009, p. xii.

② Umberto Eco, *Confessions of a Young Novelist*, Cambridge, Mass.：Harvard UP, 2011, p. 31.

瑰的名字》，众多线索确定佐治（Jorge de Burgos）影射博尔赫斯（Jorge Luis Borges），更有人直接称博尔赫斯就是《玫瑰的名字》的作者①。小说开端提到的博尔赫斯出生地布宜诺斯艾利斯和他书中的迷宫，但是没有明确写出他的名字和著作名，而小说中经典的博尔赫斯主题、迷宫、镜子、图书馆、哲学辩论、复杂情节、关于书籍的书籍，完全符合文学影射需要满足的"所指的间接性、作者意图和原则上可以探查出来"这三个充分条件②。所以，读这本小说需要有其他小说的知识，一种百科全书式的知识结构和能力，才能识别本书的迷宫结构。

虽然小说开头交代作者偶得古手稿，但是发现手稿的场所是经不起谱系推敲的；作者宣称得到 19 世纪译稿，有新哥特小说特色。这是和前代作家和写作文类产生互文反讽效果，增加故事的游戏之维。清单按键一打开，便一发不可收拾，像滚雪球一样越滚越大。艾柯曾说，"天真的或大众读者如果不知道中国套盒游戏，不将起源进行后推，故事会变得莫衷一是"③。

《玫瑰的名字》充满各类混乱的清单，叙事线条复杂，是语言的迷宫、思想的迷宫和阐释的迷宫。小说不论是以玫瑰之名，还是以上帝之名，还是以书之名，最终都是以语言之名在游戏。转述之转述、翻译之翻译构成语言的迷宫；小说是书籍对话，是百科全书构成的迷宫，阅读打开其中一本又一本书；小说中有各类读者，读自然、读符号、读书、读人物、读迷宫、释梦，制造阐释的迷宫。可以说，小说中的三大无限的清单——旅行、知识和读者牵动着其他数不清的清单，观点不断开岔，但是又都围绕故事情节主线交叉在一起。若我们穿透狭小时空体表征，呈现在我们面前的不仅是一个关于中世纪灿烂文明，即欧洲政治、历史、哲学、宗教、知识、医药的全景图，而且还隐藏着各种空间化文本，艾柯文论中"开放作品"和

---

① See Leo Corry and Renato Giovanoli, "Jorge Borges, Author of *the Name of the Rose*", *Poetics Today* 13. 3 （1992）: 425 – 445.

② William Irwin, "What Is an Allusion?" *The Journal of Aesthetics and Art Criticism* 59. 3 （2001）: 287 – 297, p. 294.

③ Umberto Eco, *Confessions of a Young Novelist*, Cambridge, Mass.: Harvard UP, 2011, p. 30.

"理想读者"概念的文学翻版、博尔赫斯的迷宫、卡尔维诺的组合混成体和艾柯本人"百科全书迷宫"叙事版本、战后意大利政治化文本,等等。

一般说来,迷宫比喻各种路径,包括道路路径、知识路径和精神路径①。《玫瑰的名字》中的旅行是道路暗喻,迷宫图书馆是知识和精神路径暗喻,艾柯利用它们来对抗叙事的单线条和想象力空乏,来实验叙事的无限可能性梦想。实际上,旅行之线是清单,把文本中不同性质的路径罗列在一起,制造无限空间效果。

小说正文前无署名的作者序预述中世纪手稿——14世纪《梅勒克阿德索手稿》德文版到20世纪60年代的流布路线,"我"80年代的创作宗旨。外故事叙述者"我"得到华莱新高特体法文版翻译手稿六天后的1968年8月12日,苏联军队入侵布拉格,世界政治环境动荡不安。"我"和友人在欧洲游历,翻译手稿,不料手稿被友人卷走,只剩下几本翻译笔记。此后十余年,"我"在世界各地寻找手稿的踪迹,在别的书中发现手稿的引语和插曲,最后决定将意大利文手稿付梓。80年代的文人"纯粹出于热爱写作而愉快地写作","我"也由于"纯粹的叙述狂欢"而自由讲述梅勒克的阿德索故事,声明不牵涉当下时政,只叙述关于"书籍的故事"②。制造多重叙事线条和叙事层次,用错而不乱的方式叙述,挫败读者惯性认知习惯,是迷宫文本空间建构策略。

小说中"旅行"轨迹不断增加,手稿的旅行、"我"从欧洲到全世界的旅行、战火的旅行、语言的旅行、写作的旅行,还有小说中主要人物从英国、从德国到意大利的旅行,各地修士旅行到基督教最大迷宫图书馆获取新知,还有各教派周游欧洲布道,宗教裁判团抵达修道院,等等。文学文本中,旅行可以穿越异质空间和文化,提供平台让人物会聚、杂语丛生、思想碰撞、知识角力。艾柯用百科全书话语模仿中世纪知识黄金时代,制造叙述的狂欢和空间的膨胀,小小的圣本尼迪克特修道院牵动了整

---

① Philip Hardie, "Labyrinthine Texts", *The Classical Review* 41. 2 (1991): 365 – 366, p. 365.

② Umberto Eco, "Intertextual Irony and Levels of Reading", *On Literature*, Trans. Martin McLaughlin, NY: Harcourt, Inc. , 2004, p. 5.

个基督教世界和人文世界。从原教旨主义到圣方济各修会到多尔西诺异教，到宗教审判的火刑柱，一切游荡在欧洲的异端学说被全景式展现。旅行在主题形式上分形和交叉，制造旅行线路迷宫，让故事神秘莫测，扣人心弦。

修士受好奇心驱使，觊觎迷宫图书馆中的禁书——亚里士多德《诗学》下卷，该书在被偷读或者偷盗过程中也开始旅行。这一物件的设置有特殊的用意，从修士的言谈中可以推理出物件占有权的转移，"因为物件易主决定着许多人物之间的相互关系"①。

读者可以用两种方法进出《玫瑰的名字》的迷宫：要么通过"一本书的被窃和占有"以及相关内容的谈话片段一路跟进，要么阅读全书后反观全文，循着记忆之线重返迷宫探秘。正如米勒所言，"线为整个迷宫绘制地图，而不是为到中心提供一条独路而返回出口。线是迷宫，同时它是对迷宫的重复"②。跟着故事行走迷宫也罢，在脑海中试推也罢，说的是建构迷宫和解构迷宫双重活动。

天真读者看到了小说中的图书馆迷宫，叹服于它构造的复杂和诡异；批判式读者还能看到佐治和威廉脑海中的知识迷宫，最后外化成在图书馆内外的知识博弈和辩论。佐治看不见，但图书馆每条通道和图书的位置他都心中有数，他在黑暗中复制了一个迷宫，或者说他本人就是迷宫。佐治按照《启示录》世界末日灾难场景设计了连环杀人，来麻痹威廉，让他盲视其杀人的真正意图。但是，威廉最后还是从佐治疯狂捍卫基督教义、憎恨欢笑等线索，从维南蒂乌斯留下的隐迹便条，破解了的迷宫之谜。佐治认为亚里士多德《诗学》下卷是颠覆基督教义的，这让他极端恐惧和仇视，就在书页上涂毒。读者只要蘸着口水翻书，就必死无疑。佐治的迷宫，或者说威廉和阿德索进去的迷宫，最后被佐治纵火焚毁掉。但是，迷

① ［意］伊塔洛·卡尔维诺著，吕同六、张洁主编：《卡尔维诺文集：〈寒冬夜行人〉〈帕洛马尔〉〈美国讲稿〉》，译林出版社 2002 年版，第 347 页。

② J. Hillis Miller, "Ariadne's Thread: Repetition and the Narrative Line", *Critical Inquiry* 3.1 (1976): 57–77, p. 70.

宫其实并未消失，大瘟疫时虽然熟悉迷宫的威廉死了，但是多年之后，迷宫的另一见证者阿德索重访故地，在废墟中搜集图书残片并终身研读，写出了这个手稿，将消失的迷宫用文字描述了出来。

《玫瑰的名字》中究竟有多少迷宫，难以说清，但是有一点可以肯定，走出了迷宫，必将再次进入迷宫。这是对阿里阿德涅之线的精彩注疏，这根线帮助迷宫探险者脱险，但在导路的同时，本身又制作了一个迷宫。读罢小说，读者头脑中又复制了一个迷宫。这与艾柯开放的作品理论中提出的读者重现文本的形式结构何其相似！《玫瑰的名字》无疑将这一理论做了提升。一言以蔽之，迷宫极具复制性，任何人都逃脱不了陷入迷宫的命运。艾柯将我们所栖居的无序世界、现代人的生存状态和知识困境用"迷宫"空间语汇总述，是多么贴切和逼真！当我们自以为走出艾柯的迷宫时，书的结尾句"stat rosa pristina nomine, nomina nuda tenemus"（昨日玫瑰已消逝，此处空余玫瑰名)① 和书名《玫瑰的名字》又添设了一道陷阱，把读者导入阐释的迷宫。迷宫图书馆被大火烧毁，又被阿德索用残片重组出来；阿德索手稿传到序言中所谓的作者之手，被人席卷而去，作者对满世界搜集来的资料进行重组，重建了手稿。这是有—无—有的循环，这个循环加上前面所述的其他循环，赋予故事不断轮转的环形迷宫空间。

对无限的旅行清单的发掘可以指导我们对整部作品中其他清单的理解。正如艾柯所言，阐释现代开放作品并不是完全自由的，作品中的形式意图在阐释过程中起重要作用②。旅行之线将搜寻手稿的故事、译写手稿的故事、阿德索写作手稿的故事、一本书的被窃的故事、七天的故事等在叙事横轴即话语轴上组合起来，融为一体。在叙事纵轴即故事轴上的隐迹文本构成跨文本关系，可让读者在小说中听到其他书籍的回响。故事究竟牵动多少书，虽然无人能肯定，但至少有一点很明确，艾柯意欲用书籍绘制类似图书馆的知识地图，为世人进行知识旅行时指路。

---

① Umberto Eco, *The Name of the Rose*, Trans. William Weaver, London: Vintage, 2004, p. 502.

② Umberto Eco, *The Open Work*, Trans. Anna Cancogni, Cambridge, Mass.: Harvard UP, 1989, p. 12.

《玫瑰的名字》是语言的迷宫，或者是德·罗瑞提斯所说的"巴别塔迷宫"①。艾柯花了一年时间建立了"言"与"道"的关联。多种语言的使用创造了混声效应，以折射中世纪的众声喧哗。艾柯借无署名的作者序中"我"之口，表达了他制造语言迷宫的意图；还借手稿作者阿德索之口，说明手稿是杂语的拼贴；唯名论和现实主义斗争的焦点也在语言上。

就像上帝的话由神职人员转达和注疏，除了上帝任何人没有创造性话语权；同样，故事不断转述的版本暗示作者的引退，读者承担转述乃至阐释的任务。手稿不断被翻译和层层转述，读者陷入巴别塔式语言迷宫。为了突出文本的自反性，正文之前异故事叙述者确立"假想对话"逻辑，即手稿的虚构，叙述一开始，叙述声音就反思、努力解码和判断②。语言翻译在手稿的流布中起着重要桥梁作用。无标题的作者序交代我们手稿版本的翻译、求证和变形过程，我们面对的是 14 世纪德国僧人拉丁语原始手稿，17 世纪拉丁版的法文版本，这样一来，现实和想象边界变得模糊。从书名翻到正文之前部分，是名字的汇聚，可知文本是第五稿。依此类推，笔者所读的英文版可能就是第六稿，中文学者拥有的汉语版至少是第七稿了。

手稿及其翻译是艾柯为文本设置的语言迷宫语境。一方面，他直接利用一些拉丁语接近神学和哲学语言；另一方面，文中意大利语和拉丁语掺杂，修士操着不同语言，营造杂语背景，借此模仿中世纪丰富而辉煌的思想和智慧。艾柯在专著《探寻完美语言》指出，圣奥古斯丁称人类所共享的完美语言是造化自带的语言，世界是上帝亲手书写的一本巨书。读懂了《圣经》创世寓言，才能读懂自然之书，找到造物主创造的世界语言里的答案。塞维利亚的伊西多尔（Isidore of Seville）认为希伯来

① Teresa de Lauretis, "Gaudy Rose: Eco and Narcissism", *Substance* 14.2（1985）: 13 - 29, p. 21.

② Umberto Eco, "Intertextual Irony and Levels of Reading", *On Literature*, Trans. Martin McLaughlin, NY: Harcourt, Inc., 2004, p. 213.

语、希腊语和拉丁语是完美的语言①。这就是《玫瑰的名字》中保留拉丁语的另一缘由。

小说的后记中,手稿的撰写者阿德索再次强调文本是杂语的拼贴。他终身与这些不完整的书页为伴,以阅读神谕般的姿态阅读它们。阿德索既是虚构人物,又是手稿作者。小说中的人物做着不可能的事情,像马尔克斯《百年孤独》、约翰·巴思《休假年》结尾时人物开始写我们一直在读的小说,阿德索亦然。"我的印象几乎是,我在这些书页上所写的,不知名的读者您现在将读的,只是大杂烩、华丽圣歌和大型离合诗,只是讲述和重述那些碎片曾经给我的启示。我也不知道我至今是否一直说着它们或者它们通过我的嘴说出来。"②

《玫瑰的名字》展示中世纪现实主义和唯名论的对立,柏拉图刻板模式和变化改良的亚里士多德主义的对立,实质上是话语权之争。叙述者阿德索借用《启示录》中"太初有道,道与神同在,道就是神"(In the beginning was the Word and the Word was with the God, and the Word was God.)③ 打开文本,而用莫尔莱的贝尔纳的拉丁六韵步诗名句"昨日玫瑰已消逝,此处空余玫瑰名"结束文本,"开头对现实主义者用了强势文本,结尾对唯名论者用了强势文本"④。叙事在异质的话语宇宙进行,营造语言迷宫氛围。

《玫瑰的名字》除了无限的旅行清单、语言清单之外,整部小说遍布着无限的书目清单,文化史上重要的思想碎片播撒到故事当中。艾柯将百科全书迷宫概念从论文迁移到小说,概念实现了从提出、发展到体现的转化。他用知识之线联通书本,将图书馆和迷宫统一起来,知识和道路统一起来。艾柯用实验证明,图书馆中一些重要书籍碎片具有组合叙事潜力。

---

① Umberto Eco, *The Search for the Perfect Language*, Trans. James Fentress, Blackwell, 1995, p. 15.

② Umberto Eco, *The Name of the Rose*, Trans. William Weaver, London: Vintage, 2004, p. 501.

③ Ibid. , p. 11.

④ Elizabeth Dipple, "A Novel Which Is a Machine for Generating Interpretations", *Metafiction*, Ed. , Mark Currie, London and NY: Longman, 1995, p. 240.

他在《玫瑰的名字》中身体力行，让更多的书籍碎片在故事中穿来穿去，绕来绕去，让叙述层分形，并在故事层交叉。

图书馆在西方文学中是有关秩序和知识的符号。艾柯对图书馆颇有研究，他在《在拉曼查和巴别之间》对文学世界中的各类图书馆的剖析可为证。他认为图书馆是宇宙的缩影，从中可以探索组合知识地图的无限可能性。塞万提斯、博尔赫斯、斯威夫特的图书馆各不相同，艾柯想象中的图书馆模样在《玫瑰的名字》得以现身，他的图书馆是迷宫，是保存书籍的堡垒，不准人进去。里面有一本禁书，书页涂有毒药，黑暗的中心有个黑暗的幽灵和幕后黑手——一个盲人在守护。迷宫之外还有另外的幽灵和黑手围绕禁书制造死亡。图书馆本该是秩序的象征和知识宝库，但迷宫图书馆却倒转过来，成为杂乱无章的现代世界和知识状态的写照。

《玫瑰的名字》中迷宫图书馆不仅是故事一个重要场所和背景，还是叙事结构暗喻，影射文本话语的庞杂和百科全书迷宫式文本构成："小说几乎完全由其他文本组成：已经讲过的故事、熟悉或者听起来好像在文学史、文化史上我们应该知道的名字；是名篇和晦涩引语、专门语汇和亚代码（叙述、肖像、文学、建筑、目录、医药等等）、从总属世界百科全书上分割下来的人物大杂烩。"①

小说旁征博引，用无限书目清单，即无数书籍碎片构成思想的迷宫，来演绎百科全书迷宫概念。小说开头描写的推理奇观并非独创，威廉从阿博的马、柯南·道尔《巴斯克维尔的猎犬》中福尔摩斯从默提摩博士的拐杖、伏尔泰《萨迪格》从皇后的狗和国王的马展开的推理具有异曲同工之妙。主要人物威廉有 14 世纪逻辑学家、执教牛津的先验哲学家和圣方济各会修士奥卡姆的威廉的影子。约翰二十二世指控他持异端邪说，便颁诏让他到阿维尼翁，于是他到巴伐利亚路易四世宫廷寻求避难并追随皇帝。在修道院，围绕基督的贫穷、半宝石的寓意、草药的属性、教皇和帝王支持

---

① Teresa de Lauretis，"Gaudy Rose：Eco and Narcissism"，*Substance* 14.2（1985）：13–29，pp. 16–17.

者的派别斗争而展开的政治辩论，来源于奥卡姆的威廉的思想、中世纪文本和对异教徒审判的底本。小说中还有符号推理，用试推法破案。知识丰富的威廉推理出"primum et seqtimum de quatuor"是四这个数字的第一、第七个字母，破译了镜子上方的暗码，打开图书馆中的暗门，揭开了迷宫之谜，让人拍案叫绝。

于是，人们争相考证文中的引经据典，以识别引用文本的出处。《玫瑰的名字》是和宗教、哲学和文学文本交织在一起的，文中使用了《圣本尼迪克特教规》、《圣经》、亚里士多德、奥卡姆的威廉、阿奎那和培根等大量文本，涵纳神学、历史、教会学知识、僧侣传说、拉丁语陈词滥调、哲学辩论、精神寻找、符号思想，成为经久不衰的畅销书。"《玫瑰的名字》是作者从基督教世界最伟大的图书馆废墟中搜集到的引语、典故的拼贴：是书籍之间的对话。"① 小说是海量书籍碎片之间的游戏和对话，演示艾柯对百科全书组织方式、乔伊斯、博尔赫斯和卡尔维诺等人为前人做注脚的传统，博尔赫斯的概念框架，卡尔维诺的组合模式和混成体诸方面的继承和升级。

情节的梦幻组合也是一种图书馆式结构，是博尔赫斯描述过的迷宫结构。《玫瑰的名字》中阿德索做了一个奇怪的梦，威廉将此梦解析为《淫荡的西伯利安》。梦到书的情节，说明"一个人也可能梦见许多书籍，从而做许多梦"②。艾柯在《〈玫瑰的名字〉后记》中对后现代小说也有相似看法，即情节也以引用其他情节的形式出现，引用和被引用的情节都难以详述。前人故事中的情节会在记忆中保留，写故事时有意无意会用上。

《玫瑰的名字》利用"书籍的故事"图式或者框架，进行不同文本之间的对抗游戏。游戏文本的目的是要破解意义，当一个游戏结束之时，就是意义对读者敞开之时。阅读让我们的思维延伸到文本游戏之中，"沉浸

① Louis Mackey, "The Name of the Book", *Substance* 14.2 (1985): 30-39, p.37.
② Umberto Eco, *The Name of the Rose*, Trans. William Weaver, London: Vintage, 2004, p.437.

在开掘意义、积累经验、寻求刺激的过程之中，我们的感官因之成了文本
'溶解'的牺牲品"①。在无尽的游戏中，人性的未知领域也会随着难以预
知的矛盾交锋而显露。无尽游戏过程是人类感受自我身份的有效途径，这
离不开读者的参与。

　　小说中有长长的读者清单，演绎阐释的迷宫，体现艾柯对读者的重
视。手稿的不断转述暗示文本作者的退场或缺席，读者的上场和在场。理
论家写小说，总会把文本和读者之间的关系提出来，展示给读者看。《玫
瑰的名字》叙述者在事件、情节、缉凶的虚构中着力探讨了读者的作用和
读者的层次问题。读者也支撑起小说的迷宫框架，主人公威廉是连环谋杀
案线索的读者，叙述者阿德索是威廉的读者、残片的读者和拼接手稿者，
外故事叙述者"我"是手稿故事的读者和翻译者。换言之，侦探小说中探
查案件的蛛丝马迹、琢磨嫌疑人心理的侦探是读者，具有极强反侦察能力
的犯罪分子是破案者的读者，旁观者或者见证人是事件的读者。那么，谁
又是理想读者或者模范读者呢？非拥有百科全书式阐释能力的读者莫属，
威廉是艾柯在这方面树的样板。"威廉方法论的迷宫里一根模棱两可的线
是简单的人和有知识的人之间的对照。"② 叙述者阿德索分裂成两个相互交
织、相互对照的主体：年老的和年轻的叙述顺序。梅勒克的老年阿德索和
年青时代的那个阿德索，两种叙述在认知上产生巨大距离。普通读者对凶
手是一本宣扬喜剧与欢笑的书是不满意的，觉得荒诞不稽；满意的倒是知
识分子，特别是批评家，他们看到了作者的睿智和建构理论的动机。

　　侦探小说有强烈自觉意识，作家仿佛就在小说里。威廉是作者的替
身，读者的阅读不仅阐释线索、建构有序情节，而且想象世界、为建构整
个世界的语词所指赋形。艾柯在《开放的作品》中曾经指出，作品的多义
性只能由读者建设性的阅读文本而实现。没有文本能自然存在，读者的阅

---

　　① ［德］沃尔夫冈·伊瑟尔：《虚构与想象：文学人类学疆界》，陈定家、汪正龙等译，吉林
人民出版社 2003 年版，第 356 页。

　　② Elizabeth Dipple, "A Novel Which Is a Machine for Generating Interpretations", *Metafiction*, Ed. ,
Mark Currie, London and NY: Longman, 1995, p.233.

读和阐释赋予作品生命。在一般符号理论中，没有文本自己成为自己所指的条件。它依靠读者和文本的相互作用，甚至文本和其他文本的相互作用，所指才出现。这种交互过程产生互文观念，艾柯不断用启发性的、未加脚注的前文本，让互文性成为《玫瑰的名字》主导的风格。对艾柯而言，读者是自由的。但是，艾柯提前用框架控制了阐释，《玫瑰的名字》并不是自由生成阐释的机器。而在解构时代，艾柯把阐释任务交到读者手中似乎暗示作者已死。小说产生的有效交谈不是作者和读者之间的对话，而是文本和读者之间的对话。

虽然艾柯宣称作者没有必要阐释，但他可能告知写书的原因以及写书的过程。迪普尔认为，小说要成为阐释机器的一个主要障碍是题目，它关闭了进一步阅读的可能性，把读者批评想象限定在作者阐释控制之内。我们可以暂时假设作者和读者存在于同一百科全书框架内，作者像上帝一样创造一个世界，用其中的术语来教导读者。艾柯和尼采的阐释模式相对立，尼采认为阐释不能在文本中自主发现，而要依靠创造性的读者去挖掘①。

小说文本中刻画了大量的读者，包括一群企图阅读亚里士多德《诗学》下卷的猎奇读者，一群有强烈自律感的僧侣因偷读该书而被谋杀掉。谋杀这群读者的是谁？是恪守圣言、在书上涂毒的盲人佐治？还是在书中破圣言而立己言的哲学家？还是像《启示录》七声号角一样，被上帝诅咒而死？……答案莫衷一是。此外，还有阅读世界这本大书的读者，符号专家威廉。但是，文本主要突出两类读者：年青叙述者阿德索是天真读者，老年阿德索有一定批判意识；而威廉是批判式读者。

事实上，《玫瑰的名字》的故事迎合不同读者的品味，演示不同层次读者的不同层次的阐释能力。对中世纪感兴趣读者会关注其中 14 世纪修士和市民的对立、教皇和异教徒的对立、中世纪的草药和野兽以及一些深受

---

① Elizabeth Dipple, "A Novel Which Is a Machine for Generating Interpretations", *Metafiction*, Ed., Mark Currie, London and NY: Longman, 1995, pp. 223 – 230.

喜爱的书目；喜爱侦探故事的读者会聚焦连环谋杀和谋杀者身份线索；热衷文学理论的读者会看重叙述者的观察和反思。而真正的模范读者在很大程度上应该像侦探威廉一样，思维能够穿透表征符号而抵达真实和本质。"基本上，他〔艾柯〕希望理解力是敞开的宇宙，其中一切文化将不被视为凝固、封闭、囿于刻板神话，而是产生回响、充当无限、多义、交叉的符号系统，引领思想奔流。对他而言，对文化事实或艺术品的传统秘藏和整理是由导致专制、僵化逻辑的简单寓言，以及那种苛严的神学中心教条生成的系统，《玫瑰的名字》致力于加以摒弃。"① 故事开头模仿柯南·道尔故事，福尔摩斯从陌生顾客的靴子上的泥巴、褪色的帽子和有污迹的手套上推测出真相。叙述人阿德索借寻马场景展示威廉复杂微妙的思维方式，能将异质的资料聚合到一起，发现不存在类比关系的问题的答案。方济各修士威廉的思路颠覆了单一的、一成不变的教规，用哲学眼光看问题，在黑暗时代，他只能信奉自相矛盾的事。矛盾修辞不胜枚举，譬如，基督徒有时也能从异教徒身上学习，真理蕴藏于世人误解的片断中，经由错误而发现真相；宇宙之美不仅源于多样性的统一，而且源于统一的多样性；犯罪行为和恶魔因素没有直接因果关联，"有时意欲探索因与果之间无尽的锁链，在我看来就有如想要建立一座可以碰到天空的高塔一样愚蠢"②；"在一切艺术中，建筑最敢尝试复制宇宙节奏和秩序"③；"正如异教徒出自圣者，魔鬼出自先知，假基督可能出自虔诚本身、出自对上帝或者真理过分的爱"④。

威廉读符号、读迹象、读书、读事件，他的学识和推理能力让阿德索折服。而威廉却承认找出真相是歪打正着，由错误路径抵达正确的结论：

> 我从未怀疑过符号的真实，阿德索；它们是人类在世上导引自己

① Elizabeth Dipple, "A Novel Which Is a Machine for Generating Interpretations", *Metafiction*, Ed., Mark Currie, London and NY: Longman, 1995, p. 223.

② Umberto Eco, *The Name of the Rose*, Trans. William Weaver, London: Vintage, 2004, p. 30.

③ Ibid., p. 26.

④ Ibid., p. 491.

唯一可资利用的东西。我不懂的是符号之间的关联。我通过《启示录》模式追查出佐治，这似乎构成一切罪行的基础，然而那纯属巧合。我为所有罪行寻找一个罪犯而推测出佐治，发现每项罪行是不同的人实施，或者没有人实施。我追踪一个固执而理性之人设计的计划而查出佐治，事实上却没有计划，或者佐治被他自己最初计划所牵制，接着便出现一连串原因和共同原因，以及一连串相互矛盾的原因，它们相互矛盾，独立推进，造成并未源于任何计划的关系。那么，我所有智慧何在？当我本该深知宇宙没有秩序之时，我却固执己见，追踪表象的秩序。①

面对由佐治所代表的后现代思想怪物，威廉的科学推理走进了死胡同。威廉所代表的中世纪的秩序观和理性被解构，通过符号试推来缉凶失败。这段话同时暗示线性叙事在书中不成立。

艾柯认为，在叙事文学的生产和接受上存在两大分歧。符号学家不清楚或者没有清楚表明他是否在用文本丰富其叙事理论，或者他是否努力用某种叙事范畴更好地理解文本；读者往往有一定偏见，在批评中利用的话语是针对从一个或更多文本个案中获得叙事学的普遍原则。叙事诸理论只是论说如何进行多重阅读，目的不是要去理解文本，而是展示讲故事的总体功能。同时，它们教给人们如何阅读，同时展示其教导价值②。不论艾柯是否清楚他建构叙事理论的意图，不论读者是否存有偏见，他都成功地向读者传送了杂语叙述、百科全书排列、各种读者支撑的迷宫叙事结构的信息，示范了由重要书籍碎片垒筑而成的无限之书。

艾柯在小说元叙事层用符号来讨论迷宫，来确立迷宫文本的合法身份。故事中以读者不易察觉的方式讨论了写一部迷宫文本的可能和程序。艾柯利用小说的多重叙述者，并依托符号学知识来叙说迷宫。无署名作者

---

① Umberto Eco, *The Name of the Rose*, Trans. William Weaver, London: Vintage, 2004, p. 492.

② Umberto Eco, "On Style", *On Literature*, Trans. Martin McLaughlin, NY: Harcourt, Inc., 2004, pp. 170 – 171.

序中的手稿翻译者和整理者"我"、手稿写作者和叙述人阿德索、擅长破译符号的神探威廉出面替艾柯发言。旅行、语言、图书馆和读者，是小说的组织代码、程序和解码模式。在艾柯看来，语言构成巴别塔式迷宫，因而小说中修士讲着各国语言、图书馆收藏世界各国书籍，小说使用多种语言，特别是拉丁语；书籍碎片构成迷宫，阿德索手稿是图书馆书籍残片的组合，情节可以是梦的拼贴，小说是百科全书式的迷宫；读者的阐释构成迷宫，阿德索读书籍残片写手稿，"我"读手稿写小说，写字间的修士读书翻译书，威廉读迹象和读书破案，佐治和威廉互读对方……这是迷宫的迷宫！艾柯利用小说的包容性，依靠无限的清单叙述法，把语言学、符号学、神学、逻辑学、哲学和读者理论等领域的成果加以综合利用，实验如何将各式各样的书加以整体呈现，来复现中世纪的辉煌思想和智慧。艾柯的文本中究竟还有多少迷宫，迷宫的空间有多广，需要读者继续阅读和阐释。

总之，迷宫文学谱系作家继承和发扬中世纪经院哲学家的百科全书方法，承前启后，推陈出新，坚持不懈地拓展文学潜力，在迷宫叙事书写形式上不断推进。乔伊斯用意识流的形式和混沌理论将巨大的引文库组织得井然有序，推出了百科全书式迷宫小说，而成为迷宫文学的先导。虽然他的小说晦涩难懂，但是他在形式上的实验具有极高的艺术价值，给后世迷宫作家留下了宝贵的经验。博尔赫斯和卡尔维诺都用各种形式表达和实验要写作万维网格式的作品。在20世纪40年代，博尔赫斯在世界思想宝库中汲取灵感，在短篇小说中将迷宫想象成阿莱夫、图书馆、镜子的模样，有清单的罗列、有书籍的排列、有镜像的增生；使用文献的方法，给故事打上论文小说标签。他的形而上学思想产生了经久不衰的艺术魅力，但是迷宫小说如何写作仍然是未解谜。在六七十年代，卡尔维诺在混沌理论和乌力波的影响下，不仅运用组合模式在长篇小说中将博尔赫斯的开岔、交叉和增生的技巧实验成功，而且还提出了用电脑创作可以进行无限组合的作品的构想。艾柯在研究乔伊斯迷宫文本叙事形式的基础之上，综合利用博尔赫斯故事中的各种迷宫框架，改造卡尔维诺的迷宫组合模式，让迷宫文本升级换代，在理论上走向成熟。在80年代初，在电脑写作和万维网出现之前，艾柯发表了《玫瑰的名字》，写出了涵纳众多知识而又通俗易懂的百科全书式小说，受到全世界读者的欢迎。艾柯还从万维网技术上印证了清单开岔、交叉的迷宫路径；从理论上确定这一文本类型的界定性特征：拼接性和拆卸性。作者对百科知识进行拼接，读者依据自己的百科全书能力回溯，将之进行拆卸。因而，百科全书迷宫文本是在作者的建构和读者的阐释解构活动双轨道中完成的。

第五章 改造副文本：艾柯迷宫文本之交叉轮转理论

　　艾柯博学多识，观察敏锐，纵横捭阖，用知识考古的方法在从古到今貌似没有联系的、断裂的文化现象中发现关联，消弭时间、地域、学科、文类等方面的隔阂，梳理出连贯的知识变迁线路和图景。艾柯综合的视野、唯物主义辩证法以及对异质文化的开放态度，在百科全书迷宫文本的理论演进过程中得以充分体现。他不按照主流文学遵循的常规出牌，但是他一旦出牌，每张牌又和主流文学重要形式命题紧密相关。他对每一个形式议题追根求源，一挖到底，进行综合性改造，他的每一个理论成果都显示出原创性。他在 20 世纪 50 年代步入学术领域，积累了 60 年的治学经验，他对各种主义和理论进行改造和创新的行为也揭示了一条真理：没有一成不变的理论，理论始终处于变化中；理论的发展要跟上时代的发展、思想的变迁和技术进步。

　　他从乔伊斯意识流文学作品中发现了中世纪阿奎那百科全书的清单形式构件，处理混乱和有序这一悖论的方法；从现代音乐演奏时章节的组合、电影情节的拼贴中，发现像乔伊斯作品一样的现代文学作品的结构是读者阐释和生产出来的；他把结构主义理论中语言的能指/所指、句子的组合/切分、叙事的故事/话语二元符号观，和巴特能指—所指—意指、皮尔斯的符号—对象—阐释项的三元符号观相结合，用文本—作者—读者三元符号建构文本阐释符号学，继续发展基于试推法、无限衍义的百科全书语义迷宫；他重访古典清单修辞法，研究图书馆重要清单目录的叙事潜力:通过观察这一方法在现代生活和作品广泛使用,发现无限的清单和万维网的搜索词类似,具有无限叙事的潜力;他在长篇小说中用清单叙述法把他深厚的知识积淀、博尔赫斯短篇故事中的迷宫、多维意象、多层次元素、卡尔维诺的组合式迷宫叙事法,把《阿莱夫》《巴别图书馆》《交叉小径的花园》中的迷宫梦想变成现实。由此可见,艾柯在处理文化现象时所体现的非凡的综合能力,对古典文论进行现代转换时所显示出的精湛技巧,堪称百科全书派典范。

艾柯在探讨了无限的清单叙述法和百科全书迷宫文本的无限性关联之外,还在热奈特理论基础上对另一个构件符号——副文本进行了理论改造,从阿奎那至今的引文传统中演绎后现代百科全书迷宫文本的阐释性、拼贴性、跨文本性和交叉性特点。他同时在实践层面展示,这一容易被人忽视的形式构件不仅位于边缘位置,还可进驻在文本的中心地带。正如符号学研究者一致肯定艾柯在符号学著作中列举的例子精准、有价值一样,他在小说中的示范,尤其在《玫瑰的名字》中对副文本的示范和理论建设,也是价值重大的。如果说无限的清单叙述法为迷宫文本制造了无限无尽的开岔路径,那么还有交叉的问题有待解决。副文本致力于解决这一问题,但是从理论上言说却比较困难。于是,艾柯"将两种不同类型的生产,理论和小说融通"①,理论说不清楚的问题,叙述出面来补充清楚。

第一节　处于边缘的副文本:作为门轴的形式框架

艾柯《玫瑰的名字》的正文周围有序言、尾声、手稿说明、作者的话、插图、题记、内容提要等等。这是作者舞文弄墨?还是另有他意? 20世纪 70 年代,当代诗学和叙事理论扛鼎者热拉尔·热奈特(Gerard Genette,

---

① Cristina Farronato, *Eco's Chaosmos: From the Middle Ages to Postmodernity*, Toronto: University of Toronto Press, 2003, p. 3.

1930—2018）除聚焦叙事话语和新叙事话语之外，还提出了"副文本"概念来统括这些手法，称一切作品由副文本和正文组成。副文本还有其他译法，"环文本"、"类文本"、"准文本"等等。学界一般认为是，英国的斯泰恩（Laurence Sterne）是研究副文本现象第一人，而艾柯认为早在斯泰恩之前研究就已经开始，而且当代研究者甚多。系统性的副文本理论是热奈特提出的，这一点是毫无疑问的。迷宫谱系作家都相当关注理论热点，在作品中都游戏过副文本，游戏得新意别出。艾柯对欧陆和美国理论热点问题一直感兴趣，尤其紧跟法国文化动向，在重大理论建设中几乎都在场，这方面他是出了名的。他在《悠游小说林》《植物的记忆与藏书乐》和其他杂文中也对副文本加以探讨，在副文本类型和课题史建构上和热奈特相互呼应、相互促进。他在以《玫瑰的名字》为代表的小说中演示了种类繁多的副文本，尤其是对评注式、碎片式副文本和流产的副文本进行了重新演绎，除了安排它们在文本边缘位置之外，还让它们带着铰链的特性进驻文本的中心，把百科全书迷宫文本做无缝联结。

自乔伊斯以降，迷宫作家在引经据典，在利用文献营造百科全书式迷宫文本方面进行了大胆摸索和创新，艾柯的故事在副文本叙事框架中用清单的手段把代表前人精华思想的碎片陈列出来。没有副文本大框架，无限的清单叙述将是一盘散沙。艾柯一改副文本位置只在文本边缘的惯例，把副文本从边缘玩到中心，从中心玩到边缘，游戏得不亦乐乎，在游戏中兑现了博尔赫斯通过写评注来写迷宫文本构想，将博尔赫斯和卡尔维诺为文学史写脚注、组合拼接的方法系统化，在评注过程中将迷宫文本的阐释本性显露无遗。文学迷宫文本在理论之路上绕了一大圈之后，最终和阿奎那式百科全书式文本殊途同归。阐释性不变，引文惯例不变，变的只是文类和文献利用的形式。副文本叙述法是艾柯对走文献路径写小说的创造性注疏，为迷宫文本寻找的一个整合性框架。

热奈特研究意识流作家普鲁斯特、乔伊斯小说文本里面周边的小附件、文本外面与文本相关的言论，撰写了一系列关于副文本主题的论文。其理论成果总集——法文版论著《门槛》在1987年出版，英文版书名是《副文本:阐释的门槛》(*Paratexts:Thresholds of Interpretation*),十年后面世。今天,谈起副文本,必然会谈热奈特,而盲视艾柯的巨大贡献。虽然艾柯没有写出副文本论著,但他的一些散论和 1980 年出版的《玫瑰的名字》已经在热奈特副文本理论著作之前与读者见面,他的小说中的理论意识甚至超越了热奈特的论述。在热奈特理论面世后,艾柯也没停止对副文本的讨论。无论如何,热奈特的理论成果可以帮助我们更加深刻地理解艾柯对副文本理论的创造性发挥。何谓副文本? 热奈特在《副文本:阐释的门槛》中对副文本的界定如下:

> 一部文学作品完全或者基本上由文本组成,(最低限度地) 界定为或多或少由有意义的、有一定长度的语词陈述序列。但是这种文本几乎不以毫无粉饰的状态呈示,不被一定量的语词的或者其他形式的作品强化和伴和,比如作者名、题目、前言和插图等。尽管我们通常不知道是否要将这些作品看成属于文本,但是无论如何,它们包围并延长文本,精确说来是为了呈示文本,用这个动词的常用意义而且最强烈的意义:使呈示,来保证文本以书的形式 (至少当下) 在世界上在场、"接受"和消费。……因此,对我们而言,副文本是使文本成为书、以书的形式交与读者,广义上讲,交予公众。……①

热奈特将副文本类比成"门槛",或者博尔赫斯说的"前厅",或者勒热纳(Philippe Lejeune) 的"门轴",这个地带是过渡区也是交易区②。艾柯在分析一般符号学研究的界限时,用了"门槛"一词,指认知的性质③。

随后,热奈特在《普鲁斯特副文本》的开头进一步界定"副文本",称它是"文本周围的旁注或补充资料",由各式各样的"门槛"组成:作

---

① Gerard Genette, *Paratexts:Thresholds of Interpretation*, Trans. Jane E. Lewin, NY:Cambridge UP, 1997, p. 1.

② Ibid. , p. 2.

③ Umberto Eco, *A Theory of Semiotics*, Bloomington:Indiana UP, 1979, p. 5.

者的和编辑的门槛,比如题目、插入材料、献辞、题记、前言和注释;传媒相关的门槛,比如作者访谈、正式概要;私人门槛,比如信函、有意或无意的流露;与生产和接受相关的门槛,比如组合、片断等。文学门槛内外规则不同,进了门槛外面的规则就被颠覆,内面的新规则就要起作用。副文本在文本中不仅标出文本和非文本过渡区,而且标出其交易区,性质上基本是语域和策略上的空间①。迷宫文本是组合叙事,属于副文本范畴。

热奈特的研究范围覆盖 13 个副文本类型:出版商的内文本、作者名、标题、插页、献辞和题词、题记、序言交流情境、原序、其他序言、内部标题、提示、公众外文本和私人内文本。在叙事文学中,副文本和正文本互为表里、相辅相成,共同组成文本。但是,一般说来,由于副文本在小说中处于不显眼的边缘位置,难以引起批评家足够的重视,长期以来,人们的批评注意力往往放在正文上。热奈特对副文本进行系统研究,全面审视书的外形结构,不仅对传统批评的片面性进行批判,创造性地把文本边缘纳入叙事学考察范围,填补叙事学研究上的空白,而且为分析小说叙事结构提供了新的批评工具。

副文本概念是热奈特在讨论跨文本关系、研究普鲁斯特和乔伊斯等作品过程当中逐渐发展起来的。而乔伊斯作品的形式是艾柯之乔伊斯研究的重中之重,热奈特的探讨无疑引起他的关注。热奈特在 20 世纪七八十年代一直探讨跨文本,并推出了《广义文本之导论》(*Introduction à L'architexte*,1979)和《隐迹文本》(*Palimseste*,1982),接着《副文本:阐释的门槛》(以下简称《副文本》)的面世标志着他的"跨文本三部曲"的完成。热奈特长期关注跨文本现象,曾经在《隐迹文本》概括出五种类型跨文本关系,并把"副文本"包括进来:"文本间性"、正文和"副文本"关系、"元文本性"、"承文本性"和"广义文本性"②。在探讨正文和"副文本"

---

① Gerard Genette, "The Proustian Paratexte", Trans. Amy G. McIntosh, *Substance* 2 (1988):63 - 77, p. 63.

② [法] 热拉尔·热奈特:《热奈特论文集》,史忠义译,百花文艺出版社 2000 年版,第 71—73 页。

关系时他指出,一部文学作品一般由正文及其"副文本"部分之间的关系组成,它们之间的关系不是太清楚,有一定距离。副文本包括标题、副标题、互联型标题;前言、跋、告读者、前边的话等;插图、插页和其他附属的言语和非言语标志。它们为文本提供一种丰实的生态环境和氛围,"有时甚至提供了一种官方或半官方的评论,最单纯的、对外围知识最不感兴趣的读者难以像他想象的或宣称的那样总是轻而易举地占有上述材料"①。热奈特在《副文本导论》一文中进一步指出,不曾存在而且永远不会存在没有副文本的文本。

麦克塞(Richard Macksey)为英文版《副文本》题写了《在门槛前暂停》的序言,文中称英国的斯泰恩是对书的外形进行剖析的先行者,热奈特是其开拓性事业的合法继承人,在分析话语时间和叙述策略时显得博学多识而独具慧眼,而用辛辣智慧冲淡文本墨守成规的方式也和项狄相似②。《副文本》是热奈特学术生涯中的重要著作,堪称"果敢的阀限书籍,它(至少暂时)完成了跨文本诗学,但是在作者、出版者和读者之间纷繁复杂的周旋中,提出并讨论虚构与真实毗邻领域的议题,在随后的《小说和措辞》一书中进行更尖端的讨论"③。他书中所举例子贯穿古今,从荷马、维吉尔谈到纳博科夫、品钦和普鲁斯特。"在范围和精确性上,《副文本》对文坛习俗和惯例作了百科全书式概览,极其严密地为容易被忽略的地带——文本的边界绘制了地图,对此加以揭示。"④ 相比之下,理论界其他学者对副文本的研究只针对文学副文本个别因素,但是热奈特首次对阀限协调及其阅读逻辑提出了全面看法。不过,热奈特在本论著中省略了一些形式的副文本。艾柯对副文本的研究弥补这种空白,而且把副文本的起源一直回溯到16世纪的书籍。

---

① [法]热拉尔·热奈特:《热奈特论文集》,史忠义译,百花文艺出版社2000年版,第71页。

② Gerard Genette, *Paratexts*: *Thresholds of Interpretation*, Trans. Jane E. Lewin, NY: Cambridge UP, 1997, pp. xi – xii.

③ Ibid., p. xvii.

④ Ibid., p. xx.

在副文本概念得以清晰地界定后,热奈特接下来探讨其基本特征,以便判断副文本信息的作用。根据时期、文化、文类、作者、著作和同一著作的不同版本来看,副文本的方式和方法在不断变化。副文本的基本特征体现在空间、时间、本体、语域和功能几个层面上。具体而言,要从如下几方面界定副文本特征:位置(在哪里?)、出现和最后消失的日期(什么时候?)、存在的方式是言语的还是其他(如何?)、交际实例的特征(说什么)、讲话人和受话人(谁说?说给谁听?)、赋予信息以目的的功能(有何用途?)。

首先,热奈特认为,副文本的位置指它跟文本自身相关的位置,在文本周围、在同一卷本空间内,像题目或前言,有时插进文本间隙,像章节题目或某些注释。副文本所处的位置决定其类型:根据在文本内部空间位置确定的副文本类型称为"内文本";而在文本外面的信息,包括媒体刊载的访谈和对话、或者作为私人性质交流的信函和日记等等,称为"外文本"。副文本等于二者相加。同样,艾柯把标题之类信息归属到副文本范畴,指文本周围的外部信息。他把叙述分为两类,叙述真实发生的事是自然叙述;而对虚构的真实的叙述是人工叙述。副文本手段标明了人工叙述,最典型的副文本信号是在书封上标明"小说"、作者的姓名①。艾柯论副文本的文章《十八世纪一部虚构作品中的副文本、外文本和内文本以及相关内容》发表在《副文本》2004 年第 1 期,《一个陌生人的杰作》2005 年发表在《爱书者年鉴》。

艾柯把副文本、外文本、内文本提法都纳入当代符号学范畴,视之为和书籍同时诞生的东西,发展了热奈特的理论。副文本之文本前后和周围的东西,今天还可能包括光盘。何谓内文本?艾柯说:"内文本指的是与作为载体的书相关的所有物质实体,如扉页、版权页、引言、献辞、前言、后序、勒口、书籍装帧或者护封,等等;而外文本则是书籍之外但是又直接跟它相关的东西,比如新闻报道、预览、书评……"② 那么,

---

① Umberto Eco, *Six Walks in the Fictional Woods*, Cambridge, Mass.: Harvard UP, 1994, pp. 18 – 20.

② [意] 翁贝托·艾柯:《植物的记忆与藏书乐》,王健全译,译林出版社 2014 年版,第 196 页。

标题是副文本还是内文本? 不同的题目决定不同的阅读方式。内文本的文字,比如引言,会对作品的理解产生影响。"实际上任何一个副文本的设置都是为了引导对于文本的阅读,或者说是引导读者带着兴趣和热情接近文本,了解文本的内在价值和它的重要性。"[1] 而外文本则不尽然。副文本在摇篮本还没有扉页的时候起就一直存在,来引导阅读。过去,有一些外文本的内容归类于内文本,比如衬页、作者像、其他作家的点赞、极尽溢美之词的扉页等[2]。副文本在 16—18 世纪盛行,17 世纪达到创作顶峰。

艾柯研究典籍,在热奈特讨论的类型之上拓展了古典类型的副文本。譬如,他对如下典籍的扉页进行了讨论:1561 年版克劳迪奥·托勒密·阿莱桑德里诺的《地理》、1676 年版克里斯蒂安·诺尔·冯·罗森罗斯的《揭密卡巴拉》、所罗门·特里斯莫辛 1708 年一卷本关于金羊毛或者黄金宝藏与艺术品收藏。艾柯指出,热奈特的《副文本》中没有提到早期副文本集大成的诗作《一个陌生人的杰作》,以及相关的作者或者评论者特米索·德·圣亚森特、亚森特·柯多涅、曼塔纳修斯 (1684—1746)[3]。热奈特忽略的这些名字很重要,原因在于:"因为他的《一个陌生人的杰作》好像就是为了解释什么是内文本、外文本、扉页、附录、作者名字、地点、读者、功用、献辞、献辞人、受献辞人、引语、引语作者、被引语者、新闻通告、重要性、真实性、背景介绍、写作意图、前言、后序、注释、对话、辩论、自评、补充内容、删减内容等等这些的,当然他使用的是一种滑稽模仿的手法。"[4]

1714 年,圣亚森特四十几行民谣《一个陌生人的杰作》第一版扉页,提到附有曼塔纳修斯博士精深的评论,有作者肖像[5]。变成"过分臃肿的

① [意] 翁贝托·艾柯:《植物的记忆与藏书乐》,王健全译,译林出版社 2014 年版,第197 页。
② 同上书,第197—198 页。
③ 同上书,第200 页。
④ 同上。
⑤ 同上书,第202 页。

副文本的典型例子"①。开头 8 行，讲的是一个生病的男子柯林想到命不久矣，思恋爱人。开篇评论就在 200 页左右。1716 年版本，除了以上评论，还加上关于荷马和夏普兰牧师文章、讨论古董的两封信和其他内容，从 195 页膨胀到 394 页。到 1807 年，书页变成 600 多页或更多。这就是所谓"曼塔纳修斯"或者"圣亚森特式的扩展"类型的文学骗局②。"这种围绕在每一本书周围的人工'嘈杂声'，在某种程度上还是常常让我们忽略对于文本本身的阅读。"③ 圣亚森特的书浅显易懂，完全没有必要用外文本和内文本作无限膨胀，留下了笑料，但也留下了副文本最早的例子。艾柯对早期文学作品中的副文本现象的研究，不仅把热奈特没谈到过的形式做了补充，还把过度使用副文本造成的后果进行了分析。

其次，热奈特按照跟文本出版的时间关系，副文本还可以做如下划分。在文本之前出现的称为"前副文本"，和文本同时出现的称为"原创副文本"，在文本之后出现的称为"后副文本"，再版前言属于"后副文本"。作者生前出现的叫"生前出版的副文本"，作者死后出现的叫"死后出版的副文本"。只有标题而没有正文的副文本叫"流产的作品"或者"消失的文本"④。副文本可以出现，也可以消失；对文本版面的压缩决定副文本的寿命，被删掉的在后面版本中又有可能出现。还有纯粹事实性的副文本，比如属于学会的、获得奖项的。艾柯在《玫瑰的名字》的叙述中，把"前副文本"、"流产的作品"、"原创副文本"和其他副文本游戏玩了个遍，在游戏中建起了迷宫文本的门槛和铰链，或者形式框架和主梁。

再次，副文本在语境中的作用由交流实际情况或者情境特征决定，比如讲话人和受话人的性质，权威和负责的程度，信息的语内力量，等等。副文本的讲话人不一定是实际写作者，其身份并不重要。作者和出版者是

---

① [意]翁贝托·艾柯:《植物的记忆与藏书乐》，王健全译，译林出版社 2014 年版，第 203 页。

② 同上书，第 202—205 页。

③ 同上书，第 209 页。

④ Gerald Genette, "Introduction to the Paratext", Trans. Marie Maclean, *New Literary History* 22. 2 (1991): 261 – 272, pp. 263 – 264.

负责文本和副文本的两个人,可以部分上代表第三个人的责任,因为第三人写了前言并得到作者接受。有时候,副文本的责任可以分开,比如采访中,作者和报道其言行的提问人的责任①,因为报道有真与不真之分。有些副文本因素是讲给公众听的,如标题、访谈;其他是具体地说给文本的读者听的,如前言;封面上提示是说给批评家听的;还有说给售书人听的。所有这些,不论是内文本还是外文本,都称为"公众副文本"。以口头或书面形式对认识的和不认识的个人讲话,不希望公之于众,是"私人副文本";其中最私密的是作者在日记或别处讲给自己听的,是"私密副文本"②。

最后,功能性是副文本最基本的特征,其美学意图不是要让文本周围显得美观,而是要保证文本命运和作者宗旨一致③。换言之,作者设计副文本是为了获得艾柯所谓理想读者,让他们根据提示最大限度地接近文本意义和艺术意图。但是,这并不是说,副文本可以脱离文本而存在。

热奈特副文本理论的追随者从新的角度对该理论体系进行了阐发和充实,把副文本与叙述框架联系起来。麦克林(Marie Maclean)在《托辞和副文本:边缘的艺术》指出,正如诗歌和空白、画布和墙壁的关系一样,副文本研究的是文本和框架的空间关系。框架是引导读者或者视力进出文本的,而小说的框架是语词构成的。"对于文本而言,语词框架或者副文本可以对它产生提升、界定、对比和疏离,或者掩藏为文本的一部分。"④热奈特说过,副文本和小说文本需要不同的语内行为,麦克林应用言语行为理论明辨副文本和文本的区别。副文本需要一系列第一顺序语内行为,作者、编辑、作前言者常利用直接述行语,来告知、游说、建议和控制读

---

① Gerald Genette, "Introduction to the Paratext", Trans. Marie Maclean, *New Literary History* 22. 2 (1991): 261 – 272, pp. 266 – 267.

② Gerald Genette, "Introduction to the Paratext", Trans. Marie Maclean, *New Literary History* 22. 2 (1991): 261 – 272, p. 267.

③ Gerard Genette, *Paratexts: Thresholds of Interpretation*, Trans. Jane E. Lewin, NY: Cambridge UP, 1997, p. 407.

④ Marie Maclean, "Pretext and Paratexts: The Art of the Peripheral", *New Literary History* 2 (1991): 273 – 279, p. 274.

者；小说的文本世界是第二顺序言语行为①。《堂吉诃德》的作者塞万提斯和第一部分序言是第一顺序言语行为，叙述者进行的是第二顺序言语行为。迈克琳同时视标题为作者言语行为，和读者有着特殊关系，还有互文性。因此，副文本是作者显露意图之处、发送者对接受者的讲话之处。"不论这信息成功与否、诚实与否，都不影响涉及的言语行为的语内地位。"②

当今，中心消失、价值观和思想体系分崩离析和相对化，重新认识文学批评的性质和局限显得很有必要。热奈特和艾柯等人的副文本研究是应时而生的一种批评策略，对文学边缘现象进行系统性的关注。这一研究不可小视，因为在德里达解构主义去逻各斯中心之后，副文本与批评的始发点相关。"在中心和边缘之间，在边缘和中心之间，总有旅行线路，预设时间性并使叙述成为可能的线路。批评是描述文本和旅行线路的；在这一点上，它跟它评论、阐释和廓清的文学差别并不大，它本身是旅行线路的一部分。"③ 所以，文学批评是中心—边缘，边缘—中心的协力行为。

对一些复杂文本的副文本现象进行的研究初见成效。热奈特对普鲁斯特和乔伊斯经典小说的副文本进行个案研究，在诗学上有了其他理论难以企及的重大发现；当我们聚焦艾柯小说的副文本形式时，也可以发现它们对这一理论的特殊贡献。

在《普鲁斯特副文本》一文，热奈特梳理普鲁斯特《追忆逝水年华》副文本，探讨它们在文学批评上的启示意义。他根据权威性和作者责任的程度，将《追忆逝水年华》副文本划分为三类性质：正式的、非正式的和作者生后的。首先，正式副文本，包括"生前内文本"，作者生前同意的文本边缘，包括但不超出文本前后护封。热奈特所谓的内文本指八个方面，但由于作者普鲁斯特和编辑们的协商，在1913年到1922年之间的副

---

① Marie Maclean, "Pretext and Paratexts: The Art of the Peripheral", *New Literary History* 2 (1991): 273–279, p.274.

② Ibid., p.278.

③ Gian-Paolo Biasin, "The Periphery of Literature", *MLN* 5 (1996): 976–989, p.982.

文本经历了许多变化,因而这些副文本并不全部在《追忆逝水年华》出现。内文本包括八个方面。(1)标题或整个"题名索引"——大标题、卷名、部名、章节名、小节名和其他分节名,题名索引的复杂性和作品结构的复杂性有着直接的关联;(2)文类提示,其缺席留下了文类作用问题,至少该作品的文类意图是有待探讨的;(3)两任编辑的姓名;(4)没有插入的材料;(5)1919年的宣传封面提示作品获得龚古尔奖项;(6)没有前言;(7)有献辞;(8)题记。其次,非正式副文本,基本上指作者评论,普鲁斯特并没有写进文本。非正式表现在三个递减程度上:公布的、私人的和个人的。非正式公开副文本是作者生前同意出版的,包括作者访谈、他人签署的文章。最后,还有作者生后副文本。它包括现在和将来的编辑将添加到普鲁斯特副文本上的一切:放到内文本之内的信息和权威评论①。

在研究了《追忆逝水年华》"题名索引"和作品结构之后,热奈特得到两条启示。一方面,副文本方式使复杂文本总体结构得以清楚呈现。"普鲁斯特越来越清楚,利用标题来廓清下面的框架,比起原来不间断地、无标记地使用长长的文本流手段,作品建构的统一性得以更清晰地彰显。"②另一方面,副文本在主题上的启示是要对《追忆逝水年华》的文类问题进行追问。时下坊间流行的版本是将作者普鲁斯特和叙述者马塞尔混淆起来,结果把作品看成传记;而批评版本简单视之为纯粹的小说。热奈特通过对普鲁斯特的版本,作者造成歧义的、非正式宣言和中间标题这些副文本的研究,对著作的文类疑难问题作出了不同的回答:称它是自传和虚构的完美混合,舞台是想象出来的,属于"梦幻自传"③。此外,热奈特分析乔伊斯小说《尤利西斯》以小册子试销时,章节标题与《奥德赛》典故之间的关系,认为"塞壬"、"瑙西卡"、"珀涅罗珀"等专有人名属于

---

① Gerard Genette, "The Proustian Paratexte", Trans. Amy G. McIntosh, *Substance* 2 (1988): 63 - 77, pp. 64 - 67.

② Ibid. , p. 73.

③ Ibid. , pp. 74 - 76.

典型的副文本。即使结集出版删掉小标题，批评家仍未忘记这种文本构成。同时，草稿、梗概和提纲等"前文本"形式，也可发挥副文本的功能；有时一部作品还可能成为另一部作品的副文本。

艾柯《〈玫瑰的名字〉后记》回应读者对小说标题的众声喧哗。艾柯是老谋深算的文学理论家，是深知自述的地位和局限的。虽然作者禁止阐释自己的作品，读者可以通过阅读文本理解文本生产中的技术问题，但是作者还是"可以告知他为何和如何写作他的书"①。言外之意，作家谈创作是合法的，自己评论自己的作品不合法。由是，他从书名讲起，讲述了书的来龙去脉。可以说，《〈玫瑰的名字〉后记》是《玫瑰的名字》的副文本，其他批评著作也是。围绕在《玫瑰的名字》正文周围的副文本是作者故意发出的对文本进行符号阅读指令，引导读者在试推过程中启动无限衍义，解读阐释的迷宫；而围绕在《玫瑰的名字》一书周围的庞大的副文本书群，艾柯自己的和其他批评家的，他们的观点也在不断地丰富对这本书的理解。

与其他作家不同的是，艾柯的符号知识在创作中是一直在场的，给读者一套阅读指令。在他看来，标题虽然本应该是书的灵魂和阐释的关键，但是它更是一个符号。艾柯在《符号理论和读者的作用》一文说过，"马拉美知道，由于健忘，我们的声音放逐了任何轮廓；而为一朵花命名，足以在虚拟读者脑海中唤起许多逝去的馨香"②。《红与黑》《战争与和平》提示了相关意义；以主人公为标题给读者最大尊重，比如《鲁滨逊·克鲁索》。艾柯构思写一本关于僧人在阅读神秘之书时中毒身亡的小说，他不用《修道院谋杀案》做标题，是担心把关注点放在神秘故事上，会误导读者把注意力锁定在动作上。他曾打算用《梅勒克的阿德索》做标题，这是一个中性题目，阿德索只是叙述声音。而意大利出版商不喜欢专

---

① Umberto Eco, *Postscript to the Name of the Rose*, Trans. William Weaver, NY: Harcourt Brace Jovanovich Publishers, 1984, p. 8.

② Umberto Eco, "The Theory of Sign and the Role of the Reader", *The Bulletin of the Midwest Modern Language Association* 14. 1 (1981): 35 - 45, p. 45.

有名词①。《玫瑰的名字》的题目是偶拾而来的。艾柯喜爱这个书名，原因在于：

> 玫瑰是意义丰富的象征符号，至今几乎没有留下什么意义了：不论是但丁神秘玫瑰，马莱伯的"她恰似玫瑰只绽放一个清晨"，玫瑰战争，病玫瑰，还是以玫瑰为中心发生的许多事情，其他名字的玫瑰，玫瑰是玫瑰是玫瑰是玫瑰，十字玫瑰。标题让读者迷失方向，而不能只选择一种阐释；即使他可能用唯名论解读结束诗行，这也是最后才发生，在这之前他做了其他什么选择只有上帝知道。标题一定搅浑读者思维，而不是一见到底。②

艾柯颠覆了使用标题的本来用意，而转向符号的无限衍义，以此打乱读者的方向感，搅乱读者的思想，杜绝单一阐释，增加阐释的自由度。曾有人说《玫瑰的名字》标题是以父之名，书写西方文化中的理性传统。笔者依据艾柯的风格，认为小说确实是以父之名，以清单之名，或者以副文本之名，像阿奎那一样一边重述前人之言，一边弑杀其言，开辟新言新思。艾柯结尾的诗句是他用现代的、解构主义色彩解读唯名论，诗性语言让意义增值。

　　由此可见，副文本是从作品边界向正文过渡的一道道"门槛"、"门轴"或者"阈限"，是作者在正文之前有意埋伏的一套阅读路线和阐释规则，为读者提供预先审视和理会的机会。副文本在阐释复杂文本时的叙事诗学价值初见端倪，还有许多空白等待学界去填充和拓展。但是需要强调的是，一般说来，副文本只是文本的边缘现象，批评时予以一定关注是有必要的，但过度关注会导致本末倒置，批评的重点仍然是而且永远是正文主体部分。"副文本在理想的、相对不变的文本身份和文本公众的经验

---

① Umberto Eco, *Postscript to the Name of the Rose*, Trans. William Weaver, NY: Harcourt Brace Jovanovich Publishers, 1984, p. 2.

② Ibid. , p. 3.

（社会历史）现实之间提供了一道船闸，允许二者保持'等级'。"① 副文本和正文、边缘和中心孰轻孰重不言自明，在批评时，这些前提不能混淆不清。

批评是从边缘到中心和中心到边缘的协力行为，光顾四周文本生态环境有利于恰当解读作品。事实上，副文本虽然对阅读和阐释产生影响，但是并不都能完满实现其功能，所以要当心副文本。"副文本不论是不是中介物，它行使接力赛一样的接力功能。任何读者坚持过度，它可能为接受文本造成遮蔽或者障碍。"② 热奈特在《副文本》结束语中还提醒我们，"副文本只是辅助物、文本的附件。没有副文本的文本有时候像没有赶象人的大象，失去了力量；那么，没有文本的副文本则是没有大象的赶象人，是愚蠢的走秀"③。正文和副文本虽然唇齿相依，但是本末不能倒置。作者"最清楚"读者对其作品的观点，不和这种信念相遇，不可能在副文本当中旅行，因为"作者（其次，发行者）观点的正确性就是副文本隐在的信条和自然而然的思想"④。由此可见，作者观点和利用副文本形式的动机是密不可分的，尤其在复杂小说文本中，这需要读者斟酌和探讨。虽然如此，在阅读艾柯作品时，要关注反转的情况，他会在游戏中将正、副文本的主次位置颠倒。

第二节 也在边缘,也在中心:副文本越界

《玫瑰的名字》是百科全书迷宫文本这一点是无可争辩的，是对乔伊斯

---

① Gerard Genette, *Paratexts*: *Thresholds of Interpretation*, Trans. Jane E. Lewin, NY: Cambridge UP, 1997, pp. 407 –408.

② Gerard Genette, "Structure and Functions of the Title in Literature", Trans. Bernard Crampe, *Critical Inquiry* 14. 4（1988）: 692 –720, p. 720.

③ Gerard Genette, *Paratexts*: *Thresholds of Interpretation*, Trans. Jane E. Lewin, NY: Cambridge UP, 1997, p. 410.

④ Ibid. , p. 408.

模板、博尔赫斯模板、卡尔维诺对博尔赫斯的升级版的更新版。正如热奈特研究所显示的,乔伊斯小说充满了副文本。卡文维诺直接把博尔赫斯的故事看成写评注,或者为重要的书籍或者思想片段写的副文本;而他自己的小说也在玩图画、书名、组合、片段等副文本游戏。副文本到了迷宫谱系作家手中,就有了新玩法,变身为通向无限的叙事法了。博尔赫斯所谓"伪托一些早已有之的书,搞一个缩写和评论",或者"写假想书的注释"①,指的是用副文本形式制造迷宫。卡尔维诺评述博尔赫斯的话解释了迷宫机制:"他假称想写之书已经被别人写好,被不知名的杜撰作者,被其他语言和其他文化的作者;然后描述、概括或者评论那本假设之书。他的每个文本通过从想象或者真实图书馆引述的书,古典的、博学的或者杜撰的书,来将空间成倍或者多倍扩容。"② 换言之,博尔赫斯的故事就是为伪造的引语、真实的引文写评注,评注和引文是紧密相连的,不仅形成跨文本空间,还将叙述话语无缝连接。如果说无限的清单可以把异质材料无限聚合、排列下去,是将叙事线条分岔的叙述法,那么,在文本边缘显眼位置的副文本立起的是一个门槛或者叙述框架,而隐身到正文中的副文本就是铰链或者黏合剂。

在这一方面,卡尔维诺的小说,比如《寒冬夜行人》,叙述得有滋有味,艺术价值高,但是副文本存在机械拼贴情形。艾柯《玫瑰的名字》在文本边缘用副文本支起迷宫叙述框架;还给假想的书——亚里士多德《诗学》下卷写引文,在修士和佐治辩论时所用句子和威廉在迷宫阅读的段落中体现出来;书中引用了文化史上重要的书籍和思想片段,基本隐去了书名和出处,叙述话语在不断的评注中显得连贯统一。艾柯把副文本变成正文,把博尔赫斯写评注的提法兑现,对热奈特的副文本理论和迷宫谱系作品都实现了超越。而对于百科全书迷宫文本,艾柯从理论和实践两方面显示,无限的清单

---

① [阿根廷]豪·路·博尔赫斯:《虚构集》,王永年译,浙江文艺出版社2008年版,第3—4页。

② Italo Calvino, *Why Read the Classics?* Tran. Martin McLaughlin, New York: Vintage Books, 2000, p. 239.

叙述法显示其无限分形性,副文本叙述法彰显其无限的交叉性和回归阐释的本性。《玫瑰的名字》之所以重要,因为这是艾柯"在他二十年批评研究和政治活动的巨大实验室建构的小说,完全是他对历史和文化、认知和创造性、世界和文本特别看法的'总和',整部著作中随处可见"①。可以说,这本小说是艾柯理论成果的试验场,其中的理论意识异乎寻常。

一 从名字到图画

《玫瑰的名字》堪称副文本的博览会,有大标题、章节名、封面画、内容提要、手稿、插图、无标题的作者的话、提示、序言、后序等。由于在前面章节讨论过手稿、无标题的作者的话、提示、序言、后序此类副文本,在此仅接着研究其他四个主要副文本:书名、插图、封面画和流产的文本《诗学》下卷。书名、插图和封面画是在文本周边处于突出位置的内文本,一遍又一遍地渲染迷宫氛围;亚里士多德《诗学》下卷隐藏在小说里面,但这一副文本却是流产掉的文本,艾柯游戏式地将它演绎成了正文,再加以解构,最终回到原点。它们都是环形叙事的一部分。

书名在中世纪含有象征意义。《玫瑰的名字》的题目堪称小说中最优秀的题目之一,作品引起广泛阐释的部分原因在于开放的书名,开放的书名让小说成为一本开放作品。小说一经发表,全世界范围内评论纷至沓来,围绕书名《玫瑰的名字》的阐释几乎构成 20 世纪末期一场阐释大战。

名字本身是空无意义的,不是约定俗成的,称为此名的也可用彼名,可以阐释为以上帝之名书写的宗教隐迹文本、以亚里士多德失传或者根本没写过的书的名字书写的喜剧理论,诸如此类。"在某种程度上,小说的名字给我们线索。我们追寻的是一个名字,一个词;我们全部拥有的,如书结束前贝尔纳的拉丁引文暗示的,由空名和反复复制的行为构成,可能用一个字或者最后的名字将所有其他归类。"② 若从宗教文本生产的角度注

---

① Teresa de Lauretis, "Gaudy Rose: Eco and Narcissism", *Substance* 14. 2 (1985): 13 – 29, p. 15.
② Robert F. Yeager, "Fear of Writing, or Adso and the Poisoned Text", *Substance* 14. 2 (1985): 40 – 53, pp. 49 – 50.

解书名，阿德索手稿和各种译本只能"形成父亲象征之身的隐迹文本，铭刻西欧文化史上父亲的代码和父亲的名字"①。"玫瑰的名字就是父亲的名字"，"以父之名写的书籍总是约定，不论是新的还是旧的约定"②。对于火刑柱上的奴隶和其他身体来说，他们不追问谁之将死，他们要问的还是莎士比亚笔下的朱丽叶提出的同样的问题：名字中有什么？所以，玫瑰之名就是父亲之名，《玫瑰的名字》呈现给我们的是父亲之言的隐迹文本，即没有作者声音和权威的文本，由西方男性哲学家、神学家、历史学家、文学家等等的言论构成。这是艾柯站在巨人的肩膀上，特别是站在祖辈肩膀上，来重现中世纪思想的辉煌。

但是，艾柯自称书名是随意挑选的。他在《博尔赫斯与我影响的焦虑》一文中称，题目是他朋友从他给出的十个选择中挑选出来的。第一个题目《修道院里的谋杀案》，是英语犯罪小说中常见主题，副标题是"14世纪意大利故事"。他最喜爱的题目是 Blitiri，是已故经院哲学家所用的术语，表示全无意义的词。小说最后引言取自莫尔莱的伯纳德的韵文"stat rosa pristina nomine"，引述是因为它影射了唯名论，于是作者写下了《玫瑰的名字》这个题目。他本人觉得这是一个不错的标题，一是因为很普通，二是因为在神秘主义历史进程中和文学史上，玫瑰的意义异彩纷呈，又通常自相矛盾，矛盾产生张力。他不希望对它的解释是单方面的。有人说这个题目参照了莎士比亚的名句"玫瑰取了其他名字仍然是玫瑰"，还有博尔赫斯书中出现的玫瑰，艾柯觉得是牵强附会的。但他承认题目和德国宗教哲学诗人安格鲁斯·萨利修斯"玫瑰花开无理由"的思想有关系，其结尾是神秘文本的拼贴③。

这个名字让人浮想联翩，在于它被文学家和语言学家反复书写，本身带有数不清的前人注疏，本身就是迷宫。故事最后一句是点题之句，和书

① Teresa de Lauretis，"Gaudy Rose: Eco and Narcissism"，*Substance* 14. 2（1985）：13 – 29，p. 23.

② Ibid.，p. 24.

③ Umberto Eco，"Borges and My Anxiety of Influence"，*On Literature*，Trans. Martin McLaughlin，NY：Harcourt，Inc.，2004，p. 130.

名遥相呼应,从前至后提醒读者符号的在场。副文本原本是围绕在文本周围的"环文本",在制造环形线条方面得天独厚。不论故事如何绕来绕去,最后副文本把错综复杂进行交叉和联结。前面章节关于无署名的作者序、以"第一"到"第七"为章节名的礼拜仪式文本充分证明了这一点。

艾柯习惯于在作品中使用插图,这一现象是热奈特《副文本》中没有讨论过的。小说开篇前的修道院平面图、中间的图书馆迷宫图两幅图画是视觉文本,由线条勾勒,将修道院的环境和令人恐怖的迷宫图书馆清晰地展示出来。"小说能够用它自己的两只脚走路"①,指他的故事由两张图画组成的视觉符号引发。图符就是像似符。正文前的图纸形象地展开迷宫内部结构,让读者思路跟得上路径复杂的迷宫叙事方式。除此之外,2004年版 Vintage 经典书作中还有人物肖像图。艾柯注重写作的酝酿阶段知识的牵引作用,还像卡尔维诺一样将科学融入写作,达到精确。他收集文献,参访各种地方,画图,着了魔似地在城堡中做准备,以此来捕捉故事观点、意象和语词。电影导演马尔科·费雷里(Marco Ferreri)称《玫瑰的名字》就是一个电影脚本,对话长度恰到好处。在写作之前,艾柯画了几百个迷宫和修道院规划图,估算了两个人物从一处到另一处边走边谈话的时间②。艾柯创作有先画图的习惯,其实是在预先设计小说人物特征、活动场所和路线,然后再付诸文字,将图画文本转化为诗性文字。因而,诗和画的界限在艾柯笔下是相互依赖、相互逾越和互为补充的。他设计的迷宫图书室形状,不禁让人联想起法国兰斯大教堂消失了的迷宫图案;众多通道、走廊和字母标识,又不禁让人联想起博尔赫斯的迷宫。

1980年意大利文版《玫瑰的名字》封面画使用的是建于13世纪的法国兰斯大教堂路面上的迷宫图案。该图案的《启示录》铭文在18世纪被抹去,当时孩子们用迷宫作游戏,活动干扰了神圣功能③。法国兰斯大教

---

① Umberto Eco, "How I Write", *On Literature*, Trans. Martin McLaughlin, NY: Harcourt, Inc., 2004, pp. 308 – 311.

② Umberto Eco, *Confessions of a Young Novelist*, Cambridge, Mass. : Harvard UP, 2011, pp. 12 – 13.

③ Richard Macksey, "Fu allora che vidi il pendolo", *MLN* 107.5 (1992): v – vi, p. v.

堂正厅地面上的六边形迷宫图案，是为纪念这座哥特建筑的最早建筑师的。迷宫的四个角落有石匠形象，铭文上刻有他们的名字、服务时长、建造的部分；迷宫中心另有一形象，无法确定其身份①。但有研究者称站在中心的是为教堂奠基的主教奥布里·德·亨伯特（Aubri de Humbert）形象②。不幸的是，作品1788年被毁，现在只有从复制品上才能知道。从文化上考察迷宫概念的演进，我们会发现，希腊神话中迷宫复杂规划代表着希腊人丰富的想象力和复杂的地下洞室系统。克里特岛的米诺陶诺斯迷宫是一座没有门的监狱，但却无法逃出③。这个迷宫代表成年主题和仪式，穿越迷宫是从少年到成年、发现自我身份的旅程。忒修斯从迷宫出来，后来就成了城邦之王。换言之，迷宫是路线意象，代表成人礼中从生到死、从死到生的元素。因而，迷宫又是轮回的意象④。轮回就是循环，迷宫视觉图像传示给读者的是环形叙事的明码信号。

二　从空名到空名

《玫瑰的名字》的故事围绕假想出来的书，或者失传了的书——《梅勒克的阿德索手稿》和《诗学》下卷展开。热奈特在《副文本导论》一文中指出，确实存在过没有文本的副文本——有标题但却消失了或者流产的作品。比起随处唾手可得的书本来，只有题目的书足以让人"想入非非"⑤。有关《梅勒克的阿德索手稿》的叙述从形上层面给故事提供合法身份，说明虚构世界何以成立，为碎片化书写提供托词。而《诗学》下卷好比古希腊迷宫中的怪物米诺陶，隐藏在迷宫藏书室。众所周知，古希腊的亚里士多德《诗学》有佚失，现存二十六章，主要讨论悲剧和史诗；有人认为失

① Robert Branner, "The Labyrinth of Reims Cathedral", *The Journal of the Society of Architectural Historians* 21. 1 (1962): 18 – 25, p. 18.

② Walter E. Stephens, "Ec[h]o in Fabula", *Diacritics* 2 (1983): 51 – 64, p. 54.

③ Philippe Borgeaud, "The Open Entrance to the Closed Palace of the King: The Greek Labyrinth in Context", *History of Religions* 14. 1 (1974): 1 – 27, pp. 1 – 4.

④ Ibid. , pp. 5 – 24.

⑤ Gerald Genette, "Introduction to the Paratext", Trans. Marie Maclean, *New Literary History* 22. 2 (1991): 261 – 272, p. 263.

传的下卷可能是讨论喜剧的。这是传说中只有书名的书,是只知道名字的空白书页。艾柯一生很想写一本论喜剧的书,虽然他没有写成,但是这个副文本游戏寄托了他的理想。他借书中的经院辩论场景把他的喜剧观,或者说巴赫金的狂欢理论在正文中书写出来,把这个副文本摆到文本的中心位置。

故事中对这两本书的追寻显示,这是一场从空名到空名的环形游戏。

艾柯《玫瑰的名字》讲述发生在中世纪的历史故事,是集符号学、历史学、神学和玄学于一炉的学术性著作,将亚里士多德《诗学》下卷这一无生命的物件故意设置成杀人凶手,让它深藏在阴森可怖的圣本尼迪克特修道院大教堂顶楼的迷宫藏书室。《玫瑰的名字》的核心是,寻找一本书,或者这本书的主题应该是喜剧和悲剧的性质[①]。《玫瑰的名字》中无标题的作者序设置了同样的情形,比如在其他书中看到了消失了的手稿的记载,迷宫和镜子直接建立和博尔赫斯的关联。亚里士多德《诗学》下卷的内容也是用博尔赫斯式风格制造的,靠威廉阅读人这本大书而拼接出来的。艾柯游戏《诗学》下卷,是戏仿博尔赫斯式迷宫文本写法:从散落各处的残片中捕捉消失之书的影子,宣布这本书的在场。

艾柯小说中基督教义捍卫者佐治在禁书上涂抹了毒药。修士为一睹禁书的庐山真面,潜入图书馆偷读而殒命。阅读者都死了,除了佐治不可能有人知道书的内容。威廉和佐治在迷宫般的藏书室对峙,佐治引诱威廉翻阅涂抹了毒药的书页来置他于死地,但是威廉自己猜出了书的内容,并戴着手套浏览了亚里士多德喜剧理论主要内容。最后,丧心病狂的佐治趁其不备而夺走书、吃掉书页并纵火烧毁了书和图书馆,《诗学》下卷化为乌有。但是,读者通过组合、拼接威廉和佐治的辩论,其实大致已知道其主要内容,是关于欢笑和狂欢的。《玫瑰的名字》谜中之谜就是暗藏着的副文本或者流产的文本——亚里士多德《诗学》下卷。

---

① Robert F. Yeager, "Fear of Writing, or Adso and the Poisoned Text", *Substance* 14. 2 (1985): 40 – 53, p. 48.

艾柯把传说故事移植到虚构，最后还是迂回到传说，这条写作路径暗合《玫瑰的名字》标题所承载的有即无，无即有的辩证含义，也暗合了环形叙事的路径和符号意识。更具有美学意义的是，艾柯依靠叙述人阿德索的叙述回顾了在修道院僧侣之间、教派之间、威廉和佐治之间在基督是否贫穷、人是否该欢笑、激情和异端等问题上的辩论，来展示基督教原教旨主义和异教观点的激烈冲突。若把他们之间几轮辩论中的散论集合起来，就形成了《诗学》下卷的内容。这样，副文本成了正文本，虽然被大火焚毁，但是亚里士多德话语权还是反败为胜了。麦奇（Louis Mackey）在《书的名字》中认为，"这本书的名字，不恰当地取名为《玫瑰的名字》，实际上真的是亚里士多德《诗学》下卷"①。麦奇的评论虽然有几分道理，但是他忽略了作者对副文本的巧妙使用和符号指向。

在小说中，亚里士多德话语违背基督教义，是被压抑的话语，西方文化语境可以解释这一悖论。评论家德·罗瑞提斯从朱丽叶在阳台上的提问、伊甸园中的对话、图书馆、文本、玫瑰、火刑柱六个场景切入话语权问题，来揭开《玫瑰的名字》中究竟谁在说话之谜。莎士比亚的悲剧《罗密欧与朱丽叶》中朱丽叶在阳台上发问：名字中有什么？对这个问题，艾柯的回答是：一切皆有，一切皆无。在《圣经·旧约·创世记》伊甸园场景中，苹果在上帝那里是可食的好东西，而上帝却对亚当和夏娃说苹果是不可食的坏东西。苹果代表能知善恶的知识禁果，上帝用谎言让懵懂的原初人类远离知识之树，但是他们经不住恶魔撒旦的怂恿，偷食禁果而开启了智慧，结果受到惩罚。《玫瑰的名字》里面的谋杀场景是以伊甸园故事为原型的，只不过苹果树换成了亚里士多德《诗学》下卷、盲人佐治在扮演上帝、贝伦加等扮演引诱者蛇的角色、修士是偷食禁果者②。

正如负责命案调查的威廉向知情的院长揭开谜底时叙述的一样，"每件事最后都转向一本书的被窃与占有，这本书藏在'非洲之末'内"，"这

---

① Louis Mackey, "The Name of the Book", *Substance* 14.2 (1985): 30–39, p.36.

② Teresa de Lauretis, "Gaudy Rose: Eco and Narcissism", *Substance* 14.2 (1985): 13–29, p.15.

一连串的罪行，肇因都在阻止死者发现被认为不该让他们发现的事"①。文本中的《诗学》下卷讨论了喜剧，可能会使人们开始对真理进行重新认识，从而对数百年来基督教义的真实性产生怀疑。最后这本书的孤本被焚毁了，这种写法非常符合文本解构风格和书名的暗示义，"昨日玫瑰已消逝，此处空余玫瑰名"，剩下的只是抽象的符号——名字，或者目录、清单、副文本。

修士来自世界各地。他们有的是来抄写一稿难求的手稿，有的是来寻找失传的书籍，以求茅塞顿开。异教徒摩尔人将古希腊哲人亚里士多德的《诗学》下卷带到修道院，可是修道院的藏书楼却没有人能进得去。根据修士叙述，不让公众接近或者得到《诗学》下卷是恐惧欢笑的颠覆性，因为笑释放欲望和暴露缺陷。笑可以腐化社会，废除所有契约，赞美酗酒，废除对上帝和魔鬼的恐惧，用颠倒世界的异端邪说代替法律和秩序。关于欢笑的精彩辩论故意制造歧义，要么是僧侣误读亚里士多德，要么是艾柯误读巴赫金狂欢理论。论欢笑的文字影射狂欢诗学，僧侣方面对欢笑的看法，指向巴赫金论民间文化和狂欢文学的名著。手稿被禁止阅读、拥有或者流传，因为其正典化必将瓦解一切正典。亚里士多德写有悲剧理论，没有写喜剧理论，仿拟笔法尝试还原"失踪的文类"，因为"它是一种结构因素，其缺席将让结构本身分崩离析"②。

艾柯创作《玫瑰的名字》意图之一，可能是要艺术地虚构出《诗学》下卷喜剧文类理论内涵。这种推理不乏历史根据，追溯亚里士多德《诗学》可发现，第五章提过喜剧，第六章承诺后面将讨论喜剧和史诗。主人公威廉利用亚里士多德《诗学》和《修辞学》重构亚里士多德喜剧理论的精髓。"文本的论点在排演和确认亚里士多德的论点"③，修士讨论的话题"我们的救世主笑吗?"虽然荒谬之极，但与亚里士多德喜剧理论不无关

---

① Umberto Eco, *The Name of the Rose*, Trans. William Weaver, London: Vintage, 2004, p. 446.

② Joǎo Ferreira Duarte, "'A Dangerous Stroke of Art': Parody as Transgression", *European Journal of English Studies* 3.1 (1999): 64 – 77, pp. 65 – 66.

③ Louis Mackey, "The Name of the Book", *Substance* 14.2 (1985): 30 – 39, pp. 33 – 35.

联。刘小枫一语道破艾柯欲写喜剧理论的天机, "艾柯小说的叙事可以避免古典考据学上的辩难, 但终究无法绕开与亚里斯多德比斗智慧的挑战"①。威廉与佐治围绕欢笑的斗争, 其实从侧面体现了后现代派和古典派高低雅俗问题之争。

文本中有关欢笑的争论和最后在迷宫阅读亚里士多德喜剧理论场景, 体现以佐治为代表的基督教原教旨主义憎恨欢笑, 威廉为代表的人文主义拥抱欢笑。"第一天", 修士们在抄写室笑着称赞阿德尔摩页缘图案美轮美奂时, 背后传来了盲眼老修士佐治用拉丁语发出沉重的喝斥声, "Verba vana aut risui apta non loqui"②, 意为"神圣之处不容哗笑"。他谴责修士赞扬作品而不去"沉思上帝的法律", "可耻啊! 你们贪欲的眼睛和你们的笑!"③ 在"第一天"晚祷之后用餐时, 佐治和威廉就基督是否放声大笑进行辩论, 佐治用约翰·克里斯托姆和特鲁斯·康托尔的话维护基督从来不笑的观点; 威廉用神学家和安布罗斯的话推理基督的人性并不制止笑, 圣劳伦斯懂得笑和幽默。"第二天"上午礼拜之后威廉和佐治第三次讨论笑适当与否。在"第七天", 两人像《死亡和指南针》结尾一样在迷宫狭路相逢, 佐治诱惑威廉阅读涂毒的书页, 威廉戴着手套阅读了《诗学》文本, 它本身就是一个迷宫文本。

其实, 威廉在阅读之前凭借推理已经猜出了该书大致是关于欢笑的。在迷宫中, 威廉翻着那本书, 目录上说是阿拉伯文手稿, 关于愚人的故事; 下卷是叙利亚文手稿, 目录上说是埃及炼金手册译本; 一卷《淫荡的西伯利安》译本; 翻到希腊文部分, 念出希腊文, 再译成拉丁语。"在第一卷中我们探讨悲剧, 明白悲剧如何通过激起怜悯和恐惧而产生净化, 对那些情感的净化。正如我们所承诺的, 现在将探讨喜剧 (以及讽刺作品和哑剧表演), 理解喜剧在激起快乐和滑稽时, 也能实现那种激情的净化。……"④

---

①　刘小枫:《古典与后现代的诗术——从亚里斯多德〈诗学〉中喜剧部分的遗失说起》,《中国艺术报》2013 年 4 月 17 日第 006 版。

②　Umberto Eco, *The Name of the Rose*, Trans. William Weaver, London:Vintage, 2004, p. 78.

③　Ibid. , p. 80.

④　Ibid. , p. 468.

这本书的构成也是曲里拐弯的，是不同语言、不同的文类和不同的话题的拼贴。威廉告诉佐治，他阅读其他书籍，据此重构出该书内容，并在心中成形:

> 喜剧起源于乡村，作为在就餐或盛筵之后的欢乐庆祝。喜剧并不讲述名人和有权势的人，而是讲述卑微而可笑，但不邪恶之人;它并不因为主人公的死亡而结束。它通过展示普通人的缺陷和弊病而达到滑稽的效果。亚里士多德在此视欢笑的倾向为向善的力量，同时也有教育价值:通过妙趣横生的谜语和出人意料的暗喻，尽管用不同于本来的方式告知我们事情，仿佛在撒谎一样，但是事实上迫使我们更加仔细地审视它们，让我们说道:啊，事情原来都是这样的，我过去并不知道。把人们和世界描绘得比他们本身糟糕、或者比我们认为的糟糕，在任何情况下比史诗、悲剧和圣徒传向我们显示的还要糟糕，这样便抵达真实。是这样吗?①

但是，佐治惧怕欢笑的颠覆力量，所以他害怕谈论欢笑议题，甚至妄想禁锢《诗学》下卷而消灭欢笑。他视欢笑为"我们肉体的弱点、堕落和蠢行。它是农夫的娱乐、醉鬼的放肆";欢笑"使隶农免除对魔鬼的恐惧"，然后颠倒秩序，觉得自己是主人;《诗学》下卷的言论让人们不再惧怕上帝，而对抗严肃的精神牧羊人②。

在威廉的阅读和翻译手稿过程中，在他和佐治最后关于欢笑的激烈辩论中，《诗学》下卷内容被拼接组合出来，在游戏中副文本变成了正文本。艾柯将有名无实的副文本进行了填充和书写，编造出喜剧理论的内容，在游戏之余却偶然地制造了迷宫文本中的迷宫文本。它隐藏在文本当中，像大梁一样支撑着整个文本，是小说中的重头戏。没有这一副文本，迷宫文

---

① Umberto Eco, *The Name of the Rose*, Trans. William Weaver, London: Vintage, 2004, p. 472.
② Ibid., pp. 474 – 476.

本的大屋会倒塌。

这个副文本赞美人类欢笑，鞭挞反基督徒扼杀欢笑的古怪行径，我们从中不仅聆听到了所谓亚里士多德声音，还有巴特所谓的文本的欢愉的回响①，还更多地听见了巴赫金伟大的狂欢理论之声。最重要的，读者看到了艾柯在喜剧理论上显示出的丰富想象力，生动再现了经院哲学辩论场景。

这就是艾柯，他创造的每一个名字、人物或者情节，他绘制的每一幅画，背后都拖着一个又一个的影子，形成庞大的互文网。"因为《玫瑰的名字》最终是关于自由、包容和尊重差异，所以威廉所寻觅、佐治所隐藏的失踪的书是亚里士多德的喜剧著作。"② 从艾柯游戏副文本的方式，我们看到了他的智慧和狡黠，他玩了一个从空名到空名的游戏。流产的文本只有一个名字，又和《玫瑰的名字》这一标题不谋而合。

热奈特和艾柯的副文本理论强调阐释的门槛的重要性，因此读者的认知多少决定两种截然不同的阅读。在边缘文本前停留，不难发现它们是作为形式的构件而存在的。《玫瑰的名字》的副文本游戏味浓，轻松地玩着环形叙事的游戏。从书的名字到图画，可见叙事从书名运行到结尾句正好完成了循环；封面画的迷宫图案和书中插图形象化展示迷宫图书馆，轮回的图像传示的是环形叙事的意图。亚里士多德《诗学》下卷是迷宫中的秘密，在原教旨主义者眼中是异端邪说。叙述虽然故意模糊正、副文本的边界，但似乎它又不可能成为正文，顽固的基督徒让它葬身火海。游戏在无—有—无的循环程式中落幕，这个副文本成为环形叙事的核心和正文中的主梁。

迷宫文本的副文本建构叙事层次，将文本格式化，而且本身就是层次；它们是路标，用文字和其他符号标示。没有这些路标，读者会在迷宫

---

① Elizabeth Dipple, *The Unresolvable Plot*: *Reading Contemporary Fiction*, NY and London: Routledge, 1988, p. 118.

② Peter Bondanella, *Umberto Eco and the Open Text*: *Semiotics*, *Fiction*, *Popular Culture*, NY: Cambridge UP, 2005, p. 124.

式叙事中迷失方向。它们是铰链，没有它们的支撑，文本就会支离破碎，不成系统。

第三节　评注性副文本：引文库的融通形式

艾柯《玫瑰的名字》中运用海量副本文，不仅是对副文本叙事法的具体演示，而且是对副文本理论的系统阐发，凸显副文本在百科全书迷宫叙事中不可或缺的作用。这部小说周边副文本说明和提示迷宫文本结构特征，正文中消失的文本副文本《诗学》下卷充当支撑故事空间的主梁。此外，正文中还充满了无限无尽的评注性副文本，正文本和副文本相互交织，浑然一体。每一个评注性副文本代表的是一个书目名字，一个书籍碎片；在叙事话语轴上把它们组合在一起，就是碎片化拼贴；评注话语与引文是连贯的，评注拼贴在一起话语是不断裂。这表明艾柯放弃了后现代文坛盛行的明显而生硬的碎片化、拼贴化写作形式，而取道隐形、灵活的无缝话语组合，在更高的层面上对组合给出了一个样板；还表明艾柯反对正文本和副文本、中心和边缘是静止不变的，而赞成用辩证的眼光把它们当成是可以变化和转化的。如果说无限的清单叙述法论证了其具有让迷宫文本路径开叉的无限可能，那么本小说的副文本叙事法则具体展示了迷宫文本路径轮回和交叉的样态。

《玫瑰的名字》不计其数的副文本，尤其是评注性副文本，是艾柯对百科全书作品引经据典的诠释。旁征博引本来是论文写作的策略，但是在论文式小说——百科全书迷宫文本的引文是有所不同的，直接引用前人的话语碎片不多，大多数时候用的改写，借知识渊博的叙述人之口说出来，内化在故事当中，露出一点线索，让读者去追踪。在这样类型的文本中，作者已死，博学的艾柯只能借虚构博学叙述人发声。《玫瑰的名字》故事发生在知识灿烂的中世纪，中世纪文化以旁征博引、为前人思想做注脚为特征，以经院哲学为甚。这一时代背景的设置，为副文本叙述法堂而皇之入驻文本敞开了大门。无署名的作者、阿德索、威廉等多元叙述人、瞎子佐治和神职人员都是博学者，百科全书派艾柯的思想和智慧通过他们移植到叙事当中。无署名的作者序透露对阿德索手稿进行过追踪，追踪的手法又和博尔赫斯的故事似曾相识，以此为底本写作的人无疑是知道博尔赫斯的，其叙事框架的陈述其实是对博尔赫斯从伪百科全书中发现图隆的注解；阿德索手稿、《诗学》下卷和图书馆从有到无，从无到有的环形叙事路径，是对博尔赫斯《交叉小径的花园》的无限之书的注解；一连串的谋杀场景是对《启示录》七声号角的注解；威廉的破案方法是对皮尔斯试推法的注解。这样的例子不胜枚举，汇聚在一起，证明百科全书迷宫文本性质上还是注解式的、阐释性的。阿奎那阐释性百科全书经书以降，乔伊斯把百科全书的书写推向文学叙事领域，博尔赫斯、卡尔维诺和艾柯迷宫谱系作家不断改进，最后艾柯还是让百科全书迷宫叙事文本回归其本来性质——阐释性。正所谓万变不离其宗。

博尔赫斯提倡为以前的或者想象出来的书目写缩写、写评论、写注释，借此写出简短但又可以增长和膨胀的迷宫故事。这样一来，以前的或者想象出来的书籍碎片和缩写的、评论的、注释的话语是互文的，无数互文交缠在一起，通向迷宫。《玫瑰的名字》所采用的副文本叙述法将这一改写法在长篇小说中进行兑现，而且将互文性进行了重新演绎。一般说来，互文发生在一部作品里面的元素和其他作品里的元素之间，艾柯还将互文大量呈现在同一作品内，将互文性发展到超文本性。小说叙事框架是对博尔赫斯故事的翻版，前面进行了论述，在此不再赘述。下面着重阐明评注性副文本制造迷宫文本环形路径时得天独厚的一面。

无限的清单叙事法可以把异质的材料排列和组合起来，不断地将故事线条分形和开岔；副文本叙事法则可以让故事线条绕来绕去，在某些点和开叉的故事线条交叉起来。博尔赫斯的《交叉小径的花园》借阿尔伯特之口对迷宫路径的交叉情形做了如此描述："……什么情况下一部书才能称为无限。……那就是循环不已、周而复始。书的最后一页要和第一页雷同，才有可能没完没了地连续下去。"① 寥寥数语透露迷宫交叉路径的天机：无限循环，首尾对接。无限循环观和完美的圆球形状不谋而合。卡尔维诺在《寒冬夜行人》中以书籍错版为借口，让一本书与另一书首尾相连，是用非常明显的方式进行书页交错游戏。这一迷宫叙事游戏是对博尔赫斯《交叉小径的花园》和《巴别图书馆》的无限之书的注疏。相比之下，《玫瑰的名字》的游戏技巧更隐蔽，更精湛，副文本游戏对数不清的思想碎片进行了改写。

《玫瑰的名字》是被反复解码的创造性作品，但是在阅读行旅中，若非遵循"得鱼忘筌、得兔忘蹄、登楼舍梯、济河焚舟"②的抽象阐释方法；若非背离侦探故事的阅读框架，就可能迷失在艾柯精心设计的故事迷宫里，找不到出来的路。

《玫瑰的名字》中最明显的一个环形视像或者像似符是圣本尼迪克特修道院的迷宫图书馆，中间是七边形房间，周围有五个四边形或者梯形房间，通道标有密码似的字母、地名和铭文，让人摸不清方位。而小说叙事又形成了一个无形的迷宫，由无数首尾相同的叙事线路交织而成。这种环形叙事线路，起点和终点相隔甚远，读者需要在紧跟叙事进程的同时不断回头，通过探查和联想找到故事线条前后的关联。首尾相同意味着开头和结尾形成一个循环，不断形成循环是环形叙事的特征。更重要的是，每一个环形都有不同的所指，代表着不同的叙述层次。

《玫瑰的名字》选择环形叙事形式是一大创造，不仅是对博尔赫斯迷宫思想的注疏，而且跟中世纪著述要捍卫和重述宗经的历史背景密不可分。艾柯深受阿奎那严谨的逻辑思维影响，坚持用联系的观点解决混乱和无序的矛盾，在此基础上进行创新。阿奎那的伟大表现在两个方面：将大无畏的推理力量和毫无个人偏见结合起来，从错综复杂的宇宙中发

---

① ［阿根廷］豪·路·博尔赫斯：《博尔赫斯小说集》，王永年、陈泉译，浙江文艺出版社2005年版，第76页。

② 刘佳林：《火焰中的玫瑰——解读〈玫瑰之名〉》，《当代外国文学》2001年第2期。

现和谐与秩序①。故事中的神探威廉是作者的化身,他总能从复杂乱象中找到联系。柏拉图或者佐治代表唯名论和逻各斯,亚里士多德或者威廉代表现实主义和新人文主义,他们之间的冲突象征话语权之争,以及圣言和异端的对抗。在中世纪,这两大希腊思想流派在拉丁语基督文明中的接受是不一样的。佐治和威廉在"基督是否贫穷"、"基督是否笑"或者"人该不该笑"等问题上的经院辩论,回响着奥卡姆的威廉之声,本质是在争辩两个问题:求知是重述还是追寻?历史是循环的还是进步的?

宗教著作就是不断注疏和重述的羊皮纸卷,重述是基督文化史的核心。小说序言首句引用《约翰福音》开头:"太初有道,道与神同在,道就是神。"② 以基督教话语讨论语词的起源,称世界之初便有语词,上帝是语词的掌握者,拥有话语权;语词就是上帝,完全符合阿德索神职人员身份和西方逻各斯中心论。

上帝创造世界,世界就是他书写的一本大书。阿德索和威廉对书提出三种假设:宇宙可比作一本书;书有神圣之书和自然之书之分;人也可"读成"文本③。圣本尼迪克特修道院拥有基督教世界最大的图书馆,馆藏基督教著作、各种古籍,乃至异端书籍。那个时代的宗教典籍在这座修道院集散,经营图书为阿博院长和本院带来丰厚收益。院长告诉威廉,图书馆是上帝诺言的守护神,其建筑设计像迷宫,除了图书管理员,没有人摸得清线路;僧侣知道藏书目录,但图书借与不借,管理员说了算。图书馆不是人们应该去或者可以去的地方,它是精神的迷宫和现世的迷宫,即使进去了也出不来。对于这一点,艾柯在《天下图书馆一般黑》随笔中插科打诨,拟定18条规则刁难读者,尤其是第8条,图书管理员应视读者为无赖和小偷;附注还称图书管理员必须是残疾人,要拖延借

---

① David Knowles, *The Evolution of Medieval Thought*, NY: Vintage Books, 1962, p. 256.

② Umberto Eco, *The Name of the Rose*, Trans. William Weaver, London: Vintage, 2004, p. 11. 小说引文参照谢瑶玲译《玫瑰的名字》,作家出版社2001年版。有的地方做过修改。下同。

③ Robert F. Yeager, "Fear of Writing, or Adso and the Poisoned Text", *Substance* 14.2 (1985): 40–53, p. 46.

书的时间①。

写字间的修士们的工作只是抄写、翻译、注释、装饰、整理基督教著作，禁止闯入图书馆觊觎禁书。在佐治看来，"在知识的历史上，没有进步，没有时代革命，充其量不过是连续而崇高的扼要重述"②。言外之意，宗经知识的继承要不断引用和阐释经书要义，传达上帝代表的逻各斯——智慧、理性和本质。而所谓亚里士多德的《诗学》下卷因解构逻各斯中心论而被尘封在图书馆内，不让阅读和注疏。

在迷宫对决场景，佐治回答了威廉他为什么憎恨亚里士多德，憎恨欢笑，这是逻各斯和反逻各斯的亚里士多德人文主义之间的对抗：

"但是现在告诉我，"威廉说，"为什么？为什么你想严密保护这本书，而不是其他的书？尽管你不以犯罪为代价而隐藏巫术著作，那些亵渎上帝之名的书页，反而为了这些书页你毁灭你的兄弟和你自己，为什么？许多其他的书谈到喜剧，还有其他书赞扬欢笑。为什么这一本书让你如此恐惧呢？"

"因为它是哲学家所写。基督教许多世纪积存的知识，这个人所著的每一本书都毁损了一部分。神父们用所知道的一切说明圣言的力量，但是当时波伊修斯只需注疏哲学家的话，神圣而神秘之言转换成人类对范畴和诡辩的拙劣诗文。《创世记》对宇宙的构成知无不言，但是足以在哲学家的《物理学》中发现宇宙被重构，是由晦暗而黏滑的物质组成的；阿拉伯人阿维罗斯几乎让每个人相信世界的永恒。我们知道一切神圣之名，而被阿博院长埋葬的那个多米尼加修士受到哲学家的诱惑，却按照自然理性的傲慢途径将它们重新命名。所以，在雅典最高法官狄俄尼索斯看来，知道如何抬头看见示范第一因，看见夜光如注的人，宇宙对他们自动显圣。尘世中代表抽象动因的证据，就封存在宇宙

---

① ［意］安伯托·艾柯：《带着鲑鱼去旅行》，殳俏、马淑艳译，广西师范大学出版社 2004 年版，第 229—232 页。

② Umberto Eco, *The Name of the Rose*, Trans. William Weaver, London：Vintage, 2004, p.399.

之间。以前，我们习惯仰望天，偶尔皱眉瞥视泥沼；现在我们却俯视地，并且由于地的证言而相信天。哲学家的每一个字都颠覆了世界的形象，现在就连圣徒和先知都诅咒他。但是他并没有推翻上帝的形象。假如这本书将会成为公开注疏的对象，我们就将越过最后的界限了。"①

"哲学家"指亚里士多德，原文中用的是大写。上帝、语词这样的词在小说中用大写，而将亚里士多德大写成"哲学家"，而不提名字，暗示他犯下基督教"七大死罪"之首宗罪——傲慢，在扮演上帝。亚里士多德的注疏者波伊修斯、阿维罗斯和狄俄尼索斯，乃至小说中的被谋杀的修士，一起被佐治诅咒，因为他们和基督教圣言不可更改的传统背道而驰。

由此看来，亚里士多德思想推翻了基督教一统天下的西方思想固定格局，佐治视其思想冒犯上帝，抢夺上帝话语权。《诗学》下卷最后被大火烧毁，世界仍然是神说了算。就像希腊神话中西西弗斯一样，他欺骗诸神，他被罚永远在地府向山顶推石头。石头推上去，会滚下来；再推上去，又滚下来。纵使他不断地推，石头也永远推不上去。中世纪肆虐欧洲的那场大瘟疫夺去了威廉的生命，也与他的思想和神学背道而驰有关，也难怪其助手阿德索祈祷上帝"原谅他知识的虚荣心使他做出的许多骄傲行为"②。故事绕来绕去，最后还是绕回到第一句"太初有道，道与神同在，道就是神"的调子上。佐治仇视威廉，就如基督教视亚里士多德为洪水猛兽一样；二人最后的对话是对亚里士多德思想的不同注疏，他们的故事围绕着基督教和亚里士多德的冲突底本而写。如果叙述只停留在扼要复述前人言辞和思想，就无异于鹦鹉学舌。本部小说对各种原型的处理充满新意，利用旧知识，并加以解构。比如《诗学》下卷变成杀人凶手，被大火烧毁；佐治披着神父的外衣，满嘴都是捍卫基督的言论，其实是假基督徒。他为了不让修士们接触亚里士多德思想，甚至不惜在《诗学》下卷涂

---

① Umberto Eco, *The Name of the Rose*, Trans. William Weaver, London: Vintage, 2004, p. 473.

② Ibid. , p. 499.

毒，谋杀偷读者。这样，故事在评注性叙述中完成了底本和述本的双线条大循环，它们似而不同。这一个环形路径代表中世纪正统和异端对抗的显在历史语境，还隐含着佐治和威廉角色的反转，威廉之死的深刻寓意之类影影绰绰的信息。

《玫瑰的名字》环形叙事层次是多元而复杂的，书中的线索和暗示需要读者去发现并进行联想。书的最后一句指向书的名字；书的结尾和开头一样，叙述者阿德索都在写手稿；"第一天"到"第七天"七章讲述连环谋杀案，情景与《启示录》预言如出一辙；破译迷宫机关的暗码指向词的首尾；修道院大火和千年末日的描述相似。

小说的最后一句"我留下这份手稿，但我不知道留给谁；我再也不知道它讲述了什么：stat rosa pristina nomine，nomina nuda tenemus（昨日玫瑰已消逝，此处空余玫瑰名）"①。这一句点题，前后呼应，形成一个环状。艾柯开始取的书名不是《玫瑰的名字》，可能忽略了这一个环节。小说的名字明确提出符号性，言与名，或者能指与所指的关系在特定文化中是约定俗成的、随意性的，故而当初玫瑰也可称为其他名字。原来的名字《修道院里的谋杀案》很普通，给人的印象就像在看西方第一本侦探小说《一封被窃的信》和妇孺皆知的《福尔摩斯探案集》，在读纯侦探小说。但以《玫瑰的名字》为题，就用符号指明了文本的开放性，除了侦探小说的提法，还可当成历史小说、哥特小说、宗教小说、寓言小说、玄学小说、哲理小说、符号小说等，但它究竟属于哪种文类还没有定论。书名带有不确定性和阐释难度，与文本复杂内容和难解程度相当，所以它能引发 20 世纪那场书名阐释大战。这一个环形说明书的无限开放性。小说序言第二段交代暮年的阿德索在写作：

> 我这罪人已走到生命尽头，白发苍苍的我和世界一道步入老迈，
> 等待着沐浴天使报信的光芒，发落到深不见底、神默然弃我而去的地

---

① Umberto Eco, *The Name of the Rose*, Trans. William Weaver, London：Vintage，2004，p.502.

狱。现在我拖着沉重而疼痛的身体,只能待在心爱的梅勒克修道院的这个小房间里。我准备在这张羊皮纸上留下我的叙述,叙述我年轻时碰巧看到的美好而可怖的事件。我逐字逐句重述所见所闻,不敢故作造次,仿佛要留给后来者(如果假基督没有先出现)符号之符号,所以祈祷它们可以得到解码。①

这是阿德索经年累月研读他在图书馆废墟中拾得的残片,在写作完稿之时的情景和所想。后记中,阿德索写完了手稿,这是关于手稿的一个文内循环叙述,说明手稿是根据大火后拾得的书籍残片而写的。无署名作者序交代偶得手稿,手稿遗失,寻找手稿,在其他书籍中看到手稿碎片痕迹。这个副文本在阿德索开始写手稿和手稿写完心中所想之环形线条之外又添一个环线,说明阿德索手稿消失,在其他书籍中可见其只言片语。正文前面"本来,是手稿",在外围再成一个大环形。阅读时,从前往后看也罢,看完了再回溯也罢,这部小说是对消失了的梅勒克的阿德索手稿的整理和概述,碎片之碎片的拼贴。通过审视副文本可知,小说内部至少三条环线在手稿这一节点上交叉;再把手稿和博尔赫斯、曼佐尼等人作品联系起来,互文网就撑开了。这些环形叙事线条是关于故事的组织格式的。

除了阿德索手稿环形布局之外,故事七章七个案件和《启示录》也是以此形式推进的。"太初有道"引自《约翰福音》,还暗示《启示录》主题,参照创世到世界末日的故事框架。在"第二天"章节,老阿利纳多跟威廉讲了千禧年到来假基督降临和七声号角的预言,他描述了前三个号角吹响时的情景:"第一位天使吹号,带血的冰雹和火焰从天而降。第二位天使吹号,海的三分之一变成鲜血。……第三位天使吹号,海中三分之一的活物就会死去。……"② 图书装帧员阿德尔摩陈尸崖底雪地,译员维南

---

① Umberto Eco, *The Name of the Rose*, Trans. William Weaver, London: Vintage, 2004, p. 11.
② Ibid. , p. 159.

蒂乌斯尸体倒插在厨房的猪血缸里，助理图书管理员贝伦加裸尸泡在医务所旁边的浴缸里。

另外四声号角的描述分散在其他章节。"第五天"章节说，第四位天使吹号，"太阳的三分之一被击打，月亮的三分之一和星辰的三分之一……"①药剂师塞维里努斯被人用青铜浑天仪击打而死。

第五位天使吹号，"我看见一颗星从天落到地上，无底地狱的钥匙交给了他……"还有"大火炉的烟从坑里往上蹿，然后蝗虫从烟中飞出来，用蝎子一样的毒刺折磨人类。蝗虫形如马，头戴金冠，长着狮子牙"②。图书管理员马拉其中毒倒地身亡。"第六天"章节说，第六位天使吹号，"宣布狮头马的降临，它口喷烟、火和硫磺，骑手佩戴胸甲，颜色如火、如紫玛瑙和硫磺"③。阿博院长被骗到藏书馆的甬道窒息而死。"第七天"章节说，第七位天使吹号，"将七雷所说的封住，不要写出来，拿着吞下肚，它便叫你肚子发苦，然而在你口中却甜如蜜"④。图书馆馆长佐治吃掉涂了毒的书页并纵火自杀。

第一天发生的命案和第一声号角形成一个环，依此内推，七宗命案分别形成七个环。合起来看，七天的章节和七声号角构成一个大环，而且大环套小环。这里的所有的环形都是关于情节的。

威廉破译维南蒂乌斯的笔记"primum et seqtimum de quatuor"，同样围绕一个文字的环形概念展开。开始，他误认为迷宫图书馆墙上含有这一组数字的铭文是"四的第一和第七"；后来，在进入迷宫见佐治之前，在马厩看到四匹马，偶然想到"Tertius equi"，不见得是第三匹马，也可理解为马中的第三。因此，"primum et seqtimum de quatuor"是四这个数字的第一、第七个字母。在迷宫中，镜子上的铭文"super thronos viginti quatuor"字面意是"在第二十四个宝座之上"，其实是开启暗门的密码。按下

---

① Umberto Eco, *The Name of the Rose*, Trans. William Weaver, London: Vintage, 2004, p. 364.

② Ibid., pp. 364 – 365.

③ Ibid., p. 418.

④ Ibid., pp. 480 – 481.

"quatuor"首尾两字母"q"和"r"，通向迷宫秘密之门便打开了。在这个环，陷阱、推理和排序交织在一起。

《玫瑰的名字》虽利用了其他著作的元素，非但没有照搬照抄，而是新意别出，观点在不断抵消当中得以确立。在迷宫中威廉和佐治都各自意识到了七声号角的预言有纰漏，都依靠着错误的逻辑框架，偶然性地实施了犯罪计划和破案。但全书确实描绘出了1327年千年至福论中描绘的世界末日的情景，又符合七声号角的预言。

威廉开始以福尔摩斯形象出场，但最后沦落为地地道道的反英雄。原因在于，他在进入迷宫之前不仅没有侦察到凶手，反而让宗教裁判官把无辜的雷米吉奥和农女作为魔鬼处死；在迷宫中追击佐治，抢夺亚里士多德书时，意外引发大火，殃及图书馆和修道院。无署名作者序讲，"整个世界本末倒置，盲人导引着其他同样盲目的人，跌进万丈深渊"[①]。威廉不戴眼镜几乎看不见文字，而佐治是盲人，在眼盲和思维的盲目性上是可比的。小说中这样的环形叙事情形多不胜数，艾柯把这种游戏玩得酣畅淋漓，而读者在追逐情节时容易盲视。

小说把数不清的书目清单或书籍碎片重组，产生数不清的互文性文本，在环形路径相连。阅读需要同时启动无数文本来作参照，来填充单个文本无法弥合的意义缝隙。名叫布鲁勒那斯的马儿的故事取自伏尔泰的《萨迪格》。博尔赫斯《巴别图书馆》和艾柯笔下的圣本尼迪克特修道院的图书馆外观设计不同，但主人公都在寻找图书馆书架上发现的书——分别是图书馆总书目和亚里士多德《诗学》下卷。而情节结构和博尔赫斯《死亡和指南针》一致，最后凶手都在迷宫等待侦探到来加以杀害，但不同的是侦探的结局，威廉活着出来了，而伊瑞克却被枪杀。

除了《启示录》，小说中威廉和佐治的对话还把亚里士多德的《诗学》下卷关于喜剧和笑的主要内容陈述出来，加上前面修士们谈论笑的内容，虚构出了现实中已经散佚的亚里士多德喜剧理论。佐治是基督教知识愚顽

---

① Umberto Eco, *The Name of the Rose*, Trans. William Weaver, London: Vintage, 2004, p. 15.

的捍卫者，声称亚里士多德所有著述都毁灭了积淀下来的神圣言论，不该赋予平民欢笑的权利，失去对上帝威严的敬畏。从小说可以发现，在黑暗的 14 世纪的意大利，政教之间、教派之间矛盾激化。佐治把亚里士多德的书当禁书，仇视欢笑，这种古怪行径暗示欧洲僧侣阶层和人民大众的对立。

威廉修士的哲学思维和德国思想家维特根斯坦存在渊源关系。维特根斯坦在《哲学逻辑论》中对语言可以描绘现实结构的功能是加以肯定的，他扔掉梯子的暗喻指的是哲学逻辑的工具性，而非语言本身的性质；而艾柯的看法是"体现在语言中的概念基本上是工具，它一旦被使用，就应该放弃"①。在《玫瑰的名字》"第七天"章节末尾威廉向阿德索说明方法论和语言的本质是工具，"我们的心灵所想象的秩序，就像是一张网，或者是一个梯子，为了获得某物而建。但以后你必须把梯子丢开，因为你发现，就算它是有用的，它仍是毫无意义的"，而"唯一有用的真理，就是将会被扔开的工具"②。由此可见，小说从根本上颠覆并改写了语言的功能，语言完成在文学中虚构世界的使命之后，便隐退、消失，语言之实和语言之名便分离，小说成为一种形式：符号的符号，结构的结构，一如玫瑰之名。在这一层面上，阿德索手稿又消解掉了，符合后现代手法。

这就是《玫瑰的名字》——记忆中的玫瑰花、"昨日之雪"③、火中升起的凤凰涅槃和不断延伸的环形迷宫和百科全书残片！正如莫里斯·布朗肖所言："语词具有使事物消失的能力，使事物作为已消失的东西消失，这种表象只是消失的表象，词语由于具有使事物在自身不在场中'站起'的能力……还能使自己也消失在不在场中，并在整体的内部绝妙地使自己不在场，而这个整体，正是……在永不休止地自毁中永远要完成的整体。"④艾柯把其他书的内容和形式编织到小说中，让小说成为书和书进行对话

---

① John Churchill, "Wittgenstein's Ladder", *AN&Q* 23. 1/2 （1984）: 21 – 22, p. 21.

② Umberto Eco, *The Name of the Rose*, Trans. William Weaver, London: Vintage, 2004, p. 492.

③ Ibid., p. 501.

④ ［法］莫里斯·布朗肖:《文学空间》，顾嘉琛译，商务印书馆 2005 年版，第 25—26 页。

的场所, 在书写游戏中祭奠中世纪知识阶层在知识层面上的狂热、对峙和牺牲。

阅读虽然会让人追逐丰富的情节和观点, 但是读到最后发现又回到了开头, 或者又另外起了一个头, 让我们去追问"玫瑰"何为。艾柯的迷宫是延伸的, 越往里走, 发现路越远。这是一本无限无尽的书, 但当我们合上书时, 我们的记忆中还是记住了它由书籍组成的形式结构, 但它的观点又脱离了那些书本内容的窠臼, 而成为一座中世纪历史文化的巴别塔, 读者永远无法穷尽其形式和意义的旷世奇书。大美无言, 一切在书籍残片游戏中归于沉寂, 而又在阅读中获得永生。

虽然说, 混乱和无序就是熵, 但是对它们加以巧妙的组合和安排又可以创造美。在自然界中, 漫山遍野的花草, 漫天飞舞的柳絮和雪花, 给人以美感; 在文学上, 杂多的知识和信息在合适的形式下排列和组合, 同样可以制造和谐与秩序。艾柯用整体的方式看待所有文化, 不论是高雅的还是俗媚的, 不论是哲学的、符号学的、阐释学的还是侦探的, 他都兼容并包, 用网状或者根茎迷宫形式将它们一网打尽, 纳入叙事行为中, 有条不紊, 这是小说家无穷智力和想象力的胜利。他选择的叙事形式与虚构的时代不可分, 中世纪知识以环形路径传承, 叙事也在环形轨迹上运作。艾柯作品用许多种手段合力促成环形叙事, 就连文本的边缘也发出了要求"理想读者"看清这一特征的信号。

艾柯在中世纪文化研究中, 发现百科全书式作品以阐释、清单、引文、组合为特征, 在后现代语境中对这些形式碎片从符号的角度进行重新思考和改造, 从理论上各个击破, 对迷宫文本理论进行碎片化书写。从结构主义到后结构主义思想演变过程中, 艾柯在读者理论、阐释理论、符号学、叙事理论等诸方面大刀阔斧, 勇于创新, 但是并未放弃叙事双轴概念——话语横组合轴和故事纵聚合轴, 即组合轴和阐释轴。他首先解决了迷宫文本的意义在阐释轴上的运作问题, 确定作者的阐释体现其迷宫性; 随着理论的不断深入, 他转向迷宫文本的书写机制的研究, 在组合轴议题上攻坚克难。

　　面对以乔伊斯为代表的现代艺术作品形式的不确定性和意义不明确性,艾柯提出读者可以根据作品意图,重组再现作品结构;读者根据百科全书能力,进行意义试推,让作品变成运动中的作品,试推的过程生产阐释的迷宫。艾柯在解决了迷宫文本是拆解的迷宫,阐释的迷宫之后,对原始思维中的清单进行重新演绎,将它等同于文化史上的重要书籍碎片,在图书馆的语境中具有一般的组合叙事潜力;他将清单修辞向清单叙事法演进,用无限的清单叙事法组合和统摄异质叙事材料,让叙事线条不断排列下去、开岔下去;万维网搜索、联结功能给清单无限开叉的可能以技术上的支撑。然后,艾柯承继迷宫谱系作家的叙事传统,利用博尔赫斯迷宫框架,卡尔维诺组合模型,将迷宫文本发展到万维网格式,改进到雅俗共赏,让迷宫文本摆脱了晦涩、玄虚和机械。自此,艾柯并没有停下在迷宫文本研究上的步伐,他从副文本理论角度对博尔赫斯所谓为前人做注脚、写评注的迷宫笔法做注疏,以《玫瑰的名字》为例,将副文本理论和迷宫文本构件引文库联通起来考察,确立副文本为迷宫文本建立叙事框架层次,解决清单叙事没能解决的信息铰接之不足,解决叙事线条的交叉和轮转技术难题。

　　艺海拾贝,将艾柯这些理论碎片连缀起来,可见艾柯解决后现代语境中的老大难问题——迷宫文本所显示的伟大的推理力量,对符号谎言论的精彩诠释,符号表达它自身以外的东西,最终抵达真实。他的这些辉煌的思想揭示,在符号推理的过程中,符号总会突破自己,在意义上走得很远,摇身一变,以新的面貌示人。但是,符号推理不论如何变形,其演变的轨迹是不会消失的。摸索艾柯思想的迷宫,探秘艾柯迷宫文本理论,可感知源于中世纪文化形式中的百科全书概念的演变,说到底,它是组合方式和阐释方式;其中的清单和目录是人类文化精华的点点滴滴,它们汇聚在叙事文本中就是副文本的集合。艾柯的研究和实验证明,清单叙事法和副文本叙事法是迷宫文本的两条开路利器,前者通向无限的开岔,通向大而无边,后者制造无限的交叉、循环不已的效果。迷宫文本,是运动中的作品,虽然在组合技术上可让书籍碎片清单消失在故事中,但是有知识素养的读者仍然可以发掘,并进行拆卸,进行重组和诠释,但无法穷尽其中的思想矿藏。对于艾柯在迷宫文本问题上留下的理论点滴和碎片,研究者需要像《玫瑰的名字》中阿德索一样,去搜集、去发掘、去推理、去组合,把艾柯思想组合成一座微型图书馆;还要像博尔赫斯一样,在组合时要倒错书页、混合书页,展开描述。研究者手中不仅要拉着无数根线,代表艾柯思想的源头汇聚和不断奔流,中世纪的、帕莱松的、乔伊斯的、巴特的、热奈特的、博尔赫斯的、卡尔维诺的,以及不计其数的其他人的,而且还要探查出艾柯是如何温柔地将他们的思想杀死,演绎出新思想的。鉴于迷宫文本是最复杂的叙事形式,艾柯相关的理论探索深藏在他思想的迷宫而不易被发现,所以对艾柯的迷宫文本理论碎片的这番辛勤书写,意义重大。同时,艾柯在迷宫文本理论上从阿奎那的那部"电脑"演绎到万维网时代的电脑,成功地将古典文论进行现代转化,给广大理论研究者以无穷的启示。对艾柯这一理论的整合研究说明,事物之间是联系的,理论是变化的;辩证唯物主义方法是艾柯治学法宝,也是我们考察他的迷宫文本理论的必经之路。

结　语

　　迷宫文本早就存在，在学术界也一直被提及，但是迄今为止，迷宫文本叙事现象还没有具体的理论阐发。本书研究显示，虽然艾柯没有专门著书立说来系统化解答迷宫叙事理论难题，但是笔者通过长期的研读发现，其汗牛充栋的理论著述、各类杂文和迷宫理论小说已经或隐或现地、断断续续地触及过，留给后人许多闪耀着他丰富想象力和博大智慧的理论碎片，只是鲜有人做过发掘和整合。而本书就是对这些理论碎片的尝试性发掘、破译、组合和融通，希望对艾柯的迷宫文本叙事理论进行比较系统化的建构，来展示这位学术巨擘在迷宫文本理论上的巨大贡献。同时，展示他在处理迷宫文本议题相关的悖论时所秉持的辩证唯物主义方法，他始终用联系的、发展的观点看待理论问题，重访过去，面向未来，强调读者的主观能动性，不仅把作品视为运动中的作品，而且把理论也视为运动中的理论。他的研究视野与时俱进，将中世纪文化形式与后现代文学，乃至万维网联系起来，在后现代语境中将古典范畴重新演绎，在古典文论的现代转化方面树立了典范。在艾柯的探讨中，百科全书、清单或目录、引文库等迷宫文本的形式构件在不断变化的语境中被赋予了新意和无限的叙事组合潜能；取自百家学说的范畴，诸如读者、组合/切分、图书馆、副文本等他都变戏法似地让它们摇身一变，成为言说迷宫文本的理论话语。

　　艾柯是百科全书派，但是在任何理论书写中他的符号学家、革新者和未来主义者身份都在场，叙事理论也不例外。他始终站在思想巨人的肩膀上，集思广益，推陈出新。其思想高深而抽象，以符号推理和游戏为特色，声东击西，容易让读者上当受骗，不得要领，坠入万劫不复之境。追问艾柯的迷宫文本叙事理论，没有现成的观点和现成的框架可资利用，但是，四分五裂、晦涩难懂的文献就在那里，需要研究者进行考古发掘。要研究这一课题，一方面要去追寻和破译他散落在著述各处相关的思想碎片，从他的中世纪研究、哲学思想、大众传媒研究、美学理论、符号学、阐释学、叙事理论、杂文作品和小说创作等众多层面一直爬梳到万维网理论；另一方面要去寻找将这些异质的思想碎片进行整合和融通的突破口。综观艾柯整个学术生涯和迷宫谱系作家群创作生态，在他和他同时代的理论巨擘和文学泰斗共同感兴趣的话题上驻足沉思，可以追踪到艾柯迷宫文本观演变轨迹，并在这一基础之上揭开迷宫文本的叙事理论之谜。迷宫文本是博学之士集体智慧的结晶，但是在理论上进行长期不断精雕细琢的非艾柯莫属。

　　艾柯研究世界上的百科全书、百科全书式作品和万维网，认为在文化史上百科全书一直是博学多识的代名词，是组织和连接各种知识的工具；他发现百科全书的目录和清单、后现代碎片化写作和万维网信息连接方式之间存在紧密联系。本书研究揭示，艾柯从中世纪到万维网时代，或者说，从他所谓中世纪阿奎那的那部"电脑"到网络时代的电脑，百科全书迷宫思想历时性的变迁。不论是博学的人脑，还是人工智能电脑，在生产知识迷宫的路径上具有可比性。百科全书不仅连接无限的知识，还为阐释提供依据和参照，艾柯据此类推百科全书文学文本应该如何生产出来——一方面，具有百科全书一样的组合能力，具用可以容纳和融通各种知识的无限潜力；另一方面，具用百科全书一样的阐释能力，可以对无限的信息进行阐释。

　　研究艾柯的迷宫文本叙事理论，加深了我们对百科全书派艾柯的理解。百科全书派者，不止于博闻强识，积聚知识的力量；更重要的，是能够以辩证唯物主义立场，立基于人类优秀文化的丰沃土壤，对文化史上重要的知识兼收并蓄，用联系的、发展的、全面的眼光处理各种问题，继往开来，不断创新。艾柯从远古的百科全书概念一直追溯到现代的万维网，记载他思索过程的思想碎片足以建构起百科全书迷宫文本抽象的形式框架，加上他在小说实验中将迷宫文学前辈的经验加以综合和完善，对理论加以增补，实际上做实了这一文本类型。

简言之，承载艾柯迷宫文本叙事思想的大大小小理论碎片是不胜枚举的，笔者整合成了五大板块，来呈现他思想的演变过程。一、从艾柯中世纪百科全书观看待他讨论过的阿奎那百科全书式哲学文本，从他对乔伊斯百科全书式文学文本书写形式的研究中反观阿奎那百科全书式哲学文本，从而发现以清单、目录和引文库为特征的迷宫文本形上构件。艾柯回访百科全书、清单和目录概念，中世纪文化形式中的仿冒和造假现象，阿奎那百科全书式哲学著作中的引文库以及综合的、辩证的视野，观察到乔伊斯百科全书式迷宫文本有中世纪文化形式的在场。二、艾柯受到演奏者对现代音乐的结构重组和意义的重现方式的启发，受到巴特为首的组合/切分结构主义观念的影响，认识到读者可以用百科全书为标杆，对以乔伊斯为代表的现代文学作品的迷宫结构和隐含意义进行开放性的建构，让作品变成活的、运动中的作品，从叙事双轴之阐释轴上和万维网技术上印证了现代艺术作品是语义的迷宫，阐释的迷宫。三、艾柯受到迷宫谱系作家博尔赫斯卡巴拉知识观的影响，受到其要把天下之书的精要部分写成一个总集或者百科全书之梦的激发，受到卡尔维诺作品中法国混成体文风的启示，把百科全书的构件——清单、目录和代表人类文化精髓的书籍中精辟话语碎片挂钩。他站在文化的制高点，发现作为异托帮的图书馆具用联结和混合的功能，取道图书馆则可以用经典名作中的名句组合叙事，叙事潜力无限。他在对从古至今的清单实践研究的基础上，将一一列举、制造无限的清单原始思维提升到无限的清单叙事法，来包纳异质材料，并为杂乱无章建立秩序，让话语可以无限开岔和膨胀，制造浩瀚性和无限性。他将万维网上的搜索词和清单进行类比，从技术上印证清单无限开岔的功能。四、艾柯从迷宫谱系作家的清单叙事形式中获得建构迷宫文本叙事组合轴的灵感，他综合应用博尔赫斯短篇故事中提出的神秘玄虚的各种组合迷宫框架，以卡尔维诺在理论上论述过、在长篇小说中尝试过的组合叙事模型为基础，用无限的清单叙事法把所谓聚焦几个世纪黑洞的文化清单在《玫瑰的名字》中加以有效组合，不仅制造无限开岔的迷宫路径，还让故事接地气，雅俗共赏，把迷宫文本推向成熟。五、艾柯将博尔赫斯提出的为前人写评注的迷宫手法、热奈特的副文本理论和他本人提出的副文本理论、《玫瑰的名字》中的副文本结合起来看，艾柯看重副文本的铰链功能和门轴功能，在清单叙事法开辟无限的叙事路径之外，还用副文本叙事法建立叙事框架、叙事主梁，将无限的清单分类连接，形成众多交叉、循环和轮转的路径。副文本叙事法是艾柯对根植于古典文化中百科全书引文库的精彩演绎，是对利用文献写论文的方法来写迷宫小说的完美注解：在叙述故事时为无限的前人文本碎片不断地写评注，故事就不会断裂。由此可见，且不说在阐释轴上，迷宫文本是阐释出来的迷宫；其实在叙事轴上，它也是组合性和阐释性并举的。可以说，百科全书迷宫文本具有双重阐释性，叙述是阐释性的，带有论说的性质；解读也是阐释性的，带有无限衍义的痕迹。这无疑印证了克莱辛斯基所谓艾柯的迷宫是阐释的、动态的和启发式的。在符号学家艾柯手中，百科全书的形式构件已然变身为新的形式，而他始终坚守百科全书组合知识和阐释意义两维。这充分显示，形式可以变化，可以革新，而真理不能更改。

　　研究发现，艾柯的迷宫思想逻辑有着多方面的渊源。其中，哲学家阿奎那和皮尔斯的思想奠定他知识论、符号学和阐释学的理论基础，迷宫谱系作家乔伊斯、博尔赫斯和卡尔维诺都尝试把世界上的书连接起来，制造无限之书，他们对大而全之书的形上思考、写作中处理博识的方式促使艾柯在迷宫书写上作出超越。艾柯是未来主义者，他在发表《玫瑰的名字》时还没有万维网，但是这本小说的叙事形式对未来网络信息的无限链接方式做出了预见。在万维网时代，艾柯继续研究小说如何产生万维网格式。他根据万维网的特点来类推叙事如何把无限的知识变成接点相连的网络，从古典作品到现代作品的研究中发现清单这一原始思维中孕含着迷宫小说书写的密码。清单是万维网之母，在列举的过程中抵达无限。虽然艾柯先从阐释轴上解开了乔伊斯小说是迷宫文本，组合轴之谜是在后面解开的。

在讨论时，前后的顺序不可颠倒；但是此处为了方便总结，暂且变换一下。小说中的无限书目清单，把无限无尽的书籍碎片统摄到一起，在组合引文材料的过程中起到分形、开叉的功能。小说中的副文本在结构上和语义衔接上进行连接和交叉，制造环形路径。副文本具有支撑叙事框架、进行评注的功能，或多或少会给文本打上阐释的标签。读者根据共同的文化百科全书一一解码，在解码过程中把这些清单内容连接起来，呈现纵横交错的思想轨道和书籍的知识迷宫地图。这就是艾柯所谓迷宫文本的多元素拼接性和可拆卸性，读者能够对小说中的材料碎片进行拆卸，说明作品结构是活动的，在作者建构的基础上还可以有更多开放的组合和阐释可做选择，这就是迷宫文本的迷人之处。

可以说，百科全书思想始于古典时代，从《圣经》和希腊罗马神话开始，经由亚里士多德，中世纪经院哲学家把百科全书思想发挥到极致，以阿奎那为代表的神学家凝视古代智慧，旁征博引，辩论推理，书写神学典籍，开辟博论之风。意大利文艺复兴时期知识考古盛行，文学家站在巨人的肩膀上进行知识叙事形成意大利文学传统。艾柯从中世纪哲学研究起家，他深知，阿奎那《神学大全》对众多思想巨人的知识进行综合性的和创造性的利用，无人能够撼动其文本根基。阿奎那对亚里士多德思想进行改造，结合圣奥古斯丁等神学家思想，中和百科学说，推出天主教正典。艾柯早期对中世纪哲学的涉猎，特别是对阿奎那的研究，以独特的方式与他对后现代阐释学的浓厚兴趣交融，形成他重要的艺术思想。中世纪思想以物指物，创造能指的无限循环；使用百科全书的方法来建构现实宇宙。用类比思维呈现事物的相似性在西方认知论中非常重要，并在相当程度上主宰文本的叙述和阐释。

艾柯之前，人们几乎不承认经院阐述中有美学成分，但是艾柯用类似侦探的方法，在神秘主义者和苦修者的行为中，在中世纪教堂风格和礼拜仪式的流变中观察到他们对美的东西是持否定态度的。艾柯辩证地认为，正是因为否定，所以可以反推出美是存在的。乔伊斯作品中类似中世纪人的巨大引文库用混沌击败了混乱，文人引经据典、组织知识残片是要复现人类辉煌的智慧，美国人仿制欧洲城市是要再现欧洲曾经灿烂的城市文明。艾柯认为，这种拯救的方法于秩序、于建筑、于书籍至关重要。在艾柯看来，后现代许多美学纲领根植于中世纪，比如互文拼贴、碎片化写作、越界写作、符号学、阐释学，等等，这些都不是现在才出现的。特别是阿奎那用百科学说阐释天主教义，启发艾柯思考用百科知识进行叙事。

中世纪是艾柯取之不尽用之不竭的思想源泉，他发现中世纪波菲利之树，经由文艺复兴，对知识进行开放式的建构，抵达百科全书思想。波菲利之树是词典语义模式，用两维开叉的方式分类知识，但是树形模式有着向百科全书语义模式转换的潜力；现代百科全书用索引把知识连接起来，成为一个整体；现代语义学提出了语义网络，这个语义迷宫为百科全书语义模式铺平了道路，成为新型的百科全书。百科全书语义迷宫模式的实现与读者密不可分。艾柯的开放的作品诗学辩证地审视文本权利及其阐释者的权利，倡导阐释者的积极作用。而符号学对艾柯整个学术生涯产生了持续的影响。在文本符号学框架之下，艾柯对作品做了重新界定，把作者和读者都视为文本策略，作者、文本和读者形成关系场，形成文本符号三角模式，启动对文本进行符号阐释的新模式。这样，三方产生交际互动，作品变成运动中的作品。艾柯改造皮尔斯的阐释项，把内容分析变成了文化分析，让内容变得完全可以经受得住检验。无限衍义是艾柯在阐释项的基础上，放弃词典语义模式，向百科全书语义模式转变，将开放的阐释观系统化。他要求"模范读者"根据百科全书能力，发掘现代开放作品内部大量的互文网或者嵌入文本构成的迷宫结构。在艾柯看来，百科全书处于知识理论和阐释理论的边界，完成双重理论的使命，使符号衍义成为可能。百科全书告别纯代码的符号学模式，并用调节阐释的框架取而代之。艾柯开放的作品理论将文本的多元性和读者的作用并举，要求"模范读者"具备百科全书般连接知识的非凡能力，才能走进文本内部的叙事迷宫，在语义阅读和审美批评协作中打开迷宫。

迷宫文本是研究文学的无限潜力的，它不是艾柯的独创，世界文坛存在一个迷宫文本谱系，艾柯和乔伊斯、博尔赫斯、卡尔维诺是一脉相承的，都想把世界上的书籍连起来，书写一本大书，即无限之书，以一书窥见整个知识宇宙。艾柯在《从树到迷宫》一书，只承认树形迷宫和根茎迷宫是迷宫，与百科全书有关联，那种单线条或者双线条的文本，即米勒所谓的迷宫文本是不成立的。真正的迷宫文本是演绎用什么样的秩序和形式来处理博识和复杂性的，是高度复杂的小说，在叙事设计和语义空间都呈万维网格式。

20世纪下半叶，科学思想得到普及，理性需要重新估价。在认识论危机的冲击之下，博尔赫斯、卡尔维诺和艾柯都意识到旧的文学理想已经过时，而需要重新建构知识框架，来提出新的文学理想。他们在世界为书的认知暗喻基础上，挖掘图书馆叙事潜力，对知识加以大一统地呈现。博尔赫斯把图书馆当成世界，图书馆就是世界的镜像，从中他看到了世界的迷宫和迷宫的世界。他相信书籍世界比现实世界更能反映现实。于是，他把写作锚定在智识领域，从形上层面思考文本如何进行小径分岔；他用短小的文本，用《巴别图书馆》式的排列组合、《图隆》中对伪百科全书的改写、《阿莱夫》中一孔窥见大千世界、镜子式的无限增生的方式制造无限，制造迷宫。他的这些形上思考给卡尔维诺和艾柯以无限启发。卡尔维诺在分形数学和控制论的启发下，寻求学科之间的对话，用组合地图暗喻来认识迷宫世界。他在法国乌力波作家的指导下尝试过用电脑创作，萌生过文学机器人的想法，他的组合小说在有限的元素中显示出组合的无限潜能。艾柯从百科全书知识论前提出发，提出"百科全书迷宫"构想，他利用中世纪阿奎那百科全书阐释方式，模仿乔伊斯文学模板，把文学史上重要的书籍碎片在小说中加以利用，利用混沌科学为无序和混乱塑形赋义。他为迷宫文本中容纳的书籍立下标准，它们不仅要融为一个整体，而且还可以作为独立的单位加以一一拆卸。他的无限的清单叙事法和副文本叙事法是不仅将迷宫文本众多叙事形式组合起来，而且还把百科知识碎片拼接起来，制造无限开岔和分形、交叉和循环的迷宫路径。迷宫文本对后现代碎片化、拼贴化手法进行改造，让碎片隐形，让拼贴自然。

卡尔维诺曾经说过，当代小说像百科全书，是认识的工具，是一种网络，将人、事、物连接起来①。本书研究显示，迷宫文本就是这样系统化的大工程，叙事的疆域并没有开往知识的未来洪荒，而是将过去的知识加以巧妙地利用和衔接。它是重要书籍碎片的集合，充分展现人类想象力之无限，连接知识的可能性之无限，文学的潜力之无限。万维网技术直观地显示无限的搜索词，或者无限的清单可以将知识无限连接，全面展示。而艾柯的迷宫文本理论和实践展示，为了记忆，必须遗忘，只需要将重要的知识联结起来，对重要的文化资源进行抢救和保护，让未来的人们从书籍中的碎片进行考古。可以说，迷宫文本堪称文学领域万维网的代名词，它吞吐巨大量的信息，将复杂的叙事材料处理成可以理解的格式来无限连接和组合，走上自由而开放的写作之路，因而成为高端创作技巧和特殊叙事现象。

　　迷宫文本议题可以进行一番言说，但是无法说尽。艾柯在迷宫文本问题上，将博尔赫斯的长话短说变成了长话长说，说出了理论条理，并推出了理论意识浓烈的实验作品《玫瑰的名字》和其他迷宫小说。由于时间、精力和篇幅的限制，在此无法对其小说进行一一探讨。也由于《玫瑰的名字》在电脑写作软件和万维网出现之前就创作完成，加之又是大家公认的上乘迷宫文本和艾柯的代表作，在此进行了重点讨论，来强调万维网格式小说的书写技术比万维网技术先行了一步。《玫瑰的名字》按照百科全书编排格式组合，读者的阐释不断增加新义，其规模相当于一部百科全书。如果不从整体上来研究，解读就像盲人摸象，在肢解文本，千人千解，无穷无尽。这是解读的陷阱，也是迷宫文本的重要特征。

　　迷宫文本是博学型、智识型作家有计划而为，将用文献写论文和论著的方法进行改造，在故事中用清单叙事法排列组织文献碎片，用副文本叙事法为文献碎片写评注，将引文和故事融通。故事中的叙事人或者主要人物也设计成博学者，这样才能把知识播撒在故事当中。博学多识

---

① ［意］伊塔洛·卡尔维诺著，吕同六、张洁主编：《卡尔维诺文集：〈寒冬夜行人〉〈帕洛马尔〉〈美国讲稿〉》，译林出版社 2002 年版，第 402 页。

的作者把文化当成一个整体来考察，其叙事文本是文化的总体书写，是对当代文化支离破碎状态加以反拨和补救，来测量人类文化、知识和世界的地图。艾柯博览群书，记笔记、画图画，高屋建瓴地勾勒迷宫文本的形式框架。《玫瑰的名字》用清单形式将故事有序地联结，制造"全书"和无限。正所谓混沌之中有规律可循，这是艾柯从中世纪哲人那里、或者乔伊斯那里继承的解决无序和有序、复杂和简单二元对立的宝贵文化遗产。

迷宫文本的空间充满连线，叙事横轴联通故事、纵轴联通故事内外的故事，故事中的人、故事中的书背后的影像无边无际。《玫瑰的名字》的旅行路径接通了故事、知识路径接通了书籍。不论怎样连接，故事都不可能成为一根线条，而是向四面延伸又不断环绕的数不清的线。于是，研究一本书，一个案件，带出一大串书和一大摞案件。艾柯的后现代作品用建构和解构双重手段进行迷宫叙事游戏，将知识残片加以对接和连接，让故事波及面浩瀚无垠，让叙事层次达到无限次循环和延展；读者走进这本书的世界，永远走不到尽头，永远解读不完。迷宫文本可以增长，读者发现了一个迷宫，必将带出其他的迷宫。迷宫文本是对文学极限的挑战，而阅读迷宫文本恰如悠游书海，带来的不仅是文本的欢愉，阅读的欣慰，智力的挑战，还有对叙事可能性的拷问。

迷宫文本，传示给读者的不仅是作家的阅读经验和生活经验、对复杂世界的感知，还有他们对人类社会和人类知识支离破碎危机的感悟。他们写出了文人梦想中的小说，一本包含许多书和文本的小说。这本小说是从古至今文人智力接力的结果，从中可见创造井然有序的知识秩序来拯救和统一社会和知识的人文幻想，在小说发展困境中爆发出巨大的文学潜力。

迷宫文本极富游戏性和颠覆性。艾柯在迷宫文本中进行的是智力游戏和文化游戏，把复杂的知识系统加以创造性地转化，变成有趣的小说材料，借通俗小说加以表现。在《玫瑰的名字》之前的经典迷宫文本艺术性强，但是大都佶屈聱牙，虚幻莫测，属于阳春白雪；卡尔维诺的迷宫文本轻逸，有趣味，新意别出，但是拼贴痕迹太重，离大众的理解力还有一段距离。而艾柯的作品从平民百姓到知识精英，从意大利到欧洲到全世界，都爱读而且反复读，为何？雅俗共赏，奇文共赏矣！

　　迷宫文本将众多的故事、驳杂的知识连接和组织得天衣无缝，对叙事材料精湛的格式化处理技巧与电脑技术有异曲同工之妙。万维网时代让我们透视到迷宫文本复杂而清晰的文本脉络，从形式层面展示了经典作品的结构之美。诚然，迷宫文本高难而精巧的叙事形式填充了叙事理论中存在的空白，让读者和批评家欣喜地看到，在万维网出现之前文学家已经成功创作了万维网一样的纸面作品。读者的知识功底、识别能力、想象力和智力就是搜索引擎，点击文本中的任何一个关键词，比如人名或者书名，便打开了一个另一个故事；继续点击，便无穷无尽，无限精彩。艾柯作品相当于百科全书，或者相当于作为异托邦的图书馆，读者的阅读会同时收获不同的故事中的知识和人生体验，获得意外之喜。当然，必须承认，这种叙事笔法还是带有唯名论色彩和学院派味道的。无论如何，迷宫文本显示了作者的聪明智慧和游戏之能事，他们谋划的极端复杂的文本足以让批评家经年研究而难解其中奥秘。反过来，从叙事理论视野重读经典名篇，可以揭示其他研究视角所遮蔽的作品形式之美。

　　文学批评的任务不是发现文本意义，而是要重构主宰文学意义生产的原则①。艾柯作品高深，读者需要从复杂性出发加以深度审视。走近他的迷宫文本，必须在学识上有所准备，用艾柯所谓"模范读者"姿态来研究。他在叙事上拒绝浅薄，追求无限，给研究者和中国作家以启示，用邱华栋评价艾柯的话来概括，其"写作方式可以让很多聪明的中国作家看到自己的历史资源、文化资源也非常丰富，可以用新的方法处理，来找到一条新的道路"②。

　　应该说，在本质上，迷宫文本是一个重要的哲学问题，涉及知识论、

---

　　① Paul Privateer, "Contemporary Literary Theory: A Thread Through the Labyrinth", *Pacific Coast Philology* 18.1 (1983): 92-99, p.94.
　　② 邱华栋：《翁贝托·埃科：智力的空间》，《中华读书报》2007年4月18日。

阐释学、符号学、文学等等话题，需要用跨学科的方法来继续探讨。对艾柯迷宫文本理论残片的发掘、研究和整合是一番苦旅，不完善之处在所难免，还存在很大的研究空间，期待更多学者来深入探讨。期待对艾柯其他迷宫小说叙事形式展开研究，进一步充实和完善迷宫文本叙事理论研究。

参考文献

一　英文部分

Abbott, H. Porter, *The Cambridge Introduction to Narrative*, London: Cambridge UP, 2002.

Alazraki, Jaime, *Critical Essays on Jorge Luis Borges*, Boston: G. K. Hall & Co., 1987.

Barnstone, Willis, ed., *Borges at Eighty: Conversations*, Bloomington: Indiana UP, 1982.

Barth, John, "The Literature of Exhaustion", *Critical Essays on Jorge Luis Borges*, Ed., Jaime Alazraki, Boston: G. K. Hall & Co., 1987.

Barth, John, "The Literature of Exhaustion", *Metafiction*, Ed., Mark Currie, London and NY: Longman, 1995.

Barthes, Roland, *The Pleasure of the Text*, Trans. Richard Miller, NY: Hill and Wang, 1975.

Barthes, Roland, "Introduction to the Structural Analysis of Narrative", *The Narrative Reader*, 3rd ed., Ed., Martin McQuillan, NY: Routledge, 2004.

Bianchi, Cinzia and Annamaria Lorusso, "The Umberto Eco Gaze", *Semiotica* 211 (2016): 1 – 4.

Bianchi, Cinzia and Manuela Gieri, "Eco's Semiotic Theory", *New Essays on Umberto Eco*, Ed., Peter Bondanella, NY: Cambridge UP, 2009.

Biasin, Gian-Paolo, "The Periphery of Literature", *MLN* 5 (1996): 976 – 989.

Block, Ed, Jr., "The Role of the Reader", *Contemporary Literature* 23. 1 (1982): 97 – 99.

Boegeman, Margaret, "From Amhoretz to Exegete: The Swerve from Kafka by Borges", *Critical Essays on Jorge Luis Borges*, Ed., Jaime Alazraki, Boston: G. K. Hall & Co., 1987.

Bolongaro, Eugenio, *Italo Calvino and the Compass of Literature*, Toronto: University of Toronto Press, 2003.

Bondanella, Peter, *Umberto Eco and the Open Text: Semiotics, Fiction and Popular Culture*, Cambridge: Cambridge UP, 1997.

Bondanella, Peter, ed., *New Essays on Umberto Eco*, NY: Cambridge UP, 2009.

Borgeaud, Philippe, "The Open Entrance to the Closed Palace of the King: The Greek Labyrinth in Context", *History of Religions* 14. 1 (1974): 1 – 27.

Bouchard, Norma, "Umberto Eco's *L'isola del giorno prima*: Postmodern Theory and Fictional Praxis", *Italica* 72. 2 (1995): 193 – 208.

Bouchard, Norma, "Eco and Popular Culture", *New Essays on Umberto Eco*, Ed., Peter Bondanella, NY: Cambridge UP, 2009.

Bouchard, Norma and Veronica Pravadelli, eds., *Umberto Eco's Alternative: The Politics of Culture and Ambiguities of Interpretation*, NY: Peter Lang Publishing, Inc., 1998.

Brand, Peter and Lino Pertile, eds., *The Cambridge History of Italian Literature*, 2nd ed., Cambridge: Cambridge UP, 1996, 1999.

Burkert, Walter, *Oedipus, Oracles, and Meaning: From Sophocles to Umberto Eco*, University College, 1991.

Calvino, Italo, "Two Interviews on Science and Literature", *The Literature Machine: Essays*, Trans. Patrick Creagh, London: Secker and Warburg,

1987.

Calvino, Italo, "Cybernetics and Ghosts", *The Literature Machine: Essays*, Trans. Patrick Creagh, London: Secker and Warburg, 1987.

Calvino, Italo, "Jorge Luis Borges", *Why Read the Classics?* Tran. Martin McLaughlin, NY: Vintage Books, 2000.

Calvino, Italo, *Why Read the Classics?* Tran. Martin McLaughlin, New York: Vintage Books, 2000.

Cannon, JoAnn, *Italo Calvino: Writer and Critic*, Ravenna: Longo Editore, 1981.

Capozzi, Rocco, "Palimpsests and Laughter: The Dialogical Pleasure of Unlimited Intertextuality in *The Name of the Rose*", *Italica* 66. 4 (1989): 412 – 428.

Capozzi, Rocco, "Cosmicomiche vecchie e nuove: keeping in Tune with the Times", *Calvino Revisited*, Ed., Franco Ricci, Ottawa: Dovehouse Edition Inc., 1989.

Capozzi, Rocco, ed., *Reading Eco: An Anthology*, Bloomington and Indianapolis: Indiana UP, 1997.

Capozzi, Rocco, "Knowledge and Cognitive Practices in Eco's Labyrinths of Intertextuality", *Literary Philosophers: Borges, Calvino, Eco*, Eds., Jorge J. E. Gracia, et al., NY and London: Routledge, 2002.

Capozzi, Rocco, " 'History, a Theatre of Illusions': Texts and Contexts of Eco's *The Book of Legendary Lands*", *University of Toronto Quarterly* 83. 4 (2014): 847 – 860.

Carter, Albert Howard, III, *Italo Calvino: Metamorphoses of Fantasy*, Ann Arbor: UMI Research Press, 1987.

Cascardi, Anthony J., "Mimesis and Modernism: The Case of Jorge Luis Borges", *Literary Philosophers: Borges, Calvino, Eco*, Eds., Jorge J. E. Gracia, et al., NY and London: Routledge, 2002.

Caserio, Robert L. , "The Name of the Horse: *Hard Times*, Semiotics and Supernatural", *NOVEL: A Forum on Fiction* 20. 1 (1986): 5 - 23.

Castle, Gregory, *The Blackwell Guide to Literary Theory*, Malden: Blackwell Publishing, 2007.

Cavallaro, Dani, *The Mind of Italo Calvino: A Critical Exploration of His Thought and Writings*, Jefferson: McFarland & Company, Inc. , Publishers, 2010.

Chiarenza, Carlo, *Review Umberto Eco by Teresa De Lauretis*, Substance 11/ 12, 11. 4 - 12. 1 (1982/1983): 215 - 217.

Christ, Ronald, "Borges and Thomas De Quincey", *Critical Essays on Jorge Luis Borges*, Ed. , Jaime Alazraki, Boston: G. K. Hall & Co. , 1987.

Churchill, John, "Wittgenstein's Ladder", *AN&Q* 23. 1/2 (1984): 21 - 22.

Clark, Hilary A. , "Encyclopedic Discourse", *Substance* 21. 1 (1992): 95 - 110.

Coletti, Theresa, "Eco's Middle Ages and the historical novel", *New Essays on Umberto Eco*, Ed. , Peter Bondanella, NY: Cambridge UP, 2009.

Cooksey, Thomas L. , *Masterpieces of Philosophical literature*, Beijing: China Renmin University Press, 2007.

Corry, Leo and Renato Giovanoli, "Jorge Borges, Author of *the Name of the Rose*", *Poetics Today* 13. 3 (1992): 425 - 445.

De Lauretis, Teresa, "Gaudy Rose: Eco and Narcissism", *Substance* 14. 2 (1985): 13 - 29.

De Man, Paul, "A Modern Master", *Critical Essays on Jorge Luis Borges*, Ed. , Jaime Alazraki, Boston: G. K. Hall & Co. , 1987.

De Obaldia, Claire, *The Essayistic Spirit: Literature, Modern Criticism, and the Essay*, Oxford: Clarendon Press, 1995.

Dillon, Sarah, *The Palimpsest: Literature, Criticism, Theory*, London: Continuum, 2007.

Dipple, Elizabeth, *The Unresolvable Plot: Reading Contemporary Fiction*, NY and London: Routledge, 1988.

Dipple, Elizabeth, "A Novel Which Is a Machine for Generating Interpretations", *Metafiction*, Ed. , Mark Currie, London and NY: Longman, 1995.

Dirda, Michael, "Who Killed Barthes? Maybe Umberto Eco Has a Clue", *The Washington Post* 23 Aug. , 2017.

Dolezel, Lubomír, "Eco and His Model Reader", *Poetics Today* 1. 4 (1980): 181 – 188.

Dolezel, Lubomír, "The Themata of Eco's Semiotics of Literature", *Reading Eco: An Anthology*, Ed. , Rocco Capozzi, Bloomington and Indianapolis: Indiana UP, 1997.

Duarte, Joǎo Ferreira, " 'A Dangerous Stroke of Art': Parody as Transgression", *European Journal of English Studies* 3. 1 (1999): 64 – 77.

"Eco", Jeffrey W. Hunter, ed. , *Contemporary Literary Criticism*, Vol. 142, Detroit: Gale Group, 2001.

Eco, Umberto, *A Theory of Semiotics*, Bloomington: Indiana UP, 1979.

Eco, Umberto, *The Role of the Reader: Explorations in the Semiotics of Texts*, Bloomington: Indiana UP, 1979.

Eco, Umberto, "Two Problems in Textual Interpretation", *Poetics Today* 2. 1a (1980): 145 – 161.

Eco, Umberto, "The Theory of Sign and the Role of the Reader", *The Bulletin of the Midwest Modern Language Association* 14. 1 (1981): 35 – 45.

Eco, Umberto, "Metaphor, Dictionary and Encyclopedia", *New Literary History* 15. 2 (1984): 255 – 271.

Eco, Umberto, *Postscript to the Name of the Rose*, Trans. William Weaver, NY: Harcourt Brace Jovanovich Publishers, 1984.

Eco, Umberto, *Reflections on the Name of the Rose*, Trans. William Weaver,

London: Secker & Warburg, 1985.

Eco, Umberto, " 'Casablanca': Cult Movies and Intertextual Collage", *Substance* 14. 2 (1985): 3 – 12.

Eco, Umberto, *Faith in Fakes: Essays*, Trans. William Weaver, London: Secker & Warburg, 1986.

Eco, Umberto, *Semiotics and the Philosophy of Language*, Bloomington: Indiana UP, 1986.

Eco, Umberto, *Art and Beauty in the Middle Ages*, Trans. Hugh Bredin, New Haven and London: Yale UP, 1986.

Eco, Umberto, *Travels in Hyper Reality: Essays*, Trans. William Weaver, NY: Harcourt Brace Jovanovich, Publishers, 1986.

Eco, Umberto, *Faith in Fakes: Essays*, Trans. William Weaver, London: Secker & Warburg, 1986.

Eco, Umberto, "In Praise of St. Thomas", *Faith in Fakes: Essays*, Trans. William Weaver, London: Secker & Warburg, 1986.

Eco, Umberto, "Meaning and Denotation", *Synthese* 73. 3 (1987): 549 – 568.

Eco, Umberto, Adelaida Lopez, et al. , "Interview: Umberto Eco", *Diacritics* 17. 1 (1987): 46 – 51.

Eco, Umberto, *The Aesthetics of Thomas Aquinas*, Cambridge, Mass. : Harvard UP, 1988.

Eco, Umberto, "Gremaissian Semantics and the Encyclopedia", Trans. Partrizia Magli, Alice Otis, *New Literary History* 20. 3 (1989): 707 – 721.

Eco, Umberto, *The Middle Ages of James Joyce: The Aesthetics of Chaosmos*, Trans. Ellen Esrock, Hutchinson Radius, 1989.

Eco, Umberto, *The Open Work*, Trans. Anna Cancogni, Cambridge, Mass. : Harvard UP, 1989

Eco, Umberto, *The Limits of Interpretation*, Bloomington: Indiana UP, 1990.

Eco, Umberto, "Reading My Readers", *MLN* 107.5 (1992): 819 – 827.

Eco, Umberto, *Six Walks in the Fictional Woods*, Cambridge, Mass.: Harvard UP, 1994.

Eco, Umberto, *Apocalypse Postponed*, Ed., Robert Lumley, Bloomington and Indianapolis: Indiana UP, 1994.

Eco, Umberto, *The Search for the Perfect Language*, Trans. James Fentress, Blackwell, 1995.

Eco, Umberto, "Reflections on *the Name of Rose*", *Metafiction*, Ed., Mark Currie, London and NY: Longman Group Limited, 1995.

Eco, Umberto, *Senrendipities: Language and Lunacy*, Trans. William Weaver, New York: Columbia UP, 1998.

Eco, Umberto, Cardinal Carlo Maria Martini, *Belief or Nonbelief? A Confrontation*, Trans. Minna Proctor, Introduction by Harvey Cox, NY: Arcade Publishing, 2000.

Eco, Umberto, *Kant and the Platypus: Essays on Language and Cognition*, Trans. Alastair McEwen, NY: Mariner Books, 2000.

Eco, Umberto, *Baudolino*, Trans. William Weaver, NY and San Diego: Harcourt, Inc., 2002.

Eco, Umberto, *On Literature*, Trans. Martin MacLaughlin, Orlando: Harcourt, Inc., 2002.

Eco, Umberto, "On Some Functions of Literature", *On Literature*, Trans. Martin McLaughlin, NY: Harcourt, Inc., 2004.

Eco, Umberto, "Borges and My Anxiety of Influence", *On Literature*, Trans. Martin McLaughlin, NY: Harcourt, Inc., 2004.

Eco, Umberto, "Les Semaphores Sous La Pluie", *On Literature*, Trans. Martin McLaughlin, NY: Harcourt, Inc., 2004.

Eco, Umberto, "Intertextual Irony and Levels of Reading", *On Literature*, Trans. Martin McLaughlin, NY: Harcourt, Inc., 2004.

Eco, Umberto, "On Style", *On Literature*, Trans. Martin McLaughlin, NY: Harcourt, Inc., 2004.

Eco, Umberto, *The Name of the Rose*, Trans. William Weaver, London: Vintage, 2004.

Eco, Umberto, *The Mysterious Flame of Queen Loana*, Trans. Geoffrey Brock, London: Secker and Warburg, 2005.

Eco, Umberto, *The Name of the Rose*, 3rd ed., Trans. William Weaver, with an introduction by David Lodge, NY: Everyman's Library, 2006.

Eco, Umberto, *The Island of the Day Before*, Trans. William Weaver, NY: Mariner Books, 2006.

Eco, Umberto, *Turn Back the Clock: Hot Wars and Media Populism*, Trans. Alastair McEwen, NY: Harcourt, Inc., 2007.

Eco, Umberto, *Foucault's Pendulum*, Trans. William Weaver, NY: Mariner Books, 2007.

Eco, Umberto, *Confessions of a Young Novelist*, Cambridge, Mass.: Harvard UP, 2011.

Eco, Umberto, *The Prague Cemetery*, Trans. Richard Dixon, NY: Mariner Books, 2012.

Eco, Umberto, *From the Tree to the Labyrinth: Historical Studies on the Sign and Interpretation*, Trans. Anthony Oldcorn, Mass.: Cambridge: Harvard UP, 2014.

Eco, Umberto, *Numero Zero*, Trans. Richard Dixon, NY: Mariner Books, 2015.

Eco, Umberto, Interview by Sue Fox, "Time and Space", *The Sunday Times* 17 Jan., 2016: 2.

Farronato, Cristina, *Eco's Chaosmos: From the Middle Ages to Postmodernity*, Toronto: University of Toronto Press, 2003.

Francese, Joseph, *Socially Symbolic Acts: The Historicizing Fictions of Umberto*

Eco，Vincenzo Consolo，and Antonio Tabucchi，Madison：Fairleigh Dickinson UP，2006.

Frank，Joseph，"Spatial Form：An Answer to Critics"，*Critical Inquiry* 4.2 (1977)：231 – 252.

Frank，Joseph，"Spatial Form：Some Further Reflections"，*Critical Inquiry* 5.2 (1978)：275 – 290.

Friedman，Susan Stanford，"Spatialization：A Strategy for Reading Narrative"，*Narrative Dynamics：Essays on Time，Plot，Closure，and Frames*，Ed.，Brian Richardson，Columbus：The Ohio State University Press，2002.

Friedman，Susan Stanford，"Spatial Poetics and Arundhati Roy's The God of Small Things"，*A Companion to Narrative Theory*，Eds.，James Phelan and Peter J. Rabinowitz，Blackwell Publishing Ltd.，2005.

Ganze，Alison，ed.，*Postscript to the Middle Ages：Teaching Medieval Studies through The Name of the Rose*，NY：Syracuse UP，2009.

Gass，William H.，"Imaginary Borges and His Books"，*Critical Essays on Jorge Luis Borges*，Ed.，Jaime Alazraki，Boston：G. K. Hall & Co.，1987.

Genette，Gerard，"The Proustian Paratexte"，Trans. Amy G. McIntosh，*Substance* 2 (1988)：63 – 77.

Genette，Gerard，"Structure and Functions of the Title in Literature"，Trans. Bernard Crampe，*Critical Inquiry* 14.4 (1988)：692 – 720.

Genette，Gerard，"Introduction to the Paratext"，Trans. Marie Maclean，*New Literary History* 22.2 (1991)：261 – 272.

Genette，Gerard，*Paratexts：Thresholds of Interpretation*，Trans. Jane E. Lewin，NY：Cambridge UP，1997.

Gracia，Jorge J. E.，"Borges's 'Pierre Menard'：Philosophy or Literature?" *Literary Philosophers：Borges，Calvino，Eco*，Eds.，Jorge J. E. Gracia，et al.，NY and London：Routledge，2002.

Greimas，A. J.，"Debate with Paul Ricoeur"，*Reflection and Imagination：A*

Ricoeur Reader, Ed. , Mario J. Valdés, London: Harvester Wheatsheaf, 1991.

Gullon, Ricardo, "On Space in the Novel", *Critical Inquiry* 2. 1 (1975): 11 – 28

Gullon, Ricardo, "Review" (Jeffrey R. Smitten and Ann Daghistany, eds. , *Spatial Forms in Narrative*, Ithaca, NY: Cornell University Press, 1981) *Modern Philology* 80. 3 (1983): 340 – 342.

Haft, Adele J. , et al. , *The Key to The Name of the Rose: Including Transla- tions of All Non-English Passages*, Ann Arbor: The University of Michigan Press, 1999.

Hardie, Philip, "Labyrinthine Texts", *The Classical Review* 41. 2 (1991): 365 – 366.

Hawkes, Terence, *Structuralism & Semiotics*, Methuen & Co. Ltd. , 1977, 1983.

Hawthorn, Jeremy, ed. , *A Glossary of Contemporary Literary Theory*, 4th ed. , NY: Oxford UP, 2000.

Herman, David, "Histories of Narrative Theory (I): A Genealogy of Early De- velopments", *A Companion to Narrative Theory*, Eds. , James Phelan and Peter J. Rabinowitz, Blackwell Publishing Ltd, 2005.

Hume, Kathryn, *Calvino's Fictions: Cogito and Cosmos*, Oxford: Clarendon Press, 1992.

Hutcheon, Linda, *Narcissistic Narrative: The Metafictional Paradox*, Waterloo: Wilfrid Laurier UP, 1980, NY and London: Methuen, 1984.

Irwin, William, "What Is an Allusion?" *The Journal of Aesthetics and Art Criti- cism* 59. 3 (2001): 287 – 297.

Irwin, William, "Philosophy and the Philosophical, Literature and the Literary, Borges and the Labyrinthine", *Literary Philosophers: Borges, Calvino, Eco*, Eds. , Jorge J. E. Gracia, et al. , NY and London: Routledge,

2002.

"Italian Leader Salutes Writer", *The Sunday Times* 21 Feb. , 2016: 29.

"Italian Philosopher Umberto Eco Condemns", *Arabia* 2000 24 Nov. , 2006.

"Italy Salutes Umberto Eco, the Man Who Knew Everything", *The Times* (the United Kingdom) 20 Feb. , 2016: 15.

Jeannet, Angela M. , *Under the Radiant Sun and the Crescent Moon: Italo Calvino's Storytelling*, Toronto: University of Toronto Press, 2000.

Kearney, Richard, *On Stories: Thinking in Action*, London & NY: Routledge, 2002.

Knowles, David, *The Evolution of Medieval Thought*, NY: Vintage Books, 1962.

Korsmeyer, Carolyn, "Literary Philosophers: Introductory Remarks", *Literary Philosophers: Borges, Calvino, Eco*, Eds. , Jorge. E. Gracia, et al. , NY and London: Routledge, 2002.

Krysinski, Wladimir, "Borges, Calvino, Eco: The Philosophies of Metafiction", *Literary Philosophers: Borges, Calvino, Eco*, Eds. , Jorge. E. Gracia, et al. , NY and London: Routledge, 2002.

Langston, David J. , "Time and Space as the Lenses of Reading", *The Journal of Aesthetics and Art Criticism* 40. 4 (1982): 401 – 414.

Levy, Antoine, "Great Misinterpretations: Umberto Eco on Joyce and Aquinas", *Logos* 13 (3), 2010: 124 – 163.

Lindstorm, Naomi, *Jorge Luis Borges: A Study of the Short Fiction*, Boston: Twayne Publishers, 1990.

Lodge, David, "The Novel Now", *Metafiction*, Ed. , Mark Currie, London and NY: Longman, 1995.

Lowenkron, David Henry, "The Metanovel", *College English* 38. 4 (1976): 348 – 351.

Macherey, Pierre, "Borges and the Fictive Narrative", *Critical Essays on Jorge*

Luis Borges, Ed. , Jaime Alazraki, Boston: G. K. Hall & Co. , 1987.

Mackey, Louis, "The Name of the Book", *Substance* 14. 2 (1985): 30 – 39.

Macksey, Richard, "Fu allora che vidi il pendolo", *MLN* 107. 5 (1992): v – vi.

Maclean, Marie, "Pretext and Paratexts: The Art of the Peripheral", *New Literary History* 2 (1991): 273 – 279.

Makaryk, Irena R. ed. , *Encyclopedia of Contemporary Literary Theory: Approaches, Scholars, Terms*, Toronto: University of Toronto Press, 1993.

Markey, Constance, *Italo Calvino: A Journey toward Postmodernism*, Gainesville: UP of Florida, 1999.

Mazurek, Raymond A. , "Metafiction, the Historical Novel and Coover's *The Pubic Burning*", *Metafiction*, Ed. , Mark Currie, London and NY: Longman, 1995.

McCaffery, Larry, "The Art of Metafiction", *Metafiction*, Ed. , Mark Currie, London and NY: Longman, 1995.

Mclaughlin, Martin, *Italo Calvino*, Edinburg: Edinburg UP, 1998.

McMurray, George R. , *Jorge Luis Borges*, NY: Frederick Ungar Publishing, Co. , 1980.

McQuillan, Martin, ed. , *The Narrative Reader*, Routledge, 2000, Reprinted 2003, 2004.

Merivale, Patricia, "The Flaunting of Artifice in Vladimir Nabokov and Jorge Luis Borges", *Critical Essays on Jorge Luis Borges*, Ed. , Jaime Alazraki, Boston: G. K. Hall & Co. , 1987.

Millan-Zaibert, Elizabeth, "A Method for the New Millennium: Calvino and Irony", *Literary Philosophers: Borges, Calvino, Eco*, Eds. , Jorge J. E. Gracia, et al. , NY and London: Routledge, 2002.

Miller, J. , Hillis "Ariadne's Thread: Repetition and the Narrative Line", *Critical Inquiry* 3. 1 (1976): 57 – 77.

Miller, J. , *On Literature*, London & NY: Routledge, 2002.

Mitchell, W. J. T. , "Spatial Form in Literature: Toward a General Theory", *Critical Inquiry* 6. 3 (1980): 539 – 567.

Mullan, John, *How Novels Work*, NY: Oxford UP, 2006.

Ogden, C. K. & I. A. Richards, *The Meaning of Meaning: A Study of the Influence of Language upon Thought and of the Science of Symbolism*, NY: A Harvest/ HBJ Book Harcourt Brace Jovanovich, Publishers, 1923/1989.

Onega, Susana, "Structuralism and narrative poetics", Patricia Waugh, ed. , *Literary Theory and Criticism*, NY: Oxford UP, 2007.

Parker, Deborah, "The Literature of Appropriation: Eco's Use of Borges in 'Il nome della Rosa'", *The Modern Language Review* 85. 4 (1990): 842 – 849.

Parsons, Kathryn, "Cornering: Umberto Eco", *Harvard Review* 4 (1993): 21 – 24.

Pilz, Kerstin, *Mapping Complexity: Literature and Science in the Works of Italo Calvino*, Leicester: Troubador Publishing Ltd. , 2005.

Prince, Gerald, "Metanarrative Signs", *Metafiction*, Ed. , Mark Currie, London and NY: Longman, 1995.

Privateer, Paul, "Contemporary Literary Theory: A Thread through the Labyrinth", *Pacific Coast Philology* 18. 1 (1983): 92 – 99.

Radford, Gary P. , *On Eco*, Wadsworth, 2003.

Radford, Gary P. , et al. , "The Library as Heterotopia: Michel Foucault and the Experience of Library Space", *Journal of Documentation* 4 (2015): 733 – 751.

Raffa, Guy P. , "Eco and Calvino Reading Dante", *Italica* 73. 3 (1996): 388 – 409.

Raffa, Guy P. , "Eco's Scientific Imagination", *New Essays on Umberto Eco*, Ed. , Peter Bondanella, NY: Cambridge UP, 2009.

Rice, Thomas J. , "Mapping Complexity in the Fiction of Umberto Eco", *Critique* 44. 4 (2003): 349 – 368.

Riva, Massimo, ed. , *Italian Tales: An Anthology of Contemporary Italian Fiction*, New Haven & London: Yale UP, 2004.

Rogers, Robert, "Amazing Reader in the Labyrinth of Literature", *Poetics Today* 3. 2 (1982): 31 – 46.

Sallis, Steven, "Naming the Rose: Readers and Codes in Umberto Eco's Novel", *The Journal of the Midwest Modern Language Association* 19. 2 (1986): 3 – 12.

Scholes, Robert, "The Reality of Borges", *Critical Essays on Jorge Luis Borges*, Ed. , Jaime Alazraki, Boston: G. K. Hall & Co. , 1987.

Scholes, Robert, "Metafiction", *Metafiction*, Ed. , Mark Currie, London and NY: Longman, 1995.

Steiner, George, "Tigers in the Mirror", *Critical Essays on Jorge Luis Borges*, Ed. , Jaime Alazraki, Boston: G. K. Hall & Co. , 1987.

Stephens, Walter E. , "Ec [h] o in Fabula", *Diacritics* 2 (1983): 51 – 64.

Stevick, Philip, "Review" (Joseph A. Kestner, *The Spatiality of the Novel*, Wayne State University Press, 1978.) *The Journal of Aesthetics and Art Criticism* 39. 2 (1980): 230 – 231.

Sturgess, Philip J. M. , *Narrativity: Theory and Practice*, Clarendon Press, 1992.

Sussman, Henry, "The Writing of the System: Borges's Library and Calvino's Traffic", *Literary Philosophers: Borges, Calvino, Eco*, Eds. , Jorge J. E. Gracia, et al. , NY and London: Routledge, 2002.

Tancheva, Kornelia, "Recasting the Debate: The Sign of the Library in Popular Literature", *Libraries & Culture* 40. 4 (2005): 530 – 546.

Tanner, Tony, "Borges and American Fiction 1950 – 1970", *Critical Essays on Jorge Luis Borges*, Ed. , Jaime Alazraki, Boston: G. K. Hall & Co. ,

1987.

Trifonas, Peter Pericles, "The aesthetics of textual production: reading and writing with Umberto Eco", *Stud Philos Educ* 26 (2007): 267 – 277.

Updike, John, "The Author as Librarian", *Critical Essays on Jorge Luis Borges*, Ed., Jaime Alazraki, Boston: G. K. Hall & Co., 1987.

Walton, David, *Doing Cultural Theory*, Los Angeles: Sage Publications Ltd., 2012.

Waugh, Patricia, *Metafiction: The theory and Practice of Self-conscious Fiction*, London and NY: Methuen Co. Ltd., 1984.

Weiss, Beno, *Understanding Italo Calvino*, Columbia: University of South Carolina Press, 1993.

Wilson, Jason, *Jorge Luis Borges*, London: Reaktion Books, 2006.

Winter, Michael F., "Umberto Eco on Libraries: A Discussion of 'De Biblio-theca'", *Library Quartely* 64.2 (1994): 117 – 129.

Yeager, Robert F., "Fear of Writing, or Adso and the Poisoned Text", *Sub-stance* 14.2 (1985): 40 – 53.

Zamora, Lois Parkinson, "Borges's Monsters: Unnatural Wholes and the Trans-formation of Genre", *Literary Philosophers: Borges, Calvino, Eco*, Eds., Jorge J. E. Gracia, et al., NY and London: Routledge, 2002.

二 中译本专著

［意］安贝托·艾柯：《悠游小说林》，俞冰夏译，生活·读书·新知三联书店 2005 年版。

［意］安贝托·艾柯：《一个年轻小说家的自白：艾柯现代文学演讲集》，李灵译，广西师范大学出版社 2014 年版。

［意］安贝托·艾柯：《倒退的年代：跟着大师艾柯看世界》，翁德明译，漓江出版社 2012 年版。

［意］安伯托·艾柯：《带着鲑鱼去旅行》，殳俏、马淑艳译，广西师范大

学出版社 2004 年版。

［意］安伯托·艾柯:《误读》,吴燕莛译,新星出版社 2006 年版。

［意］安伯托·艾柯:《开放的作品》(第 2 版),刘儒庭译,新星出版社
2012 年版。

［意］安伯托·埃柯:《玫瑰的名字》,谢瑶玲译,作家出版社 2001 年版。

［意］安伯托·埃柯:《玫瑰的名字》,翁德明译,作家出版社 2001 年版。

［英］安东尼·肯尼:《阿奎那》,黄勇译,中国社会科学出版社 1987 年版。

［意］艾柯等著,柯尼里编:《诠释与过度诠释》,王宇根译,生活·读书·
新知三联书店 1997 年版。

［英］大卫·瑙尔斯:《中世纪思想的演化》,杨选译,商务印书馆 2012
年版。

［德］恩斯特·卡西尔:《人论》,甘阳译,上海译文出版社 2004 年版。

［阿根廷］豪·路·博尔赫斯:《博尔赫斯小说集》,王永年、陈泉译,浙
江文艺出版社 2005 年版。

［阿根廷］豪·路·博尔赫斯:《虚构集》,王永年译,浙江文艺出版社
2008 年版。

［阿根廷］豪·路·博尔赫斯:《探讨别集》,王永年、黄锦炎等译,浙江
文艺出版社 2008 年版。

［阿根廷］豪·路·博尔赫斯:《博尔赫斯口述》,王永年、屠孟超等译,
浙江文艺出版社 2008 年版。

［阿根廷］豪·路·博尔赫斯:《私人藏书》,盛力、崔鸿儒译,浙江文艺
出版社 2008 年版。

［阿根廷］豪·路·博尔赫斯:《另一个,同一个》,王永年译,浙江文艺
出版社 2008 年版。

［美］华莱士·马丁:《当代叙事学》,伍晓明译,北京大学出版社 2005
年版。

［法］吉尔松:《中世纪哲学精神》,沈清松译,上海人民出版社 2008 年版。

［法］加斯东·巴舍拉:《空间诗学》,龚卓军、王慧静译,张老师文化事

业股份有限公司 2004 年版。

［英］克里斯滕·利平科特、［意］翁贝托·艾柯、［英］贡布里希等：《时间的故事》，刘研、袁野译，中央编译出版社 2010 年版。

［法］罗兰·巴尔特：《符号帝国》（第 3 版），孙乃修译，商务印书馆 1999年版。

［法］罗兰·巴尔特：《符号学原理》，李幼蒸译，中国人民大学出版社 2008年版。

［英］马克·柯里：《后现代叙事理论》，丁一中译，北京大学出版社 2005年版。

［法］莫里斯·布朗肖：《文学空间》，顾嘉琛译，商务印书馆 2005 年版。

［意］欧金尼奥·加林：《中世纪与文艺复兴》，商务印书馆 2012 年版。

［英］齐亚乌丁·萨达尔：《混沌学》，梅静译，当代中国出版社 2013 年版。

［法］让 - 菲利浦·德·托纳克编：《别想摆脱书：艾柯 & 卡里埃尔对话录》，吴雅凌译，广西师范大学出版社 2014 年版。

［法］热拉尔·热奈特：《热奈特论文集》，史忠义译，百花文艺出版社 2000 年版。

［意］苏珊·佩特里利、奥古斯托·蓬齐奥：《打开边界的符号学：穿越符号开放网络的解释路径》，王永祥、彭佳、余红兵译，译林出版社 2015 年版。

［意］托马斯·L. 库克西：《哲理文学名著》，中国人民大学出版社 2007年版。

［荷］维姆·布洛克曼、彼得·霍彭布劳沃：《中世纪欧洲史》，乔修峰、卢伟译，花城出版社 2012 年版。

［意］翁贝尔托·埃科：《符号学和语言哲学》，王天清译，百花文艺出版社 2006 年版。

［意］翁贝托·埃科：《波多里诺》，杨孟哲译，上海译文出版社 2007 年版。

［意］翁贝托·埃科：《密涅瓦火柴盒》，李婧敬译，上海译文出版社 2009年版。

［意］翁贝托·埃科:《玫瑰的名字注》,王东亮译,上海译文出版社 2010
年版。

［意］翁贝托·埃科:《傅科摆》,郭世琮译,上海译文出版社 2010 年版。

［意］翁贝托·埃科:《试刊号》,魏怡译,上海译文出版社 2017 年版。

［意］翁贝托·艾柯:《美的历史》,彭淮栋译,中央编译出版社 2007 年版。

［意］翁贝托·艾柯等:《知识分子写真》,董乐山译,中央编译出版社
2010 年版。

［意］翁贝托·艾柯:《丑的历史》,彭淮栋译,中央编译出版社 2012 年版。

［意］翁贝托·艾柯:《无限的清单》,彭淮栋译,中央编译出版社 2013
年版。

［意］翁贝托·艾柯:《植物的记忆与藏书乐》,王健全译,译林出版社
2014 年版。

［意］翁贝托·埃科:《玫瑰的名字》,沈萼梅、刘锡荣译,上海译文出版
社 2010 年版。

［意］翁贝托·埃科:《树敌》,李婧敬译,上海译文出版社 2016 年版。

［意］翁贝托·埃科:《埃科谈文学》,翁德明译,上海译文出版社 2016
年版。

［德］沃尔夫冈·伊瑟尔:《虚构与想像:文学人类学疆界》,陈定家、汪
正龙等译,吉林人民出版社 2003 年版。

［意］乌蒙托夫·艾柯:《符号学理论》,卢德平译,中国人民大学出版社
1990 年版。

［以色列］西蒙·巴埃弗拉特:《圣经的叙事艺术》,李锋译,华东师范大
学出版社 2006 年版。

［意］伊塔洛·卡尔维诺:《未来千年文学备忘录》,杨德友译,辽宁教育
出版社 1997 年版。

［意］伊塔洛·卡尔维诺:《通向蜘蛛巢的小径》,王焕宝、王恺冰译,译
林出版社 2006 年版。

［意］伊塔洛·卡尔维诺:《树上的男爵》,吴正仪译,译林出版社 2012

年版。

［意］伊塔洛·卡尔维诺：《帕洛马尔》，萧天佑译，译林出版社 2012 年版。

［意］伊塔洛·卡尔维诺：《命运交叉的城堡》，张密译，译林出版社 2012 年版。

［意］伊塔洛·卡尔维诺著，吕同六、张洁主编：《卡尔维诺文集：〈寒冬夜行人〉〈帕洛马尔〉〈美国讲稿〉》，译林出版社 2001 年版。

［意］依塔洛·卡尔维诺：《寒冬夜行人》，萧天佑译，安徽文艺出版社 1993 年版。

［美］约翰·布里格斯、［英］F. 戴维·皮特：《混沌七鉴：来自易学的永恒智慧》（第 2 版），陈忠、金纬译，上海科技教育出版社 2003 年版。

［美］詹姆斯·费伦：《作为修辞的叙事：技巧、读者、伦理、意识形态》，陈永国译，北京大学出版社 2002 年版。

三　中文专著

江作舟、靳凤山：《经院哲学的集大成者阿奎那》，安徽人民出版社 2001 年版。

康澄：《文化及其生存与发展的空间：洛特曼文化符号学理论研究》，河海大学出版社 2006 年版。

李静：《符号的世界——艾柯小说研究》，四川大学出版社 2017 年版。

李幼蒸：《理论符号学导论》，社会科学文献出版社 1999 年版。

刘素民：《阿奎那》，云南教育出版社 2012 年版。

孙慧：《艾柯文艺思想研究》，山东大学出版社 2015 年版。

王铭玉等：《现代语言符号学》，商务印书馆 2013 年版。

吴晓东：《漫读经典》，生活·读书·新知三联书店 2008 年版。

于晓峰：《诠释的张力：艾柯文本诠释理论研究》，南京大学出版社 2010 年版。

张世华：《意大利文学史》（第 2 版），上海外语教学出版社 2003 年版。

张天蓉：《蝴蝶效应之谜：走进分形与混沌》，清华大学出版社 2013 年版。

钟云宵：《混沌与分形浅谈》，北京大学出版社 2010 年版。

四　中文期刊和报纸文章

［意］艾柯：《书的未来》（上），康慨译，《中华读书报》2004 年 2 月
　　18 日。

［意］艾柯：《书的未来》（下），康慨译，《中华读书报》2004 年 3 月
　　17 日。

白春苏：《翁贝托·埃科小说中的"清单"诗学》，《内蒙古大学学报》
　　（哲学社会科学版）2015 年第 5 期。

邦瑟恩、让伯尔、张仰钊：《恩贝托·埃科访谈录》，《当代外国文学》2002
　　年第 3 期。

陈镭：《艾柯的回音》，《文艺报》2016 年 3 月 25 日第 003 版。

陈世丹：《代码》，《外国文学》2005 年第 1 期。

陈晓晨：《"他扫去我们精神外衣上灰尘"——意大利当代著名学者、作家
　　安伯托·艾柯辞世》，《光明日报》2016 年 2 月 22 日第 012 版。

董丽云：《创造与约束——论艾柯的阐释观》，《外语学刊》2008 年第 1 期。

郭全照：《试论艾柯的美学及其小说实践》，《文艺研究》2014 年第 9 期。

韩晗：《世界文坛一日之内痛失两颗巨星》，《中国出版传媒商报》2016 年
　　2 月 23 日第 009 版。

贺江、于晓峰：《百科全书、符号与运动中的作品：论埃科小说〈波多里
　　诺〉的"开放性"》，《兰州学刊》2014 年第 5 期。

胡全生：《在封闭中开放：论〈玫瑰之名〉的通俗性和后现代性》，《外国
　　文学评论》2007 年第 1 期。

胡壮麟：《当代符号学研究的若干问题》，《福建外语》1999 年第 1 期。

李静：《试论艾柯小说的百科全书特征》，《江西社会科学》2010 年第 7 期。

李显杰：《因果式线性结构模式：〈玫瑰的名字〉读解》，《电影艺术》1997
　　年第 3 期。

刘佳林：《火焰中的玫瑰——解读〈玫瑰之名〉》，《当代外国文学》2001

年第 2 期。

刘开济：《谈国外建筑符号学》，《世界建筑》1984 年第 5 期。

刘小枫：《古典与后现代的诗术——从亚里斯多德〈诗学〉中喜剧部分的遗失说起》，《中国艺术报》2013 年 4 月 17 日第 006 版。

刘玉宇：《诠释的不确定性及其限度——论艾科的三元符号模式》，《中山大学学报》（哲学社会科学版）2002 年第 1 期。

马凌：《诠释、过度诠释与逻各斯——略论〈玫瑰之名〉的深层主题》，《外国文学评论》2003 年第 1 期。

马凌：《玫瑰就是玫瑰》，《读书》2003 年第 2 期。

南帆：《诠释与历史语境》，《读书》1998 年第 11 期。

邱华栋：《翁贝托·埃科：智力的空间》，《中华读书报》2007 年 4 月 18 日。

田时纲：《〈美的历史〉中译本错漏百出："目录"和"导论"看译者对艾柯的偏离》，《文艺研究》2008 年第 3 期。

王佳泉、唐海龙：《艾柯"十大代码"理论的读解与批判——电影符号学理论阐释》，《东疆学刊》1992 年第 2 期。

王宁：《艾科的写作与批评的阐释》，《南方文坛》2007 年第 6 期。

吴予敏、杜妍：《欲望的符号呈现、解读与生产——论德勒兹、艾柯与〈玫瑰之名〉》，《新闻与传播评论》2007 年第 Z1 期。

夏榆：《"我是一个经常被误读的人"》，《南方周末》2007 年 3 月 15 日第 D25 版。

于晓峰：《埃科诠释理论视域中的标准作者和标准读者》，《深圳大学学报》2010 年第 2 期。

于晓峰：《翁贝托·埃科对解释项理论的发展及其意义》，《湖北社会科学》2011 年第 8 期。

于晓峰：《意大利新先锋运动与六三集团：兼论翁贝托·埃科的先锋派诗学》，《学术探索》2012 年第 8 期。

袁洪庚：《影射与戏拟：〈玫瑰之名〉中的"互为文本性"研究》，《外国文学评论》1997 年第 4 期。

张广奎:《从艾柯诠释学看翻译的特性》,《外语教学》2007 年第 3 期。

张广奎:《为艾柯诠释学的“读者意图”辩护——从马克思主义的中国化到现行的中国文艺复兴》,《电影文学》2007 年第 14 期。

张奎志:《文学批评中的“过度诠释”》,《文学评论》2005 年第 5 期。

张琦:《“笑”与“贫穷”:论埃柯小说〈玫瑰的名字〉的主题》,《当代外国文学》2006 年第 2 期。

张学斌:《写小说的符号学家》,《读书》1996 年第 11 期。

赵毅衡:《“艾柯七条”:与艾柯论辩镜像符号》,《符号与传媒》2011 年第 1 期。

郑炘:《建筑形式的意谓问题》,《艺术百家》2009 年第 4 期。

朱寿兴:《艾柯的“过度阐释”在文学解读活动中并不存在》,《湖南文理学院学报》2006 年第 4 期。

朱桃香:《书与书的游戏——〈玫瑰的名字〉叙事结构论》,《湘潭大学学报》(哲学社会科学版)2008 年第 1 期。

朱桃香:《翁伯托·艾科的开放作品理论初探》,《当代外国文学》2009 年第 1 期。

朱桃香:《副文本对阐释复杂文本的叙事诗学价值》,《江西社会科学》2009 年第 4 期。

朱桃香:《翁伯托·艾柯读者理论的符号学解读》,《湘潭大学学报》(哲学社会科学版)2016 年第 3 期。

朱桃香:《试论翁伯托·艾柯的“百科全书迷宫”叙事观的演绎》,《当代外国文学》2017 年第 1 期。

朱桃香:《试论艾柯的百科全书叙事观的演进》,《学术研究》2017 年第 5 期。

五　网站

www. umbertoeco. com.

Umbertoeco-wikipedia.

www. theparisreview. org.

http：//www. csuohio. edu/English/earl/nr0index. html.

http//en. wikipedia. org/wiki/the_ name _ of_ the_ Rose.

http：//www. themodernword. com/eco/eco_ biography. htmlshang.

http：//www. idehist. uu. se/distants/ilmh/Ren/eco/ eco-rose-comment. htm.

后　记

我相信人与书也是有缘分的。1995 年 10 月，我在武汉大学英文系硕士学位论文开题后到北京图书馆查资料，在图书馆一楼书店随手买下了安东尼·肯尼著的《阿奎那》一书。2006 年读文艺学博士学位期间在图书馆翻看小说，读到了卡尔维诺的《看不见的城市》，还有艾柯《玫瑰的名字》汉译本，觉得叙事方法奇特。没想到，我从此和这些书结下了不解之缘。后来在读了英文版的《玫瑰的名字》之后，就把这个文本和英国的乔治·艾略特的《米德尔马契》联系起来，写了博士学位论文《叙事理论视野中的迷宫文本研究：以乔治·艾略特与翁伯托·艾柯为例》。2010年，我把艾柯、乔伊斯、博尔赫斯和卡尔维诺并置起来，重新对艾柯迷宫文本进行理论演绎，有幸获批国家社科基金项目"翁伯托·艾柯的迷宫文本叙事研究"。

可以说，研究艾柯，在学术上走的是一条难归路。而研究艾柯的迷宫文本理论，就等于把自己放逐到人迹罕至的古堡，终年在地下图书室破译高度复杂的迷宫地图。艾柯没有正面论述过这一理论，但是他留下了数不清的相关理论碎片，实际上他已经解决了迷宫文本理论难题。他的碎片化理论书写，需要我们去发掘、破译、推理、提炼和组织。但是，真正研究起来，任务可谓艰巨，从 2006 年至今坚持钻研了 13 年，读去读来，思来想去，很多时候都找不到头绪。好在我面对文化巨人艾柯时，没有被他符号游戏骗晕，或者被他思想的深水井呛死，还能想出现在这个框架来统稿，也算是艾柯常说的机缘巧合，意外之喜吧。在不断地对观点打磨、推理和联结的过程中，不时有奇思妙想闪现。但是仅凭一己之力，在艾柯思想的矿山中开凿加工出来的这本书稿，缺陷在所难免，切望同行批评和指正。

在艾柯的迷宫文本议题上，我以前的博士学位论文只是有了问题意识，但是核心理论是缺席的，项目要寻找新的切入点重新进行研究。我再一次掉进迷宫里面，于是又用了整整五年时间，把艾柯著作和文献能找到的都找来，进行仔细阅读。结项后，又继续坚持研究了。2011 年，我在美国密歇根州立大学访学期间，在图书馆研读艾柯资料，并通过馆际互借调来了美国其他高校图书馆艾柯的书籍。回国后，我还阅读国内图书馆里的相关汉语书籍和英文资料。由于艾柯先生拥有哲学家、历史学家、文化史学家、符号学家、语言学家、文学理论家、小说家、随笔作家、翻译家、媒体人、教授、藏书家等众多身份，他写的理论著作都非常深奥难懂，阅读过程是艰难而痛苦的。为了理解艾柯的迷宫思想，必须对中世纪有一个基本的了解，尤其是要把握阿奎那的阐释思想；还必须了解乔伊斯，弄明白艾柯为何谈迷宫就要回溯乔伊斯作品的形式；还要熟悉博尔赫斯的短篇迷宫故事和卡尔维诺的迷宫小说，理清艾柯在迷宫作家谱系中承前启后的地位；还要阅读艾柯重要的理论著作，理顺"百科全书迷宫"、"理想读者"、"无限衍义"、清单理论和副文本理论等概念。于是，我从艾柯穿越到中世纪，再从中世纪回到乔伊斯、博尔赫斯和卡尔维诺，从符号学摸索到阐释学和叙事学；从艾柯的学术著作阅读出发，审视他的小说、他的随笔，再从他的这些超文本读到各个领域的学者对他的评述。由于阅读面广，信息量大，写作框架难以搭建起来，好多次我都坚持不下去了，想半途而废。我感到自己选择了一个艰深的课题，但在研究的过程中又深知这一课题的重要价值，如果放弃的话，实在是万分可惜。

如果不饱读艾柯先生的书，这个课题的写作是无法展开的。此时，回望自己走过的路程，才明白艾柯给他的研究者设置了一个大陷阱。要研究艾柯，必须先在他的书籍迷宫中走一遭。阅读路径是不断开岔的和交叉的。我在书籍的迷宫中探路，基本摸清了迷宫文本的多维路径。终于明白，任何人要研究艾柯，没有捷径可走，必须老老实实地把他的书和相关的书读完。否则，写作无从下手。艾柯作为著名的公共知识分子，从来不走业已踏平的学术道路，而专门研究他人未写或者没写尽之学术难题，而且一写再写，用毕生精力讨论有些问题，一一说透说明。一个问题这本书谈了，那本书再谈，读者有时弄不清是版本问题还是其他问题。2015 年，艾柯先生 83 岁，还发表了小说《创刊号》，我当时还在写作结项书稿，在写作框架上冥思苦想。在书稿送审过程中，2016 年 2 月 19 日艾柯先生去世，本人万分伤感。在伤感之时，6 月暨南大学评选"暨南社科高峰文库"出版计划项目，本书入选。结项之后，本人重温艾柯思想，对书稿进行大修，做出版的准备。面对真正的大师，我唯有踏实地研读，把他驳杂而厚重的知识加以细心地梳理，把他迷宫文本背后的理论构想挖掘出来，让读者看到艾柯从中世纪到万维网时代百科全书迷宫思想的演变轨迹。

艾柯倡导站在爷爷辈以上巨人的肩膀上，才能看得远，看得深。与艾柯同行，让我看到了不同的学术风景。艾柯要把任何复杂的理论问题说清楚，比如模范读者的阐释步骤、百科全书语义模式、无限衍义，他论述和演示并行。于他，知识分子的使命就是要把还没有说清楚的议题加以回答。这正是我们这个时代所需要的治学精神。

在项目完成之际，我要特别感谢暨南大学图书馆对我项目写作的大力支持。在 2015 年，图书馆给我安排了一间研修室，让我专心写作半年之久，准备结项书稿。在这半年里，除了上课的时间外，我基本都待在这个房间，安静地思考和写作，几乎每天晚上都听着图书馆闭馆音乐离开。如果没有安静的地方，这么复杂的理论课题我何以能理出头绪？本书写作也是高难度的，单单一个导论部分就要花大量的时间，写作的艰难只有研究过艾柯的人才能体味到。仅他作品的版本问题都要核查许久，更不用说理顺他的各种理论和著述了。我在此真心感谢图书馆工作人员提供的研修室和图书馆提供的书籍，特别是艾柯的《从树到迷宫》一书。

此外，我要衷心地感谢密歇根州立大学图书馆提供的、馆际互借来的艾柯英文作品和相关文献。没有这些重要文献，这个课题的研究难以展开。在此，我要对为本书提供过文献资料的国内图书馆一并加以感谢。图书馆虽然是迷宫的形上暗喻，但是迷宫文本的研究确实只能在图书馆书籍的对话中完成。

我主持的这个项目能够完成，离不开众多热心人士的支持与鼓励。我首先要感谢我的博士生导师饶芃子教授一直以来对我的鼓励，她在 80 多岁高龄仍在写作，用行动鞭策我做学术要有始有终。衷心感谢我的硕士生导师马建军教授数年如一日，关心我和支持我完成项目。感谢项目组成员王进和程倩两位教授的热情支持与鼓励，感谢我校外语学院的支持。感谢蒲若茜教授和李志萍老师提供的宝贵资料。最后，我要真诚地感谢我家人的关怀。没有大家的支持和鼓励，已过 50 岁的我是无法完成这个项目的。

在书稿修改完成之际，我要特别感谢暨南大学社科处潘启亮处长及工作人员对此书出版事宜所做的大量工作，感谢叙事学专家乔国强教授在百忙之中为本书做序。感谢国家社科基金项目评委们对我项目成果给出的肯定意见和修改建议，感谢北京大学王一川教授在暨南社科高峰出版计划项目评审时对书稿价值的肯定和好评。感谢《当代外国文学》《学术研究》《湘潭大学学报》（哲学社会科学版）能发表我关于艾柯的论文，感谢《社会科学文摘》的转载。在结项的过程中和结项之后，我继续在读书、对写作思路进行调整，从专家们的意见中受益匪浅。

还有一个重要的人要感谢，那就是艾柯先生，感谢他给世界丰富的思想资源，感谢他对迷宫文本的理论解答，感谢他的迷宫文本。他的思想是人类文化史上的丰碑！谨以此书向艾柯先生表示由衷的敬意和深深的缅怀。

2018 年 8 月 30 日于暨南大学